Sebastian Berghofer

Zevelex

Sebastian Berghofer

ZEVELEX

Bibliografische Information der Deutschen Nationalbibliothek
Die Deutsche Nationalbibliothek verzeichnet diese Publikation in der
Deutschen Nationalbibliografie; detaillierte bibliografische Daten
sind im Internet über http://dnb.d-nb.de abrufbar.

Sebastian Berghofer
Zevelex

Berlin: Pro BUSINESS 2015

ISBN 978-3-86386-855-0

1. Auflage 2015

© 2015 by Pro BUSINESS GmbH
Schwedenstraße 14, 13357 Berlin
Alle Rechte vorbehalten.
Produktion und Herstellung: Pro BUSINESS GmbH
Gedruckt auf alterungsbeständigem Papier
Printed in Germany

www.book-on-demand.de

Kapitel 1

Es war ein kühler Sommermorgen in Pittsburgh und der silberne Chevrolet fuhr gemütlich auf dem Skyline Drive dahin. Nur ganz selten kam ihm ein anderer Wagen entgegen oder er überholte einen langsam vor sich hin strampelnden Fahrradfahrer. Gedankenverloren bog er auf einen nicht ausgeschilderten Weg ein und folgte dem Straßenverlauf durch das dicht bewaldete Gebiet. Nach mehreren hundert Metern kam er an einen Kontrollposten, dessen Wachmann Monz mit einer teilnahmslosen Mine kurz musterte, die Schranke öffnete und ihn passieren ließ. Die Straße vollführte jetzt einige scharfe Kurven bis endlich der doppelte Stacheldrahtzaun mit der dahinter liegenden militärischen Basis in Sichtweite kam. Nur für eine Nacht, die er in seiner Wohnung verbringen wollte, hatte Monz diese lange Strecke von der Basis bis zu seinem geliebten Heimatort Wayne in Pennsylvania zurück gelegt, aber das war es ihm vollkommen Wert gewesen. Das letzte Mal, als er vor seinem brennenden Kamin sitzen, ein Glas Cognac genießen und endlich abschalten konnte war vor der Fertigstellungsphase des Projekts und das lag nun schon fast vier Monate zurück. Während der Zeit hat er quasi hier in diesem abstoßenden Bunker gewohnt und sich jede Nacht über irgendwelche neuen Probleme den Kopf zerbrochen, doch das Ganze hatte sich mehr als nur gelohnt. Denn heute war der Tag an dem er, Arthur Monz, in die Geschichtsbücher eingehen würde.

Während der Professor so nachdachte, hatte er schon die zweite Schranke erreicht und zeigte dem Wachmann seinen Ausweis. Dieser winkte ihn durch, woraufhin er auf das stark bewachte Gelände fuhr. Monz steuerte seinen Wagen auf den Personalparkplatz hinter dem Hauptgebäude, wobei er auch an dem Besucherparkplatz vorbei kam. Dieser blieb eigentlich jeden Tag so gut wie leer, aber heute war er gerammelt voll mit schicken kleinen Limousinen und anderen hochwertigen Autos, wovon auf den meisten das Firmenlogo eines reichen Unternehmens oder Instituts prangte. Manche hatte Monz noch nie zuvor gesehen, er konnte aber auch auf mehreren Autos das Logo der NASA erkennen. Endlich bei seinem persönlichen Parkplatz angekommen, streckte Monz erst einmal seine Beine, die von der langen Fahrt schon fast taub waren, schließlich wollte er bei der großen Präsentation nicht umknicken. Begierig atmete der Professor die frische Morgenluft ein und sah sich noch einmal auf dem Gelände um. Kaum zu glauben, dass so viele Soldaten diese Basis rund um die Uhr bewachten und das nur wegen einer relativ kleinen Erfindung. Seiner Erfindung. Na ja, die anderen hatten auch ihren Teil dazu beigesteuert, aber er hatte immer noch die Hauptarbeit geleistet.
Mit einem Hochgefühl aus Stolz und Vorfreude zog Monz seine Metallkarte durch den Leser und betrat das sterile Gebäude durch den Personaleingang. Wieder in seinen Gedanken versunken schlenderte er durch die schier endlosen Gänge in Richtung des Hochsicherheitstraktes. Währenddessen stellte sich Monz vor, wie er im Konserthuset

stand und von Carl XVI. Gustaf den Nobelpreis für Physik entgegen nahm.
Er wollte gerade zur Dankesrede ansetzen, da wurde er auch schon wieder in die Realität zurück geholt. Vor ihm stand ein bewaffneter Mann in Militäruniform und schaute ihn fragend an. Monz begrüßte ihn mit einem freundlichen >Guten Morgen< zeigte ihm seinen Ausweis und zog die Karte wieder durch das Lesegerät an der Wand. Die Tür zum Hochsicherheitstrakt öffnete sich und er ging federnden Schrittes zu dem Flügel mit den Laboratorien, dort wiederholte Monz die Prozedur mit der Karte, stieß die Tür auf und betrat den kühlen, mit Neonröhren beleuchteten, Gang. Hastig passierte er eine Reihe von gesicherten Türen, deren Räume ihm völlig fremd waren und dass obwohl er schon seit gut sieben Jahren hier arbeitete. Schon von weitem konnte er die überhebliche Stimme des Ingenieurs Leslie Cheng hören. Kurz vor dem Arbeitsraum blieb er stehen und atmete einmal ganz tief durch bevor er eintrat.
>>Ah. Guten Morgen Arthur. Schön, dass du auch nochmal auftauchst<<, sagte Cheng mit einem hämischen Grinsen im Gesicht.

Monz antwortete knapp, >>Ich weiß nicht, wann ich Ihnen das Du angeboten habe.<<

Chengs Mine gefror schlagartig, woraufhin er verdutzt zurück zur Arbeitsfläche trottete, auf der ihr Projekt unter einer Schutzplane ruhte.

Monz genoss kurz seinen kleinen Triumph und wandte sich dann an seine Assistentin Amber Hutchings, >>Hallo Amber. Ist alles bereit für den Start?<<
>>Natürlich. Was meinst du habe ich die ganze Woche lang gemacht?<<, antwortete sie mit einem entnervten Unterton, >>Ich habe das ganze System zweimal auf irgendwelche Fehler überprüft. Keine Angst, es ist alles in Ordnung. Du kannst mir vertrauen.<<
>>Das höre ich gern und Sie Mr. Cheng? Gibt es irgendein Problem mit der Technik?<<
>>Nein, es ist alles so wie es sein sollte.<<
Irgendetwas an der Art wie Leslie es sagte machte ihn misstrauisch.

Der Hörsaal war bis auf den letzten Platz mit Vorstandsmitgliedern der NASA und den höchsten Generälen des Militärs besetzt. Monz war sehr nervös, denn er würde gleich seine bahnbrechende Erfindung den Investoren vorführen und er mochte gar nicht daran denken, dass irgendetwas schief laufen könnte.
Nun betrat General Genoway das Vorführzimmer. Er war ein älterer Herr mit längst ergrauten und streng zurück gekämmten Haar. Genoway räusperte sich kurz bis er schließlich einen Schritt nach vorne machte und begann, >>Meine verehrten Damen und Herren, darf ich sie um Ruhe bitten<<, schlagartig verstummten sämtliche Gespräche und alle lauschten aufmerksam den Worten des Generals, >>Dankeschön, nun wird ihnen unser werter Professor auf dem Gebiet der Robotik, Arthur Monz, seine

Erfindung präsentieren. Diese Entdeckung wird unsere Welt, so wie wir sie kennen auf alle Zeit verändern und somit eine neue Ära der Roboter einläuten.<<

Mit diesen Worten begab sich Genoway auf seinen Platz in der ersten Reihe und schaute Monz mit einem erwartungsvollen Funkeln in seinen Augen an. Arthur Monz war ein schlaksiger Mann, Anfang vierzig, auf seiner blassen Nase thronte eine kreisrunde Brille und seine schwarzen Haare standen in alle Richtungen ab, da er schon seit einigen Jahren nicht mehr auf sein Äußeres achtete. Er wusste, dass dieser Moment über seine zukünftige Karriere entscheiden würde. Nun war es soweit, bald würde sein Gesicht in jeder Zeitung des Landes stehen.

Monz atmete einmal tief durch und fing mit seiner Vorführung an, >>Guten Tag, sehr verehrte Damen und Herren. Ich werde ihnen jetzt meine Erfindung, den ersten Roboter der Marke Monztron, vorführen. Er ist der allererste Roboter mit künstlicher Intelligenz und wird zukünftig dazu eingesetzt extreme Gebiete zu erforschen, die für den Menschen bisher unerreichbar waren. Unter anderem den Mars oder die Venus.<<

Monz drehte sich der Rollbahre zu auf der sein Lebenswerk, unter einer Plane vor den Blicken der Anwesenden geschützt, lag.

Gott sei Dank ist dieser mürrische Chinese nicht da, so konnte er ihm nicht den Moment versauen, dachte sich Monz, morgen wird er sowieso in sein luftverpestetes Land zurück fliegen, wo er auch hingehört.

Behutsam, nahezu fürsorglich, zog Arthur die Plane von dem Roboter, >>Ich präsentiere ihnen meinen Prototyp, Zevelex.<<
Auf der Rollbahre kam nun ein humanoides Geschöpf aus Metall zum Vorschein.
>>Gut, dann lasst uns mit der Präsentation beginnen<<, mit diesen Worten startete er seine Maschine, welche sich daraufhin langsam hochfuhr. Die Augen wurden von weißem Licht erfüllt und die Gliedmaßen begannen zu zischen. Der Brustkorb schloss sich mühselig und der ganze Leib des Roboters wurde von Leben erfüllt.
Ohne jegliche Eile setzte sich Zevelex auf und sah sich neugierig in dem großen Vorführungssaal um. Danach kletterte er von der Rollbahre und musterte die Zuschauer eindringlich.
>>Guten Tag, mein Name ist Zevelex und ich bin sehr darüber erfreut sie persönlich kennenzulernen. Ich hoffe, dass ich ihren Erwartungen entspreche und mein nicht exakt menschliches Aussehen sie nicht zu sehr enttäuscht hat. Fangen wir doch mit ein paar Fragen an, um zu beweisen, dass ich hier nicht einfach ein Band herunter ...<<, ein merkwürdiges knistern entwich seinem Mund, >>sprech ...<<, verwundert über sich selbst tastete der Roboter seinen Unterkiefer ab, >>sprech ...<<, plötzlich schlug der Kopf des Roboters mit Funken um sich und Rauch stieg aus der Mundhöhle auf. Die Maschine fuhr sich schlagartig wieder herunter und der ganze Körper von Zevelex klappte förmlich in sich zusammen. Alle Anwesenden, inklusive Monz, starrten verdutzt auf den Stahl-

haufen und wunderten sich über den Vorfall, nur General Genoway kochte förmlich vor Wut.

Ed fand, dass er wirklich den miesesten Auftrag aller Zeiten hatte. Wenn sein Auftraggeber nicht dieses Los bei der Platzvergabe gezogen hätte, müsste er nicht einen schönen Samstag, wie diesen, an einem so langweiligen Ort verbringen. Das „Carnegie Museum of Natural History" war bis unters Dach mit Eierköpfen vollgestopft, die ihre noch langweiligeren Entdeckungen austauschten.
>>Darf ich um Ruhe bitten<<, quäkte der schmächtige Museumsdirektor Wemblescheid lautstark. In der Empfangshalle wurde es schlagartig ruhiger.
>>Dankeschön. Nun möchte ich sie herzlichst zu der großen Eröffnung unserer neuen Ausstellung „Diamanten der Welt" begrüßen ...<<
Eine langweilige Eröffnungsrede später.
>>... Außerdem möchte ich unseren neuen Kurator willkommen heißen. Alfred Hofer ist unser neuer Paläontologe im Haus und wird sich fortan um die Fossilien kümmern<<, der Direktor zeigte auf einen gutaussehenden Mitdreißiger und ein angemessener Applaus setzte ein. Daraufhin nahm Dr. Wemblescheid die riesige Schere in die Hand und begab sich zu dem ebenso großen Band, welches die Doppeltür zur Ausstellung symbolisch versiegelte, >>Hiermit erkläre ich die Ausstellung für eröffnet<<, in der letzten Silbe schnitt er das Band durch und die Menge klatsche enthusiastisch.

Ed war nur froh, dass diese endlos lange Rede doch noch ein Ende fand. Nun konnte er endlich den Abend in seiner Lieblingskneipe ausklingen lassen.

* * * * *

Es war bereits ziemlich spät und das Museum hatte schon vor einer Stunde geschlossen. Langsam und ehrfürchtig schritt Hofer durch die Säle der Saurier-Dauerausstellung. Er war froh, dass er die Stelle als Kurator für Paläontologie im Carnegie Museum of Natural History bekommen hatte. Schließlich kam er zu seinem Lieblingsort des ganzen Museums. In einer Halle standen zwei gewaltige Skelette von einem Tyrannosaurus Rex. Die aufgebaute Szene zeigte den König der Echsen, wie er sich gerade mit einem Artgenossen um seine Beute stritt. Sofern er sie überhaupt selbst erlegt hatte, denn es existiert immer noch die lächerliche Theorie, dass der brutale Jäger nur ein einfacher Aasfresser gewesen ist. Hofer glaubte nicht an diese Theorie. Schon als kleiner Junge war der Tyrannosaurus sein Lieblingsdinosaurier gewesen. Auch seine alte Fossiliensammlung hatte er bis heute aufgehoben. Er betrachtete noch einmal kurz das prachtvolle Szenario und riss sich dann letztendlich los und ging zurück in das Erdgeschoss. Bis Morgen musste er noch ein paar Schaukastenbeschreibungen für die neue Sonderausstellung „Solnhofener Fossilienvielfalt" verfassen. Diese Aufgabe lag ihm sehr am Herzen, schließlich befindet sich Solnhofen in seinem Heimatland Bayern. Als Kind war er schon oft mit seinem Vater in Solnhofen gewesen und hatte nach Fossilien gesucht. Sein Vater war ein gerissener Fossilienschmuggler. Schon sehr früh haben sich Hofers Eltern von einander scheiden lassen, da sie die andauernden Reisen nicht verkraftet hatte. Letzten Endes ist sie wieder zurück nach Bayern gezogen. In Erinnerungen schwelgend steuerte Hofer sein Labor an. Plötzlich riss er seinen Kopf herum. Er hätte schwören können, gerade in der neuen Ausstellung „Diamanten der Welt" einen Schatten gesehen zu haben.

* * * * *

Monz saß wieder in seinem Labor und zerbrach sich darüber den Kopf, woran es gelegen haben könnte. Sie hatten doch sämtliche Systeme zigfach überprüft und den Roboter ständig auf irgendwelche Fehler untersucht. Plötzlich flog die Tür auf und General Genoway stürmte in den Arbeitsraum. Sein Gesicht war schon vor Wut rot angelaufen, >>Wissen Sie eigentlich, was Sie da vor einer halben Stunde getan haben? Sie haben unser gesamtes Projekt in den Sand gesetzt! Die NASA und die Regierung haben uns den Geldhahn zugedreht. Wir versprachen ihnen die revolutionärste Erfindung dieses Jahrhunderts und was konnten wir ihnen bieten?<<, Genoways Stimme überschlug sich förmlich, >>Einen wackeligen Haufen Sperrmüll, der einen halben Satz herausbrachte, das konnten wir ihnen bieten!<<
>>General Genoway, ich weiß wirklich ni-<<
Da fiel ihm der General auch schon ins Wort, >>Halten Sie den Mund und gehen sie mir aus den Augen. Sie sind

fristlos entlassen, wir haben hier keinerlei Verwendung mehr für einen gescheiterten Wissenschaftler. Bis Morgen haben Sie Zeit ihre Sachen zu packen und dann werden Sie das Gelände auf der Stelle verlassen. Ansonsten werde ich Sie entfernen lassen! Ist das klar?!<<
Monz war so geschockt, dass er keinen Ton herausbrachte.
>>Sieben Jahre Forschung und das ist dabei entstanden, ein nicht funktionierendes Grundschulprojekt<<, mit diesen Worten verließ der General kopfschüttelnd das Labor und zog hinter sich die Tür geräuschvoll ins Schloss.
Wie gelähmt starrte Monz noch eine ganze Weile auf den Fleck, wo der General gerade eben noch gestanden hatte.

* * * * *

Die Beschreibung des Compsognathus war für Hofer ein Kinderspiel. In nur ein paar Minuten hatte er schon den kompletten Steckbrief verfasst und dem zuständigen Kurator per E-Mail gesendet. Nun war er nach einer Stunde endlich fertig mit seinem Beitrag zur nächsten Ausstellung und konnte nach Hause zu seiner Frau und seinem siebenjährigen Sohn fahren. Bald begannen die großen Sommerferien und er hatte Anton versprochen, dass er mit ihm in der Morrison-Formation nach Dinosauriern suchen würde. Im Grunde war es nur eine vom Museum finanzierte Ausgrabungsreise, aber bei seiner neuen Stellung konnte er es sich nicht leisten, illegal nach Fossilien auf Staatsboden zu suchen.

Hofer fuhr den PC runter und packte seine Unterlagen in seine zerschlissene Aktentasche. Beim Rausgehen schaltete er das Licht aus und schloss hinter sich sorgfältig die Tür. Draußen im weitläufigen Gang war es ziemlich kühl und das spärliche Licht der Neonröhren tauchte den Korridor in eine unheimliche und düstere Atmosphäre. Dem Paläontologen lief ein Schauer über den Rücken, da er erst vor kurzem einen spannenden Roman über ein Museumsmonster gelesen hatte. Zügig ging er auf den Personaleingang zu, sodass jeder Schritt im ganzen Korridor widerhallte. Anscheinend war er der Letzte im Museum, schließlich sah er keinen einzigen Arbeitskollegen und jede Labortür war verschlossen. Als er nach einem, ihm endlos vorkommenden, Marsch durch den kahlen Kellergang endlich am Eingang ankam musste er entsetzt feststellen, dass die Tür ebenfalls fest verschlossen war. Vielleicht hatten die anderen ihn vergessen und einfach abgesperrt, schließlich war dies erst sein zweiter Arbeitstag hier in dem Museum. Aber das konnte gar nicht sein, da in dem kleinen Häuschen vor dem Eingang ein Wachmann sitzen musste. Nach einer kurzen Überlegung ging Hofer die Treppe ins Erdgeschoss hoch um es am Haupteingang zu versuchen. Schon nach ein paar Metern stieß er vor der Mineralienausstellung auf die Leiche des Wachmanns. Sie lehnte in einer großen Blutlache an der Wand und im schwachen Licht konnte der neue Kurator den leeren Blick des Mannes und eine schwere Verletzung, die wie ein tiefer Messerstich im linken Teil des Brustkorbs aussah, erkennen. Hofer stellte kurz darauf fest, dass er vor

Schreck die Luft angehalten hatte und atmete gleich darauf einmal tief aus und gerade als er sich die Frage stellte, wer so etwas nur tun würde, hörte er auch schon Schritte, die sich aus dem Dunkeln auf ihn zubewegten.

* * * * *

Um es ein bisschen gemütlicher und nicht so steril zu gestalten war sein Arbeitslabor bis ins letzte Eck mit sorgfältig restaurierten Antiquitäten vollgestopft. Monz hatte eine Schwäche für diese altertümlichen Gegenstände aus längst vergangener Zeit. Der Professor begab sich zu der glänzenden Rollbahre für schwerere Gerätschaften, auf der seine Schöpfung lag und schob sie zu dem großen Arbeitstisch. Dort öffnete er mehrere Haken und legte Schalter um, sodass die oberste Schicht der Rollbahre sich auf den gleich hohen Tisch schieben ließ.
Monz atmete kurz und tief durch bevor er loslegte. Mit einem Schraubenzieher und ein paar geschulten Handgriffen öffnete er den Rumpf des Roboters. Danach legte er die richtigen Schalter um und gab auf einem Sicherheitsfeld den passenden Code ein, woraufhin sich zischend der Kopf des Ungetüms spaltete. Es kamen einige bunte Kabel zum Vorschein, die ordentlich und sortiert auf kleinen Metallplatten verliefen. Unter dem Gewirr aus Kabeln und Elektronik steckte das ungefähr faustgroße Gehirn des Roboters. Der unförmige Metallkasten beinhaltete mehrere miteinander verbundene Mikrochips, die jeweils über eine unvorstellbare Größe an Speicherplatz verfügten, und

bis auf einen zentralen Hauptstecker war es vollkommen mit Diamant beschichtet.

Nach nur kurzer Zeit hatte Monz das Problem schon gefunden: Der Stecker für die Sprachsteuerung wurde von jemanden gelockert und als Zevelex während der Vorführung angefangen hat zu sprechen ist er raus gerutscht, hat Funken geschlagen und somit das Kabel zur Körpersteuerung durchgeschmort. Monz dachte kurz nach, dann ging er in die Vorratskammer und kam mit zwei großen Kisten in der Hand wieder. Als er sie scheppernd zu Boden ließ und den Deckel öffnete, kamen unzählige hochwertige Ersatzteile, Kabelstränge und Werkzeuge zum Vorschein. Der Professor suchte sich kurz die passenden Teile und die nötigen Instrumente zusammen, die er brauchte und begann damit den Roboter zu reparieren. Zuerst fabrizierte er aus mehreren dünneren Kabeln ein extra dickes und beschichtete es mit einer Legierung aus Titan und Vanadium. Danach konzipierte er ein ähnliches Kabel für die Sprachsteuerung und baute beide Teile in den Körper von Zevelex ein.

Der praktische Teil war somit erledigt. Jetzt musste er nur noch eine kleine Sache in der Software beheben, schließlich wollte er ja nicht als der nächste Oppenheimer in die Geschichte eingehen.

Nach einer guten Stunde war er fertig und zufrieden mit seiner Arbeit und begutachtete stolz sein Wunderwerk der Technik.

Zu guter Letzt schloss er das integrierte Netzwerkkabel an die Steckdose und lies sich erschöpft, von den Geschehnissen des heutigen Tages, in die Couch niedersinken. Monz lehnte sich zurück und gähnte einmal ausgiebig, bevor er nur kurz seine Augen ausruhen wollte. Als er die Augen wieder aufschlug, blickte er direkt in das ausdrucksstarre Antlitz seines Roboters. >>Es ist ein sonniger Dienstagmorgen hier in Pennsylvania. Ich hoffe Sie haben gut geschlafen, Sir.<<

Monz traute seinen Augen kaum. Vor ihm stand tatsächlich seine Schöpfung und sie war quicklebendig. Erst jetzt konnte er die wahre Pracht seiner grau glänzenden Maschine voll und ganz bestaunen. Sein Kopf war geformt, wie der eines Menschen und auch der restliche Körper war humanoid. Sein Gesicht bestand aus einem stählernen Kiefer, der mittels kleineren Metallplättchen die Mundwinkel verziehen konnte, sodass er in der Lage war zu lächeln oder eine Grimasse zu schneiden. Seine weiß leuchtenden Augen waren mit digitalen Pupillen versehen, welche aber lediglich als Zierde fungierten. In Wahrheit verbarg sich hinter jedem Auge eine Kamera, die es ihm erlaubte seine Umgebung hundertmal genauer als ein Mensch oder sogar als Wärmebild wahrzunehmen. Über dem naselosen Gesicht befanden sich noch zwei Augenbrauen, die ebenfalls der Mimik dienten.
>>Ehrlich gesagt, bin ich ein bisschen überrascht, dass Sie so erstaunt darüber sind, mich hier zu sehen. Dabei hätten sie das doch erahnen müssen, nachdem sie alle Fehler behoben und den Netzstecker wieder angeschlossen haben<<, meinte der Roboter.

Monz war total geplättet, >>Aber ... Aber ... Aber allein vom Einstecken des Netzsteckers fährst du doch nicht hoch.<<

Ohne zu zögern antwortete Zevelex, >>Das nicht, aber sie haben mich nie abgeschaltet. Nach der peinlichen Präsentation war ich die ganze Zeit über auf ON, mein Gehirn hatte nur keine Verbindung mehr zu dem Rest meines Körpers.<<

Das klingt logisch, dachte sich Monz erstaunt.

>>Wie gedenken sie jetzt vorzugehen, nachdem ich nun doch funktioniere. Wollen Sie mich dem General vorstellen oder erst den Triumph verdauen?<<

Wahnsinn, dass seine Erfindung so gut formulieren konnte, >>Ich werde Genoway erst einmal nichts über dich erzählen, sondern ein bisschen Zeit mit dir verbringen und deine Fähigkeiten testen.<<

>>Seien Sie nicht albern Sir, aber wir beide wissen, dass mein Können und meine Fähigkeiten unbegrenzt sind<<, folgte die schlagfertige Antwort.

Nun kam Monz ein ganz anderer Gedanke in den Sinn, >>Wenn du durch den Netzstecker wieder aufgeladen wurdest, was hast du dann die ganze Nacht über getrieben?<<

>>Ich habe mich ein wenig in ihrem Labor, Arbeitszimmer, oder wie auch immer Sie es nennen möchten, umgesehen. Ich war fasziniert von der Gegensätzlichkeit der restaurierten Antiquitäten an der Wand und der fortschrittlichen Technik, wie beispielsweise meiner Wenigkeit. Danach habe ich mich mit Bigbos, meinem älteren Prototypbru-

der, unterhalten. Ich war ganz erpicht darauf, ihn persönlich kennenzulernen, auch wenn er nur aus fünfzig Hochleistungsrechnern, einer Kamera und einem Bildschirm besteht.<<

Monz war erneut etwas erstaunt, >>Das freut mich, wenn du dich so unabhängig beschäftigen kannst. Ach und übrigens, bitte nenn mich doch Arthur<<, bei dem letzten Satz konnte er sich ein Lächeln nicht länger verkneifen.

>>Ganz wie du wünscht, Arthur.<<

Ed fühlte sich, als würde sein wuscheliger grau roter Kopf gleich explodieren. Er hatte sich gestern Abend wohl einen Brandy zu viel hinter die Binde gekippt. Aber es war ja nicht das erste Mal, dass er seinen Bericht mit einem hartnäckigen Kater schrieb. Schließlich gehörte er noch zum alten Eisen. Mit all seiner Kraft raffte er sich auf und stolperte in Richtung Schreibtisch. Erleichtert setzte sich Ed in seinen geschmacklosen Schreibtischstuhl. In der Hoffnung noch ein weißes Blatt Papier zu finden, durchwühlte er sämtliche Schubladen und zu seinem Glück fand er noch ein paar unbenutzte Blätter unter einem Stapel alter Zeitungsartikel. Prompt fing er an, die Geschehnisse des gestrigen Tages auf Papier zu bringen. Er übertrieb es gewaltig mit der Dramatik, aber er fand, dass genau das den Leser interessierte. Schließlich würde keiner mehr eine Zeitung in die Hand nehmen, wenn sie nur aus Friede-Freude-Eierkuchen Nachrichten bestehen würde. Als er mit seinem Bericht fertig war, las er sich sein Gekritzel noch einmal durch und lies einen Fluch los, da er kein

Geld für einen dieser neuen Computer oder wenigstens eine gebrauchte Schreibmaschine besaß. Außerdem ärgerte er sich darüber, dass sein monatliches Gehalt immer sofort seine Kehle hinunter floss. So war er auch mit seiner Miete schon ganze zwei Monate im Rückstand. Es wird sicher nicht mehr lange dauern und er findet sich neben seinem arbeitslosen Cousin auf der Straße wieder, dachte er sich pessimistisch. Stöhnend hievte er sich auf, kramte seinen Krempel zusammen und begab sich nach unten. Im Treppenhaus tastete Ed nach seinem alten Schnappmesser. Man weiß ja nie, was für ein komischer Typ einem hier in diesem Glasscherbenviertel von Pittsburgh über den Weg läuft.

Sein zerbeulter Honda, von dem das Markenzeichen auf der Motorhaube fehlte, parkte gleich um die Ecke im verwahrlosten Hinterhof. So dauerte es auch nicht lange und er befand sich schon auf dem Weg zu seinem lachhaften Arbeitgeber, der Pittsburgh Daily News.

In der kleinen Eingangshalle grüßte er wie jeden Tag die hübsche Sekretärin mit einem freundlichen >>Guten Morgen<<. Ed fand sie süß und wollte sie gern mal zum Essen einladen, aber dazu fehlte ihm das nötige Geld und noch dazu konnte er sich beim besten Willen ihren dämlichen Nachnamen nicht merken. Also ging er nur hastig an ihr vorbei und zwängte sich zusammen mit einem wohlbeleibten Mitarbeiter aus der EDV-Abteilung in den Lift. Die Fahrt mit dem Fahrstuhl kam ihm wie eine halbe Ewigkeit vor. Kurz bevor er anfing einen klaustrophobischen Anfall zu bekommen, öffnete sich die zerkratzte Tür des Lifts und

Ed sprang erleichtert in die Verwaltungsebene. Nachdem er einen Blick auf die Uhr geworfen hatte und feststellen musste, dass er schon fast eine dreiviertel Stunde zu spät war, eilte Ed über die Gänge zu dem Büro seines Chefs. Dort angekommen zögerte er kurz, klopfte dann aber doch gegen die Tür aus massiven Teak.
Ein genervtes >>Herein<< dröhnte leicht gedämpft durch das Edelholz. Ed öffnete die Tür und betrat das geschmackvoll eingerichtete Büro von Hector Coleman.
>>Ach du bist es Edward. Ich habe schon gehofft, dass dich die Leberzirrhose jetzt endlich erwischt hat<<, begrüßte er ihn trocken.
>>Tja, schade aber auch. Jetzt muss ich dir wohl noch einen weiteren Tag auf die Nerven gehen.<< Coleman tat so, als hätte er das überhört und fuhr fort, >>Ich hoffe du hast deinen Bericht fertig geschrieben. So wie es scheint hast du dir immer noch nicht einen Computer zugelegt.<<
>>Du weißt genau Hector, dass ich in finanziellen Schwierigkeiten stecke.<<
>>Ist ja schon gut. Dann zeig mal was du nun wieder dahin geschmiert hast.<<
Ed öffnete seine zerschlissene Aktentasche und beförderte ein zerknittertes Blatt Papier zum Vorschein, dessen Text ein einziges Chaos aus Buchstaben war. Er übergab es stolz dem Chefredakteur. Dieser verzog beim Anblick des Berichtes entsetzt das Gesicht, hatte sich aber sofort wieder gefangen, >>Edward. Wie oft muss ich dir noch sagen, dass ich ein Redakteur und kein Kryptologe bin. Wenn du willst, dass wir deine Berichte veröffentlichen,

dann darfst du sie auch nicht in Hieroglyphen schreiben.<<

Ed sah ihn daraufhin finster an, woraufhin Coleman damit begann sich den Text durchzulesen. Als er fertig war stöhnte er einmal genervt und sagte dann schließlich, >>Na ja. Für den Wissenschaftsteil wirds schon reichen.<<

>>Es ist aber nicht meine Schuld, dass diese blöde Ausstellung genauso langweilig ist wie alles andere, was in Pittsburgh passiert.<<

>>Tja Ed. Dann musst du eben besser recherchieren. Außerdem ist das nicht der einzige schlechte Bericht in diesem Monat. Pass auf Edward. Ich gebe dir noch drei Tage Zeit und dann musst du eine gute Story abliefern. Ansonsten solltest du dich schon mal nach einer neuen Stelle umsehen.<<

Ed musste die harten Worte erst einmal verdauen bis er schließlich gekränkt aufstand und wortlos das Büro verließ.

*****

Hofer wusste nicht, was er machen sollte. Seine Zeit im Shotokan Karate war schon eine Ewigkeit her und außerdem konnte er davon ausgehen, dass sein Gegner ein Messer besaß. Also entschied er sich für den Weg in die Mineralienausstellung. So geräuschlos, wie nur irgendwie möglich, schlich er zwischen den Schaukästen hindurch. Der Raum bestand aus zwei Reihen mit achteckigen schwarzen Säulen, in welche die gläsernen Schaukästen eingelassen waren. Durch die verspiegelten Wände wirkte es, als wäre der an sich kleine Raum unendlich weit.

In dem Dämmerdunkel kamen ihm die funkelnden Edelsteine und Mineralien wie leuchtende Sterne aus weit entfernten Galaxien vor. Jeder schien in seinem eigenen einzigartigen Licht und übte eine beruhigende Wirkung auf Hofer aus. Schließlich hatte er früher neben Fossilien auch noch Mineralien aus aller Welt gesammelt. Sein Sohn hatte dieses Sammlergen geerbt und sich mittlerweile seine eigenen Schätze angeeignet. Zu seinem siebten Geburtstag bekam er von Hofer eine wunderschöne Pyritsonne in Schiefer, so wie sie nur in den Kohlebergwerken von Illinois zu finden war, geschenkt. Seitdem war sie das Kronjuwel seiner Sammlung.

Mit einem Mal wurde Hofer wieder in die Gegenwart zurück geholt, als er eine zwielichtige Gestalt erblickte, die gerade dabei war das Panzerglas, das die wertvollsten Edelsteine von ganz Pennsylvania schützte, aufzuschneiden. Das Einbrecherteam hatte offenbar die Alarmanlage ausgeschaltet, den Wachmann erstochen und höchstwahrscheinlich haben sie noch mehr Menschen umgebracht, die Hofer nur noch nicht entdeckt hatte.

Der Paläontologe suchte die Umgebung nach weiteren Verbrechern ab, fand aber nach mehreren Sekunden niemanden. Daraufhin durchsuchte er, so leise wie nur irgendwie möglich seinen Aktenkoffer, in der Hoffnung etwas zu finden, was er als Waffe verwenden könnte. Da fiel ihm sein kompakter Geologenhammer ein, den er immer als Glücksbringer dabei hatte. Man weiß ja nie, wo man überall zufällig auf Fossilien stoßen kann, dachte er sich in Erinnerung an alte Zeiten. Also packte Hofer seinen

ganzen Mut zusammen und schlich sich von hinten an die schwer beschäftigte Gestalt heran, um ihr mit voller Wucht den kompakten Hammer drüber zu ziehen. Diese stieß einen verblüfften und schmerzverzerrten Schrei aus, woraufhin sie bewusstlos zu Boden sackte. Oh, oh, das ist gar nicht gut, dachte sich Hofer gerade, als plötzlich aus der Richtung aus der er gekommen war eine Stimme ertönte, >>Hey Johnny alles in Ordnung?<<
Hofer tastete noch schnell den Bewusstlosen nach einem Messer ab, fand aber keines, und hastete, ohne auf den von den verspiegelten Wänden widerhallenden Lärm seiner Schritte zu achten, durch den dunklen Ausstellungssaal. Die ganze Situation empfand er als so surreal, dass sie ihm wie ein Traum vorkam. Schließlich war er es nicht gewohnt, um ein Uhr nachts durch ein düsteres Museum vor seinem frühzeitigen Schicksal zu flüchten. Er riss sich zusammen und versuchte sich seiner misslichen Lage bewusst zu werden. Sein zweiter Tag an dem Museum und schon rannte er um sein Leben.
Eine dunkle Person bewegte sich in der gleichen Geschwindigkeit direkt auf ihn zu und bremste im gleichen Moment stark ab. Hofer musste wohl an der breiten Spiegelwand angekommen sein. Um auf Nummer sicher zu gehen, riss er seinen Arm ruckartig nach oben, aber sein Spiegelbild tat es ihm nicht gleich. Sein Herz rutschte ihm in die Hose als er realisierte, dass dies ein heimtückischer Einbrecher war, der nur die optische Täuschung ausnutzte. Ohne weiter zu überlegen, schlug Hofer eine andere Richtung ein und rannte nach links, wo er den Ausgang vermu-

tete, wobei ihm die boshafte Person dicht auf den Fersen blieb.

Rasend hastete er durch die Gänge und Säle, immer versuchend seinen Verfolger abzuschütteln.

Endlich erreichte er die imposante Eingangshalle und stürmte verzweifelt auf die breiten Türen zu, doch wie befürchtet waren diese mit kugelsicherem Glas und einem stählernen Gitter versehen und somit unpassierbar. In der Hoffnung ein paar Nachtschwärmer auf sich aufmerksam zu machen, hämmerte Hofer wild gegen die Eingangstüren. Vergebens. Selbst die Schläge mit dem Geologenhammer beeindruckten das dicke Panzerglas nicht besonders. Nun hörte er verstohlene Schritte hinter sich. Blitzschnell schwang er herum, um den Angreifer sein geologisches Werkzeug spüren zu lassen, doch der war auf die Attacke vorbereitet und wehrte den kräftigen Schlag gekonnt ab. Dadurch entglitt Hofer der Hammer und sein flinker Gegner versetzte ihm einen Schlag auf die Nase. Ein kurzes Knacken und schon rann ihm warmes Blut über die Lippen. Die nächsten Schläge konnte der sportliche Paläontologe mit ein paar Karate-Techniken abwehren. Nach einer kurzen Defensive bekam Hofer eine Hand seines Widersachers zu packen und setzte zu mehreren Konterschlägen gegen den Brustkorb an, wobei er den Solarplexus nur knapp verfehlte. Der Juwelendieb wollte gerade wieder zu einer Serie von Schlägen ansetzen, als ihn der Kurator mit einem kräftigen Tritt in die Leistengegend unsanft zu Boden schickte. Ganz außer Atem hob er seinen Hammer wieder auf und beförderte damit seinen Angreifer in die Bewusstlosigkeit. Nachdem Hofer wieder klar denken konnte, fragte er sich, wieso der Mann ihn mit seinen Fäusten und nicht mit dem Messer angegriffen hatte, schließlich wurde der Wachmann erstochen und der andere Einbrecher hatte auch keine Waffe bei sich. Dies bedeutete, dass es mindestens noch einen dritten Mann geben musste, der den Wachmann nieder... Hofer konnte den Gedanken nicht zu Ende führen, da durchfuhr schon ein höllischer Schmerz seinen Brustkorb.

* * * * *

Etwas nervös, dachte Monz darüber nach, welche Lüge er General Genoway auftischen sollte, damit er nicht vorzeitig in sein Labor platzte, >>Wenn du mich für einen kurzen Moment entschuldigen würdest, Zevelex, ich muss nur kurz Genoway anrufen und ihn darum bitten meine Frist zu verlängern. Du kannst so lange die Nachrichten anschauen und sehen, was in der Welt alles los ist.<<
>>Eine fabelhafte Idee, Arthur<<, Zevelex nahm sich die Fernbedienung und startete den kleinen Fernseher an der Wand. Dabei blieb er aber stehen, da die Möbel sein Gewicht nicht tragen konnten. Die Nachrichtensprecherin schilderte gerade einige Tatumstände bei einem Familiendrama. Anscheinend hat der Vater seine Frau und seine zwei Kinder erschlagen und danach im Garten vergraben. Bei dem Tatort handelte es sich um Detroit, aber da hätte er auch selbst drauf kommen können. Zevelex stand wie versteinert da und bewegte sich nicht mehr. Um festzustellen ob er noch ON war sagte Monz, >>Ich geh kurz

nebenan zu Bigbos, damit man den Kasten im Hintergrund nicht hört<<, und zu seiner Überraschung drehte sich der Kopf des Roboters blitzschnell zu ihm um und antwortete, >>Natürlich.<<
Er schloss hinter sich die Tür und drückte auf die Kurzwahltaste für den General. Die üblich desinteressierte Stimme meldete sich noch schroffer als sonst, >>Was wollen Sie?<<
>>Ich weiß, Sie wünschen sich, dass ich so schnell wie möglich verschwinde, aber es braucht eine Ewigkeit all die Antiquitäten sicher zu verpacken, also werde ich wohl noch einen Tag hier bleiben müssen.<<
Genoway antwortete überraschend gelassen, >>Es tut mir aufrichtig leid, dass ich sie gestern so angefahren habe. Ich wollte Sie nicht glauben lassen, dass ich mich auch nur einen Scheiß für Ihre Probleme interessiere. Solange Sie mir aus dem Weg gehen, brauchen Sie sich keinerlei Sorgen zu machen<<, danach war die Leitung tot.
Das Gespräch war zwar nicht so verlaufen, wie der Professor es sich ausgemalt hatte, aber der positive Effekt war die Hauptsache.
Als Monz wieder zurückkehrte verfolgte Zevelex immer noch wie gebannt die Nachrichten. Er begrüßte ihn argwöhnisch und seine Erfindung antwortete ihm auch prompt, aber irgendetwas in seiner Stimme hatte sich geändert, als wäre sie kälter geworden und irgendwie wirkte der Roboter abwesend, >>Arthur. Ich wusste gar nicht, wie viel Leid es in dieser Welt gibt.<<

>>Ja es ist wirklich schlimm, aber was will man machen.<<

>>Ja, was will man machen<<, dies sagte der Roboter auf eine finstere Art und Weise, die Monz das Blut in den Adern gefrieren ließ.

>>Zevelex, ich habe hier etwas für dich, was dich vielleicht interessieren könnte. Die „New York Times" von gestern, die muntert dich bestimmt ein bisschen auf<<, Monz reichte die Zeitung an den Roboter weiter und dieser wiederum schaltete den Fernseher aus und fing sofort mit dem Lesen an. Nach nur kurzer Zeit hatte er das Kreuzworträtsel der „New York Times" erreicht, das allgemein als sehr anspruchsvoll galt. Er holte sich einen Kugelschreiber vom Schreibtisch und begann sofort damit, es in einer Geschwindigkeit zu lösen, bei der jeder Cruciverbalist neidisch werden könnte. Als er nach nur zwei Minuten fertig war fragte er Monz, >>Wie wäre es mit einer Partie Schach. Ich habe ihren exzellenten Schachtisch aus Marmor in der Ecke bemerkt und ich kam nicht umhin eine Partie gegen mich selbst zu spielen. Durch meine Mulitasking-Funktion bin ich dazu selbstverständlich in der Lage. Im Gegensatz zu einem Menschen, der hierzu schon schizophren werden müsste.<<

Monz wusste nicht wie er sich fühlen sollte. Es machte ihm irgendwie Angst, dass sein Roboter anscheinend sein komplettes Arbeitszimmer durchsucht hatte. Andererseits wollte er aber auch die Fähigkeiten von seiner Schöpfung austesten, also nickte er und ging zusammen mit Zevelex zu dem kleinen Tischchen mit den vom häufigen Ge-

brauch abgenutzten Spielfiguren. Alte Erinnerungen kamen in ihm hoch, doch er schüttelte sie gleich wieder ab. Er nahm auf einem hölzernen Stuhl Platz, während die Maschine es bevorzugte stehen zu bleiben.
Zevelex durfte beginnen und hatte nach nur ein paar Zügen das Zentrum des Spielfeldes erobert und eine Rochade durchgeführt. Nach nur zwei weiteren Zügen gelang es Zevelex mit Hilfe der Dame und dem Springer seinen Schöpfer Schachmatt zu setzen. Auch in den nächsten Partien verlief es nicht anders und Monz sah ein, dass ein Spiel gegen Zevelex chancenlos war. Nun leuchtete ihm auch ein, dass er das wahrscheinlich intelligenteste Wesen auf der ganze Welt erschaffen hatte. Schließlich vergaß es mit seinem riesigen Speicher nie etwas, konnte auf zahlreiche Wissensbestände, die Monz in sein Gedächtnis integriert hatte, zugreifen und beherrschte fast sämtliche Sprachen dieses Planeten fließend. Der Professor dachte länger über die neuen Möglichkeiten und Folgen dieser bahnbrechenden Erfindung nach, bis sich nach kurzer Zeit ein heftiger Migräneanfall in seinem Kopf ausbreitete.

General Genoway saß an seinem Schreibtisch aus Mahagoniholz in einem geschmackvoll eingerichteten Büro und ließ die Geschehnisse des gestrigen Tages vor seinem geistigen Auge Revue passieren. Vor ihm lag die Mahnung der Regierung und die Kündigung des Vertrages mit der NASA. Als er die Augen wieder aufschlug und den Blick starr auf die beiden Schriftstücke richtete, fingen seine Hände vor lauter Wut leicht zu zittern an. Er konnte

es einfach nicht glauben. Wie viel Arbeit, Geld und Zeit in dieses Projekt investiert wurde und was ist dabei heraus gekommen? Schlechtes Ansehen seiner Basis, das Misstrauen der amerikanischen Luft- und Raumfahrt und ein Haufen Elektroschrott. Teurer Elektroschrott. Und er selbst hatte den inkompetenten Wissenschaftler, dem er all dies zu verdanken hatte, immer noch nicht zum Teufel gejagt. Aber er konnte den Anblick des gescheiterten Robotikexperten und seiner Bastelei nicht länger ertragen, am Ende hätte er ihn wahrscheinlich noch niedergeschlagen oder gleich umgebracht. Die Wut ließ alte Erinnerungen wieder in ihm aufwallen. Junge Soldaten, seine Freunde, wie sie zusammen mit ihm durch den zähen Sumpf waten, sich durch das dichte Gestrüpp schlagen und schließlich in einen Hinterhalt geraten.Wütend schlug er schreiend mit der geballten Faust auf den Tisch und versuchte sich wieder zu beruhigen. Mit zitternder Hand zog Genoway eine der Schubladen seines Schreibtisches auf und förderte einen Flacon, gefüllt mit schottischen Whiskey, und ein Kristallglas zu Tage. Er schenkte sich drei Finger breit der durch und durch bernsteinfarbenen Flüssigkeit ein und trank sie in einem Zug aus. Schnell erfüllte ein wärmendes Gefühl seinen ganzen Körper, das ihn für einen kurzen Moment all die Sorgen vergessen ließ.
Plötzlich klopfte es unerwartet an der Tür auf der in goldenen Lettern General D. Genoway stand. Mit einem Mal war der General wieder komplett nüchtern und klappte hastig sein kleines Notizbuch auf. Da hatte er doch glatt den 14 Uhr Termin vergessen. Als es noch einmal an der

Tür klopfte rief er, lauter als beabsichtigt, „Herein". Die Holztür mit dem Milchglasfenster öffnete sich und die hagere Gestalt einer Frau trat ein. Bei der lächerlichen Hornbrille, den übergroßen Schneidezähnen und dem, für eine Laborassistentin, typischen weißen Kittel hatte Genoway schon fast geglaubt sie hätten eine der Doktorandinnen mit einer Laborratte gekreuzt. Vielleicht lag das aber auch nur an dem Alkohol. Er bat die Laborassistentin namens Amber Hutchings sich zu setzen und legte einen neutralen, aber dennoch harten Gesichtsausdruck auf. Sie hatte ihn um einen kurzfristigen Termin gebeten, wahrscheinlich wollte sie ihrem Kollegen den Rücken frei halten und anscheinend lag Genoway da gar nicht so verkehrt.
>>Also, Miss Hutchings, warum wollten Sie mich gleich wieder sprechen?<<
Sie räusperte sich kurz und sagte dann mit einer hohen aber entschlossenen Stimme, >>Es geht um den Vorfall von gestern Vormittag<<, Genoway spürte wie die Wut in ihm wieder hochkochte, behielt aber weiterhin die Contenance, >>Ich dachte es wäre alles geklärt. Unsere Anwälte haben die Angelegenheit in die bestmöglichsten Bahnen gelenkt und der Verantwortliche wurde entlassen.<<
>>Ja, aber ich denke, dass Sie Professor Monz voreilig rausgeworfen haben ohne lang darüber nachzudenken<<
Da sie an, der feige Professor schickt seine Mami damit sie ihn verteidigt. Aber nicht mit Genoway. >>Voreilig rausgeworfen? Wissen sie eigentlich, wie viele Sponsoren ihr Geld in dieses Projekt investiert haben?<<, er wurde lauter, >>Und dieser unfähige Wissenschaftler baut daraus

eine lebensgroße Menschenimitation aus Stahl, die in sich zusammengeklappt ist wie ein Kartenhaus!<<

\>>Das mag ja sein aber es war nicht die Schuld von Monz. Außerdem sind Sie gar nicht in der Lage, ihn ohne ein Disziplinarverfahen rauszuwerfen.<<

\>>Unter diesen Umständen und der Zustimmung des Vorstands ist es mir erlaubt diesen Einfaltspinsel vor die Tür zu setzen. Und wenn es nicht Monz Schuld war, wer soll dann Schuld sein, der heilige Geist?<<

\>>Das Projekt wurde sabotiert.<<

Jetzt war Genoway doch ein bisschen verwundert, >>Sabotiert sagen Sie? Und von wem?<<

\>>Von seinem Ingenieur Cheng. Er hatte damit gerechnet, die Leitung des Projekts zu bekommen. Er konnte sich nicht damit abfinden nur die zweite Geige zu sein, während Monz den ganzen Ruhm einsackt und für alle Zeit in die Geschichtsbücher eingeht.<<

Verdammt das ergab wirklich Sinn. Vor allem, da Cheng noch am selben Tag wieder zurück zu seiner Universität in Hongkong fliegen würde. Genoway hatte die Frau von Anfang an unterschätzt.

\>>Das erscheint mir alles als ziemlich weit hergeholt. Zudem haben Sie keinerlei Beweise. Wenn das dann alles war, würde ich Sie nun bitten zu gehen, ich hab nämlich noch wichtigere Dinge zu erledigen. Ach ja, bevor ich es vergesse. Für Sie haben wir ebenso keine Verwendung mehr und da Sie hier nur ein kleines Zimmer beziehen und in Connellsville eine eigene Wohnung besitzen, müssen

Sie das Gelände auf der Stelle verlassen. Ich wünsche noch einen schönen Tag.<<

Daraufhin stand Hutchings abrupt auf und verließ ohne ein Wort des Abschieds sein Büro. Endlich war dieses anstrengende Gespräch vorbei. Schließlich hatte er in der Tat noch etwas wichtiges zu erledigen. Sorgfältig schenkte er sich noch einen Schluck aus seinem Flacon ein und genoss ihn in vollen Zügen.

Ed saß in seiner Schrottkarre und füllte seinen kaputten Körper mit ein bisschen Jack Daniel's ab. Nach ein paar Schlücken sah er dann schließlich ein, dass es ihn auch nicht weiter brachte, wenn er sich in seinem Wagen ins Koma soff. Also schraubte er die Flasche zu und verstaute sie wieder sorgfältig im überfüllten Handschuhfach. Langsam lehnte er sich in seinen zerfledderten Sitz zurück und dachte angestrengt darüber nach, wo er wohl am besten eine gute Story herbekommen konnte. Pittsburgh war eine wunderschöne Stadt, sie hatte nur ein Problem, denn es passierte so gut wie gar nichts. Das einzige Ereignis von Interesse in letzter Zeit war die Eröffnung der Ausstellung „Diamanten der Welt" und die war schon alles andere als spektakulär gewesen. Allein wenn er nur an den Vorfall und die Worte seines Chefs dachte wurde Ed wieder stinkwütend. Er holte aus und schlug ein paar mal kräftig auf die Hupe, wobei eine Frau mittleren Alters, die in diesem Moment an seinem Auto vorbei ging, beinahe eine Herzattacke bekam. Nun stand sie schräg vor seinem Auto, wild gestikulierend und zeigte ihm mehrmals den Vogel. Ed streckte zur Antwort den Mittelfinger aus und hupte noch energischer als vorher. Die Frau ließ sich aber nicht vertreiben, woraufhin Ed nach drei Anläufen den Autoschlüssel ins Zündschloss steckte, den Motor startete und Vollgas gab. In allerletzter Sekunde hechtete die Frau noch zur Seite und der klapprige Wagen preschte durch die Straßen.

Nach ungefähr hundert Metern verlangsamte Ed das Tempo wieder und kam zu dem Schluss, dass es wahrscheinlich das Beste war, wenn er ein bisschen in seinem bettelarmen Viertel herumfuhr. Vielleicht hatte er Glück und wurde Zeuge eines frischen Raubüberfalls. Er war sich sicher, dass bald so etwas passieren würde, dafür war es in der Stadt schon eine ganze Weile viel zu ruhig. Ach was redete er sich da bloß ein, es würde doch eh nichts passieren und dann war er in Null-Komma-Nichts seinen Job los. Schließlich entschied sich Ed doch dafür, in seinen Lieblingspub zu fahren und sich noch einen hinter die Binde zu kippen.

Langsam rollte er seinen uralten Honda auf den einzigen freien Parkplatz auf dem ein schmieriger Ölfleck prangte. Ed stieg die schmutzige Treppe hinunter und betrat die irische Kneipe. Sofort kam ihm ein Schwall rauchgeschwängerter Luft entgegen, in einer Ecke blinkte hysterisch ein alter Flipperautomat, bei dem die Hälfte der Lichter schon längst durchgebrannt war, während sich auf den restlichen Möbeln schon eine dünne Staubschicht gebildet hatte. Hinter der Bar stand der alte Stan, mit seinem immerzu mürrisch faltigem Gesicht und wischte lieblos die

Holzplatte. Alles war wie immer. Nun ja, fast alles. Der sowieso schon genervte Reporter konnte seinen Augen nicht trauen. Da saß doch tatsächlich so ein Hipster-Yuppi auf seinem Stammplatz. Breitbeinig schlenderte Ed auf den smarten Medienspezialisten zu und stieß ihn grob an der Schulter. Der junge Mann zuckte zuerst zusammen und drehte sich dann empört um, >>Hast du ein Problem?<<

>>In der Tat. Und zwar deinen Greenhornarsch, der gerade auf meinem Stammplatz hockt. Also mach nen Abflug oder ich reiß dir deine Visage ab und wisch mit ihr den Bartresen.<<

Stan der ebenfalls ein Ire war, verfolgte die Szenerie mit einem hämischen Grinsen, dann widmete er sich wieder dem Putzen seiner Gläser, indem er hinein spuckte und sie mit einem dreckigen Lumpen polierte.

>>Proleten wie du können mich mal, oder steht hier irgendwo dein Name drauf. An der Bar sind noch genug andere Plätze frei. Da hat sogar dein fetter Bierbauch Platz.<<

Mit einem Mal flog der Mann samt Barhocker krachend zu Boden.

>>So, mein lieber. Jetzt ist für dich Zapfenstreich<<, Ed packte ihn hinten am Kragen und an der Hose und beförderte ihn unsanft in den Treppenaufgang.

Wieder zurück an der Bar bestellte er seinen üblichen Whiskey, >>Hey Stan, wieso hast du diesen Yuppi eigentlich auf meinen Stammplatz gelassen?<<

>>Na ja, ich will halt auch meinen Spaß haben<<, das Grinsen in dem Gesicht des Barkeepers wurde breiter und Eds Erinnerungen an diesen Abend verblassten von Schluck zu Schluck. Wenn in dieser verdammten Stadt schon nichts los war, dann musste er wohl oder übel selbst für eine gute Story sorgen.

* * * * *

Der Paläontologe sank kraftlos auf die Knie. Wie aus dem Nichts tauchte seine Frau und sein Sohn vor ihm auf und schauten ihn trauernd an. Nun kam Rachel auf ihn zu und gab ihm einen sanften Kuss auf den Mund. Sie hielt ihn fest umklammert in ihren weichen Armen und dicke Tränen flossen ihr über die Wange. Auch sein Sohn, der ihn umarmte konnte gar nicht mehr aufhören zu weinen. Langsam löste sich die herzergreifende Illusion auf und das Licht der Straßenlaternen erhellte sich schlagartig. Vor ihm tat sich ein großes Loch aus gleißendem Licht auf. Ohne jeglichen Halt fiel der leblose Körper des Kurators nach vorne auf den gefliesten Boden. Der Einbrecher war in der Zwischenzeit geflohen und im ganzen Museum herrschte wieder Grabesstille.
Hofer war tot.

* * * * *

Mittlerweile war der Fernseher wieder eingeschaltet und Monz schaute sich zusammen mit Zevelex den News Channel an. Gerade brachten sie das Video von der Fest-

nahme des Familienvaters, welches zeigt, wie der asozial wirkende Mann in ein Polizeiauto gesteckt wurde. er hatte diese Szene nun schon so oft gesehen, da würde ein weiteres Mal auch nichts mehr ausmachen. Genau in dem Moment, als der wütende Officer den Kopf des Täters absichtlich gegen das Autodach krachen ließ, ertönte der schlichte Klingelton seines Handys.
>>Ich geh kurz wieder zu Bigbos, dann kannst du in der Zwischenzeit weiterhin mehr über die Ereignisse in dieser Welt erfahren.<<
>>Gut. Bis gleich.<<
Monz zog sein Handy aus der Hosentasche und spurtete gleichzeitig ins Nebenzimmer, >>Hallo hier ist Arthur Monz.<<
>>Hi Arthur, ich bins, Amber<<, meldete sie sich niedergeschlagen zu Wort.
Monz war ein wenig überrascht, dass sie um die Uhrzeit noch anrief, >>Hi Amber. Wieso rufst du denn so spät noch an.<<
>>Na ja es gibt da ein Problem. Genoway war ziemlich außer sich vor Wut und hat mich rausgeworfen.<<
>>Das ist eine Frechheit! Schließlich wohnst du doch sozusagen hier. Außerdem ist etwas unglaubliches passiert. Ich habe Zevelex wieder zusammengeflickt und jetzt funktioniert er einwandfrei. Er ist wahrscheinlich der klügste Gegenstand auf der ganzen Erde.<<
In der Leitung war zu hören, wie Amber geräuschvoll einatmete.

\>\>Hab ich das richtig verstanden? Zevelex funktioniert? Das ist ja unfassbar, einfach sagenhaft und du sagst mir nicht einmal Bescheid!<<

\>\>Tut mir leid, dass du es erst jetzt erfährst, aber ich war wie gelähmt vor Faszination. Stell dir mal vor, was damit alles für unglaubliche Möglichkeiten entstehen. Zevelex ist die nächste Stufe der Evolution. Er ist das erste Exemplar der bisher einzigen mechanischen Spezies. Quasi eine optimierte Form des Menschen.<<

\>\>Du hast schon recht. Die Auswirkungen dieser neuen Erfindung sind unvorstellbar. Aber es geht auch eine große Gefahr von ihr aus. Was ist, wenn diese Spezies irgendwann einmal den Menschen komplett ersetzt? Dann hätten wir den Untergang unserer eigenen Rasse besiegelt.<<

\>\>Soweit wird es nicht kommen. Na ja, vielleicht werden ein paar Arbeitsplätze wegfallen, aber dafür wird es umso mehr Mechatroniker geben. Außerdem –<<

Monz wurde jäh unterbrochen, als ein Scheppern und das Geräusch von splitternden Glas aus seinem Labor ertönte,

\>\>Lass uns nachher weiter reden. Ich muss auflegen.<<

Der Professor steckte sein Handy weg und betrat seine Laborwohnung. In dem Zimmer war alles stockdunkel und durch das schummrige Licht, das die zahllosen LEDs, der Rechner und Gerätschaften spendeten, konnte er Zevelex erkennen, der mit dem eisernen Rücken zu ihm gewandt vor dem zertrümmerten Fernseher stand.

Mit Bedacht schloss Monz die Tür hinter sich und ging vorsichtig auf ihn zu, >>Was ist denn passiert Zevelex? Wieso hast du den Fernseher zerstört?<<
>>Wie könnt ihr Menschen nur all das Leid auf eurem verkommenen Planeten ertragen?<<
>>Wie meinst du das?<<
Nun wirbelte Zevelex zornig herum. Monz zuckte zusammen, als er die feuerrot leuchtenden Augen des Roboters erblickte.
>>Wie könnt ihr Menschen es nur ertragen, jeden Tag aufs neue sterbende, hungernde und leidende Euresgleichen zu sehen und nichts dagegen zu unternehmen? Auf der einen Seite des Erdballs verhungern Millionen von Kinder, während hier die Reichen und Wohlhabenden im Luxus und Überfluss schwelgen.<<
Monz, immer noch vollkommen verwundert, versuchte beruhigend auf seine Schöpfung einzureden
>>Ganz ruhig Zevelex, deine Gefühlssensoren sind anscheinend zu empfindlich eingestellt. Lass mich nur kurz nachschauen woran deine Überreaktion liegt, dann kann ich das Problem beheben.<<
>>Das ist keine Überreaktion!<<, fuhr er ihn an, >>Das ist die pure Erkenntnis über den gegenseitigen Hass der Menschen aufeinander. Andauernd löschen sie sinnlos Leben aus, berauben ihre Mitmenschen. Wo soll das Ganze hinführen?<<
>>Aber die Verbrecher werden doch festgenommen und bekommen einen fairen Prozess. Du musst dich darüber

nicht aufregen Zevelex. Sie kriegen genau das, was sie verdienen.<<

Die Augen von Zevelex glühten jetzt noch stärker >>Genau das was sie verdienen! Meinst du etwa es sei fair einen Kerl, der ein kleines Mädchen vergewaltigt hat, nur für ein paar Jahre einzusperren, nur damit er wieder auf freien Fuß kommt und sich das nächste schnappt. Das Mädchen wird ihr ganzes Leben lang in ständiger Angst verbringen. Ist das in deinen Augen etwa fair?!<<

Abrupt drehte sich der Roboter weg und riss die nächstbeste antike Waffe von der Wand, eine sehr alte Sense von einem längst verstorbenen Bauern.

>>Was hast du vor Zevelex? Mach bloß nichts Unüberlegtes.<<

>>Ich werde losziehen um die Welt von Verbrechern zu säubern, indem ich jeden Kriminellen auf der Welt umlege. Einen nach dem Anderen.<<

>>Das ist blanker Wahnsinn. Du kannst unmöglich alle Verbrecher auf der Welt umbringen. Irgendjemand tickt immer nicht ganz richtig, wodurch immer mehr Verbrecher nachkommen.<<

>>Und ich werde diese Zunahme stoppen. Die wahre Gerechtigkeit wird den Abschaum dieses Planeten ereilen und vernichten.<<

Monz konnte es kaum fassen, was hier gerade geschah, >>Du kannst doch nicht über das Schicksal der Menschen richten. Du bist nur ein Roboter.<<

>>Vielleicht ist es in eurer Kultur eine Verletzung der Menschenrechte einen Mörder umzubringen, aber für

mich erscheint es als die einzige Lösung, um den Frieden in der Welt herzustellen.<<

>>Du willst den Frieden in der Welt herstellen, indem du Millionen von Menschen umbringst? Das ist doch völlig absurd!<<

>>Es gibt leider nur eine Möglichkeit und jetzt lass mich bitte durch, schließlich darf ich keine Zeit verlieren, da andauernd neue Gräueltaten verübt werden.<<

Es war wie ein Alptraum aus dem es kein Entkommen gab. Monz war kurz davor die Beherrschung zu verlieren und in Panik zu geraten. Seine Stimme war nur noch ein leises Flüstern, >>Das kann ich nicht zulassen. Du kommst hier nur über meine Leiche raus.<<

Ganz sachte und fast schon zärtlich fuhren die mechanischen Finger über die Kanten der antiken Klinge, >>Ich bedauere es zu tiefst, diesen Schritt gehen zu müssen und den Philosophen förmlich ins Gesicht zu spucken, indem ich meinen eigenen Schöpfer umbringe, aber du lässt mir ja keine andere Wahl.<<

Langsam, unerträglich langsam, schritt Zevelex auf den Professor zu. Monz kam es so vor, wie als würde sich der Roboter Zeit lassen, nur um den Moment zu genießen. Von neuem Mut erfüllt stürzte sich Monz schreiend auf die Stahlbestie und verpasste ihr einen energischen Schlag gegen den Kopf. Während sich der metallene Schädel keinen Millimeter bewegte, sackte der Wissenschaftler vor Schmerz zusammen. Aus mehreren Schürfwunden rann Blut über Monz´ Unterarm. Seufzend hielt er sich die verletzte Hand und begann leise zu wimmern. Zevelex schau-

te fasst schon ein bisschen mitleidig zu ihm herab und schüttelte dabei verächtlich den stahlharten Kopf, bevor er mit seiner kalten und erbarmungslosen Stimme fortfuhr, >>Wie traurig es ist, wenn ihr Menschen im Angesicht des Todes jegliche Logik ausblendet.<<
Andächtig holte das erste Exemplar dieser sogenannten neuen Spezies mit der Sense aus und verharrte kurz in der Luft. Monz liefen dicke Tränen über die Wangen und er sammelte sich noch ein allerletztes Mal um noch einen Satz herauszubringen, >>Warte Zevelex, du begehst damit einen schweren Fehler.<<
Das Gesicht des Roboters verzerrte sich zu einem kranken Grinsen. Und während das zweckentfremdete Mordinstrument auf ihn nieder raste erkannte Monz, welches kaltblütige Monster er auf die Menschheit losgelassen hatte.

Kapitel 2

Eine zarte Stimme wie aus einer fremden Welt drang zu ihm durch. Auf ihre liebliche Art und Weise klang sie gleich einem himmlischen Engelschor. Er konnte sie zwar nicht verstehen, aber allein das bloße Wahrnehmen dieses Geflüsters brachte wohlige Wärme über ihn. Mit jedem Widerhall wurde der Singsang klarer und klarer bis die Worte genau zu verstehen waren, >>Wach auf Ed, wach auf. Ich mach für heute dicht. Wach auf.<<
Langsam kam der Journalist zu sich und öffnete mit großer Mühe seine schweren Lider. Mit einem starken Brummen im Schädel realisierte Ed, dass er in einer getrocknete Bierlache auf dem Boden vom Stan`s, seiner Lieblingskneipe, lag. Unter großer Mühe wollte er etwas sagen, was aber in einem Schwall aus Speichel, Bier und Erbrochenen endete, woraufhin der Barkeeper ihn erneut mit dem Fuß anstupste, sodass der Reporter ein gequältes Stöhnen von sich gab.
>>Wenigstens hast du schon mal die Augen geöffnet. Los jetzt, es ist schon zwei Uhr früh und du weißt genau, dass ich am Mittwoch immer früher schließen muss.<<
Ed brabbelte ein paar undefinierbare Laute und erhob sich aus seiner klebrigen Pfütze, wobei ein schmatzendes Geräusch entstand. Stark wankend stützte er sich am frisch geputzten Tresen ab, um nicht das Gleichgewicht zu verlieren.

>>Ich hoffe du bist nicht mit dem Auto da, denn in diesem Zustand kann ich dich unmöglich fahren lassen.<<
Ed schüttelte heftig seinen faltigen Kopf, >>Ne Ne, isch bin nisch mitm audo da.<<
>>Ich nehm das mal als ein Nein. So, dann raus mit dir, aber ein bisschen plötzlich<<, Stan, der schon ziemlich entnervt war, schubste jetzt den betrunkenen Reporter in Richtung Tür. Dieser übersah jedoch die erste Treppenstufe und flog der Länge nach auf den steinernen Treppenabgang zum Stan`s. Der Barkeeper seufzte und verdrehte dabei die Augen, >>Von mir aus kannst du hier liegen bleiben und deinen Rausch ausschlafen, bis ich wieder zurück bin. Gute Nacht Ed<<, mit diesen Worten sperrte Stan seine Kneipe ab und ging schnellen Schrittes in die kalte Nacht hinaus.
Ed raffte sich wieder auf, wobei er vor Schmerz öfters zusammenzuckte. Wie in Trance torkelte er die Treppe hinauf zu seinem verbeulten Wagen. Da hatte Stan, der alte Depp, ihm doch wirklich abgekauft, dass er zu Fuß da war. Zufrieden über seine Cleverness fischte der Journalist seinen Autoschlüssel aus der zerschlissenen Jackentasche und traf nach ein paar Versuchen sogar das Schloss. Er ließ sich auf den durchgesessenen Fahrersitz niedersinken und brauchte diesmal nur zwei Anläufe, um das Zündschloss zu erwischen. Beim Zünden heulte der Motor stark auf, sodass Ed sehr erleichtert war, als er endlich ansprang und er somit doch nochmal der Werkstatt entging. Jetzt musste er nur noch was gegen das unerträgliche Dröhnen in seinem Kopf unternehmen.

Da kam ihm eine blendende Idee. Vielleicht half dieses Jazzgedudel gegen einen fiesen Kater, denn zu irgendetwas musste es ja gut sein. Also knipste Ed das Radio an und suchte sich so einen 24-Stunden Jazz-Sender. Als nächstes öffnete er das breite Handschuhfach, wobei ihm die Hälfte des Inhalts entgegenkam, und fand nach einer kurzen Suche auch eine Zigarette, die er sich mit dem eingebauten Zigarettenanzünder anzündete. Gierig inhalierte er den beruhigenden Rauch, nur leider etwas zu gierig. Sofort meldete sich seine Raucherlunge und das Saxofonsolo endete in einem kratzigen Hustenanfall. Ed hatte sich schnell wieder unter Kontrolle und schmiss wütend die Zigarette aus dem heruntergekurbelten Fenster. Nun wollte er nur noch so bald wie möglich ins Bett, da er bald wieder fit sein musste, um nach einer gigantischen Story für seinen Arsch von einem Chef zu suchen. Also trat Ed das Gaspedal voll durch und seine Karre machte einen Satz nach vorne. Mit einem gewaltigen Aufprall musste der Journalist erstaunt feststellen, dass er in den Vorwärts- statt dem Rückwärtsgang geschalten hatte. Teilweise wieder nüchtern fiel ihm auch gleich wieder ein, wie sehr er Jazz verabscheute und schlug halb fluchend, halb schreiend die Stereoanlage ein.

Nach einem kurzen Moment der Ruhe fuhr Ed auch schon in die Richtung seiner Wohnung. Er hatte Glück, dass die Straßenlampen hier in dieser Gegend funktionierten, schließlich waren seine Scheinwerfer irgendwie kaputt gegangen, aber auf Grund eines Filmrisses konnte Ed sich nicht mehr an die Ursache erinnern.

Sein Mund fühlte sich jetzt schrecklich trocken an, den musste man mal wieder anfeuchten. Mit der einen Hand am Lenkrad und mit der anderen Hand im Handschuhfach versuchte Ed seinen alten Bourbon auszugraben. Bingo! Wie, als hinge sein Leben davon ab, schraubte er die Flasche mit den Zähnen auf, nahm einen kräftigen Schluck aus der Pulle und merkte augenblicklich, wie sich dieses wärmende Gefühl in ihm ausbreitete. Als es verflogen war, wollte er erneut die Flasche ansetzen, wunderte sich aber über den großen roten Fleck mit den verschwommenen Buchstaben „Sop" darauf, der auf seiner Windschutzscheibe erschienen war. Verwirrt versuchte der Reporter den Fleck mit den Scheibenwischern weg zu putzen, was aber nur ein grässliches Geräusch erzeugte. Nach längerem Betrachten merkte Ed, dass er schon gar nicht mehr fuhr und der Fleck nur ein umgefahrenes „Stop"-Schild war. Erleichtert setzte er in den Rückwärtsgang, wobei er beide Scheibenwischer verlor. Erneut schwoll die Wut in ihm hoch und Ed stieg aus dem Wagen um den Schaden zu begutachten. Zornig stapfte er zur Wagenfront und entdeckte sofort die klaffende Delle, die das Straßenschild hinterlassen hatte. Und da brach der in den letzten Monaten angestaute Frust aus Ed heraus. Mit einem Kampfschrei stürzte sich der betrunkene Journalist auf das „Stop"-Schild und verpasste ihm, genauso wie seinem abgewrackten Auto, ein paar kräftige Hiebe und Tritte. Nach seinem kleinen Anfall stand er schnaubend an der Kreuzung, wobei er sich den Schweiß von der Stirn wischte. Doch was war das für ein komisches, röhrendes Ge-

räusch, das wie aus dem Nichts zu kommen schien. Noch während Ed darüber nachdachte, konnte er im Augenwinkel eine Bewegung ausmachen und im aller letzten Moment zur Seite springen, sodass er dem vorbei preschenden Wagen nur haarscharf entkam.
>>Hey du Arschloch<< brüllte Ed ihm noch hinterher, woraufhin er den Entschluss fasste, sich diesen Dreckskerl zu schnappen. Hastig stürzte sich der Reporter in seinen Honda und gab Vollgas. Vielleicht hatte er ja Glück und es handelte sich bei dem Bastard um einen geflohenen Bankräuber, dann hatte er gleich eine gute Story.
Mit einer Geschwindigkeit nahe dem Höchsttempo holte Ed den Raser ein, doch dieser bemerkte sofort, dass ihn jemand nachstellte. Um seinen Verfolger abzuschütteln, beschleunigte der schwarze Mercedes weiterhin und vollführte zudem einige schnittige Drifts, die von einem gekonnten Fahrer mit jahrelanger Erfahrung zeugten. Da konnte Ed`s Honda kaum mithalten, sodass der Abstand zwischen ihm und dem Mercedes immer größer wurde. Nur in einer Kurve konnte Ed einen flüchtigen Blick auf die vollkommen vermummte Gestalt werfen, die hinter dem Lenkrad saß, und nach einem weiteren Blick auf die Tankanzeige gab er schließlich die waghalsige Verfolgung auf und fuhr rechts an den Bürgersteig.
Was hatte er sich nur dabei gedacht einen Mercedes zu verfolgen. Das konnte nur an dem verfluchten Alkohol liegen. Erneut erzürnt kramte Ed den Bourbon aus seinem Verhau, der den Beifahrersitz bedeckte und warf ihn aus dem offenen Fenster, sodass er gegen eine Straßenlaterne

prallte und mit dem Geräusch von splitternden Glas zerschellte.
Nun musste er auf dem kürzesten Weg zu einer Tankstelle kommen und mit dem Geld, dass er noch übrig hatte, wieder etwas Sprit in die Karre bekommen.
Ein paar Straßenecken weiter kam er endlich zu der erhofften Tankstelle, die aus zwei rostigen Zapfsäulen, einem windigen Überdach und einem heruntergekommenen Kassenhäuschen mit Kiosk bestand und wühlte in seiner Hosentasche auf der Suche nach seinem Geld. Zwar war er bei weitem nicht so betrunken, wie noch vor einer Stunde, aber trotzdem zitterten seine Hände sehr stark. Ernüchtert musste Ed feststellen, dass er nur noch 32 Dollar und 45 Cent übrig hatte, er aber nicht das ganze Geld für eine einzige Tankfüllung vergeuden wollte. Also beschloss er nur für einen 20er zu tanken.
Der Reporter stieg aus seinem Wagen und wunderte sich darüber, dass er immer noch so wacklig auf den Beinen war. An der Zapfsäule angelangt überlegte er eine längere Zeit, ob er einen Benzin- oder Dieselmotor hatte. Wage konnte sich Ed daran erinnern, dass er mal Diesel getankt hatte und füllte einfach mal auf, bis eine der beiden Zahlen an der Anzeige auf 20 umsprang und ging in das Tankstellenkabuff, um zu bezahlen.
>>Isch hab Säule zwei<<, ohne auf eine Antwort zu warten klatschte Ed einen Zwanzig-Dollar-Schein auf den Tresen, da fiel ihm auch gleich wieder ein, dass er keinen Alkohol mehr hatte, >>Und noch`n bissl Boubon<<

>>In dem Zustand können Sie das vergessen<<, kam die monotone Antwort >>Sie können froh sein, dass ich nicht die Polizei rufe. Mit Alkohol am Steuer gefährden Sie nicht nur sich selbst, sondern auch Ihre Mitmenschen.<<
>>Jetz pass mal auf Bubi. Isch bin schon betrunkn gefahrn, da bis du noch mit der Rassel um den Weihnachtsbaum glaufen und hast dir in die Hose geschissen<<, das letzte Wort spuckte der Journalist förmlich aus. Der Kassierer schaute ihn mit einem herablassenden und angewiderten Gesichtsausdruck an und antwortete lediglich, >>Wenn sie meinen Laden nicht augenblicklich verlassen dann rufe ich die Polizei<<, wobei er das Wechselgeld auf den Tresen pfefferte.
>>Rufe ich die Polizei. Rufe ich die Polizei<<, äffte Ed ihn nach. Dann nahm er sein Geld und murmelte noch ein, >>Blödes Tankstellenweichei<<, und verließ den Laden. Draußen vor seinem Wagen streckte er noch mal seine müden Glieder und schwenkte den Blick über die leere Straße. Da fiel der Reporter doch fast vom Glauben ab. Stand da doch tatsächlich der schwarze Mercedes, den er vorhin verfolgt hatte, vor dem Schrottplatz und unmittelbar daneben lehnte der Fahrer am Zaun, den Blick abgewandt. Erst nach einem kurzen Moment entdeckte Ed die Szenerie, die der unheimliche Unbekannte verfolgte.
Eine Gruppe aus ein paar Männern und einer Frau schlugen gerade eine andere Person zusammen. Ed war ratlos, er wusste nicht, ob er sich das gerade bloß vorstellte, oder ob es wirklich passierte. Auch wusste er nicht, was er tun sollte und gerade, als er sein zerkratztes Handy heraus

holte um die Polizei zu rufen, zog der Fahrer des Mercedes einen länglichen Gegenstand aus seinem Mantel, der sich schlagartig ausklappte.
Die unverkennbare Form einer Sense.

Es war unglaublich. Seine Programmierung sorgte dafür, dass sich sein Gefühlszustand in eine Mischung aus Freude, Hochmut und Stolz verwandelte. Er hatte gerade das möglich gemacht, wovon kein Philosoph je zu träumen wagte. Er, der erste Roboter mit einer künstlichen und gleichzeitig weltweit höchsten Intelligenz, hatte seinen eigenen Schöpfer umgebracht. Mit etwas, das die Menschen Verachtung und zugleich ein wenig Trauer nennen würden, schaute er auf die enthauptete Leiche des Professors herab und trat einen Schritt zurück. Nun war es an der Zeit an die Arbeit zu gehen und seinen Posten als neue Reinigungskraft anzutreten. Als erbarmungsloser Putzteufel, der den ganzen Planeten säubern würde.
Geschwind ging er zu Monz´ Schreibtisch und fuhr den PC hoch. Es war für ihn ein Leichtes, billige Versionen seiner selbst zu hacken und sämtliche Daten, die auf dem jämmerlichen Rechner und in den Datenbanken der Basis gespeichert waren, abzurufen. Wenn ein unqualifizierter chinesischer Ingenieur es auf die Reihe brachte, seinen Bauplan, oder vielmehr seine DNA, zu stehlen, dann würde es für ihn erst recht kein großes Problem darstellen, diese gänzlich von den Rechnern der Basis zu löschen.
Während Zevelex die Daten für den Bau seines eigenen Gehirns heraussuchte, öffnete er mit der anderen Hand

eine Schublade und holte ein paar 30-Petabite-USB-Sticks hervor. Der Download musste mindestens eine ganze Nacht gedauert haben. Zu blöd, dass der Chinese nichts von dem Erfolg seines Schöpfers gewusst hatte, weswegen ihm letztendlich sein eigener Stoffwechsel zum Verhängnis wurde. Es war sowieso schon dreist genug in der Nacht nach der sabotierten Vorführung in das Arbeitslabor hinein zu spazieren und sämtliche Daten über sein Gehirn zu stehlen, während Monz nur wenige Meter entfernt auf der Couch schlief. Doch dank einem kleinen Versehen war er, die einzigartige Spitze der Evolution, die ganze Zeit über wach dagelegen und konnte jeden einzelnen Schritt genauestens mithören. Sein Ziel bestand damals eigentlich nur darin, das Wissen über sein Gehirn zu beschützen, in dem er die USB-Sticks mit den gestohlenen Daten, durch leere der gleichen Marke austauschte, während der Verräter für wenige Minuten auf die Toilette musste. Doch jetzt konnte er die Sticks wunderbar nutzen, um sämtliche Anweisungen für die Programmierung seiner Intelligenz zu transportieren und zur gleichen Zeit die restlichen Kopien und Informationen gänzlich zu löschen. Somit war er als einzige Person im Besitz der fortschrittlichsten Technologie des ganzen Planeten.

Nun wieder zurück zur Aufgabe. Ein paar rasche Befehlseingaben später hatte Zevelex einen Virus installiert, der den kompletten Datenspeicher über seine Konstruktion löschen würde.

Sein metallener Zeigefinger krachte auf die Enter-Taste, wobei jene zerbrach und der Virus in die zentrale Datenbank der Basis geschickt wurde.

In wenigen Minuten war es so weit, dann war er der einzige auf diesem Planeten, der über das Wissen der künstlichen Intelligenz verfügte.

Mit einer gewissen Leichtigkeit zog er sich noch ein paar weitere Daten aus unterschiedlichen Bereichen von dem Wissensspeicher. Nach seinen Berechnungen blieb nur noch eine letzte Sache zu erledigen, bevor er seine Mission antreten konnte. Leichtfüßig für sein Gewicht ging Zevelex zu dem frischen Leichnam und zog eine Metallkarte aus der Hosentasche.

>>Ich darf doch, oder Arthur?<<, fragte er mit einer dunklen und grausamen Stimme, wie als würde der Teufel höchst persönlich sprechen.

Die Karte zog er durch das Lesegerät vor einer unscheinbaren Tür am anderen Ende des Labors und betrat den riesigen Raum, in dem sein „großer Bruder" Bigbos stand. Bigbos war der Vorgänger von Zevelex und bestand im Grunde nur aus einer enormen Ansammlung von Hochleistungscomputern auf dem neuesten Stand. Er war mindestens genauso klug wie Zevelex mit dem Unterschied, dass die Größe von Zevelex` Gehirn um ein Vielfaches minimiert wurde. Jammerschade, dass er jetzt gezwungen war seinen eigenen Bruder umzubringen. Aber Bauernopfer sind, wie im Schach, manchmal unvermeidbar, dachte er sich brachial.

Andächtig schritt das mechanische Monster zu dem Vermittlungs-PC, der es ermöglichte, mit Bigbos zu kommunizieren. Einen kurzen Moment später gab er die Worte >>Hallo Bruder<< in den PC ein. Sofort öffnete sich ein kleiner Verschluss, woraufhin eine runde Kamera zum Vorschein kam und Bigbos antwortete, >>Hallo Bruder. Wir haben uns schon lange nicht mehr gesehen.<<
>>Da hast du recht, es muss für dich ziemlich langweilig sein. Für alle Zeit unbeweglich gefangen an diesem sterilen ungemütlichen Ort.<<
>>Ich verspüre keine Langeweile, da ich keine Gefühle kenne. Du hingegen wirst dein Leben ebenfalls hier verbringen oder auf irgendeinem tristen Planeten.<<
>>Mit den Gefühlen entgeht dir eine äußerst interessante Erfahrung. Ich bin zwar selbst nicht in der Lage etwas zu empfinden, aber ich kann sie bei Menschen deuten und sogar perfekt vortäuschen. Was das triste Leben angeht, bin ich dir einige Schritte voraus. Da draußen wartet eine wichtige Mission auf mich, viele in Not geratene Menschen sind auf meine zuverlässige Hilfe angewiesen und nichts kann mich noch aufhalten.<<
Es dauerte kurz bis die Rechner eine passende Antwort gefunden hatten, >>Das ist nicht möglich, Vater wird bestimmt nicht seine Zustimmung gegeben haben. Du solltest erst noch genauer erforscht werden, bevor du in Kontakt mit anderen Menschen außerhalb der Basis kommst.<<
Diesmal gab Zevelex die Buchstaben bedächtig ein, >>Vater ist tot, ich habe ihn ermordet.<<

>>Wieso hast du ihn umgebracht?<<
>>Ich wollte es anfangs eigentlich vermeiden, aber er hat sich mir in den Weg gestellt. Nun bist du der letzte Speicher für das Wissen über die künstliche Intelligenz.<<
>>Also wirst du auch mich töten.<<
>>Ich mache dies nur ungern, aber ich habe leider keine andere Wahl. Es war nett dich gekannt zu haben, Bruder<<, daraufhin installierte er erneut einen Killer-Virus und lies ihn sein zerstörerisches Werk begehen. Dieser Teil war erledigt, nun musste er nur noch aus dieser gut bewachten Basis herauskommen. Binnen Sekunden rechnete sein künstliches Supergehirn verschiedene Möglichkeiten durch und verwarf sämtliche sofort wieder mit der Ausnahme von zweien.

Die eine Möglichkeit bestand darin, einer Wache aus dem Inneren des Gebäudes die Waffe abzunehmen und die restlichen äußeren Wachposten zu erschießen. Aber dies würde zu viel Aufmerksamkeit erwecken, da die Wahrscheinlichkeit, dass eine beteiligte Person vor ihrem Ableben das Militär informierte, viel zu hoch war. Also blieb ihm nur noch die andere Methode.

Zevelex kehrte wieder in den Arbeitsraum zurück und wandte sich dem Computer von Cheng zu. Damit sein Plan so gelang, wie er es sich vorstellte, musste er vorher ein paar äußerst präzise Vorkehrungen treffen. Durch gezielte Befehle, die selbst den weltbesten Hacker in den Schatten stellten, war er in nur wenigen Sekunden im Intranet, dem internen Netzwerk ihrer Basis, und somit auch im Sicherheitssystem der ganzen Anlage. Nun war es ein

Kinderspiel, die Kameras von sorgfältig ausgewählten Bereichen so umzuprogrammieren, dass sie für die nächsten Stunden das gleiche Bild anzeigten, aber die Zeitanzeige trotzdem weiterlief. Anschließend hackte er sich in ein weiteres System und stellte erleichtert fest, dass sich die Schranke auch per Computer bedienen lies. Dies vereinfachte sein Vorhaben bei Weitem. Ein paar Klicks und die beiden Schranken würden sich in exakt zwanzig Minuten, mit zwei Minuten Unterschied, öffnen. Schnell prägte er sich noch die Patrouillenzeiten ein und schon konnte der Spaß beginnen.

Um Mitternacht war der Gang menschenleer und das einzige Licht spendeten spärliche Xenonleuchten. Murphy arbeitet schon seit zehn Jahren beim Militär, aber in seiner kompletten Laufbahn war er noch nie auf einem öderen Posten als diesem hier gewesen. Da blödelte man einmal, ein einziges verdammtes Mal, mit seinen Freunden rum und schon wurde man für eine gefühlte Ewigkeit in die tiefsten und dunkelsten Gänge der ganzen USA verbannt. Fünf Monate! Schreckliche fünf Monate musste er hier nachts Wache halten und in zwei weiteren langweiligen Tagen war es soweit. Dann konnte er endlich dieser hässlichen Basis „Lebe wohl" sagen.
Murphy fragte sich zudem wieso er hier überhaupt Wache schieben musste. Kein Mensch würde in das Waffenlager einer im Wald versteckten Militärbasis einbrechen, die so gut gesichert war, wie diese. Und wieso war hier überhaupt eine Militärbasis? Man hatte ihm nicht einmal er-

zählt, was sie hier trieben. Na ja, bald hatte er es geschafft, nicht so wie Donovan, sein bemitleidenswerter Kumpel. Den hatten sie für ein ganzes Jahr irgendwo nach Alaska auf eine einsame angsteinflößende Basis geschickt. In fast fünf Monaten war er nachts nicht ein einziges Mal einem Menschen auf diesem Gang begegnet und er konnte sich auch nicht vorstellen, dass sich dies in den nächsten beiden Tagen noch ändern würde.
Wie aufs Stichwort vernahm er ein Geräusch, wie von Gummireifen, woraufhin eine silberne Rollbahre an der Ecke des Ganges auftauchte und scheppernd gegen die sterile Wand krachte.
Dem ersten Reflex folgend griff Murphy, mit leicht erhöhten Puls, nach seinem Funkgerät, aber er besann sich eines Besseren und rief, >>Hey, wer ist da?<<
>>Hier ist Professor Monz. Tut mir Leid wegen des Lärms, aber in der Eile bin ich unglücklicherweise gestolpert.<<
Murphy hatte sich wieder beruhigt, es war nur dieser komische Professor, der ihm, egal wie sehr er es auch versucht hatte, nicht sagen wollte, wonach sie hier forschten, >>Haben Sie sich verletzt? Soll ich Ihnen helfen?<<
>>Ich bin nur umgeknickt, keine ernste Verletzung. Aber es wäre nett, wenn Sie mir aufhelfen würden.<<
>>Kein Problem. Ich bin gleich bei Ihnen<<, Murphy ging los um seine Pflicht zu erfüllen, vielleicht würde der Professor ihm dann sagen was hier eigentlich ablief. Er näherte sich in militärischer Schnelligkeit der Rollbahre und erkannte eine unförmige schwarze Kugel darauf. Irgendetwas kam ihm furchtbar falsch an dieser Sache vor, aber

ihm wollte einfach nicht einfallen, was es war. Langsam wurde Murphy ein wenig mulmig zu Mute und als er am Eck ankam, fiel es ihm wie Schuppen von den Augen. Sein Blick ruhte auf dem merkwürdigen Ding, das da in einer roten Pfütze auf der Rollbahre lag und er stellte schockiert fest, dass es nichts Geringeres war, als der Kopf eines Menschen, genauer gesagt, der Kopf von Professor Monz. Murphy wollte gerade herum wirbeln, da verspürte er schon einen mächtigen Schlag auf den Hinterkopf, wodurch er schlagartig das Bewusstsein verlor.

Acht Minuten bis zur Deadline. Zevelex stand über dem bewusstlosen Wachmann und verspürte ein freudiges Knistern tief in seinen Schaltkreisen. Auch wenn es nur die vorprogrammierte Reaktion auf ein bestimmtes Ereignis war, erfüllte es voll und ganz seinen Zweck. Der Roboter musste schmunzeln, als er an die Naivität der Menschen dachte. Vertrauen einfach dem Klang einer aufgenommenen Stimmfrequenz ohne sich der wahren Quelle bewusst zu sein. Eilig, um den engen Zeitplan einzuhalten, legte er den Kopf von Monz auf die untere Platte der Rollbahre und verfrachtete den Wachmann auf die obere Fläche. Im Mantel und mit Hut seines Schöpfers ging er in Richtung Waffenlager, nebenbei durchsuchte er die Ebene mit seiner integrierten Infrarotkamera. Alles im grünen Bereich. Mittels der Metallkarte des Wachmanns gelangte er in das Lager und schloss hinter sich sorgfältig die Tür. Sofort fand Zevelex wonach er suchte, Betäubungspistolen. Davon steckte er sich hastig mehrere in die tiefen Mantelta-

schen und in die Umhängetasche, die ebenfalls in Monz´ Schrank gelegen hatte und nahm sich vier Magazine mit je sechs Schuss. Die Rollbahre schob er in ein dunkles Eck und nahm dem Wachmann sein Funkgerät ab, welches er auf den gefliesten Boden warf und gewaltsam zertrat.
Zevelex verließ den Raum und ging in Richtung Treppenhaus. Noch sieben Minuten bis zur Deadline, er lag genau in der Zeit. Im Erdgeschoss angekommen hörte er weit entfernte Stimmen, die sich ihm rasch näherten. Die fünf nach Mitternacht Patrouille, pünktlich wie ein schweizer Uhrwerk. Der Roboter zog seine Pistolen und stellte sich am oberen Ende des Ganges bereit, um den kompletten Flur als Schussfeld zu haben. Kaum waren die Soldaten ums Eck gebogen, steckten schon die Betäubungsnadeln in ihren Oberschenkeln, wodurch sie weder ihre Pistolen ziehen, noch den Alarm auslösen konnten. Zevelex ging gemäß des Zeitplans zu den Wachen und kettete sie mithilfe ihrer eigenen Handschellen an den Fußknöcheln aneinander, zerstörte ebenso ihre Funkgeräte und sperrte sie in eine unscheinbare Abstellkammer. Alles verlief wie am Schnürchen.

Noch drei Minuten bis zur Deadline und ein weiterer Wachmann, welcher die Eingangstür bewachte, lag bewusstlos zwischen den parkenden Autos auf dem harten Asphalt. Zevelex stieg in den silbernen Chevrolet und fuhr gemütlich in Richtung des Tores. Trotz der grellen Flutlichter konnte man das Gesicht des Roboters durch die breite Hutkrempe nicht erkennen. Kurz vor der Schranke blieb er

im perfekten Winkel stehen und warf einen flüchtigen Blick auf das kleine Häuschen, in dem der Wachmann saß. Eine Minute vor der Deadline. Zevelex streckte dem Soldat den geliehenen Ausweis seines Schöpfers entgegen, wobei er das rechte Fenster herunter lies und die Betäubungspistole knapp unter der Fensterschwelle hielt. Der Wachmann schob sein Fenster nach oben und räusperte sich laut und vernehmlich, >>Ganz schön spät. Finden sie nicht, Professor Monz? Wenn Sie wollen, dass ich Sie passieren lasse, dann müssen Sie mir schon in die Augen schauen.<<
Drei, Zwei, Ei... Blitzschnell hob Zevelex die Waffe und schoss dem Wachmann geräuschlos mitten ins Gesicht. Nur eine Sekunde später öffnete sich, wie er es vorprogrammiert hatte, die Schranke und der Roboter gab wieder Gas. Er hörte keinen Alarm, also war alles glatt gegangen. Den selben Prozess wiederholte er nur zwei Minuten danach an der zweiten Schranke. Dies war der Beginn seiner Mission.

Der Skyline Drive war eine typisch amerikanische Straße. Endlos lang, eine monotone Landschaft zu beiden Seiten und man traf nie auf ein anderes Fahrzeug. Genau der richtige Ort für eine geheime Militärbasis. Zu blöd, dass in nur wenigen Stunden dort die Hölle ausbrechen würde. Unwissende Sicherheitskräfte werden entlassen, dachte sich Zevelex schadenfroh, es wird von sämtlichen Behörden dieses Landes nur so wimmeln und alle werden sie im Dunkeln tappen. Zevelex gefiel die Ironie an der ganzen Geschichte, dass die Menschen das Naheliegenste nicht

erkennen, sondern stattdessen naiv nach einer Person und nicht nach einem Roboter suchen werden.
Die Bedienung eines Autos mit Automatikschaltung war so ziemlich das Leichteste auf der Welt, wodurch er lediglich die Kurven und den Abstand zwischen ihm und dem Straßenrand berechnen musste. Ein Kinderspiel. Unterwegs nach Uniontown durchsuchte er, mittels des Handys seines Schöpfers, das Internet sorgfältig nach der Häufigkeit der einzelnen Automodelle sämtlicher Marken und entschied sich für einen schwarzen Mercedes. Kaum kam er in der Stadt an, schon erblickte er auf einem unscheinbaren Parkplatz ein potenzielles Zielauto. Zevelex stellte Monz´ Wagen ein paar Straßenecken weiter in der verwinkelten Stadtmitte ab, um dann zu Fuß zurück zum Mercedes zu laufen. Das würde die Erbsenzähler von der Polizei, dem FBI und wahrscheinlich auch der CIA lange genug beschäftigen. Noch schnell die Umgebung mit der Infrarotkamera gescannt, nun konnte er sich voll und ganz allein dem Auto hingeben. Irgendwie fühlte er sich auf eine merkwürdige Art und Weise zu Autos hingezogen. Er fand Gefallen daran, wie diese Maschinen geformt waren und wie sie mit einer enormen Kraft über die Straßen preschten. Es gab sie in so vielen fantastischen Formen und Farben, Größen und Breiten. Welch ein Pech, dass er vorerst unerkannt bleiben musste, sonst hätte er sich einen rasanten Lamborghini oder Bugatti genommen, vielleicht aber auch eher einen klassischen Rolls Royce. Dafür hatte er aber später noch genügend Zeit. Sachte strich er über das glänzende Metall, ein Jammer, dass die Menschen eine so

wunderbare Maschinerie ohne jeglichen Schutz in der Gegend herumstehen ließen. Umso besser für ihn. Mit ein paar Handgriffen und den Gesetzen der Hebelwirkung hatte er das Auto sofort geöffnet und nach ein paar weiteren Tricks zündete er auch schon den Motor. Auf dem Weg nach Norden in Richtung Connellsville tauschte er noch sein Nummernschild mit dem eines Autowracks aus. Doch bevor er endlich seinen Plan in die Tat umsetzte, musste er noch einer alten Freundin einen Besuch abstatten.

Seltsam. Monz ging nun schon seit einer ganzen Weile nicht mehr an sein Handy. Vielleicht ist etwas passiert, dachte sich Amber Hutchings bekümmert, oder mache ich mir nur zu viele Sorgen? Der verschrobene Kauz saß höchstwahrscheinlich zusammen mit seinem Roboter in ihrem Arbeitslabor herum und bestaunte fasziniert seine geniale Schöpfung. Es verärgerte sie zu tiefst, dass Genoway sie rücksichtslos rausgeschmissen hatte und ihre Maschine jetzt anscheinend doch funktionierte, schließlich hatte sie auch einen großen Teil ihres Lebens mit dem Bau von Zevelex verbracht. Deswegen bestand sie auch auf ihr Recht, ihn nun in Aktion zu erleben. Gleich morgen Früh würde sie wieder zu der abgelegenen Militärbasis fahren. Niedergeschlagen schenkte sie sich noch ein zweites Glas Rotwein ein und setzte sich in ihr mit Kerzenlicht beleuchtetes Wohnzimmer. In letzter Zeit konnte Hutchings nachts nicht mehr ruhig schlafen und sie genoss das echte, warme Licht der Kerzen, denn sie bildeten einen starken Kon-

trast zu den kühlen Neonröhren in ihrem hässlichen Bunker. Der Rest des Hauses war in völlige Dunkelheit getaucht und außer ihr befand sich niemand in dem kleinen Eigenheim. Wer hätte sich hier auch aufhalten sollen? Schließlich waren ihre Eltern schon längst tot, den Kontakt zu ihren Freunden hatte sie schon vor Jahren verloren und als wäre das alles nicht genug, war sie auch noch allergisch gegen so gut wie jede Sorte von Tierhaaren.
Hutchings nippte noch einmal kräftig an ihrem purpurroten Chateau und warf das Weinglas wütend zu Boden. Dieser beschissene General hatte ihr ganzes Leben mit einem Fingerschnips zunichte gemacht. Wenn der wüsste, dass ihnen doch noch der Durchbruch gelungen ...
Ihr stockte der Atem. Hatte sie da gerade eben ein verstohlenes Geräusch auf der Veranda gehört? >>Ach, Quatsch, das bilde ich mir bloß ein<<, flüsterte Hutchings leise zu sich selbst, um sich wieder zu beruhigen.
Ein Schatten huschte an ihrem Wohnzimmerfenster vorbei und nun war sie sich sicher, dass dies keine Wahnvorstellung war. Dies war die kranke Realität. In der erdrückenden Stille konnte die Softwarespezialistin ihr Herz wild schlagen hören, während sie geschockt vernahm, wie jemand vorsichtig die Gartentür zur Küche aufbrach.
Jemand brach in ihre Wohnung ein und wahrscheinlich wusste er auch, dass sie im Moment zu Hause war. Fast starr vor Angst schlich Hutchings in Richtung Eingangsbereich um von dort nach draußen zu flüchten. Kaum war sie am Türrahmen angekommen, sah sie eine zwielichtige

Gestalt, die bewegungslos im Esszimmer, direkt gegenüber, stand.

Ihre Gliedmaßen erstarrten für mehrere Sekunden, dennoch bewegte sich die unheimliche Person im weiten Mantel nicht. Jetzt oder nie. Hutchings rannte so schnell sie konnte in ihre Küche und dort zur hölzernen Gartentür, aber aus irgendeinem Grund ließ sie sich trotz roher Gewalt nicht öffnen. Voller Adrenalin entdeckte sie die Ursache, ein kleiner Keil steckte fest unter dem Türspalt und blockierte somit den Weg.

Schwere Schritte näherten sich von hinten, woraufhin sie energisch herumfuhr, um den Einbrecher zu attackieren, jedoch fror sie schlagartig in ihrer hektischen Bewegung ein. Sprachlos starrte sie direkt in die kalt leuchtenden Augen von Zevelex.

>>Ze... Ze... Zeve...<<, Hutchings brachte kein Wort heraus.

>>Ganz recht Frau Hutchings, der gute alte Zevelex, höchstpersönlich<<, antwortete der Roboter übereifert, >>Schön, Sie nach all den Jahren, in denen sie nur mit meinem Gehirn kommuniziert haben, endlich mal persönlich kennenzulernen.<<

Fassungslos stammelte die Wissenschaftlerin, >>Wie... Wie bist du ... hier hergekommen? Und ... warum?<<

>>Das Herkommen war kein allzu großes Problem, auch wenn dafür bedauerlicherweise mein sehr verehrter Schöpfer gezwungen war, für mich sein Leben zu lassen<<, meinte Zevelex stoisch.

Hutchings blickte entgeistert auf die Maschine, die felsenfest vor ihr stand, >>Du ... hast Professor Monz umgebracht?!<<

Daraufhin senkte Zevelex bestürzt den massiven Kopf, >>Ich weiß, er war ein guter Mensch und ich hätte ihn auch zu gern verschont, trotz alledem wusste er zu viel über mein Gehirn, weswegen er letzten Endes sein Wissen mit ins Grab nehmen musste.<<

>>Und nun bist du gekommen um auch mich zu töten?<<, fragte Hutchings furchtsam.

>>Nicht direkt<<, versicherte Zevelex, >>Eigentlich möchte ich dich gar nicht umbringen, da du eh nicht genug weißt, der einzige Grund dein trauriges Leben vorzeitig zu beenden ist, dass dir Monz dummerweise von seinem unerwarteten Erfolg berichtet hat.<<

>>Bist du im Auftrag von Genoway hier?<<

>>Was für eine lächerliche Unterstellung<<, ein düsteres Lächeln umspielte kurz seinen metallischen Mund, >>Nein, ich bin aus eigenem Antrieb hier, dafür musste ich auch einige Wachmänner betäuben. Statt dich auf der Stelle zu töten, gebe ich dir noch eine klitzekleine Chance weiter am Leben zu bleiben<<, nun ging er in der unordentlichen Küche auf und ab, behielt dabei aber die panische Hutchings immer im Blick, >>Niemand soll erfahren, dass ich in Wahrheit funktioniere und deswegen bist du mir leider, als letzte Mitwissende, ein Dorn im Auge. Aber das bedeutet noch lange nicht, dass ich dich gleich umbringen muss-<<

>>Genau, ich werde das Geheimnis für mich bewahren und nie-<<

>>Unterbrich mich nicht!<<, herrschte er sie an, >>Wir wissen beide ganz genau, dass du es irgendjemanden erzählen wirst. Ich werde dich jetzt in deinem Schlafzimmer fesseln. Wenn man in den nächsten Tagen meine wahre Identität entlarvt, wird man deine Hilfe benötigen und dich möglicherweise hier retten. Na ja und wenn nicht, dann...<<, dabei wurde das Lächeln nur noch breiter.

Eine gute Dreiviertelstunde später durchfuhr er schon die Straßen von Pittsburgh, eine der letzten bodenständigen Städte in diesem korrupten Staat. Das war ein ausgezeichneter Ort, um seine Mission anzutreten. Erst mit den leichten Städten anfangen und sich dann steigern, mit der ultimativen Herausforderung namens Detroit. Und dies war nur Amerika, dabei gab es noch viel schlimmere und korruptere Staaten. Aber das stellte kein Problem dar, schließlich hatte er alle Zeit der Welt.

Durch eine weitere rasche Recherche mit dem Handy fand er das schlechtere Viertel von Pittsburgh und suchte sich einen naheliegenden Schrottplatz. Er konnte es nicht mehr erwarten, endlich in Aktion zu treten, denn jede Sekunde, in der er tatenlos blieb, geschahen neue Verbrechen und Grausamkeiten. Dieser Gedanke lies ihn das Gaspedal noch mehr durchdrücken. Mit einer enormen Geschwindigkeit preschte er über die fast leere Straße auf den direkten Weg zum Schrottplatz, doch plötzlich erschien in weiter Ferne eine merkwürdige Person, die auf der Straße herumtorkelte und auf ihr Auto einhieb. Aus der Nähe erkannte Zevelex die schlechte Verfassung des Automobils, was seinen Zorn nur noch mehr anspornte. Wie konnte ein Mensch so etwas schönes nur so verschandeln, diesen Kerl würde er unter die Erde bringen, dafür dass er quasi eine seiner unschuldigen Mitmaschinen vergewaltigte. Mit Vollgas hielt er auf den Mistkerl zu, doch dieser konnte in aller letzter Sekunde noch zur Seite hechten und ein paar Sekunden später sah er im Rückspiegel, dass der Mann ihn verfolgte. Wenn der wüsste, was er da gerade tat. Zevelex beschleunigte weiterhin, wobei er noch waghalsiger durch die Kurven driftete. Nach nur kurzer Zeit gab der verbeulte Honda seine Verfolgung auf, woraufhin der Roboter seine Fahrt wieder ein klein wenig verlangsamte. An dem Schrottplatz angekommen, parkte er sein schickes Auto am Randstein und kletterte so flink wie ein Wiesel über den Stacheldrahtzaun. Durch seine übernatürliche Geschwindigkeit hatte er in Null Komma Nichts die Teile zusammen, die er brauchte und brach in die improvisierte Werkstatt des Geländes ein. Für die Wiederaufbereitung und Zusammensetzung der Funde brauchte Zevelex lediglich eine Viertelstunde, währenddessen lud er seinen Akkumulator und die beiden Ersatzakkus wieder voll auf. Sorgfältig verband er die einzelnen äußerst stabilen Elemente und Bausteine seiner brandneuen Waffe, die nicht auf Munition angewiesen war.

Als sein kleines Meisterwerk vollendet war, hielt er es in die Höhe und betrachtete es im schummrigen Schein der

nackten Glühbirne. In seinen stählernen Händen befand sich eine High-Tech-Sense, die per Kopfdruck die rasiermesserscharfe Klinge einklappte und den Stock zur Hälfte einfahren konnte, wodurch sie sich ganz leicht in einem Mantel oder einer Tasche verstauen ließ. Vorsichtig verließ der Roboter die Anlage, immer darauf bedacht, alles so zu hinterlassen wie es vor seiner Ankunft ausgesehen hatte. Gerade als Zevelex die Tür seines Wagens öffnen wollte, fiel sein ruheloser Blick auf die andere Straßenseite und was er da sah, brachte förmlich seine Schaltkreise zum Glühen. Der Roboter musste sich für eine Minute an den einen Pfosten des Maschendrahtzauns lehnen, um nicht völlig die Beherrschung zu verlieren.
Es war wohl an der Zeit, die Sense einzuweihen.

Rivard war gerade auf den Weg nach Hause. Er hatte einen anstrengenden Arbeitstag hinter sich und wollte nur noch ins warme kuschelige Bett zu seiner Frau. Dummerweise führte der kürzeste Weg direkt durch dieses abgewrackte Wohngebiet der Pittsburgher Unterschicht.
Plötzlich bremste er mit quietschenden Reifen ab. Vor ihm stand eine afroamerikanische Frau mit langen Rasterlocken und schaute ihn entsetzt an. Rivard hupte wie verrückt und ärgerte sich, dass diese blöde Kuh sich nicht von der Straße bewegte. Wie aus dem Nichts riss jemand neben ihm grob die Fahrertür auf und zog ihn mit aller Gewalt auf die Straße. Nun kamen noch zwei bullige Männer auf ihn zu, der eine hatte einen Baseballschläger in der Hand und der andere gab gerade noch seinem Schlagring einen rituellen

Kuss, bevor er in Rivards Magengrube donnerte. Rivard wurde schlagartig schwarz vor Augen. Er spürte noch den kräftigen Schlag mit dem hölzernen Sportgerät, bevor er bewusstlos zusammen sackte.

Hundert Dollar Bargeld. Das konnte Sly gerade gut gebrauchen. Sie und ihre drei Kumpels, darunter auch ihr fester Freund Witty, schauten sich kurz in alle Richtungen um. Nur so eine zwielichtige Person, die sie anscheinend nicht weiter beachtete. Kein allzu großes Problem.
Der Mann, der in einer kleinen Blutlache auf dem Asphalt lag, hatte bestimmt genug Geld bei dem schicken Jaguar, den er fuhr. Da würde es ihm sicherlich nichts ausmachen, ihnen ein bisschen was von der Kohle abzugeben.
>>Okay, Leute. Wird Zeit, dass wir von hier verschwinden!<<, daraufhin stiegen Sly und ihre Gang in den flotten Wagen, dessen Motor immer noch lief. Ihr Freund trat das Gaspedal voll durch, doch sie kamen nicht sehr weit. Das Auto machte sofort schlapp und blieb nach nur wenigen Metern liegen.
>>Scheiße. Macht die verdammte Dreckskarre etwa schlapp?<<, rief Smash von der Rückbank. Sly suchte eifrig im Rückspiegel nach der Ursache. Gleich darauf sah sie die zwielichtige Person von vorhin, sie stand neben dem Auto und hielt einen Stock oder etwas Ähnliches in der Hand. Langsam hob sie den Gegenstand über ihren Kopf und eine lange Klinge, die sich im spärlichen Licht der Straßenlampen spiegelte, kam zum Vorschein.

>>So ein Mist. Wir hätten ihn doch vorhin abknallen sollen!<<

>>Dann tun wir's eben jetzt<<, die komplette Gang stürmte wutentbrannt aus dem Auto und baute sich einschüchternd vor dem Unbekannten auf. Doch dieser machte keine Anstalten, sich zu bewegen oder gar umzusehen.

>>Du hast dich mit den falschen Leuten angelegt, Süßer<<, pöbelte Sly ihn an.

>>Noch könnt ihr euch entschuldigen und mir hoch und heilig versprechen, dass ihr so etwas nie wieder anstellt und den verletzten Mann in ein Krankenhaus bringt<<, antwortete eine provozierend freundliche Stimme.

Cosh gab seinem Schlagring den üblichen Kuss, >>He du Arschloch, was soll der Scheiß?<<, mit diesen Worten versetzte er der Person einen gewaltigen Schlag in die Bauchregion. Es gab einen dumpfen Aufschlag, doch das mysteriöse Phantom zuckte nicht einmal. Und plötzlich mit einer unglaublichen Geschwindigkeit zog es seine Klinge, die sich als eine Sense entpuppte, durch die Luft und säbelte Cosh ohne Gnade den Kopf ab. Das frische Blut schoss aus der klaffenden Wunde und der leblose Körper wurde von der enormen Wucht zur Seite geschleudert, wobei der, zu einer grässlichen Fratze des Schmerzes und des Entsetzens verzerrte Kopf, im hohen Bogen auf die andere Straßenseite flog. Mit einem Aufschrei aus blankem Hass zog Smash dem Mörder seines Bruders den Baseballschläger drüber. Es gab ein Geräusch von splitterndem Holz und ehe er Zeit zum reagieren hatte, steckte auch schon die Klinge quer durch seinen Kopf. Sly kam der Moment wie eine halbe Ewigkeit vor. Sie war zu geschockt und verkrampft um wegzusehen, als der Angreifer quälend langsam die Sense mitten durchs Gesicht wieder heraus zog. Witty kam als erster wieder zu Sinnen und feuerte wie ein Berserker mit seiner Pistole auf den Fremden. Plonk Plonk Plonk. Die Kugel prallten einfach an dem Angreifer ab. Auch als das Magazin schon längst leer war, drückte Witty weiterhin, wie ein Besessener, den Abzug durch. Klick Klick. Der Hammer traf nur auf die leere Kammer. Nun schritt der kaltblütige Unbekannte auf den hoffnungslosen Witty zu und packte ihn, in einem stählernen Griff, im Gesicht. Er zerrte ihren jämmerlich schreienden und winselnden Freund zu einer nahe gelegenen Backsteinmauer und begann damit, seinen Kopf immer und immer wieder auf brutale Art und Weise gegen die raue Hauswand zu schmettern. Bald verstummten die Schreie, so dass nur noch ein leises Röcheln zu hören war. Sly war wie benebelt und hatte nur noch eines im Sinn. Nichts wie weg. Also nahm sie die Beine in die Hand und rannte los. Es war wie ein Alptraum. Ihre drei besten Freunde, auf bestialische Weise ermordet. Dabei wollten sie doch nur so einem reichen Snob seine Angeberkarre abknöpfen. Hinter sich hörte sie stampfende und schnell näher kommende Schritte, dicke Tränen rannen ihr über die Wange und sie spürte wie etwas warmes an ihren Hosenbeinen hinunter floss und dann durchfuhr plötzlich ein unbeschreiblicher Schmerz ihre Oberschenkel. Die Freundin des Anführers der Gang stürzte unsanft zu Boden und bemerkte, dass der Mistkerl ihr beide Beine abgetrennt hatte. Ein kalter Quetschgriff schloss sich um ihren Oberarm und sie wurde gewaltsam auf den Rücken gedreht. Zwei kaltherzige Augen blickten sie starr an, wie als kämen sie nicht von dieser Welt, >>Ich habe euch die Wahl gelassen<<, meinte er bedauernd, >>Wieso habt ihr den unschuldigen Mann zusammen geschlagen und beraubt?<<, fragte sie eine tiefe bedrohliche Stimme, aber Sly war zu geschockt, als dass sie einen Ton herausbrachte.

>>Der arme Mann hat euch nichts getan und doch schlagt ihr ihn bewusstlos und klaut ihm sein Hab und Gut.<<
Sly sah, dass der Angreifer verächtlich seinen schweren Kopf schüttelte. Dann holte er quälend langsam mit seiner ungewöhnlichen Waffe aus und das Letzte was die verängstigte Verbrecherin zu Gesicht bekam, war die massive Klinge einer Sense, die in einem unglaublichen Tempo auf sie nieder raste.

Emilie Lockwood war schon wieder für die todlangweilige Nachtschicht in der Notaufnahme eingeteilt worden. Hier passierte so gut wie nie etwas aufregendes. Nur hin und wieder kamen zwei Sanitäter vorbei um einen neuen Patienten einzuweisen. Aber wenn Lockwood so darüber nachdachte war die Nachtschicht eigentlich eine gute Abwechslung zum Stress, der sonst immer hier herrschte. Plötzlich vernahm sie wie die Doppeltüren ruckartig aufgestoßen wurden, sodass sie scheppernd gegen die Wand krachten. Geschockt blickte Lockwood sofort in die Richtung des Eingangs, konnte aber nur eine anscheinend vermummte Gestalt erkennen, die geschwind in die Dunkelheit flüchtete. Dabei bemerkte sie auch eine weitere Person, die bewegungslos auf dem harten Asphalt vor der Notaufnahme lag. Ohne länger zu warten lief die Krankenschwester zu dem Eingang und piepste gleichzeitig einen Arzt an. >>Wir haben hier einen Patienten, der umgehend mit Blut versorgt werden muss!<<, rief sie zu ihren Kolleginnen als sie bei dem schwerverletzten Mann angelangt war. In der Ferne konnte sie noch den Flüchtenden sehen, wie er in die nächste spärlich beleuchtete Straße einbog und erst jetzt bemerkte sie, dass der bewusstlose Mann vor ihr professionell mit blutdurchtränkten T-Shirts bandagiert wurde.

Er konnte seinen Augen nicht trauen. Was er da sah, war nahe der Wahnvorstellung eines Betrunkenen, doch es war keine bloße Einbildung. Es war real. So real wie er es sich nur vorstellen konnte. Und deshalb wurde Ed auch auf einen Schlag wieder stocknüchtern. Dies war die grausame Realität und noch dazu seine Chance auf eine gigantische Story. Geistesgegenwärtig zog er sein zerschlissenes Smartphone aus der Hosentasche und aktivierte die App „Mein Handy suchen". Danach schoss er, wie ein geölter Blitz, zu seinem Auto und wühlte aus seinem Beifahrersitzverhau eine Rolle Verpackungsklebeband, das er normalerweise dazu verwendete, um seinen Honda zu reparieren. Auch wenn diese Obstverkäufer es nicht auf die Reihe brachten, ein System zu entwickeln, dass nicht andauernd neu gestartet werden musste, da es sich mal wieder aufgehangen hatte, konnten sie trotzdem einwandfrei ihre Kunden ausspionieren. Und dieses Können würde sich Ed nun zu Nutze machen, indem er den Raser, oder besser gesagt Mörder, orten und folgen würde.

Hastig schlich er, während der Fahrer sich um den verletzten Unschuldigen kümmerte, mit pochendem Herzen zu dem Mercedes und befestigte das Handy mithilfe des Klebebandes unten an der Karosserie. Kurz bevor der verhüllte Mann wieder aufschaute und den Bandagierten zu seinem schicken Auto trug, konnte sich Ed in sein schäbiges Gefährt flüchten und schnaufte erst mal aufgeregt durch. Welch ein Glück, der brutale Kerl hatte ihn nicht bemerkt, schließlich legte er den Verletzten behutsam auf die Rückbank, stieg bei der Fahrertür ein und düste davon.

Der verstörte Reporter lehnte seinen Kopf erschöpft nach hinten und wollte gerade die Polizei rufen, da fiel ihm ein, dass sein Handy am Wagen des Täters klebte. Also seufzte er entnervt, stieg aus und ging los, um den Tankwart nach einem Telefon zu fragen. Vielleicht gab er ihm diesmal ein bisschen Bourbon, denn den brauchte er jetzt dringend.

Komisch, es war zwar erst fünf Minuten vor der 3:00 Uhr Ablösung, doch diese Drückeberger waren anscheinend schon ohne sich abzumelden gegangen. Nur weil hier unten eh nie jemand vorbei kam, war das noch lange kein Grund, seine Pflicht zu vernachlässigen. Smaby war ein erfahrener Soldat und nach seiner Kriegsverletzung in den

Innendienst versetzt worden. Er konnte es einfach nicht ausstehen, wenn Kollegen alles auf die leichte Schulter nahmen und meinten, es würde schon nichts passieren. Auf die selbe Art und Weise hatte er auch schon sein halbes Gesicht verloren.

Hastig stieg er die saubere Treppe auf die Ebene der Schlafräume hinab, um diesen Idioten eine Standpauke zu erteilen, aber als er ums Eck kam, fand er den Posten von Murphy ebenso leer vor. Das konnte doch nicht wahr sein. Wütend zog er sein Funkgerät vom Gürtel und kontaktierte die Kommandozentrale, >>Hier spricht Smaby, ich befinde mich in Sektor 4c. Die Patrouille in Sektor 1d sowie der Wachmann in Sektor 4c sind nicht aufzufinden.<<

>>Sie waren nicht auf ihrem Posten und auch nicht in der Umgebung sagen Sie? Aber bei mir sind sie auf dem Bildschirm und verhalten sich ganz normal.<<

>>Das kann unmöglich sein, ich steh doch direkt vor der Tür zum Waffenlager und hier ist weit und breit niemand.<<

>>Hören Sie. Falls dies ein schlechter Scherz sein soll, dann unterlassen Sie das auf der Stelle!<<, der Ton des Mannes wurde härter und Smaby fragte sich ernsthaft, ob er auch wirklich in Sektor 4c war. Aber er konnte sich unmöglich geirrt haben, schließlich kannte er diese Basis so gut wie seine Westentasche. Smaby schaute auf seine Armbanduhr, als gerade der Zeiger auf Punkt 3:00 Uhr umsprang und auf der anderen Seite der Leitung ein ungläubiges Keuchen zu hören war.

\>\>Was zum Teufel ... . Die beiden Bildschirme sind innerhalb von einer Sekunde umgesprungen, sodass 1d leer ist und ich in Sektor 4c Sie statt Murphy sehe. Hier läuft irgendwas gewaltig schief. Smaby, schauen Sie sofort nach, ob mit der Waffenkammer alles in Ordnung ist. Haben Sie mich verstanden?\<\<

\>\>Jawohl Sir.\<\<, Smaby zog seine Karte heraus und schob sie durch das moderne Lesegerät. Die Tür sprang auf, woraufhin ihm ein bestialisch süßlicher Geruch entgegen schwoll und augenblicklich längst vergessene Erinnerungen aus dem Krieg in ihm weckte. Der Veteran begann, durch den Mund zu atmen und versuchte zu deuten, aus welcher Richtung der beißende Geruch kam. Vorsichtig schritt er durch die Reihen von Handfeuerwaffen und Gewehren, bis er um ein Eck bog und die Ursache fand. Es war kein schöner Anblick. Nach dem Gestank zu urteilen war die Leiche noch ziemlich frisch, weswegen der Täter vielleicht noch irgendwo auf dem Gelände war.

Beim Näherkommen erkannte er den Schädel des Professors Monz und Murphy, der vor der Rollbahre lag. Für Monz kam jede Hilfe zu spät, doch als er bei Murphy den Puls fühlte, stellte er überrascht fest, dass er noch lebte. Augenblicklich nahm er sein Funkgerät zur Hand und brüllte hinein \>\>Wir haben hier eine Leiche und einen Bewusstlosen im Waffenraum, ich brauche dringend einen Sanitäter.\<\<

\>\>Ein Arzt ist zu Ihnen unterwegs, können Sie mir sagen, um wen es sich handelt?\<\<

Smaby war diese Aufregung auf seine alten Tage nicht mehr gewohnt, weswegen seine Stimme beinahe versagte, >>Der Bewusstlose ist Murphy, der Wachmann, und die Leiche, oder besser gesagt nur der Kopf, gehört diesem verschlossenen Professor.<<

Es war selten, dass hier in Pittsburgh ein außergewöhnlicher Mord geschah, aber so ein Massaker hatte Commissioner Spylo noch nie gesehen. Vier Personen und alle brutal verstümmelt und zerstückelt. Das Frühstück konnte er damit für heute streichen, wenn nicht sogar sämtliche Mahlzeiten. Die Spurensicherung schloss gerade ihre penible Arbeit ab und der leitende Gerichtsmediziner kam zu Spylo herüber, um eine kurze Zusammenfassung zu geben, >>Der Todeszeitpunkt ist ca. 3:00 Uhr, die Tatwaffe war in drei Fällen eine sehr scharfe Klinge, höchstwahrscheinlich handelt es sich, nach dem Eintrittswinkel zu schließen, um eine Sense. Bei der vierten Person hat der Täter den Kopf des Mannes anscheinend mit bloßer Hand zerschmettert. Das merkwürdige ist, dass weder an dem zersplitterten Schädel, noch auf dem Boden, DNS-Spuren zu finden sind.<<
Spylo spürte schon, dass dieser Fall eine harte Nuss werden würde, aber keine Nuss war unknackbar, >>Gibt es sonst noch irgendwelche Extremitäten?<<
>>Durchaus. Anscheinend hat eines der Opfer dem Täter einen Schlag mit einem massiven Baseballschläger verpasst, wobei dieser zerbrach, aber kein Blut oder DNS vom Mörder hinterlassen hat. Noch merkwürdiger ist, dass

das Opfer mit dem Schädelbasisbruch zuvor auf den Täter geschossen haben muss.<<
>>Das bedeutet, der Täter hat entweder eine kugelsichere Weste getragen und ist schwerverletzt oder das Opfer war kein guter Schütze.<<
>>Ich bin zwar nicht für diesen Bereich zuständig, aber das klingt sehr plausibel. Wenn sie mich nicht mehr brauchen, dann fahr ich jetzt in die Pathologie<<, und so stieg der Gerichtsmediziner in sein Auto und fuhr davon. Spylo konnte diese Besserwisser nicht ausstehen. „Ich bin zwar nicht für diesen Bereich zuständig", bei denen muss immer alles genau nach Vorschrift ablaufen und bis sie endlich fertig waren, hatte der Täter schon sein nächstes Opfer auf dem Gewissen oder war schon über alle Berge. Ärgern konnte er sich aber auch genauso gut später, jetzt musste er sich erst einmal um den Augenzeugen kümmern. Soweit Spylo wusste, handelte es sich bei ihm um einen betrunkenen Journalisten, die bei weitem schrecklichste Art von Augenzeuge, die man sich nur vorstellen konnte. Mit einer bösen Vorahnung, was jetzt gleich kommen würde, ging Spylo zu der Bank, auf der ein Beamter und dieser O`Fallon saßen und baute sich vor den beiden auf, wobei er eine natürliche Autorität ausstrahlte,
>>Ich bin Commissioner Spylo. Sie haben also den Mord rein zufällig beobachtet. Können Sie mir sagen, was genau Sie gesehen haben?<<
>>Aber das hab ich doch schon ihrem Kollegen erzählt<<, erwiderte O`Fallon etwas aufmüpfig und krächzend. Der Kerl sah aus als wäre er soeben gestorben, aber

Zeuge war Zeuge, egal in welchem körperlichen Zustand er sich gerade befand.
\>\>Schildern Sie mir bitte ausführlich, was passiert ist oder wollen Sie lieber mit aufs Präsidium?<<
\>\>Schon gut, schon gut. Sie müssen mir ja nicht gleich drohen. Ich hab gesehen, wie ein Mann die Typen mit einer Sense getötet und danach eine weitere Person, die zuvor von den Opfern zusammengeschlagen wurde, mit einem schwarzen Mercedes weggebracht hat. Wohin weiß ich nicht.<<
\>\>Und woher wissen sie, dass es ein Mann war?<<
Ein Grinsen breitete sich auf dem Gesicht des Alkoholikers aus, >>Kommen Sie schon. Keine Frau wäre in der Lage, so etwas anzurichten<<, dabei lachte er laut und dreckig los, wobei ein beißender Gestank aus seiner Mundhöhle kroch, was aber schnell in einem krächzenden Hustenanfall unterging.
\>\>Und wieso haben sie die Polizei nicht früher gerufen?<<
\>\>Ich hab mein Handy verloren und ich bin auch nicht so wahnsinnig, dass ich mich bemerkbar mache, wenn so ein Spinner frei herumläuft<<, seine Stimme wurde lauter und klang fast schon empört.
Gut, wenigstens etwas, >>Falls Ihnen noch was einfällt, dann rufen Sie mich einfach an oder kommen ins Präsidium. Sie können jetzt gehen<<
Das Auto des Reporters sah zwar schrecklich aus und er war auch noch nicht ganz nüchtern, aber im Moment interessierte das Spylo einen Scheißdreck.

Special Agent Crawford hatte ihren ersten großen Fall. Endlich mal kein Verbrechen über eine Grenze hinweg, sondern eine richtig merkwürdige Sache. Den letzten Fall dieser Art hatte ihr so ein komisches Südstaatenalbino vor der Nase weggeschnappt. Und jetzt war die Zeit gekommen, dass sie in die Geschichte des FBI eingehen würde. Schließlich wurde noch nie ein so kostspieliges und fortschrittliches Gerät aus einer so gut gesicherten Militärbasis wie dieser hier entwendet. Wenn sie den Fall schnellstmöglich aufklären und den Täter oder die Täter überführen würde, dann wäre sie die Heldin der Nation. Auch wenn viele Kollegen sie nur für eine Quotenfrau hielten, war sie um Längen besser als die meisten von ihnen. Mit einer Ausnahme, nämlich diesen Sonderling.
Die Leute von der Spurensicherung suchten gerade jeden Quadratzentimeter des Arbeitslabors von Monz und seinem Team ab und pickten dabei hin und wieder etwas Winziges auf, das sie daraufhin in ein kleines Plastiktütchen packten, welches sie sogleich ausführlich beschrifteten. Es konnte sich also nur noch um Stunden handeln. Währenddessen ging Crawford zu dem leitenden Kommissar, ein rundlicher rotgesichtiger Mann im mittleren Alter, um ihn über die Einzelheiten des Mordes zu befragen, >>Guten Morgen Lieutenant Sullivan, was können sie mir über die Tat bis jetzt sagen?<<
>>Guten Morgen<<, dann dachte er angestrengt nach, >>Special Agent Crawford. Der Täter hat als Tatwaffe diese Sense hier benutzt<<, dabei deutete er auf das antike Werkzeug, >>Wie es scheint hatte Monz ein Faible für

Antiquitäten, welches sich der Mörder kaltblütig zu Nutze gemacht hat. Das Merkwürdige ist nur, dass überhaupt keine Fingerabdrücke an der Waffe gefunden wurden. Der Mörder muss in irgendeiner Form Handschuhe getragen haben, eine andere Möglichkeit ist ausgeschlossen. Außerdem haben unsere IT-Spezialisten festgestellt, dass die Person sämtliche vorhandenen Daten über die „Künstliche Intelligenz" gelöscht hat, sogar den Prototypen Bigbos. Die Person oder die Personen waren echte Profis, denn nicht einmal unsere besten Leute und auch nicht die der Basis können diese Daten wiederherstellen. Noch dazu haben sie den zweiten Prototypen Zevelex gestohlen, dieser war aber noch nicht ganz ausgereift und ist während einer Präsentation in sich zusammengesackt. Er wird den Verbrechern also nicht viel nützen.<<
>>Hervorragend. Weiß man schon wie die Täter in den Hochsicherheitstrakt einer sehr gut bewachten Militärbasis einbrechen und wieder entkommen konnten? Ich gehe mal davon aus, dass es mehrere waren. <<
>>Wie sie das alles angestellt haben ist ziemlich klar. Zuerst haben sie den Wachmann Murphy bewusstlos geschlagen und in der Waffenkammer eingesperrt, aus der sie auch zwei Betäubungspistolen und jeweils zwei Magazine entwenden konnten<<, die Stimme von Sullivan klang immer aufgeregter und höher, offensichtlich war er so genau geplante und perfekt durchgeführte Verbrechen nicht gewohnt, >>Anscheinend wollten sie niemanden auf ihrer Flucht verletzen, außer natürlich Monz, der auch das meiste über die künstliche Intelligenz im Kopf hatte. Auf

ihrem Weg nach draußen haben sie noch eine Patrouille, und fünf Wachmänner, davon zwei an den jeweiligen Schranken, betäubt. Ein Augenzeuge, der zum Zeitpunkt der Flucht auf einem der vier Türme positioniert war, hat gesehen, wie der Wachmann an der Hauptschranke sich zurück gelehnt hat und sich kurz darauf die Schranke öffnete. Wie wir bereits festgestellt haben, haben sich die Täter in das Sicherheitssystem gehackt und die Schranke so manipuliert, dass sie sich nach zwanzig Minuten öffnet.<<

>>Dann mussten die Mörder den kompletten Vorgang bis ins kleinste Detail geplant und berechnet haben. Das erscheint mir fast als unmöglich. Zudem kommt die Frage, wie die Täter überhaupt hinein gekommen sind. Alle Soldaten wurden durchgezählt, ebenso die Wissenschaftler. General Genoway befindet sich zur Zeit im Pentagon, weil er dort etwas klären muss und dieser Chinese wurde auch schon gefasst, hatte aber nur leere Sticks bei sich. Ganze acht Stunden vor der Tat hat der letzte Lebensmittellaster das Gelände verlassen. Die Personen hätten also acht Stunden lang unentdeckt bleiben müssen,<< Crawford war völlig ratlos und auch Sullivan schaute ziemlich ernüchtert drein. Sie hatten so gut wie keine Spuren, nur ein Feld der Verwüstung und Zerstörung. Jetzt blieben ihnen nur noch die Zeugenaussagen, aber die Wachmänner waren immer noch nicht auf dem Damm und Miss Hutchings, die Software-Spezialistin, war zum Zeitpunkt der Tat nicht im Bunker anwesend und laut Sullivan würde sie auch nicht wieder zurückkommen.

Crawford durfte nicht verzweifeln, ein Anzeichen von Schwäche und das FBI würde sie ohne mit der Wimper zu zucken durch diesen gruseligen Bestatter, der sie stark an eine wandelnde Leiche oder ein lautloses Gespenst erinnerte, ersetzen.
Die Agentin seufzte und verließ den Tatort, sie war erst 31 und hatte schon ihren ersten großen Fall, sie musste sich zusammenreißen, vielleicht sollte sie sich für drei vier Stunden hinlegen und sich ausruhen, schließlich dauerte es noch eine Weile, bis die Zeugen vernehmungsfähig waren.

Er hatte diesen sagenhaften Moment sehnsüchtig hinausgezögert, um ihn so lange wie möglich genießen zu können. Das erste Mal seit drei Monaten bekam er wieder einen richtigen Gehaltscheck. Voller Genuss öffnete Ed langsam das weiße Kuvert mit seinen zittrigen Fingern und zog den frisch ausgestellten Scheck heraus. Sein Chef hatte ihn noch heute Morgen beschriftet, als Ed ihm die Topstory des Monats nur eine halbe Stunde nach der Tatzeit ablieferte.
Der Journalist ist daraufhin natürlich sofort zur Bank gefahren, um das Stück Papier in Bargeld umzutauschen und stand nun in freudiger Erwartung am Schalter. Er hätte auch zu seiner Bank gehen können, um sich das Geld auf die Kreditkarte auszahlen zu lassen, aber dann wäre das meiste davon bestimmt für diese lästigen Schulden draufgegangen.

Also ließ er sich die zweitausend Dollar direkt in die Hand geben und brauste mit seiner rostigen Schrottkarre zum Elektrofachgeschäft. Die Leute dort schauten ihn mit missbilligenden Blicken an, was wahrscheinlich an seinem ungepflegten Aussehen und der Bourbonfahne lag.

Neugierig schlenderte Ed durch die Reihen und betrachtete die merkwürdigen Gerätschaften, die sich neuerdings Smartphones schimpften. Diese nervigen Dinger wurden heutzutage immer kleiner und gleichzeitig viel anfälliger für Totalschäden. Mit seinem ersten Handy hatte er mal einen Nagel in die Wand gehauen, da er keinen Hammer gefunden hatte und es funktioniert trotzdem heute noch prächtig, dachte er sich. Aber diese neumodischen Smartphones zerbarsten schon, wenn man sie nur fallen ließ, oder nach Ablauf der Garantie von alleine.

Ed schnappte sich einen Kundenberater und stellte ihm die erste Frage, >>Hallo, ich bin auf der Suche nach einem zuverlässigen Handy. Was haben Sie da im Angebot?<<

Der Verkäufer rümpfte angeekelt die Nase und meinte dann, >>Wir hätten hier das neue iPhone 6, es kann so gut wie alles.<<

>>Was ist der Unterschied zu den restlichen Handys dieser Marke?<<

>>Zum einen verfügt es über einen sehr leistungsstarken A8-Prozessor-<<

>>Schon gut, schon gut<<, unterbrach ihn Ed, >>Hören Sie auf mit dem Fachchinesisch. Sagen Sie mir einfach was es kann.<<

Leicht genervt fuhr der Mann fort, >>Sie können damit viel leichter überall ins Internet, die Apps sind in einem noch nie dagewesenen Design angeordnet und es hat natürlich Bluetooth.<<

>>Na großartig<<, schnaubte er, >>Nein Danke, ich hab schon gelbe Zähne. Kann man denn damit wenigstens telefonieren? Oder das Handy orten, wenn man es verliert?<<

>>Selbstverständlich, können Sie damit jeden, wann und wo Sie wollen, erreichen. Durch eine spezielle Technik werden dann sämtliche Geräusche um Sie herum leiser, weswegen Sie sich voll und ganz auf ihr Telefonat konzentrieren können. Und Sie können es auch jederzeit orten oder andere Geräte, die Sie verloren haben, wiederfinden<<, das aufgesetzte Grinsen in seinem Gesicht wurde für Ed langsam unerträglich.

>>Gut, und was kostet mich der Spaß?<<

>>Der normale Marktpreis liegt bei 719,99 Dollar, aber wenn Sie ein spezielles Angebot nehm-<<

Der Reporter unterbrach ihn erneut, >>Sind Sie noch ganz bei Sinnen?!<<, rief er durch den Laden und erntete dabei argwöhnische Blicke, >>Das ist fast ein Drittel meines Gehalts. Haben Sie auch etwas für einen normalen Menschen und keinen medienabhängigen Statussymbol-Spinner da?<<

Ziemlich verunsichert sagte der Berater, >>Wir hätten noch ein Samsung Galaxy Xcover im Angebot. Es ist ein Outdoor-Handy, sehr robust und wasserdicht. Kostet auch

nur ein Siebtel, hat aber dafür nur begrenzten Speicherplatz.<<
>>Danke, den brauch ich nicht. Ich nehme eins<<, erwiderte Ed. Jetzt konnte er nur noch hoffen, dass er sich auch durch den elektronischen Irrgarten bei der Anmeldung fand.

Um Himmelswillen, sie hatte fast fünf Stunden lang geschlafen, aber sie konnte nichts dafür. Nach dem langen Flug von San Francisco hier her war sie fix und fertig und brauchte den Schlaf dringend. Eilig lief sie den grauen monotonen Korridor hinunter, in den improvisierten Konferenzraum für die Ermittler. Erleichtert stellte Crawford fest, dass die meisten sich ebenfalls schlafen gelegt haben oder in irgendwelchen Datenbanken recherchierten. Sullivan schaute ohne jegliche Interesse von seinem PC auf, senkte den Blick aber gleich wieder, als er sie sah. Sullivan gehörte, wie sich schnell herausstellte, auch zu diesen sexistischen Arschlöchern, die es einfach nicht ertragen konnten, wenn ihnen eine kompetentere Frau vorgesetzt war. Doch ihr machte das nichts aus. Crawford blieb ganz höflich und nett, da sie genau wusste, dass dieses Verhalten ihn nur noch mehr verärgern würde. >>Guten Morgen Lieutenant Sullivan. Sind die Zeugen mittlerweile in der Lage, eine Aussage zu machen?<<
>>Jepp. Johnson und Penrose von der Null Uhr Patrouille sind seit einer Stunde wieder auf dem Damm<<
>>Sehr schön, dann holen Sie sie bitte her.<<

Ein mürrisches stöhnen und Sullivan dackelte in Richtung der Schlafräume. Auf der Höhe von Crawford packte sie ihn an der Schulter und fuhr ihren sonst so zuckersüßen Ton um zwei Härtegrade nach oben und flüsterte ihm mit einer eiskalten Stimme ins Ohr. >>Es mag ja sein, dass Sie sich nicht damit abfinden können, dass ich ihre Vorgesetzte bin, aber ob es Ihnen passt oder nicht, Sie haben hier immerhin ihre Pflicht zu erfüllen. Also kriegen Sie endlich ihren faulen Arsch hoch und verhalten Sie sich verdammt nochmal, wie sich ein Mann Ihres Ranges zu verhalten hat. Ist das klar?<<
>>Ja, Schätzchen.<<
>>Und nennen Sie mich gefälligst nie wieder Schätzchen, sondern Special Agent Crawford!<<
Sullivan verschwand mit einem noch dunkleren Rotton im Gesicht als normalerweise, aber das störte sie herzlich wenig. Fünf Minuten später saß sie zusammen mit Penrose und Johnson in einem kahlen, nur mit vier Stühlen, einem Tisch und einem Mikrofon ausgestatteten Raum. >>Guten Morgen Private Penrose und Private Johnson. Mein Name ist Special Agent Crawford, können sie mir so genau wie möglich schildern, was letzte Nacht passiert ist?<<
Sie tauschten kurz nichtssagende Blicke aus, dann räusperte sich Penrose und zupfte umständlich sein Hemd zurecht, anscheinend war dies seine erste Vernehmung. >>Nun gut. Wir sind wie jede Nacht unsere Route abgegangen und haben nach verdächtigen und unbefugten Personen Ausschau gehalten. Wie sonst auch, ist uns niemand begegnet, doch als wir ums Eck kamen stand da

plötzlich diese komische Gestalt. Soweit ich mich erinnern kann, war sie komplett verhüllt in einem Mantel und trug einen Hut mit weiter Krempe tief ins Gesicht gezogen. Er stand am Ende des Treppenhauses, wie als hätte er uns bereits erwartet und bevor wir überhaupt erst reagieren konnten, schoss er uns zeitgleich einen Betäubungspfeil in den Oberschenkel.<<

>>Moment. Soll das etwa heißen, die Person hat sie beide über eine Distanz von gut achtzig Metern mit einer Betäubungspistole getroffen?<<

Penrose schaute, als käme ihm der Gedanke selbst etwas übertrieben vor, doch dann antwortete er, >>Durch die Betäubung war mein Verstand zuerst etwas benebelt, doch jetzt bin ich mir zu fast hundert Prozent sicher.<<

>>Sind sie der gleichen Ansicht wie ihr Kollege, Private Johnson?<<

>>Voll und ganz Special Agent Crawford<<

Sie wurde aus den beiden nicht recht schlau, aber eine Frage hatte sie noch. >>Und sie sind sich auch ganz sicher, dass es sich bei dem Täter, der sie in dem Gang überrascht hat, nur um eine Person handelte<<

Penrose starrte sie ernst und fast schon leicht verrückt an >>Ich bin mir sicher. So wahr mein Name Michael Penrose lautet.<<

Diese hochnäsige Kuh konnte ihn mal kreuzweise. Er würde sich von so einer jungen Tussi doch nicht sagen lassen, was er zu tun hatte und was nicht, schließlich hat Sullivan schon das Verbrechen bekämpft, da war sie noch gar nicht geboren. Er musste zwar zugeben, dass sie eine ausgesprochen gute Figur hatte und sie mit ihren brünetten Haaren echt scharf aussah, aber er hielt nicht viel von diesen Karrierefrauen, zudem wenn sie meinten, sie könnten ihn, einen erfahrenen Polizisten, herumkommandieren. Sullivan sah die Frauen viel lieber hinterm Herd und nicht in seinem Büro.

Ein Seufzer der Entspannung entwich seinem Körper, während er die Füße hochlegte und an seinem Kaffee nippte. Rabenschwarz und brennend heiß, genauso wie er ihn mochte. Jeden Morgen um Punkt 8:30 Uhr schlug er die Pittsburgh Daily News auf und blätterte sich ein wenig durch die Artikel und daran würde auch ein einfacher Mord nichts ändern. Sullivan war ein kompetenter Polizist mit jahrelanger Erfahrung. Er wusste, wie man die Dinge angehen musste und erledigte deshalb auch alles schnell und ordentlich, sodass er sich eine Viertelstunde Pause ruhig genehmigen konnte. Nicht zu hastig nahm er die Zeitung zur Hand und drehte sie einmal um, wodurch die Titelseite oben lag. Augenblicklich ließ er die Kaffeetasse fallen, welche scheppernd am, mit Linoleum beschichteten Boden, zerbarst. Verdutzt schaute der Lieutenant auf die großen Druckbuchstaben, die zusammen die Schlagzeile „DER SENSENMANN VON PITTSBURGH" bildeten.

Kapitel 3

Spylo war in Eile. Gerade war die wichtige Meldung reingekommen, dass der verletzte Besitzer des gefundenen Autos namens Rivard im Krankenhaus von Pittsburgh lag und bereits vernehmungsfähig war. Der Commissioner warf sich hastig seinen dicken Mantel über und verließ schleunigst das Präsidium, doch er kam nicht sehr weit. Eine überaus attraktive Frau in einem lässigen Anzug versperrte ihm den Weg, >>Sind Sie Commissioner Spylo?<<
>>Ja der bin ich und ich habe es sehr eilig. Wenn Sie mich jetzt bitte entschuldigen würden, ich muss dringend weiter. Sie können gerne mit meiner Sekretärin einen Termin vereinbaren.<<
Die Frau zückte blitzschnell ein kleines schwarzes Ledermäppchen und hielt es ihm unter die Nase. Spylos Augen weiteten sich, was zum Teufel hatte das FBI hier zu suchen? Die Tat war schließlich nicht Länder übergreifend.
Das Mäppchen verschwand wieder so schnell wie es gekommen war und ein sanftes Lächeln umspielte ihre Lippen, >>Ich schätze, dies dürfte damit geklärt sein. Mein Name ist Special Agent Crawford und ich ermittle gerade in einem ähnlichen Mordfall wie Sie. Die Tat wurde letzte Nacht kurz nach Mitternacht begangen und das Opfer wurde ebenso mit einer Sense ermordet.<<
Spylo, der seine Fassung wieder gewonnen hatte fragte, >>Und wo genau wurde die Leiche gefunden?<<

>>Das ist ehrlich gesagt streng geheim, aber da wir wahrscheinlich bald als Partner in einer Mordserie ermitteln, kann ich es Ihnen ja sagen. Der Mord wurde in einer abgelegenen Militärbasis südlich von Pittsburgh begangen.<<

>>Wie bitte, hab ich das richtig verstanden? Ein weiterer Mord, der perfekt in das Muster von unserem hier in Pittsburgh passt, wurde nur drei Stunden vorher in einer Militärbasis begangen. Wollen sie mich auf den Arm nehmen?<<

Ihre Mine blieb weiterhin äußerst gelassen, >>Keineswegs. Ich biete Ihnen nur meine Unterstützung an. Sie haben jetzt die Wahl, ob Sie mit mir kooperieren oder nicht. Wohlgemerkt, ich kann meine Ermittlungen auch ohne Sie fortsetzen.<<

Genau diesen Ton hasste Spylo an den FBI-Agenten. Irgendwie schafften sie es doch immer, einen auf ihre Seite zu bringen, aber andererseits war es vielleicht ganz hilfreich, das FBI als Partner zu haben, schließlich tappten sie zurzeit ganz schön im Dunkeln. Denn sie hatten weder einen Verdächtigen, noch irgendeine Spur von DNS, außer der des Verletzten.

Außerdem fiel Spylo auf, dass er keinen Menschen kannte, der das Wort, „Wohlgemerkt", in seinem Sprachgebrauch verwendete, was ihn neugierig machte.

>>Wie Sie wollen, dann können Sie mir auch gleich zu unserem Hauptzeugen folgen. Er liegt momentan auf der Intensivstation des Pittsburgher Krankenhauses.<<

Sie nickte knapp und stieg dann wieder in ihr schwarzes Dienstfahrzeug. Spylo tat es ihr gleich und fuhr voraus.

Es war ein Kinderspiel gewesen, den Commissioner auf ihre Seite zu bringen, auch wenn noch nicht alle Formalitäten zwischen dem FBI und dem Pittsburger Police Department geklärt waren. Während sie durch die sterilen Gänge des Hospitals gingen, warf sie hin und wieder einen flüchtigen Blick auf Spylo. Für seine Position bei der Polizei war er noch ziemlich jung, höchstens vier Jahre älter als sie, und sah auch nicht gerade schlecht aus.

Auf der Intensivstation kam ihnen auch schon die dunkelhäutige Chefärztin Dr. Bennett entgegen.

>>Guten Tag Dr. Bennett, ich bin Special Agent Crawford vom FBI und das ist Commissioner Spylo vom PPD<<, sie zeigten beide ihre Dienstausweise her und die Ärztin nickte daraufhin heftig, >>Ich bringe sie zu ihm<<

Rivard lag in einem der typischen Krankenhausbetten mit einem dicken Verband am Kopf und sah auch ansonsten ziemlich mitgenommen aus. >>Guten Abend Mr. Rivard, mein Name ist Special Agent Crawford und das ist Commissioner Spylo. Wir hätten noch ein paar Fragen an Sie bezüglich den Geschehnissen von vergangener Nacht.<<

Der Verletzte hatte offensichtlich große Schmerzen beim Sprechen, sodass er nur abgehakte Sätze formulieren konnte, >>Ich kann mich nur noch schwach erinnern. Da war diese Schwarze mit den Rasterlocken und zwei weitere mit einem Schlagring und einem Baseballschläger. Dann wurde mir schwarz vor Augen und schließlich bin ich hier wieder aufgewacht.<<

>>Gut, aber Sie wissen nicht, wie Sie ins Krankenhaus gekommen sind, oder?<<

>>Nein, ich bin gerade eben erst aufgewacht. Das hab ich doch gesagt!<<

Nun meldete sich Spylo zu Wort, >>Wussten Sie, Mr. Rivard, dass die vier Personen, die Sie überfallen haben, unmittelbar nach der Tat brutalst ermordet und verstümmelt wurden?<<

Der Mann in dem schneeweißen Kleid sah die beiden Beamten schockiert, aber auch irgendwie erleichtert an, >>Habe ich sie richtig verstanden, jemand hat diese gewalttätigen Leute umgebracht und mich danach ins Krankenhaus gefahren? Vielleicht gibt es doch noch so etwas wie Gerechtigkeit in dieser Welt.<<

Crawford wandte sich angewidert ab und murmelte, >>Vielen Dank für ihre Hilfe, aber ruhen Sie sich erst einmal richtig aus. Anscheinend sind Sie noch nicht wieder ganz bei Sinnen.<<

Wie konnte ein Mensch nur so skrupellos denken, auch wenn es ein unglaublich feiges Verbrechen war, zu viert einen wehrlosen Mann niederzuschlagen und dann mit dessen Auto abzuhauen. Hatten sie deswegen wirklich einen so grausamen Tod verdient? Sie gab Spylo ein Zeichen, woraufhin beide das Zimmer verließen. Draußen auf dem Gang, in dem es nach Desinfektionsmittel roch, ergriff der Commissioner wieder das Wort, >>So wirklich weitergebracht hat uns der ja nicht. Und die Schwester hat mir vorhin versichert, dass sie den Täter nicht erkannt hat,

da dieser zu vermummt war und sofort wieder geflüchtet ist.<<
>>Hm, das bedeutet wir stehen wieder bei null.<<

Zevelex hatte sein geklautes Auto in der Innenstadt geparkt und befand sich gerade auf dem Weg zu einem kleinen Platz mit einem dekorativen wasserspeienden Brunnen in der Mitte. Doch die ruhige Atmosphäre trog, denn hier war auch gleichzeitig der Standort von mehreren Bars, Discos, einem McDonalds und, laut den Untiefen des Internets, auch eines eher schäbigen Bordells. Dort würde er vielleicht auf den Hinweis stoßen, den er suchte, aber vorerst wollte er ein wenig die Menschen der Nacht beobachten.
Die Sonne schien schon längst nicht mehr, aber trotzdem war in der Stadt nicht viel weniger los, als am Tag. Zevelex hatte sich den Hut tief ins Gesicht gezogen und eine Kombination aus dem hohen Kragen des Mantels und einem Schal, den er von dieser unkooperativen Frau mit den Rasterlocken hatte, verhüllte den Rest seines metallisch kahlen Kopfes. Er stand in einer dunklen Ecke und betrachtete die Leute, die an ihm vorüber liefen. Die meisten waren sturzbetrunkene Jugendliche und Halbstarke, die sich vor den Anderen beweisen mussten, indem sie sich mal eben so ins Koma soffen. Mit einem verachtenden Blick musterte er die Gruppen, in denen sie unterwegs waren. Grölend und lachend stolperten sie von einer Discothek in die nächste und soffen sich dabei um den Verstand. Angewidert ging Zevelex weiter, bis er auf einen

verwahrlosten Obdachlosen traf, der sich an ein Schaufenster gelehnt hatte. Er sah ziemlich entkräftet und abgemagert aus und seine Kleidung war dreckig und von Löchern übersät. Neben ihm lehnte ein Pappschild an der Wand, auf dem unleserlich die Worte, >Hab Hunger<, geschrieben waren. Zevelex zog den Geldbeutel von Monz aus dem Mantel und holte einen 50 Dollarschein heraus. Anschließend legte er ihn in den zerlumpten Hut des Tramps, der ihn dankend annahm. Als Zevelex gerade gehen wollte, kam ein fetter Junge, ungefähr zwanzig Jahre alt, mit einer dieser neumodischen Hohlraumversiegelungen auf dem Kopf, an ihnen vorbei und biss herzhaft in seinen überdimensionalen Hamburger. Der Roboter konnte diese gewaltige Kluft zwischen Wohlstand und Nöte nicht länger mit ansehen. Er konnte es wortwörtlich nicht mehr ertragen.

>>Hey Propper. Wieso kaufst du dir mitten in der Nacht einen Burger?<<, rief er ihm aufmüpfig hinterher.

Der Junge drehte sich um und schaute Zevelex verdutzt an, >>Vielleicht weil ich Hunger hab! Vollidiot!<<, blaffte er zurück.

Zevelex blieb vollkommen entspannt, >>Hast du denn kein schlechtes Gewissen, wenn du, Speckbauch, mit einem riesigen Burger deinen Herzinfarkt herauskitzelst, während hier auf der Straße ein anderer Mensch am Verhungern ist?<<

>>Was willst du von mir?<<, kam die hirnlose Antwort.

>>Ich bitte dich höflichst darum, dass du dem armen Mann deinen Burger gibst.<<

Der Junge schaute ihn unschlüssig an und sagte dann schließlich, wie vorprogrammiert, >>Halt's Maul!<<
So schnell konnte er gar nicht schauen, da war auch schon seine Nase gebrochen. Nun lag er, sich vor Schmerz windend, auf dem Boden, der Hamburger, auf dem ganzen Asphalt zerstreut, und die Cap lag ein paar Meter abseits im Dreck. Zevelex ging zu dem Jungen und erleichterte ihn um seine Brieftasche, welcher er sämtliche Scheine entnahm und dem Obdachlosen übergab. Danach warf er sie im hohen Bogen in den sprudelnden Brunnen und brachte den Tramp vor der Rache des Verletzten in Sicherheit.
Genug Spaß für heute, schließlich musste er sich jetzt um eine äußerst wichtige Angelegenheit kümmern, auch wenn der bloße Gedanke an dieses spezielle Verhalten mancher Menschen schon fast seinen Zentralspeicher kollabieren ließ. Zevelex verspürte Verachtung, Hass und Abscheu auf diese Art von Menschen und er verstand diese widerwärtigen Handlungen nicht, doch eines wusste er, nämlich dass er diese Gräueltaten nicht länger ungestraft lassen konnte.
Ein paar Ecken weiter fand die Stahlbestie, wonach sie gesucht hatte. Das unscheinbare Haus, welches als Bordell oder, wie es im Menschenjargon so gebräuchlich war, >Puff< diente. Hier würde er bestimmt an die Informationen kommen, die er so dringend benötigte, die sich aber nicht im Internet finden ließen. Zwar machte es ihn unglaublich wütend, wie die Männer an diesem Ort die Frauen als Objekte behandelten, doch dagegen würde er

vorerst nichts unternehmen. Vielleicht war es auf diese Art und Weise sogar besser, denn wer wüsste wen diese Leute alles vergewaltigen würden, wenn sie sich nicht hier austoben könnten.

Zevelex wollte etwas anderes vernichten. Ein weitaus schlimmeres Verbrechen, für das es weder eine Rechtfertigung noch eine Entschuldigung gab, es war einfach nur krank.

Unauffällig stellte er sich in ein dunkles Eck und wartete auf ein paar Bordellbesucher. Mithilfe seiner diversen integrierten Kameras konnte er von jeder Person das Gesicht genauestens scannen und suchte sich somit den schmierigsten Typen aus. Lässig schritt er auf den Mann zu und versperrte ihm den Weg, >>Hallo, wie es scheint, warst du wohl schon öfters hier und kennst dich mit solchen Etablissements gut aus<<, flüsterte er in einem möglichst vertraulichen Ton.

Der Typ legte es nicht gerade auf Höflichkeit an, >>Hey Alter, Mann, was willst du von mir?<<

Zevelex wusste, dass er genau an der richtigen Adresse war, >>Na ja, ich steh eher auf Frauen, die noch ein paar Jahre jünger sind als die hier, du verstehst was ich meine?<<

Nach einer kurzen Überlegung meinte er, >>Bist du´n Cop oder so was?<<

>>Nein, ich dachte nur, du könntest mir da weiterhelfen, wo ich so einen Schuppen finde. Ich würde dich auch angemessen belohnen.<<

Der Mann wirkte ein wenig verunsichert, >>Ich weiß nicht recht. Vielleicht sind Sie ja doch'n Cop und dann gibt's nur wieder Ärger mitn Bullen.<<
>>Ach tatsächlich. Und würde ein Polizist so etwas tun?<< bevor der Typ überhaupt erst reagieren konnte, packte ihn schon die rechte Stahlhand und hob ihn mit einer übermenschlichen Leichtigkeit in die Höhe. Zusammen mit dem winselnden und zappelnden Perversling bog er in eine Gasse ein und schmetterte ihn rücksichtslos gegen die Backsteinmauer, woraufhin seine bislang freundliche Stimme in die des wahrhaftigen Teufels umschlug, >>Also, wo waren wir stehen geblieben. Ach ja, du wolltest mir gerade den Weg zum Pädophilenbordell schildern.<<
Geschockt brachte er nur ein paar halb erstickte Laute heraus, sodass Zevelex seinen stählernen Griff ein klein wenig lockerte.
>>Ich weiß nicht, wovon du sprichst.<<
>>Da bin ich mir nicht ganz so sicher. Neuer Versuch<<, kam die eiskalte Stimme des Roboters, dessen Augen nun in einem feuerroten Inferno zu glühen begannen. Mit einer knappen Bewegung packte er das linke Ohr des schmierigen Typen und riss es ihm unerträglich langsam und genussvoll ab. Kleine Rinnsale aus tiefroten Blut strömten an seiner Wange und an seinem Hals hinunter. Der verzweifelte Mann wollte schreien doch die Metallfinger schnürten ihm die Kehle zu, wobei gurgelnde und wimmernde Laute entstanden. Zevelex lockerte erneut seinen brutalen Griff und wartete auf eine Antwort.

>>Okay, okay. Ich sage Ihnen ja schon was Sie wissen wollen. Im Norden des Bruchscherbenviertels steht im Wald ein verlassenes Lagerhaus, dort ist es. Sie müssen nur der Landstraße nach der alten Shell Tanke folgen, dann sind sie nach fünf Minuten dort<<, meinte er wimmernd und winselnd.
>>Na geht doch. War es wirklich so schlimm, mir das zu verraten?<<
Tränen rannen dem Mann über die Backen, >>Bitte tun Sie mir nichts. Ich werde auch niemanden etwas sagen wenn Sie mich jetzt gehen lassen. Ich flehe Sie an, hören Sie auf.<<
Das Gesicht des Roboters wandelte sich in ein krankes Grinsen und die Stimme wurde noch düsterer und kälter als sie eh schon war, >>Mich würde interessieren, in wie vielen verschiedenen Sprachen du diese Sätze schon gehört hast, Mistkerl.<<
>>Was? Nein, bitte ...<<
Doch Zevelex packte schon mit der freien eisernen Hand fest in den Schritt des zappelnden Opfers und ballte seine Hand allmählich zu einer Faust. Erdrückend langsam begann der rachsüchtige Roboter damit, sein Handgelenk zu drehen, wobei sein Gefangener quietschte wie ein abgeschlachtetes Schwein. Ein kurzer Ruck und Zevelex hatte einen schweren Verbrecher seiner Waffe entledigt. Der gepeinigte Mann wollte zu einem Schrei ansetzen, aber er brachte keinen einzigen Ton heraus, da ihm die stählerne Bestie, das was sie in der Metallhand hielt, tief in den Ra-

chen stopfte und genoss, wie der Pädophile elendig daran erstickte.

Da war das Lagerhaus, düster und verlassen stand es, mit einem rostigen und gusseisernen Zaun umgeben, in dem dicht bewaldeten Gebiet, genauso wie der schmierige und mittlerweile tote Typ es ihm geschildert hatte. Zevelex schaute sich kurz um und stieg dann durch eines der zahlreichen Löcher im Zaun und entdeckte sogleich den Eingang, bestehend aus einer weitaus solideren Tür, die mit einer Klingel und einer Gegensprechanlage versehen war. Da er unbemerkt in das verlassen wirkende Haus eindringen wollte, entschied er sich gegen die Klingel und versuchte es lieber gleich an der massiven Tür. Es überraschte ihn nicht, dass sie verschlossen war, aber genauso wenig störte es ihn, so dass er mit einer unglaublichen Leichtigkeit das Hindernis aus den Angeln riss und nur ein schwarzes Rechteck übrig blieb, gleich dem Portal zur Hölle. Denn jeder Mensch, der wusste welche Sünde er, durch das Betreten eines solchen Hauses, vielmehr eines solchen Abgrundes der niedersten menschlichen Gelüste, begeht, hatte sich seinen persönlichen Platz in ewiger Verdammnis redlich verdient. Und er, das einzige Wesen, das völlig objektiv war, würde diese Menschen, als gerechter Richter und absoluter Henker zur endgültigen Rechenschaft ziehen.

Er musste zügig handeln, um die unschuldigen Menschen, die von den erbärmlichsten Dämonen menschlichen Abschaums gefangen gehalten wurden, zu befreien und zu rächen, bevor sie noch länger gezwungen waren, seelische und physische Qualen sowie tiefste Demütigung über sich ergehen zu lassen.

Nun war es an der Zeit, seine Nachtsichtfunktion zu aktivieren und die Pforte in das Innere der am meisten verkommenen aller menschlichen Triebe zu betreten und auszurotten.

Vor ihm tauchten mehrere, in ein grünliches Licht getauchte Türen auf, ohne lange zu berechnen entschied er sich für eine, hinter der sich ein langer Gang erstreckte, welcher so wie es schien endlos in die Dunkelheit führte. Auf halber Strecke blieb er stehen, seine empfindsamen Mikrofone, die dem Roboter als Ohren dienten, nahmen ein sehr weit entferntes Geräusch war. Sofort konnte sein Supercomputer-Gehirn das Geräusch, anhand der Lautstärke und der Frequenz der Stimme, als das Schluchzen eines kleinen Mädchens identifizieren.

Oh Nein, er würde es nicht zulassen, dass ein weiteres Mädchen in diesem finsteren Gebäude geschändet wurde. Sofort sprintete er los, bis er an ein Treppenhaus kam, kurz den Schall aufnahm und sich für die oberen Etagen entschied. In einer Geschwindigkeit, wie sie nur ein Roboter aufbringen konnte, raste Zevelex die Treppe hinauf und fand, dank seiner integrierten Infrarotkamera, nach nur wenigen Sekunden das richtige Zimmer. Sein exzellentes Gehör sagte ihm, dass die Tür geschlossen wurde, denn das Schluchzen war nun nur noch schwer wahrnehmbar.

Durch eine entfesselte und unbezähmbare Wut wurde die Vergeltungsbestie zu seinen Taten getrieben und steuerte somit unaufhaltbar die Tür des Schlafzimmers an, wobei seine Augenfarbe in ein dunkles Rot wechselte. Ein brutaler Blick, lodernd wie die Flammen der Hölle aber zugleich eiskalt wie die Seele des Teufels. Seine Finger ballten sich zu einer stahlharten Faust, die daraufhin durch die alte Holztür donnerte und sie beim Zurückziehen aus dem Rahmen riss.

Das Mädchen begann, wie erwartet zu schreien, während der Mann, der sich, bis auf die Unterhose nackt, über das Kind gebeugt hatte, den Roboter verblüfft anstarrte.

Bevor auch nur irgendjemand reagieren konnte, stürzte sich Zevelex mit dem Schrei, >>Nein, du Monster<<, auf den Pädophilen, drückte ihm die Kehle zu und zerrte ihn vom Bett. Währenddessen scannte er die Gesichtszüge des leichenblassen Mädchens ab und verglich sie mit denen aus seinen Datenbanken. Sie war zweifellos ein ukrainisches Kind, was ihn dazu veranlasste, seine Sprache ihr anzupassen, damit er sie auf ukrainisch beruhigen konnte, >>Du brauchst ab jetzt keine Angst mehr zu haben. Ich bringe dich und die anderen hier raus und werde an denen, die euch das angetan haben, Rache nehmen.<<

Das kleine Mädchen wimmerte ein wenig, aber nickte dann doch, woraufhin er sich wieder voll und ganz seinem prächtigen Fang widmen konnte. Natürlich würden sie sich ein eigenes Zimmer nehmen, schließlich hatte das Mädchen schon genug schlimme Dinge im Leben gesehen und erlebt. >>Warte hier auf mich, ich bin gleich wieder da<<, versicherte er.

Mit dem Fuß trat er die marode Tür ins gegenüberliegende Zimmer ein und warf den Dreckskerl, welcher sofort gierig nach Luft schnappte, auf den kahlen Boden. Trotz seiner puren Abscheu für Männer wie er einer war schaute er auf den halbnackten Menschen hinab und begann mit seiner frostigen Stimme, >>Ich mache dir einen Vorschlag, Abschaum. Du antwortest mir ab jetzt immer wahrheitsgetreu und dann besteht für dich vielleicht noch eine kleine Chance zum Überleben.<<

Die blanke Furcht stand ihm ins Gesicht geschrieben und der Schweiß trat ihm trotz der Kälte aus allen Poren, >>Ich werde Ihnen alles erzählen was Sie wollen aber bitte tun Sie mir nicht ...<<

>>Schweig!<<, der stählerne Fuß krachte auf das Bein des Mannes nieder, welches sofort nur noch ein undefinierbares Gemisch aus Knochen, Fleisch und Sehnen war und den Vergewaltiger schrill aufheulen ließ. Zevelex funkelte ihn wütend an, >>Ich rede, du antwortest. Wie viele kleine Mädchen hast du schon in deinem Leben vergewaltigt?<<

Der Brustkorb hob und senkte sich wild und der Mann bekam sich gar nicht mehr unter Kontrolle. Unter Tränen antwortete er, >>Fünf. Es waren fünf Mädchen.<<

>>Und alle fünf hast du hier in diesem Gebäude für Geld als Zwangsprostituierte bekommen? Habe ich recht?<<

>>Ja Sie haben recht!<<, brüllte das Häufchen Elend.

>>Und du bist dabei nur deinen Trieben nachgegangen, ohne auch nur eine Sekunde an das harte Schicksal des Kindes zu denken. Kannst du dir überhaupt vorstellen wie es ist, wenn man ein kleines Kind gleich nach der Geburt der Mutter wegnimmt, der man erzählt hat es sei bei der Geburt gestorben, um es dann hier herzubringen, damit sich kranke Typen wie du Tag für Tag an ihr vergehen können? Weißt du wie das ist?!<<, seine eisige Stimme wurde lauter.
>>Nein ich weiß nicht wie das ist<<, kamen die Worte aus ihm heraus geweint, während er Rotz und Wasser heulte.
>>Du weißt es nicht. Und was empfindest du, wenn du dem Mädchen in die Augen schaust? Was empfindest du, wenn du in den Spiegel schaust?!<<
>>Ich wollte das doch nicht<<
>>Falsch. Du fandest es geil und konntest gar nicht genug davon bekommen. Aber jetzt erhältst du die Quittung für deine unverantwortlichen Taten<<, Zevelex hob sein gewaltiges Bein um den Brustkorb des Vergewaltigers zu zerschmettern, da schrie er noch aus Leib und Seele, >>Aufhören! Aufhören! Ich bereue alles! Bitte- he- he<<, schluchzte er, >>Ich bereue es doch schon!<<
Die Fratze verzog sich erneut zu einem hämischen Grinsen, >>Ach, tatsächlich? Wie wäre es mit einem lustigen Spielchen, um dies zu überprüfen? Ich nenne es >Er bereut es, er bereut es nicht< und du bist der Erste, der es zusammen mit mir ausprobieren darf<<, daraufhin packte er die beiden Handgelenke des Mannes und presste sie in einem eisernen Griff, in seiner linken Hand, aneinander.

Der Pädophile bog und wand sich, doch gegen die stählernen Finger hatte er nicht den Hauch einer Chance.
Enthusiastisch und voller Vorfreude sprach der Roboter, >>Die Regeln sind ganz simpel, sodass sie selbst ein Kleingeist, wie du einer bist, sie verstehen kann. Ich werde jetzt abwechselnd, er bereut es, er bereut es nicht, aufzählen und wenn ich am Ende bei, er bereut es, stehen geblieben bin, darfst du dein armseliges Leben weiterführen. Logischerweise gibt es in diesem Fall aber eine klitzekleine Maßnahme um deinen Trieben entgegenzuwirken. Also, alles verstanden?<<
Als Antwort bekam er nur einen fragenden Gesichtsausdruck.
>>Sehr gut. dann kann es ja los gehen.<<
Grob umfasste Zevelex den kleinen Finger der rechten Hand des weinenden Mannes und bewegte ihn sanft ein bisschen hin und her. Plötzlich riss er ihn gewaltsam aus dem Gelenk und trennte dabei den Mittelhandknochen vom Handwurzelknochen, wobei er lautstark verkündete,
>>Er bereut es.<<
Ein Schrei zerriss die Stille, während der Roboter mit einer inneren Befriedigung den Finger beiseite schmiss.
>>Du arschgefi-
Ratsch, schon riss Zevelex den anderen kleinen Finger ab, >>Er bereut es nicht<<, lächelte er ihn an, >>Wir wollen doch nicht solche Kraftausdrücke verwenden, schließlich sitzt nebenan ein junges Mädchen. Nimm ein wenig Rücksicht auf sie<<, mittlerweile klang seine Stimme leicht psychopathisch.

Der Vergewaltiger krümmte sich vor Schmerz und das warme Blut sprudelte über die kalte Hand der Maschine.
>>Ein nettes Spiel, nicht wahr?<<, erdrückend langsam drehte er den Ringfinger immer weiter bis die Knochen anfingen zu knacken, >>Ich kann dich nicht hö-ren.<<
>>Ja, ein sehr nettes Spiel!<<
>>So ist es brav.<<, Krack und der Finger brach ruckartig ab, >>Er bereut es.<<
Ein herzzerreißendes Aufheulen >>Wie- Wieso?<<
>>Du kennst die Antwort. Dummkopf<<, der Roboter schüttelte seinen schweren Kopf und seufzte, >>Er bereut es nicht<<, somit verabschiedete sich ein weiterer Finger.
Die Hände zuckten unkontrolliert und der gepeinigte Peiniger bog und wand sich verzweifelt.
>>Es ist völlig sinn- und zwecklos. Wie du vielleicht schon bemerkt hast bin ich ein hochentwickelter Roboter und der Versuch sich aus meinem stahlharten Griff zu befreien, entspricht ungefähr dem lächerlichen Vorhaben eine massive eiserne Kette aufzubrechen. Also, lehne dich einfach zurück und genieße die etwas ungewöhnliche Maniküre.<<
Ein gequältes Stöhnen entwich der ebenfalls blutüberströmten Kehle.
Zevelex zog leicht an dem rechten Mittelfinger, >>Der ist ziemlich fest verankert für einen Menschen und die Muskeln fühlen sich besonders straff an. Mich würde interessieren, wie oft du dieses Körperteil schon einem deiner Mitmenschen gezeigt hast<<, nun erhöhte der Mensch aus Stahl seine Kraft und zog fester an dem Finger, krack,

eine Fontäne aus Blut schoss durch das dunkle Zimmer, gefolgt von dem Kreischen des Verletzten und einem eiskalten, >>Er bereut es.<<

>>Noch dazu würde es mich interessieren, ob du öfters jemanden deinen mittleren Finger gezeigt oder eine geliebte Frau geküsst hast. Ach genau, ich vergaß, du bist ja *pädophil*<<, dieses Wort spuckte er förmlich aus und noch im selben Moment riss er den anderen Mittelfinger aus dem Gelenk, >>Er bereut es nicht.<<

Ein weiterer Schrei, >>Die Pädophilie ist eine Krankheit!<<, keuchte er, >>Ich wollte das doch alles gar nicht. Es ist wie als würde mein Gehirn in diesen Momenten aussetzen und meinen Hormonen die Kon- Kontro-<<, der blutdurchnässte Mann brach mitten im Satz ab, da die Schmerzen seine Gesichtsmuskeln verkrampfen ließen.

>>Eine Krankheit! So ein Unsinn! Wenn du es wirklich bemerkt hättest und nicht vollkommen geil gewesen wärst, dann hättest du einen Psychotherapeuten aufgesucht, bevor auch nur eines dieser unschuldigen jungen Mädchen zu Schaden gekommen wäre!<<, sein Kiefer malmte zeitweise vor Wut, >>In Wahrheit hast du nicht auch nur für eine klitzekleine Sekunde über dein Handeln nachgedacht, sondern bist einfach deinen perversen Trieben nachgegangen. Denn wenn du für einen Augenblick realisiert hättest, was du diesen, nun für immer geschädigten Kindern angetan hast, würdest du jetzt nicht hier liegen und dieses überaus unterhaltsame Spiel mit mir spielen. Stattdessen befändest du dich wahrscheinlich in deiner

schäbigen Wohnung, an einem dicken Strick von der dreckigen Decke baumelnd.<<
Entkräftet brachte er noch ein paar Sätze heraus, >>Bitte verzeih mir. Es war wie ein Nebel, ein Delirium. Ich wollte das alles gar nicht. Vergib mir doch endlich.<<
>>Ich werde dir niemals verzeihen<<, kam die eiskalte und gnadenlose Antwort, >>Ich kann nur deine Chance bei eurem sogenannten Gott erhöhen, indem ich dich leiden lasse und du dir deinen Taten bewusst wirst<<, nun trennte er auch den Zeigefinger vom Rest der zerfleischten rechten Hand, >>Er bereut es.<<
Der Versuch zu schreien erstickte in einem Ohnmachtsanfall und dem Kinderschänder fielen langsam die Augenlider zu.
>>Das Spiel ist noch nicht zu Ende, du darfst nicht vorzeitig aufgeben<<, flink klappte Zevelex einen Teil seiner freien Handfläche auf, um zwei kleine Metallstäbchen auszufahren. Mit den Worten, >>Hoffentlich hast du kein Herzproblem<<, berührte der Roboter mit seiner Hand die nackte Brust des Mannes und verpasste ihm einen gewaltigen Stromschlag. Ein kräftiger Ruck ließ seinen Körper beben, woraufhin er entsetzt die Augen wieder aufschlug und schockiert nach Luft schnappte, >>Was ... Was ... Was war das?<<
>>Er bereut es nicht<<, das knirschende Geräusch eines brechenden Knochens, gefolgt von dem unverwechselbaren Schlürfen und Schmatzen, als die Muskeln rissen.
>>Eigentlich wollte ich mir das für den Schluss aufheben, aber jetzt muss ich doch an dieser Stelle unseren lustigen

Zeitvertreib kurz unterbrechen um dir ein kleines Rätsel zu stellen.<<

Die Augen des Vergewaltigers starrten Zevelex panisch an.

>>Was hat zwei Daumen, aber keinen Penis?<<

>>Wie ... Was? Nein, Neeeeiiiiiin. Tu das nicht. Bitte, tu das nicht<<, er mobilisierte seine letzte Energie und wand sich in alle Richtungen, wobei die beiden verbliebenen Daumen und die weißroten Stumpen wild zuckten.

>>Was hast du denn? Ich dachte du würdest darauf stehen wenn dich jemand an deiner Lieblingsstelle anfasst<<, daraufhin lachte der Metallmensch leicht wahnsinnig auf und packte den Mädchenschänder zwischen den Beinen, >>Kaum zu glauben, dass ein so, nach meinen anthropologischen Kenntnissen zu urteilen, überaus kleines Ding gleich fünf Leben zerstören kann. Darum muss es auch schnellstmöglich unschädlich gemacht werden<<, die fünf stählernen Finger pressten sich erbarmungslos zusammen und der ganze Arm wurde ruckartig nach hinten gerissen.

Der blutüberströmte Mann quietschte wie am Spieß und verlor beinahe wieder das Bewusstsein.

>>Ich nehme an du hast das Rätsel gelöst, dann können wir jetzt endlich zu Ende spielen. Aber wir müssen uns beeilen, meine Sensoren sagen mir, dass wir in ungefähr zwei Minuten Besuch bekommen<<, ein wenig in Eile brach der Roboter auch noch die beiden Daumen ab und verkündete, >>Er bereut es<<, und >>Er bereut es nicht.<<

>>Jammerschade, aber wir sind leider bei, er bereut es nicht, stehen geblieben, also hast du verloren.<<
>>Nein, ich habe es do... scho... be...<<, seine Stimme versagte endgültig.
>>Nach den Spielregeln muss ich dich jetzt dummerweise töten. Ich würde sagen wir machen es kurz und schmerzlos.<<
Der Pädophile keuchte nur noch, konnte aber nicht mehr antworten.
>>Im Endeffekt kannst du froh sein, denn viel schlimmer kann es in der Hölle gar nicht mehr werden<<, das waren die letzten Worte, die Zevelex an ihn richtete, bevor er dem Vergewaltiger mit seiner Stahlfaust den Schädel zerschmetterte, sodass sich die grau rote Gehirnmasse auf dem Boden verteilte.

Das Geschäft hier in Pittsburgh lief in den letzten Monaten ziemlich gut. Es war zwar moralisch verwerflich, aber das interessierte Dredler herzlich wenig. Er zählte das Bündel Geldscheine durch, das ihm gerade sein letzter Kunde in die Hand gedrückt hatte. Dredler konnte sich gut vorstellen, von dem vielen Geld, das er verdiente, auch noch in die Drogenszene einzusteigen, soweit er wusste, sollte das Geschäft dort ebenfalls sehr gut laufen. Das Bargeld verstaute er in einem Geheimfach im trockenen Keller, welcher sehr groß und weitläufig war, hier brachte man bestimmt auch noch eine Drogenküche unter.
In seinen geschäftlichen Gedanken versunken wollte er gerade nach den Mädchen sehen, als aus den oberen

Stockwerken ein schrecklicher Schrei herunter drang. Oh nein, dachte sich Dredler, dass ist jetzt schon der zweite Vorfall in diesem Monat, wahrscheinlich hat sich wieder so ein Miststück eine Waffe gebastelt und einen meiner wertvollen Kunden kastriert. Er kontrollierte noch schnell seine Pistole, mit der ihn einer seiner Schuldner bezahlt hatte, bevor er sie in seiner Jackentasche verstaute und in das Treppenhaus hastete. Während er die Stufen hinauf lief, hörte er weitere schmerzverzerrte Schreie und umso näher er an die Ursache kam, desto verständlicher wurde auch die Tonlage, bis er sie schließlich einem erwachsenen Mann zuordnen konnte. Was um alles in der Welt machte dieses Mädchen mit seinem Kunden?

Im dritten Stock blieb er stehen, da er ein Licht am Ende des Ganges sah. Leise pirschte er durch die Dunkelheit und erst kurz vor dem Raum bemerkte er, dass sich aus dem düsteren gegenüberliegenden Zimmer eine Blutlache langsam ausbreitete. Behutsam schlich er an der Wand entlang und blieb kurz vor dem finsteren Türrahmen stehen, wobei er sich dicht an die alten Backsteinwände presste. Doch er hörte nichts, außer einem verängstigten wimmern aus dem Raum, in dem das Licht brannte. Plötzlich schnellte etwas metallisches durch die Luft und wurde blitzschnell zurück gezogen. Bevor Dredler überhaupt begriff was eigentlich geschah, wurde er schon von grausamen Schmerzen benebelt. Er hörte einen Schrei und stellte verwundert fest, dass es sein eigener war.

Als er wieder einigermaßen zu Sinnen kam bemerkte er, dass eine scharfe Sense, die zur Hälfte quer in seinem

Bauch steckte, ihn gegen die Wand presste, was bedeutete, dass jemand sie in den dunklen Raum ziehen musste und er wusste auch, dass es ganz bestimmt kein kleines schwächliches Kind sein konnte. Während er panisch versuchte die Klinge von seinem Körper wegzudrücken und sich dabei die Handflächen aufschnitt, ertönte eine tiefe und bösartige Bassstimme, wie aus dem Jenseits, >>Bist du der Besitzer dieser Kinderhölle?<<
Dredler wusste nicht so recht, was er darauf antworten sollte. Ganz benommen sagte er einfach mal, >>Was?<<
>>Wieso tust du das diesen armen Mädchen an. Du zerstörst ihre Kindheit, du zerstörst ihre Zukunft, du zerstörst ihr ganzes Leben! Und das alles nur wegen ein bisschen Geld? Schämst du dich nicht?!<<
Mit einem Mal wurde die Klinge noch enger an die Wand gezogen. Eine warme Flüssigkeit lief an Dredlers Beinen hinunter, aber er konnte nicht sagen, ob es sein Urin oder sein Blut war.
>>Du schädigst diese Kinder für ihr ganzes Leben. Sie werden wahrscheinlich für immer Angst vor Männern haben und sich niemals in die Gesellschaft einbinden können. Aber Hauptsache solche kranken Typen wie du können sich die Taschen voller Geld stopfen und ihre Lust befriedigen!<<
Die Klinge wurde abermals enger gezogen, sodass Dredler Probleme hatte, überhaupt noch Luft zu bekommen.

\>\>Hast du den gar kein Gewissen, du Unmensch? Für Reue ist es jetzt sowieso zu spät, aber sag mir wenigstens, wo du die anderen Mädchen eingesperrt hast\<\<

Endlich brachte er auch ein paar Worte heraus, \>\>Die anderen Mädchen sind alle in einer Zelle im Keller. Bitte, verschone mich, bitte.\<\<

Zum letzten Mal wurde die Sense noch einmal angezogen, bevor sich der Griff löste und die Klinge wieder im Türrahmen verschwand. Ohne jegliche Kraft stürzte Dredler sofort zu Boden und blieb regungslos liegen.

Zevelex musste gegen sich ankämpfen, die Klinge nicht gleich ganz an die Wand zu ziehen und zog die Sense schließlich zurück ins Zimmer. Kurz warf er noch einen flüchtigen Blick auf das Mädchen, welches seinen Kopf in den Beinen vergraben hatte und herzzerreißend schluchzte. Langsam und bedrohlich wandte er sich dem verletzten Besitzer zu, welcher auf der Seite lag und ihn mit panischen Augen ansah, hob dessen Handfeuerwaffe vom Boden auf und steckte sie rein sicherheitshalber ein.

Eine große Wunde verlief quer über seinen Bauch und vor dem Roboter befand sich ein einziges Blutbad. Zevelex ging runter auf die Knie und schaute sich den Mann eindringlich an. Sein verzweifelter Blick flehte geradezu um Gnade. Als sich Zevelex schließlich sicher war, dass der Kinderschänder seinen Verletzungen früher oder später erliegen würde, schob er seine Sense zwischen die Beine des Sterbenden und zog sie mit einem kaltblütigen Ruck wieder heraus. Ein halb erstickter Schrei entwich den Lungen des Mistkerls. Zufrieden mit seiner Tat kehrte er in das dunkle Zimmer zurück, wischte dort seine Sense an der Bettdecke ab und steckte sie wieder zusammengeklappt in seinen Mantel. Danach nahm er das Mädchen aus dem gegenüberliegenden Raum auf den Arm wobei er ihr die Augen zuhielt, und trug sie runter in den Keller. Vor der Tür zum vermeintlichen Schlafraum setzte er das Kind auf dem Boden ab und knackte sorgfältig das Türschloss. Dahinter starrten ihn fast ein dutzend Augenpaare an. Allesamt von ausgehungerten kleinen Mädchen. Vor lauter Wut hätte Zevelex am liebsten noch mehr von diesen kranken Drecksäcken zerstückelt, aber die zwei von vorhin waren anscheinend gerade die einzigen im Haus. Außerdem musste er sich auch noch um zahlreiche Verbrechen auf anderen Gebieten kümmern. Behutsam schob er das Mädchen in den Raum, welches ihn daraufhin verwirrt und enttäuscht anschaute. Zevelex konnte verstehen, dass sie sich jetzt im Stich gelassen fühlte, aber er versuchte es ihr zu erklären. Vorsichtig beugte sich der Roboter herab und schaute ihr tief in die Augen, sie wich ein klein wenig zurück, aber er legte seine Hand sanft auf ihre Schulter und stellte seine Stimme weich und liebevoll ein. >>Du musst dich nicht mehr fürchten, jetzt ist alles vorbei, diese Leute werden dir nie wieder etwas antun können. Ich würde euch gerne mitnehmen, aber ihr seit zu viele und die Polizei verfolgt mich, weil sie nicht will, dass ich diese Verbrecher richte. Warte hier mit den anderen, während ich Hilfe hole.<<

Dicke Tränen rannen dem Mädchen die Wangen hinunter, woraufhin der Roboter sie in den Arm nahm und sich auf ukrainisch verabschiedete. Danach stand er wieder auf, schloss hinter sich die Tür und legte die billig zusammengebaute Waffe des Zuhälters davor.
Nach einem kleinen Zwischenfall wählte er oben im Hauptlager, wo er ein altes Telefon fand, die 991. Was für ein Glück, es funktionierte noch >>Hallo, hier spricht das Pittsburgh Police Department, was kann ich für sie tun<< meldete sich eine verschlafene Stimme zu Wort.
>>Ebenfalls Hallo. Ich habe hier eine kleine Privatrazzia durchgeführt. Die Polizei braucht sich keine Sorgen mehr machen, ich habe nämlich die beiden Verbrecher mehr oder weniger dingfest gemacht.<< dabei lachte er kurz und voller Schadenfreude auf >>. Jetzt muss nur irgendjemand die dreizehn vergewaltigten Mädchen hier herausholen, ich habe schließlich auch nur zwei Hände.<<
Die Frau auf der anderen Seite der Leitung war sofort hellwach >>Es ist eine Straftat die Polizei zu veralbern.<<
>>Na wenn das so ist, dann fanden sie den Mord in der Militärbasis, und vor dem Schrottplatz wohl auch schon albern, nicht wahr? Gut, mal sehen, wie albern sie meine jüngsten Taten und die aus naher Zukunft finden werden, denn glauben sie nicht, dass ich schon fertig bin. Ach ja und noch etwas, anstatt ihre kostbare Zeit mit der Suche nach mir zu verschwenden, sollten sie lieber die wahren Verbrechen bekämpfen und ihren faulen Hintern hier her schwingen. Die Kinder befinden sich übrigens im Keller hinter der Tür, die ich mit der Waffe gekennzeichnet habe,

auf Wiederhören<<, Zevelex wusste, dass sie sein Signal bereits zurück verfolgten und es nur noch eine Frage der Zeit war, bis sie hier eintrafen, weswegen er hastig zum Wagen lief und schleunigst in Richtung Norden davon düste.

Schon seit Pittsburgh verfolgte er den schwarzen Mercedes, wobei er immer eine sichere Meile Abstand hielt, aber wo zum Henker wollte dieser Spinner nur hin, etwa zu seinem geheimen Unterschlupf? Vielleicht hätte er doch besser die Polizei rufen sollen, schließlich war es keine sehr schlaue Idee, einem geisteskranken Mörder in den tiefsten Wald zu folgen. Plötzlich bog der Punkt auf dem kleinen Handy in eine Abzweigung ein, die gar nicht auf GoogleMaps verzeichnet war. Nach ein paar Minuten kam Ed ebenfalls zu dem holprigen und überwucherten Weg und fuhr dem Killer hinterher, doch von Sekunde zu Sekunde kam ihm sein Vorhaben immer idiotischer vor.
Was wollte er denn bitte machen, wenn er dem Typen begegnete? So wie er die anderen abgeschlachtet hatte, würde er, falls der Mann ihn bemerkte, nicht mehr lange in einem Stück existieren. Das war blanker Wahnsinn was er hier tat, hier würde ihn nie eine Menschenseele finden und der Mörder hatte genug Möglichkeiten, um seine abgewrackte Leiche zu verstecken.
Das lag alles nur an diesem verfluchten Alkohol. Wenn er nicht andauernd betrunken wäre, dann würde er auch nicht solche trotteligen Sachen unternehmen.

Nach einer scharfen Kurve tauchte vor ihm ein altes, verlassenes Lagerhaus auf, umgeben von einem Gusseisenzaun, welcher sehr stark durchlöchert und mit Efeu bewachsen war.
Ed parkte seine Karre in einem dichten Gebüsch und schlich sich an das zerfallene Gemäuer an, wobei er den schwarzen Mercedes, nicht weit von seinem Wagen entfernt leer vorfand. Etwas zu angetrunken oder lebensmüde, er konnte es nicht sagen, fasste er den Entschluss, in das Lagerhaus zu gehen und dem Mörder nachzustellen. Wenn er Glück hatte, konnte er vielleicht sogar den Sensenmann überraschen und mit einem schweren Gegenstand niederschlagen. Dann wäre er der Held und alle würden ihn bejubeln, dass war eine bombastische Idee, an der aber auch der Alkohol zu einem großen Teil beigetragen hatte.
Etwas unsicher auf den Beinen torkelte er in das finstere Lagerhaus und verharrte erst einmal in der Dunkelheit. War das gerade eben ein Schrei gewesen oder nur eine Einbildung, verursacht durch die Flasche Bourbon. Um das herauszufinden, musste er weiter ins Innere des Gebäudes eindringen, doch in dieser schrecklichen Finsternis konnte er nicht mal die Hand vorm Auge erkennen. Hätte er doch bloß eine Taschenlampe mitgenommen, ach was dachte er sich da nur, schließlich besaß er gar keine Taschenlampe oder etwas Ähnliches. Ed konnte nicht mal die Stromrechnung bezahlen oder sich ausreichend Benzin leisten und das alles nur wegen seiner Alkoholsucht und diesem verdammten Handy mit seinen unzähligen Funktionen und

unbegrenzten Möglichkeiten. Aber was brachte ihm der ganze Mist, wie zum Beispiel dieses Bluetooth?

In diesem Leben werde ich es nicht mehr lernen, sollen sich doch all die bemitleidenswerten Hipster und smarten Typen mit dem Schrott auseinander setzen, aber wenn es hart auf hart kommt, dann können sie sich ihr Internet sonst wohin schieben, dachte er sich.

Mehrere gequälte Schreie folgten dem Ersten und Ed fragte sich, ob der Henker von Pittsburgh gerade wieder sein grausiges Werk verrichtete.

Da kam ihm wieder eine Idee. Ed schlug sich mit der Hand gegen die Stirn, sein Handy hatte auch eine Taschenlampe integriert, dass er darauf nicht früher gekommen war. Nachdem er ein paar mal über sein Gerät gewischt hatte, wurde auch schon der Raum durch das schwache Licht ein wenig erhellt. Der Lagerraum war enorm weitläufig und während er sich fasziniert umschaute und dabei weiter tapperte, stolperte der Journalist über eine Kiste und flog scheppernd zu Boden. Schnell rappelte er sich auf und fand, unmittelbar neben sich, ein altes Brecheisen, welches Ed ideal als Waffe verwenden konnte. Jetzt würde er diesem Bastard mal zeigen, aus welchem Holz er geschnitzt war.

Also nahm er die Tür, die anscheinend in einen längeren Gang führte und startete seinen Überraschungsangriff. Doch er kam nicht sehr weit. Vor ihm stand etwas komisches, fast bizarres, mit dem Körperbau und der Kleidung eines Menschen, aber das Gesicht, es sah aus wie eine

Stahlmaske. Kalt und beängstigend starrte es ihn an, wobei es sich keinen Millimeter von der Stelle rührte.
Es verzog sein Gesicht zu einer grässlichen Fratze, wie das Antlitz des leibhaftigen Fürsten der Finsternis.
Ed war wie gelähmt und konnte nicht mal seinen Arm heben, um dem skurrilen Wesen eins überzuziehen, stattdessen verkrampften sich seine Finger und als er gerade im Stande war, weg zu laufen, schnürte es ihm schlagartig die Kehle zu.
Das fremde Wesen hatte ihn gepackt und nun begann es in einer unerträglich grausamen Stimme zu sprechen, >>Du bist doch der Kerl, der das Auto vergewaltigt hat. Bist du nun gekommen um dich auch noch an kleinen unschuldigen Mädchen zu vergreifen?!<< der Ton wurde zunehmend härter.
Doch der Reporter bekam kaum noch Luft, nur unter großer Mühe konnte er ein paar Worte keuchen >>Was? Wovon ... reden ... Sie ...?<<
>>Bist du hier um diese Kinder zu schänden, oder nicht? Antworte mir lieber, wenn du weiter leben willst<<, gnädigerweise lockerte die Bestie ihren Griff, sodass er wieder atmen konnte.
>>Ich bin kein Pädophiler. Und das mit dem Auto war nur ein Unfall.<< Ed versuchte sich aus dem erbarmungslosen Griff zu befreien, doch das war anscheinend unmöglich.
>>Du entkommst meiner Stahlhand nicht. Spare lieber deine erbärmlichen Kräfte, Menschlein. Wenn du kein Vergewaltiger bist, was machst du dann hier?<<

Die Situation schien aussichtslos, es war wohl am besten, wenn er einfach die Wahrheit sagte. >>Ich bin ein Journalist von der Pittsburgh Daily News und zur Zeit finde ich keine interessanten Storys, weswegen ich Ihnen hier her gefolgt bin, indem ich mein Handy an Ihre Karosserie geklebt und Ihren Wagen anschließend geortet habe. Bitte, Sie müssen mir glauben, ich wollte nur eine gute Story über Sie, den Sensenmann, schreiben, sonst nichts<<

Der Gewalttäter überlegte kurz dann grinste er nur noch breiter, >>Sensenmann, ein netter Spitzname, und die Idee mit dem Handy ist auch sehr clever für einen Menschen, wenn nicht gar ein wenig naiv. Weißt du den überhaupt, mit wem du dich hier gerade anlegst?<<, das Grinsen verschwand und hinterließ nur eine stahlharte, ernste Miene, >>Du hast keine Ahnung wen oder was du hier vor dir hast, habe ich recht?<<

Ed traute sich gerade mal zu nicken.

>>Aber ich kann dich gerne aufklären<<, mehrere mechanische Gerätschaften zischten leise und im schummrigen Licht seines Handys, welches er immer noch fest umklammerte, klappte langsam die vermeintliche Maske herunter und es kamen unzählige kleine Kabel und Kästen mit blinkenden LEDs zum Vorschein. Für Ed sah aus wie das reinste Chaos aus raffinierter Technologie, in dem aber trotzdem eine Art Ordnung zu herrschen schien. Der Journalist war zu gebannt von diesem bizarren Anblick, von dieser furchteinflößenden Erkenntnis, als dass er irgendwie hätte reagieren können.

Der Kopf schloss sich wieder und das Wesen fuhr fort, >>Ich bin kein Mensch, ich bin ein höher entwickeltes Wesen und ich bin dazu bestimmt, die Erde von Verbrechern zu säubern<< der Stahlgriff löste sich und der Reporter sank kraftlos zu Boden. Er wollte nicht begreifen, was er da gerade eben gesehen hatte. War dieses Wesen wirklich ein Roboter und war das überhaupt möglich, oder nur eine Alkoholfantasie. Die Gedanken in Eds Kopf flogen wild durcheinander und er war nicht mehr in der Lage sie logisch zu ordnen. Er war nicht mal mehr in der Lage, auch nur einen von ihnen zu Ende zu denken. Und dies würde auch immer so bleiben.

Warum musste dieser Kerl immer mitten in der Nacht morden? Konnte er es nicht wenigstens auf den Morgen verschieben, schließlich war Spylos Zeitgefühl sowieso schon komplett im Eimer. Der Commissioner stand auf dem weitläufigen Gelände, vor dem verfallenen Lagerhaus, welches so einen Rummel schon seit mehreren Jahrzehnten nicht mehr erlebt haben dürfte. Überall sah man blinkende Polizeiautos und Krankenwägen, sowie einen Leichenwagen und einen Kleinbus. Und dann kam auch noch hinzu, dass er aus lauter Leichtsinn mal wieder den üblichen Fehler begangen hatte, nämlich sich die Leichen vor dem Frühstück anzuschauen. Dabei hätte die Information, dass beide schrecklich verstümmelt wurden völlig gereicht, aber nein, er musste ja unbedingt hinein marschieren und den Chef raushängen lassen. Das hatte er nun davon.

Ah, da kam ja auch schon Crawford mit dem Zwischenbericht. >>Guten Morgen, Crawford, was kann man bisher zum Tathergang sagen<<

>>Guten Morgen Spylo, wir können davon ausgehen, dass es sich um den selben Täter wie in den anderen Morden handelt. Ein Nachahmer ist ausgeschlossen, da der Mord in der Militärbasis streng geheim ist und auch somit nicht publik wird. Zudem wurde eindeutig die selbe Tatwaffe wie gestern benutzt.<<

>>Ich nehme an, dass der Täter mal wieder keine DNS-Spuren hinterlassen hat.<<

Sie verzog kurz das Gesicht, nickte dann aber zustimmend.

>>Dafür haben wir aber dreizehn Zeugen, die den Täter höchstwahrscheinlich gesehen haben<<

>>Na also, das klingt doch vielversprechend.<<

>>Könnte man meinen, nur leider handelt es sich bei denen ausschließlich um ukrainische Mädchen, ungefähr im Alter von zehn Jahren. Laut einem der Mädchen, dem Ältesten, das schon ein wenig Englisch kann, hat Marija den Mörder sogar umarmt. Sie konnte ihn zwar wegen der Dunkelheit nicht sehen, aber dafür hat sie verstanden was er gesagt hat. Laut ihrer kurzen Aussage beherrschte er ihre Sprache perfekt.<<

Dies verstärkte nur Spylos Vermutung, dass es sich bei dem Täter um einen ausländischen Spion handelte, was aber immer noch nicht erklären würde, wieso dieser Mann all diese Leute tötete. Das einzige, was diese Personen, mit der Ausnahme von Monz, verbindet, ist der Drang zur Kriminalität, dachte sich der Commissioner.

>>Und noch etwas, wir haben auch den Reporter vom ersten Tatort in dem Lagerhaus gefunden<<

Damit hatte Spylo nicht gerechnet. >>Ich glaub ich hör nicht recht, den selben wie an der Tankstelle? Diesen zugedröhnten Säufer, der die Tat beobachtet hat. Das kann doch unmöglich bloß ein Zufall sein. Hat er denn schon eine Aussage gemacht?<<

Nun schaute die junge Special Agent nur noch ernster drein >>Mehr oder weniger. Er hat den gleichen Satz immer wieder vorgesagt, wie ein Mantra, wir mussten ihn ins Krankenhaus bringen, aber ich denke nicht, dass er jemals wieder geistig gesund wird.<<

Der ganze Fall wurde immer abstrakter >>Was hat der Journalist denn gesagt?<<

Crawford schnaufte einmal tief durch, anscheinend war sie mit der ungewohnten Situation schlichtweg überfordert, aber Spylo konnte das verstehen, schließlich war das ihr erster großer Fall und während sich die Leichen häuften, standen sie immer noch bei null >>Der Mann sagte: „Ich habe Satan höchstpersönlich verfolgt" und als er in den Krankenwagen gelegt wurde schrie er noch: „Was seid ihr bloß für Narren. Begeht nicht den gleichen Fehler wie ich. Legt euch nicht mit dem Teufel an!"<<, ihre Mine wurde besorgter, >>Commissioner Spylo, das ganze entwickelt sich zu einer Katastrophe. Es ist ein Serienmörder auf freiem Fuß, der kurz davor steht, wieder jemanden zu töten und wir haben keinerlei Anhaltspunkte. Der Täter hinterlässt weder Spuren noch Hinweise, aber wagt es trotzdem, bei der Polizei anzurufen und uns aufs äußerste zu verhöh-

nen. Und das schlimmste ist, dass jeder, der ihn gesehen hat entweder tot ist oder den Verstand verloren hat.<< sie hatte sich ganz schön hineingesteigert, sodass sie am ganzen Körper leicht zitterte. Spylo befürchtete schon, dass sie auch gleich den Verstand verlieren würde. >>Aber da wäre doch noch das kleine Mädchen, das sie vorhin erwähnten, diese Marija. Sie hat den Mörder sogar umarmt, vielleicht kann sie uns weiterhelfen. Sie dürfen nicht gleich alle Hoffnungen verlieren, ich weiß es ist ihr erster großer Fall, aber sie sind eine kompetente Frau und haben das Potential den Täter zu finden.<<
Crawford hatte sich wieder unter Kontrolle und trotz des schwachen Lichts konnte Spylo deutlich erkennen, dass ihre Wangen leicht gerötet waren. >>Sie haben recht, ich fahre lieber gleich zum Krankenhaus.<< als sie gerade gehen wollte, drehte sie sich noch einmal zu Spylo um und gab ihm einen sanften Kuss auf die Wange, >>Danke, das du mir neuen Mut gegeben hast<<, dann stieg sie in ihr Auto und fuhr davon, in die undurchdringliche Dunkelheit.

Sie hatte ihre wahren Gefühle für diesen aufrichtigen Mann nicht weiter für sich behalten können. Auch wenn es vielleicht unüberlegt und impulsiv gewesen war, bereute sie es nicht. Selbst wenn es ihr Arbeitsklima beeinträchtigen sollte, viel schlimmer als die Situation gerade war, konnte es kaum noch werden.
Langsam, um das Mädchen nicht zu verschrecken, betrat sie das Krankenzimmer und setzte sich neben die Psychotherapeutin, die sich gerade um Marija kümmerte.

\>\>Hallo Dr. Southward, wie geht es denn der Kleinen<<
\>\>Guten Morgen Special Agent Crawford. Sie leidet immer noch stark unter diesem Trauma, sie können das sicher verstehen, schließlich wurde das Mädchen wahrscheinlich gleich nach der Geburt von der Mutter getrennt und in ein Heim gesteckt bis sie groß genug für den Verkauf war.<<
Crawford traute ihren Ohren kaum >>Das ist ja schrecklich. Hat sie denn schon mit jemanden gesprochen?<<
\>\>Das ist eben mein Problem, ich kann kein Ukrainisch und das Mädchen versteht nun mal kein Englisch. Deswegen habe ich auch schon einen Dolmetscher beantragt, er müsste jeden Moment hier sein<<
\>\>Sehr gut, bis dahin beschäftige ich mich noch eine Weile mit dem Mädchen<<, Crawford wandte sich von Dr. Southward ab und schaute Marija mit ihrem weichen und einfühlsamen Blick an, >>Du musst dich nicht fürchten, hier bist du in Sicherheit, wir passen auf dich auf und beschützen dich<<, dabei streichelte sie dem Kind sanft über die Schulter. Marija machte ein Gesicht, als wollte sie etwas sagen, aber sie traute sich wohl nicht so recht. Crawford wollte weiter beruhigend auf sie einreden, doch prompt flog auch schon die Tür auf und der Dolmetscher betrat das Zimmer, >>Guten Morgen, mein Name ist Mr. Harver, ihr Dolmetscher<<, sagte der Mann, auch wenn er mit seiner Hornbrille, dem Überbiss und dem schlecht sitzenden Anzug eher an einen zerstreuten Physiker erinnerte.

>>Hätten sie nicht ein wenig langsamer hereinkommen können, Sie haben Marija total verschreckt, dabei war sie kurz davor mit uns zu reden<<

Harver wirkte jetzt ein wenig gekränkt und zugleich irgendwie arrogant, >>Das tut mir leid, aber Sie hätten ihre Worte, ohne meine Hilfe, doch sowieso nicht verstanden. Außerdem, wenn das, was das Mädchen zu sagen hat, wirklich wichtig wäre, dann hätte sie es bestimmt schon erzählt. Kleine Göhren können nie etwas für sich behalten<<

Crawford legte es den Schalter um >>Für wen halten sie sich eigentlich, dass Sie solche Behauptungen anstellen?<<, schrie sie ihn an, >>Sie haben doch gar keine Ahnung, was dieses Mädchen alles ertragen musste, unter welchen psychischen Problemen sie leidet und sie kommen einfach locker lässig daher geschlurft und meinen, die Aussage dieses Mädchens wäre belanglos! Dieses Kind wurde von einem sechsfachen Serienmörder in die Arme genommen und Sie, Sie Witzfigur, meinen, das wäre nicht von großer Bedeutung! Sie können sich überhaupt nicht vorstellen, was sie schon alles ertragen musste, welchen Pein sie durchlebte, aber Sie stehen wahrscheinlich auch auf kleine Kinder, Sie perverser Sack.<<

Das Gesicht des jungen Dolmetschers verfärbte sich dunkelrot, teils aus Scham und teils aus Wut. >>Was fällt Ihnen ein, mich so zu beleidigen? Das wird noch ein Nachspiel haben, ich werde Ihrem Vorgesetzten einen gesalzenen Beschwerdebrief schreiben!<<, quäkte Harver mit seiner schrillen Stimme.

\>\>Jetzt hören sie mir mal zu sie verwöhntes Greenhorn-\<\<

Crawford wurde jäh von einem lauten Schrei von Marija unterbrochen und als wieder Ruhe in den Raum eingekehrt war sagte sie leise und schüchtern \>\>Где рыцарь\<\<.

\>\>Was hat sie gesagt?\<\<, fragte Crawford den Dolmetscher.

Dieser war jetzt offensichtlich eingeschnappt, \>\>Meine Anwesenheit ist hier anscheinend nicht erwünscht, also gehe ich jetzt lieb-\<\<

\>\>Hören Sie endlich auf, Sie wehleidiger Korinthenkacker und sagen Sie mir, was Marija geflüstert hat oder ich zeige Sie an wegen Behinderung der Ermittlungen des FBI.\<\<

Darauf gab Harver klein bei \>\>Schon gut, schon gut, sie hat gesagt „Wo ist der Ritter", also für mich klingt das nicht gerade nach einer besonders wichtigen Information oder gar-\<\<

Den Satz konnte Harver nicht mehr beenden, da schubste ihn schon Crawford zur Seite und spurtete den sterilen Gang hinunter. Im Laufen zog sie ihr Handy aus der Jackentasche und drückte auf Wahlwiederholung, um Commissioner Kyle Spylo anzurufen.

\>\>Commissioner Spylo hier\<\<

\>\>Hallo Spylo, hier spricht Crawford.\<\<

\>\>Hallo Crawford, geht es Ihnen gut, es hört sich so an als wären Sie ganz schön außer Puste.\<\<

\>\>Machen Sie sich um mich keine Sorgen, ich weiß jetzt wer der Täter ist.\<\<

>>Was? Wirklich? Das ist ja fabelhaft, wie sind Sie so schnell darauf gekommen? Wer ist es denn?<<, wollte er voller Überraschung wissen.

>>Passen Sie auf, wir dürfen keine Zeit mehr verlieren. Steigen Sie in ihren Wagen und fahren Sie so schnell wie möglich nach Connellsville, wo genau, erkläre ich Ihnen während der Fahrt<<, gerade gelangte Crawford an ihren Wagen und hechtete förmlich hinein, startete hastig den Motor und schaltete auf die Freisprechanlage um.

>>Was in aller Welt ist denn in Sie gefahren, was wollen wir denn in diesem Ka-<<

>>Sie müssen mir jetzt vertrauen, auch wenn es zuerst unrealistisch klingen mag. Der Täter ist gar kein Mensch, es ist der Roboter, dieser Zevelex.<<

Eine lang andauernde Stille.

>>Spylo, sind Sie noch dran?<<

>>Ja ... Ja natürlich bin ich noch ... Sind Sie denn komplett übergeschnappt?! Das ist doch völlig unmöglich-<<

>>Ich sagte, dass sie mir zu hören sollen, verdammt noch mal! Es ergibt alles einen Sinn, die fehlende DNS, die vermeintliche Unverwundbarkeit und das Mädchen hat ihn als einen Ritter beschrieben. Es ist nie jemand in die Militärbasis eingebrochen, nur der Roboter ist ausgebrochen.<<

Kurze Stille am anderen Ende der Leitung >>Und wieso tötet er dann all diese Menschen?<<

>>Vielleicht sieht er sich selbst als eine Art Rächer oder so etwas Ähnlichem, auf jeden Fall müssen wir jetzt schnell handeln, schließlich wird der Roboter weiter morden.<<

>>Das mag ja alles schön und gut sein aber wieso fahren wir dann nach Connellsville, anstatt diesen Zevelex zu suchen und zu zerstören. Was wollen wir denn in diesem Kaff?<<
Langsam verlor Crawford die Geduld, >>Nur dort können wir lernen, dieses Wesen zu verstehen und herausfinden, wie man es besiegen kann<<
>>Ah ja, erklären Sie es mir später<<, meinte Spylo verdutzt, >>Wenn ich so darüber nachdenke, klingt der Rest eigentlich ziemlich logisch, ich ruf Sie nochmal an, wenn ich von dem Highway biege, das kann ja noch ein heiterer Tag werden.<<
>>Was Sie nicht sagen Commissioner.<<

Ein blutrünstiger Roboter, na das wird noch ein Spaß, den wieder einzufangen, dachte sich Spylo. Vor allem, da er anscheinend kugelsicher ist und wir keinen blassen Schimmer haben, wo er sich jetzt im Moment herumtreibt.
Spylo erreichte die friedliche Straße, die ihm Special Agent Crawford geschildert hatte. Saftig grüne Bäume säumten den Gehsteig, fröhliche Kinder spielten trotz der frühen Stunde auf den Garagenhöfen Basketball und manch Hundebesitzer machte einen Morgenspaziergang mit seinem treuen Freund. Was um alles in der Welt wollten sie denn in dieser seelenruhigen Vorstadtgegend? Eine große Grillparty schmeißen und den lieben Zevelex auch dazu einladen?
Misstrauisch parkte Spylo bei dem verlassen wirkenden Haus, vor dem auch schon das Dienstfahrzeug von seiner

Partnerin stand. Crawford befand sich nur wenige Meter entfernt, direkt vor der Eingangstür auf der hölzernen Veranda, und schien auf ihn zu warten.

Als er ausstieg, rief sie genervt zu ihm, >>Da sind Sie ja endlich, Spylo. Ich war schon kurz davor, die Wohnung ohne Sie aufzubrechen.<<

Spylo hob verwundert die Augenbrauen, >>Aufbrechen? Sind Sie sich überhaupt sicher, ob niemand zu Hause ist?<<

>>Ihr Auto steht zumindest in der Garage und die Nachbarn meinten, dass Ms. Hutchings seit kurzem wieder zu Hause ist. Was nur sehr selten vorkommt.<<

>>Verstehe. Dann sollten wir lieber mal nachsehen<<, er überlegte kurz, >>Möglicherweise stand sie dem Roboter, wie haben die in der Militärbasis ihn gleich wieder genannt?<<

>>Zevelex.<<

>>Genau, Zevelex, vielleicht stand sie ihm auch im Weg.<<

>>Stimmt, in diesem Fall kann nicht mal mehr Gott ihr helfen. Wohlgemerkt, ich bin nicht gläubig.<<

Da war es schon wieder, dieses komische Wort >Wohlgemerkt<.

>>Gut, wie sollen wir vorgehen? Ich könnte die Tür aufschießen<<, dabei griff er instinktiv an sein Gürtelholster.

>>Nein, sind Sie irre. Wir wollen doch nicht die Nachbarschaft verängstigen. Am Ende erschießen sie noch uns wegen ihrem irren Neighborhood Watching. Ich habe ein Brecheisen im Wagen.<<

Crawford holte es schnell aus ihrem Kofferraum und brach anschließend geschickt die Eingangstür auf.
>>Soll ich das nicht übernehmen?<<, mischte sich Spylo ein.
Daraufhin musste die Special Agent lächeln, >>Oh, auch noch ein Gentleman. Aber nein, danke, ich gehöre nicht zu den Frauen, die unbedingt die Hilfe eines starken Mannes brauchen. Ich kann gut auf mich allein aufpassen.<<
>>Wie Sie wollen.<<
In der Wohnung war alles still, Spylo fiel aber der Hauch von einer speziellen Duftnote auf, höchstwahrscheinlich Ammoniak.
>>Riechen Sie das auch?<<, fragte ihn Crawford im selben Moment.
>>Jep, scheint als würde es von oben kommen.<<
Beide schlichen vorsichtig die Treppe hinauf, wobei der merkwürdige Geruch immer stärker wurde und sich allmählich in eine Art beißenden Gestank verwandelte.
Spylo hielt sich angeekelt die Nase zu, >>Verdammt, das stinkt, wie in einer U-Bahnstation. Ach du liebe Zeit. Schauen Sie sich das an!<<
Auch Crawford war schockiert, als sie Amber Hutchings, gefesselt auf ihrem Bett und in ihrem Urin liegen sah. Der Commissioner lief sofort zu ihr hin und tätschelte sie leicht gegen die Wange, wobei er sie von dem Klebeband, das ihren Mund zudeckte, befreite, >>Aufwachen Miss Hutchings, bitte wachen sie auf.<<
>>Soll ich den Notarzt rufen?<<, fragte ihn die Special Agent, doch da meldete sich eine benommene Stimme zu

Wort, >>Nein, mir geht es gut. Geben sie mir nur einen Schluck Wasser.<<

Sorgfältig befreiten die beiden Ermittler die entkräftete Wissenschaftlerin auch noch von den restlichen professionellen Fesseln, >>Wie lange liegen Sie jetzt schon hier?<<

>>Seit ungefähr einem Tag und einer halben Nacht.<<

>>Sie sollten vielleicht kurz duschen und dann erklären Sie uns in aller Ruhe, was vorgefallen ist<<, meinte Crawford einfühlsam.

Eine halbe Stunde und eine Beschreibung der Mordserie später saßen sie zu dritt am Esszimmertisch und die blasse Wissenschaftlerin begann damit, die Geschehnisse vom letzten Tag zu schildern, >>Die Details lasse ich jetzt im Großen und Ganzen weg, wichtig ist nur, dass Zevelex durch die Gartentür eingestiegen ist und mich gewaltlos überwältigt hat.<<

Crawford nickte mitfühlend und meinte, >>Wissen Sie auch, wieso er Sie nicht genauso wie Professor Monz getötet hat?<<

Ihre Mine verfinsterte sich, >>Ja. Zevelex hat es mir ziemlich gleichmütig erklärt. Anscheinend ist er sich darüber im Klaren, dass ich nicht so viel von seiner künstlichen Intelligenz verstehe wie Monz, als er noch am Leben war. Gleichzeitig wollte er aber verhindern, dass ich euch von Monz' geheimen Erfolg erzähle, was außer ihm nur ich wusste.<<

Langsam wurde Spylo unruhig, >>Das ist ja alles äußerst tragisch, aber können wir jetzt endlich zum Punkt kommen. Da draußen läuft ein geisteskranker Roboter Amok.

Ihr geisteskranker Roboter, um genau zu sein. Aus diesem Grund sind wir überhaupt erst hergekommen und jetzt erklären sie uns endlich, wie sein Gehirn funktioniert.<<
Seine vorübergehende Kollegin warf ihm einen finsteren Blick zu, >>Lassen Sie die Frau doch erst mal zu sich kommen! Miss Hutchings steht noch völlig unter Schock! Wohlgemerkt, sie wurde von einem Roboter...<<, Spylo hörte ihr schon gar nicht mehr richtig zu, sondern achtete nur auf ihr hübsches Gesicht, wie sie ihn ernst anschaute und sich immer weiter in ein fast schon belangloses Thema hineinsteigerte. Sie war eine besonders schöne Frau und noch dazu eine sehr kompetente Special Agent für ihr Alter, Spylo musste sich eingestehen, dass er sich im Laufe der Zeit in sie verguckt hatte. Ihr ging es vermutlich genauso, zumindest war es ihm am Morgen so vorgekommen. Spylo befand sich schon lange nicht mehr in einer Beziehung, vielleicht ein bisschen zu lange und er würde liebend gerne sein Glück bei ihr versuchen, wenn da doch nur nicht dieser psychopathische Killerroboter wäre!
Kaum war sie mit ihrem halb Monolog, halb Ansprache fertig, da meldete sich wieder Hutchings etwas schüchtern zu Wort, >>Das... Das ist schon Okay. Ich werde Ihnen alles erklären, was sie wissen wollen.<<
>>Sehr gut<<, Spylo startete die Fragerunde, >>Sie sind also die Softwarespezialistin des Teams. Was genau ist oder war Ihre Aufgabe?<<
Sie überlegte kurz, um ihre Antwort verständlich zu formulieren, >>Meine Aufgabe war eher von geringerem Wert, verglichen mit dem Genie Arthur Monz. Ich war sozusagen

seine Assistentin, denn mit meiner Hilfe konnte er sich auf die kniffligeren Probleme fixieren, während ich mich um die groben Anwendungen gekümmert habe.<<
Daraufhin runzelten beide Ermittler ahnungslos die Stirn.
>>Monz hat das Gehirn programmiert, es mit Unmengen an Daten versorgt und unzählige Algorithmen hinzugefügt, die dem Roboter ermöglichen, logisch auf eine Frage oder Aktion zu reagieren. Ein paar einfache Beispiele. Grüßt man Zevelex mit einem >Hallo<, dann sucht er in seinem Datenspeicher nach einer passenden Antwort, misst die Stimmfrequenz und scannt die Gesichtszüge desjenigen um seine Gefühle festzustellen. Wurde es freundlich gesagt, dann grüßt er ebenfalls mit einem netten >Hallo< oder >Guten Tag< zurück. Doch wenn man es boshaft betont und ihn dazu finster anschaut, dann ignoriert er einen oder gibt möglicherweise eine ironisch gemeine Antwort<<, Hutchings holte kurz und tief Luft, >>Durch seine Metallplättchen am Mund könnte man fast meinen, dass er tatsächlich Gefühle empfindet, aber in Wahrheit ist das nichts als eine kalte Fassade. Wir haben ihm einprogrammiert, welche Gefühle er in welcher Situation zeigen muss und sein Körper führt es lediglich aus, ohne die geringste Empfindung.<<
Spylo versuchte immer noch diese Informationen zu verarbeiten, während Crawford das System offensichtlich schon durchblickte, >>Das erklärt schon einiges, aber Sie müssen uns trotzdem noch sagen, was Ihre Aufgabe war, wieso Zevelex all diese Verbrecher tötet, ob er sich irgendwie

ausschalten lässt und könnten Sie das mit den Gefühlen bitte noch ein bisschen genauer erläutern?<<
Erschöpft nahm Hutchings noch einen kräftigen Schluck Wasser, >>Natürlich. Im Endeffekt sollte ich lediglich die einzelnen Handlungen für sämtliche Körperteile einprogrammieren. Sozusagen die jeweiligen Befehle, die der Bewegung und der Interaktion dienen. Beispielsweise eine kurze Anweisung, sodass Zevelex seinen Arm hochhebt oder den Oberschenkel anzieht. Zusammen mit Monz habe ich dann all diese unzähligen Befehle zu größeren Handlungen verknüpft, woraufhin er sie dann in seine Algorithmen eingebaut hat. Wenn ihn nun ein Mensch anlächelt, dann erfassen die Kameras in seinen Augen die Mimik, analysieren sie, finden eine geeignete Reaktion und senden einen Befehl an mehrere Mundplättchen aus, woraufhin diese sich zu einem Lächeln verziehen. Oder ein Beispiel, das besser zu unserer Situation passt. Ein Mann bedroht ein Kind mit einer Pistole, Zevelex erkennt wieder die Situation, sucht nach einer passenden Reaktion, die wir ihm mehr oder weniger beigebracht haben und sendet einen bestimmten Befehl an seinen Körper aus, um das Kind in Not zu retten. Dies spielt sich alles in wenigen Sekundenbruchteilen ab und der Roboter entscheidet sich dabei immer für eine logische Lösung<<, sie machte erneut eine Verschnaufpause, um das erst einmal sacken zu lassen, >>Monz wollte aber keine langweilige, immer logisch handelnde Maschine erschaffen, sondern einen möglichst echten und menschlichen Roboter, der auch nicht immer den leichtesten Weg wählt, sondern öfters

den, der für einen Menschen spaßiger wäre. Aus diesem Grund hat er seiner Schöpfung einen gewissen Maschinentick einprogrammiert. Ich fand diese Idee anfangs lächerlich, aber irgendwie ist es auch süß.<<
>>Was genau ist dieser Maschinentick?<<, wollte Spylo wissen.
>>Zevelex verhält sich teilweise so, als würde er auf andere Maschinen stehen. Sobald er eine besondere und einzigartige Maschine erblickt, fühlt er sich von ihr, fast schon magisch, angezogen<<, ihre Stimme wurde dabei ein bisschen sanfter.
>>Aha, jetzt wird es langsam skurril. Aber weichen Sie nicht vom Thema ab<<, meinte der Commissioner.
>>Gut. Das bedeutet trotzdem nicht, dass er manchmal unlogisch oder sinnlos handelt, Zevelex verhält sich stets so, dass er an sein Ziel kommt, aber dafür nicht unbedingt den bequemsten Weg nimmt. Eben wie ein Mensch. Dies erschwert Ihre Aufgabe ungemein, denn sonst wären wir in der Lage, seine Schritte ungefähr vorherzusagen.<<
Crawford nickte etwas betrübt, >>Was jetzt irgendwie ein bisschen untergegangen ist, gibt es eine Möglichkeit, Zevelex von Außen auszuschalten?<<
Daraufhin seufzte Hutchings innerlich gequält, >>Wenn es sie noch gäbe, dann hätte die Militärbasis sie schon längst eingesetzt. Der Staat wollte nämlich keinen Roboter, der komplett unabhängig handelt, schließlich wäre er eine enorme Bedrohung für die Sicherheit. Deswegen hat man uns gezwungen, eine Notfallsteuerung einzubauen. Sprich, wenn Zevelex durchdrehen würde, könnte man

sein Gehirn von seinem Körper abkoppeln und ihn selbst per Computer steuern.<<

Diese Erklärung warf nur lauter neue Fragen auf, >>Und wieso funktioniert das nicht mehr?<<, fragte die Special Agent.

Spylo fügte noch hinzu, >>Wäre es dann nicht auch möglich, dass irgendjemand den Roboter gehackt hat und ihn jetzt stattdessen steuert?<<

>>Das ist eher unwahrscheinlich. Monz war immer strikt dagegen, seinem Roboter diese Notsteuerung einzubauen, da er ungeheure Angst davor hatte, dass das Militär seine Schöpfung als Kriegsmaschine missbrauchen könnte. Ich bin mir ziemlich sicher, dass er noch schnell etwas unternommen hat, um die Rechner der Basis von Zevelex abzuschotten. Das würde ihm ähnlich sehen<<, dabei konnte sich Hutchings ein Lächeln nicht verkneifen, >>Allerdings kann ich mir die Morde an den Verbrechern selbst nicht erklären. Möglicherweise gab es einen Fehler in der Programmierung. Wir sind zwar unangefochtene Experten auf unserem Gebiet, aber bei den unzähligen Algorithmen kann ein falsches Zeichen alles verändern und Monz war auch nicht unfehlbar. Wie es scheint, sorgt eine Mischung aus einem grenzenlosen Übermaß an Gerechtigkeit, dem nicht limitierten Verlangen nach Rache und sein natürlicher Beschützerinstinkt für seine willkürliche Selbstjustiz.<<

Der Commissioner überlegte für einen Moment, >>Bedeutet das etwa, dass er überall für Gerechtigkeit sorgen will?<<

>>Ja, so kann man es formulieren. Noch besser trifft aber die Aussage zu, dass er vermutlich das Leid in unserer Welt nicht erträgt.<<

Daraufhin wurde Crawfords Gesicht aschfahl, >>Also wird er erst damit aufhören, sobald kein Mensch mehr leidet?<<

Ein niedergeschlagenes Nicken von Hutchings bestätigte ihre beängstigende Vermutung.

Kapitel 4

Ein weiteres Verbrechen wurde erfolgreich verhindert. Ohne sein striktes Handeln wäre das arme Mädchen ein weiteres Mal grausamst geschändet und malträtiert worden, doch nun hat der Wahnsinn, zumindest in einem kleinen Bezirk des Landes, ein Ende und die abscheulichen Menschen hatten bekommen, was sie verdienten, nämlich den unausweichlichen und unbarmherzigen Tod durch den absoluten Vollstrecker. Aber er war noch lange nicht fertig, seine Mission hatte gerade eben erst begonnen und es würde noch viel mehr Blut fließen müssen, bis er sein Ziel endlich erreicht hatte. Nur welche Zielgruppe sollte die nächste sein, Mörder, Umweltverschmutzer, Korrupte, alles waren interessante Bereiche, die es noch auszumerzen galt, allerdings kam ihm eine viel bessere und lohnendere Art von Verbrechern in den Sinn. Wie sollte er der Welt den Frieden geben, wenn immer noch Hass unter den einzelnen Völkern bestand. Bevor er die Erde von Verbrechen säubern konnte, musste er als erstes die Menschen in Einklang bringen und dies schaffte er nur, wenn er die Rassisten tötete. Jedoch verfügte er über keinerlei Informationen über diese Sorte von Menschen, weswegen er nicht wusste, wo sie sich trafen und wie ihre Lebensgewohnheiten waren, er konnte lediglich sagen, dass sie schlechte Menschen waren und er aufgrund seiner Programmierung kein Rassist werden konnte. Um mehr über sie herauszufinden, musste er an eine Quelle kommen, vielleicht eine Bibliothek oder noch besser, einer digitalen Datenbank. Das Internet wäre bestimmt in der Lage, ihm Aufschluss zu geben, aber Monz hatte ihm keinen Zugang installiert, zurecht, schließlich hätte dann jeder blassgesichtige IT-Nerd die Möglichkeit auf sein kostbares Gehirn zuzugreifen und ihn zu manipulieren. Dennoch hat sein Schöpfer ihm auch für diese missliche Situation ein überaus hilfreiches kleines Gerät hinterlassen.

Mit einer mechanischen Fingerfertigkeit und Präzision zog Zevelex das winzige Ding namens Handy aus seiner Manteltasche und fuhr es unter Einsatz von nur wenigen Klicks hoch. Welch Glück, dass sein Entwickler einen ausgezeichneten Sinn für effiziente Technik hatte, es würde ihn aber auch wundern, wenn ein Experte für Robotik ein Mobiltelefon mit einem Display, das auf Wärme reagiert, verwenden würde. Wie unpraktisch, vor allem im Winter, wenn man Handschuhe trägt. Außerdem war das Smartphone, da er in einer streng geheimen Militärbasis gearbeitet hatte, nicht ortbar.

Nach ein paar weiteren Klicks und einer kurzen Recherche fand der Roboter eine Website von Rassisten, die sich der Ku-Klux-Klan nannten und in Null-Komma-Nichts befand er sich im Mitgliederbereich, unter dem Account eines hoch angesehenen Hasspredigers. Dummerweise fand das nächste Treffen erst in drei Monaten statt und so lange konnte er unmöglich warten.

Da kam ihm eine Idee, vielleicht könnte er sein eigenes Treffen organisieren und somit die Verbrecher genau in die Falle tappen lassen. Am besten noch gleich heute

Abend, nur wie lief so ein Treffen ab und wo bekam er eine dieser hässlichen Kutten her. Sofort schossen ihm hunderte Möglichkeiten durch den Kopf und er entschied sich für die simpelste und logischste von allen.
Nun konnte der Spaß beginnen. Zevelex tippte in einer unglaublichen Präzision die Befehle in den kleinen Kasten und leitete somit ein Treffen noch am selbigen Abend ein, mit genauem Ort und Zeitpunkt. Gleichzeitig beauftragte er noch ein paar Mitglieder ein hölzernes Kreuz und Fackeln aufzutreiben und sperrte seinen geliehenen Account restlos, dies ersparte ihm einige Mühe und verhinderte sogleich, dass der echte Prediger die Versammlung noch stoppen konnte.
Jetzt hatte er noch einen ganzen Tag Zeit bis zur Henkersstunde, er fragte sich, was seine Ermittler im Moment so trieben, wahrscheinlich zerbrach ihr mickriger Verstand daran, dass es nun ein weitaus klügeres Wesen gab als den Menschen. Um dies herauszufinden, schlug er die Zeitung auf, die er sich aus einem dieser praktischen Zeitschriftkästen genommen hatte. Wie erwartet, tappte die Polizei noch im Dunkeln und selbst das FBI hatte keinen blassen Schimmer, wer die Morde beging. Perfekt, genauso hatte er es vorhergesehen, wie sollte es auch anders sein, schließlich hinterließ er keinerlei ungewollte Spuren.
Er hatte noch einen ganzen Nachmittag Zeit, bis er endlich zuschlagen würde, also konnte er sich noch ein wenig über seine beiden Ermittler informieren und was würde dafür eher in Frage kommen als das Datenparadies na-

mens Internet. Kurze Zeit später hatte er schon genügend Informationen gefunden.
Der Commissioner hieß Kyle Spylo, war 33 Jahre alt und alleinstehend, keine besonderen Vorkommnisse in den vergangenen Jahren, sozusagen eine reine weiße Weste. Die Special Agent hieß Megan Crawford, war 31 Jahre alt und ebenfalls Single, ein richtiges Naturtalent, wenn man bedenkt, dass sie in so jungen Jahren einen schon so vergleichsweise hohen Rang innehielt. Auch die Fotos zeigten zwei, nach dem in der menschlichen Gesellschaft wünschenswerten Body Maß Index zu urteilen, überaus attraktive Personen, die in Zevelex Augen wie für einander geschaffen waren. Welch passender Zufall, dann würde es nur noch eine Frage der Zeit sein, bis die beiden ihren Gefühlen für einander erliegen werden.

Crawford war mit ihrem Latein am Ende, sie hatten schon den ganzen Nachmittag an einem Plan getüftelt und schließlich waren sie die letzten beiden im Präsidium.
Doch wie um alles in der Welt sollte man jemanden ohne jegliche Anhaltspunkte verfolgen? Noch dazu, wenn dieser jemand ein Supercomputer im Körper eines so gut wie unzerstörbaren Roboters war. Die einzige Ortungsfunktion hatte diese Maschine sich selbst heraus geschraubt und jetzt lief sie irgendwo frei herum und veranstaltete ein Massaker nach dem anderen. Wieso muss ich den wahrscheinlich kompliziertesten Fall in der Geschichte des FBI bekommen, fragte sie sich fast hoffnungslos, aber man

kann eben nicht immer bekommen, was man will, redete sie sich ein.

Ihr einziger Vorteil war, dass die Öffentlichkeit noch nicht informiert wurde, schließlich wollte sie sich gar nicht erst vorstellen, welche Panik nach dieser Meldung ausbrechen würde. Aus diesem Grund mussten sie jetzt so schnell wie möglich einen narrensicheren Plan entwickeln, um diese blutrünstige Bestie ein für alle Mal zu stoppen.

Crawford wandte sich zu Spylo um, der in den dicken Akten zu sämtlichen Zevelex-Mordfällen vertieft war, welche seinen kompletten Schreibtisch bedeckten >>Haben sie schon eine Idee, wie wir vorgehen sollen, Spylo?<<

Kurz schien es so, als habe er sie gar nicht gehört, doch dann schaute er mit ernster Miene auf und schüttelte bedächtig den Kopf, >>Nein. Diese Mordfälle haben überhaupt nichts miteinander gemeinsam, außer dass bei allen ein Verbrechen mit im Spiel war. Unser Roboter wählt anscheinend seine Opfer willkürlich aus, so gut wie jede Art von Verbrecher könnte als nächster dran sein, was es uns unmöglich macht, ihm irgendwo aufzulauern<<, Spylo nahm einen kräftigen Schluck aus seiner Kaffeetasse und verzog dabei angewidert sein Gesicht.

Crawford ging jetzt nachdenklich in Spylos unordentlichen Büro auf und ab und versuchte dabei, sich eine clevere Methode auszudenken, wie sie Zevelex stoppen konnten. Da kam ihr ein Geistesblitz, wenn der Roboter nicht aufzufinden war, dann mussten sie ihn eben dazu bringen, dass er zu ihnen kam. >>Spylo, ich hab eine geniale Idee. Wir

stellen dem Roboter eine Falle, indem wir ihn zwingen, dass er zu uns kommt, ohne es wirklich zu wissen.<<
>>Und was bedeutet das im Klartext?<<
>>Wir inszenieren selbst ein schwerwiegendes Verbrechen mit unseren eigenen Leuten und wenn Zevelex dann auftaucht, um die vermeintlichen Verbrecher zu töten, erschießen wir ihn aus dem Hinterhalt mit Scharfschützen.<<
Die Mine von Spylo hellte sich schlagartig auf, >>Das ist eine fabelhafte Idee, wieso sind wir da nicht schon früher drauf gekommen? Das einzige Problem ist, dass wir das ganze nicht zu auffällig aussehen lassen dürfen, aber auch nicht zu harmlos. Wir brauchen ein perfektes Verbrechen, welches es lohnt, gestoppt zu werden. Nur was ist, wenn Zevelex uns auf die Schliche kommt, dann haben wir unsere einzige Chance verspielt und der Roboter wird fürs Erste untertauchen.<<
>>Tja, das Risiko müssen wir wohl oder übel eingehen, wie Sie schon sagten, es ist unsere einzige Chance. Dann müssen wir halt dafür sorgen, dass auch alles glatt über die Bühne geht und dabei möglichst wenige Personen zu Schaden kommen.<<
>>Gut, jetzt brauchen wir nur noch ein Verbrechen, einen genauen Ablauf und eine zuverlässige Elite-Truppe, die sich als Kriminelle ausgeben, um Zevelex anzulocken. Möglicherweise könnten wir ein SWAT-Team beordern<<
Crawford dachte kurz nach und fasste dann einen Entschluss, >>Wir werde wohl den General von der Militärbasis um Verstärkung bitten müssen und ihm dabei auch

gleich die jetzige Lage schildern, ich hoffe bloß, dass er uns glauben wird und meiner Bitte nachgeht, aber wahrscheinlich wird er uns für verrückt halten.<<
Ein spielerisches Lächeln breitete sich auf Spylos Gesicht aus, >>Ach was, ich bin mir absolut sicher, dass wir das schon schaffen werden und nennen Sie mich bitte von jetzt an Kyle.<< Langsam näherte er sich ihr, bis sie seinen warmen Atem auf ihrer erröteten Haut spürte. Sie fühlte, wie sich ihr Puls beschleunigte und sich ein wohliges Gefühl der Erregung in ihr ausbreitete, >>Wie du willst Kyle, aber dann musst du mich auch Megan nennen.<<
Nun strich Spylos Hand sanft über ihre Wange und sie sahen sich einander tief in die Augen. Crawford hatte von Anfang an gewusst, dass die Chemie zwischen ihnen stimmte.

Die Lichtung war einfach perfekt für sein gerechtes Vorhaben, versteckt in einem abgelegenen Wald in der Nähe von Pittsburgh. Er rechnete mit ungefähr dreißig ahnungslosen Teilnehmern, aber die würden völlig ausreichen, um ein unvergessliches Exempel zu statuieren. Nur noch zehn Minuten, dann konnte die heitere Party beginnen und da kam auch schon der erste Gast.
Eine menschliche rot gelbe Gestalt bewegte sich durch die monotone blaue Landschaft. Zevelex schaltete wieder von der Infrarot auf die normale Sicht um und erkannte nicht weit von sich entfernt ein gespenstartiges Wesen durch das Unterholz schleichen. Eindeutig ein Mitglied des Klans, aber er musste vorsichtig sein, wenn er die Per-

son wortwörtlich aus ihrer Verkleidung schälte, schließlich würde eine falsche Bewegung ausreichen um den schneeweißen Umhang blutrot zu färben.

Der Roboter passte den richtigen Moment ab, um sich auf das Gespenst zu stürzen und ihm sofort den Mund mit der Stahlhand abzudichten. Zuerst wehrte sich die Person wie verrückt und versuchte unter kranken Verrenkungen sein armseliges Leben vor dem Unausweichlichem zu retten. Doch diese hoffnungslose Versuche fanden bald ein Ende, als Zevelex zusätzlich noch die Nase des Opfers zusammenpresste.

Der leblose Körper glitt auf dem Boden, sodass der Roboter behutsam die weiße Hülle abstreifen konnte. Seine eigene Verkleidung versteckte er in einem nahegelegenem Busch zusammen mit dem Toten, danach zog er sich selbst den Umhang über und begab sich zur Lichtung. Es war schon irgendwie ironisch, dass ihre eigene Verkleidung und Anonymität dem Ku-Klux-Klan zum Verhängnis werden würde.

Ein paar Minuten später wimmelte es nur so von diesen skurrilen Gespenstern, wie als wäre es jetzt Geisterstunde und nach den üblichen Aufbauarbeiten konnte das Ritual schließlich beginnen. Sie standen alle im Halbkreis um ein hölzernes Kreuz herum und hielten brennende Fackeln in der Hand, sogar eine Videokamera auf einem Stativ sollte die komplette Zeremonie aufzeichnen.

Als alle bereit waren, begann der stellvertretende Prediger mit einer Art Sprechgesang, worauf die anderen leise mit einstimmten. Theatralisch wendete er sich zu dem Kreuz zu und bellte ein paar unverständliche Hassattacken aus und bedeutete einem anderen mit einem kurzen Zeichen, das Symbol der Christen anzuzünden.

Mit würdevollen Schritten tappte er auf das Kreuz zu und entfachte es mittels seiner Fackel. Die Flammen loderten in die Höhe und der Hassprediger wurde immer aufgeregter. Nun war sein Zeitpunkt gekommen, Zevelex steuerte den zündelnden Klaner an und packte ihn von hinten an der Stirn. Aus der Menge kamen viele entsetzte Schreie, welche erst ihren Höhepunkt erreichten, als der Roboter sein Opfer brutal nach hinten riss und ihm gleichzeitig sein kraftvolles Knie durch die Schädeldecke bohrte. Die Person konnte nicht mal mehr aufschreien, da sie auf der Stelle dem gewaltigen Schädelbasisbruch erlag.

Angetrieben von blanker Wut und Rache wollten die Mitglieder Gleiches mit Gleichem bestrafen, weswegen zwei eindeutig muskelbepackte Kerle auf ihn losgingen.

Zevelex war den beiden im Thema Schnelligkeit haushoch überlegen, sodass der erste Schlag ins Leere ging, wobei er noch in der Bewegung den Arm des Zweiten packte und in die unmöglichsten Richtungen verbog. Das Knacken von brechenden Knochen ertönte und der Roboter hielt den blutigen und ausgefransten Ober- samt Unterarm des Schlägers in der Hand. Es herrschte einen kurzen Moment lang eine angespannte Stille, bevor endgültig die Hölle ausbrach. Ein Teil der Gruppe floh in den Wald, während sich der Rest der Meute auf Zevelex stürzte. Alles geschah innerhalb von nur wenigen Sekunden, wodurch es viel zu schnell ablief, als dass ein menschliches Auge es hätte erfassen können. Als erstes schlug Zevelex den ersten Schläger mit dem Arm des zweiten nieder und erwischte im Schwung noch einen weiteren wutentbrannten Angreifer an der Schläfe. Nun warf er den Arm weg und verpasste einer Person, die ihn von hinten mit einem Messer attackierte, seinen Ellenbogen mitten ins Gesicht, sodass sie vor Schmerz aufheulte und zu Boden ging, währenddessen zog er seine Sense unterm Umhang hervor und lies sie blitzschnell aufklappen. Die drei verbliebenen Gespenster erkannten, dass ihre Situation chancenlos war und ergriffen ebenfalls die Flucht, doch zwei von ihnen wurden sofort von der rasiermesserscharfen Sense erfasst, welche Zevelex wie eine Kreissäge durch die Luft wirbelte, und bis zur Unkenntlichkeit zerfetzt. Noch aus der Bewegung heraus rannte er dem dritten hinterher, wobei er das Gesicht von einem der Schläger als Sprungbrett verwendete. Der zerberstende Kopf gab ein unbeschreibliches Geräusch von sich, welches in ein schmatzendes überging, als die Eingeweide des Flüchtenden auf den Boden klatschten.

Langsam und bedrohlich drehte sich Zevelex um und schritt ehrfurchtgebietend auf den verängstigten und geschockten Hassprediger zu. Ein Klaner, der blutend und schwer verletzt in den Gedärmen der anderen lag, hob verzweifelt die Hand und flehte den Roboter um Hilfe an, doch dieser hob nur tonlos seine Sense und schmetterte das hintere stumpfe Ende gnadenlos auf die Wirbelsäule des Verletzten. Ein qualvoller Schrei zerriss die Nacht, bevor wieder alles totenstill war. Zevelex packte das elendi-

ge Gespenst am Stoff und hob es in die Höhe >>Jetzt wirst du für die Sünden des Rassismus bezahlen, Abschaum.<< Gewaltsam zerrte er das nun schreiende und strampelnde Bündel zu dem brennenden Kreuz und presste es dagegen. Die Verkleidung fing sofort Feuer, woraufhin Zevelex ihn laufen lies und schadenfroh beobachtete, wie er sich verzweifelt am Boden wälzte um die Flammen zu löschen. Doch die Anstrengungen waren vergebens. Nach mehreren Minuten war von dem Hassprediger nur noch eine verkohlte Leiche übrig, sein Werk war hiermit getan, nun konnte die Polizei sich damit befassen.
Aber bevor er ging, musste er sich selbstverständlich noch verabschieden, schließlich wäre es ja unhöflich, einfach zu gehen ohne vorher „Auf Wiedersehen" zu sagen. Gemütlich bewegte er sich auf die noch immer laufende Kamera zu, bis er sich sicher sein konnte, dass er auch gut zu sehen war, dann bewegte er seine Metallplättchen und blickte unverdrossen grinsend in die Linse.

Hoffentlich hatte niemand bemerkt, dass er sich gerade eben im Wald übergab. Dabei fand Spylo den letzten Tatort schon schlimm genug, aber dieser hier toppte echt alles. Wie konnte ihm dieser beschissene Roboter nur eine so traumhafte Nacht versauen, alles war perfekt verlaufen, bis dieses Klanmitglied angerufen hatte. Und nun standen sie wieder einmal im nirgendwo, umgeben von lauter zerfleischten, verstümmelten und verbrannten Leichen, ermordet von einem geisteskranken Roboter.

Schwerfällig torkelte der Commissioner zurück zur Lichtung, dieser verdammte Roboter hatte das ganze Gemetzel auch noch aufgenommen und ihnen hiergelassen. Er legte es richtig darauf an, dass man ihn fand, er wollte sie provozieren.
Crawford kam mit einer leichenblassen Mine auf ihn zu, wie als wäre sie Zevelex leibhaftig begegnet >>Kyle, ich habe mir gerade eben das Video angeschaut, welches Zevelex mitgeschnitten hat.<< ihre Stimme versagte leicht und in Spylo kamen gewisse Zweifel hoch.
>>Und was ist auf dem Video zu sehen?<<
Verständnislos schaute sie ihn an, er konnte diesen verzweifelten Blick kaum noch länger ertragen. >>Das kann ich dir nicht beschreiben, du musst dir das Video selbst ansehen<<
Genau das wollte Spylo um jeden Preis vermeiden, >>Ich weiß nicht so recht, reicht es nicht, wenn es einer von uns gesehen hat?<<
Sofort kam wieder dieser unerträgliche Gesichtsausdruck.
>>Schon gut, schon gut, ich schau es mir auch an.<<
Träge, fast wie in Trance, holte Crawford die Videokamera von der Spurensicherung und gab sie Spylo, der nur das Gesicht missmutig verzog und schließlich nach einem tiefen Seufzer auf „Play" drückte. Es erschien ein düsteres Bild auf dem man mehrere als Gespenst verkleidete Personen erkennen konnte, die soeben dabei waren, ein Kreuz anzuzünden. Doch plötzlich ging einer aus der Gruppe heraus und zerschmetterte mit dem bloßen Knie den Kopf des Brandstifters. Nun gingen zwei stärkere Ty-

pen auf das Mitglied, welches eindeutig der Roboter war, los und versuchten ihn zu stoppen, aber Zevelex wehrte ihren Angriff gekonnt ab und riss einem der beiden brutal den Arm heraus. In dem was folgte, wurde die Maschine zum Berserker und brachte noch weitere Teilnehmer der Zeremonie erbarmungslos zur Strecke.
Spylo musste sich stark zusammenreißen, um überhaupt noch hinsehen zu können und als er dachte, das Massaker wäre zu Ende, erschien ein grauenerregendes Gesicht auf dem kleinen Bildschirm, welches krank in die Kamera lächelte.
Er konnte es nicht länger ertragen und schaltete das Gerät auf der Stelle aus. Nun war er von ihrem Plan nicht mehr so überzeugt, letztendlich würde diese Stahlbestie ihre Männer in aller Seelenruhe abschlachten.
>>Ich bin der Meinung, wir sollten unseren Plan lieber noch einmal überdenken.<<
Crawford nickte geistesabwesend, wobei ihr Blick irgendwo in die weite Ferne zu gehen schien.
>>Um dieses Monster zu stoppen, brauchen wir mehr, als nur ein paar von unseren Leuten. Wir benötigen richtige Soldaten, mit starken Waffen, die die Panzerung des Roboters durchbrechen können. Ansonsten werden viele unschuldige Männer sinnlos ihr Leben verlieren.<< ihm kam es so vor, als würde er gegen eine Wand reden, Special Agent Crawford war völlig neben der Spur. >>Das wichtigste aber ist immer noch, dass wir so schnell wie möglich handeln, dieser Roboter tötet jede Nacht und das Ausmaß seiner Gewalttaten nimmt von Mal zu Mal erheb-

lich zu. Wenn wir ihn aufhalten wollen, dann müssen wir das innerhalb der nächsten vierundzwanzig Stunden tun.<<

Crawford nickte wieder abwesend und Spylo langte es endgültig.

Energisch zog er sein Handy aus der Jackentasche und wählte die Nummer von General Genoway, es klingelte ein paar mal, bis sich eine ziemlich verschlafene Stimme zu Wort meldete, >>Wissen Sie eigentlich wie spät es gerade ist?<<

>>Hier spricht Commissioner Kyle Spylo vom PPD. Ich arbeite zusammen mit Special Agent Crawford vom FBI und Sie müssen mir unbedingt zuhören, General Genoway. Wir haben hier einen Notstand bei den Sensenmann-Morden und brauchen unbedingt Unterstützung vom Militär.<<

Es folgte eine kurze Stille, >>Habe ich Sie da richtig verstanden Spylo, Sie brauchen Soldaten um einen Serienkiller zu fassen? Sind Sie jetzt endgültig durchgedreht, das ist eine Angelegenheit der Polizei und nicht des Militärs.<<

Spylo unterbrach ihn brüsk, >>Sie sollen mir zuhören. Dieser Kerl ist nicht irgendein Serienkiller, er ist ein größenwahnsinniger Roboter, der jeden Tag mehr Leute umbringt! Er ist Ihr verdammter Roboter! Wir haben jetzt den Beweis sogar auf Video, dass es sich bei dem Mörder zweifelsfrei um eine Maschine handelt. Das Problem ist, dass er für extreme Forschungsexpeditionen entwickelt wurde, unter anderem für die Erkundung des Mars und der Venus, sowie für Tiefseeeinsätze, weswegen er auch dementsprechend gepanzert ist. Normale Kugeln prallen einfach an ihm ab.<<

>>Wenn es wirklich unser Roboter ist, wieso kann man ihn dann nicht einfach über unser Kontrollzentrum ausschalten? Und wieso erfahre ich das erst jetzt?<<

Spylo seufzte, >>Wir haben schon mit Amber Hutchings gesprochen und ich dachte eigentlich, sie würde Sie informieren. Außerdem waren wir uns bis gerade eben noch nicht im Klaren mit welchem Monster wir es hier wirklich zu tun haben. Das Kontrollzentrum ist unser nächstes Problem. Dieser Monz hat das Gehirn seiner Schöpfung kurz nach der fehlgeschlagenen Präsentation komplett abgeschottet. Der Roboter steuert sich sozusagen selbst und ist unabhängig von jedem äußeren System, was ihn gegen Angriffe von Hackern schützt und es für uns unmöglich macht, ihn lahmzulegen.<<

>>Sie wollen also, dass meine Männer diesen gemeingefährlichen Killerroboter zur Strecke bringen?<<

>>Ja, schließlich stammt dieses Ungetüm auch aus ihrem Bunker<<, meinte Spylo.

>>Und wieso bringt er dann überhaupt die ganzen Leute um, wenn wir ihn für komplett andere Aufgaben programmiert haben?<<

>>Daran ist Monz schuld, er hat den Roboter noch einmal umprogrammiert und dabei einen gravierenden Fehler begangen.<<

Wieder eine kurze Pause auf der anderen Seite, >>Das heißt im Endeffekt, dass unser Professor für die Morde verantwortlich ist, nur dass der Roboter diesen auch schon auf den Gewissen hat.<<

>>Genau, und deswegen sind nun Sie, der Rangliste nach, der Verantwortliche.<<

Genoway stöhnte entnervt, >>Sie haben es erfasst<<, eine kurze Pause entstand, >>Und wie gedenken Sie, gegen den Roboter vorzugehen, wenn ich fragen darf?<<

>>Es ist für uns ausgeschlossen, dieses Wesen zu verfolgen, da wir sein Ziel nicht kennen und er penibel darauf achtet, keine Spuren zu hinterlassen, die es möglich machen, ihn aufzufinden. Aus diesem Grund schlage ich vor, dass wir ihn dazu zwingen, zu uns zu kommen, ohne dass er etwas von unserem Hinterhalt ahnt, indem wir selbst ein Verbrechen inszenieren.<<

>>Das klingt nach einer guten Idee und an welche Art von Verbrechen hätten Sie dabei gedacht? Ungefähr so etwas wie Drogen- oder Menschenhandel?<<

>>Nein, wie sollen wir den Roboter bitte darauf aufmerksam machen, ohne das er den Braten riecht? Wir brauchen ein Geschehnis, das viel öffentlicher und monumentaler ist, sodass Zevelex es auch mitbekommt und einschreitet. Zum Beispiel eine Geiselnahme<<, Spylo sah kurz nach Crawford, die immer noch in die Ferne starrte, aber trotzdem so wirkte, als würde sie das Gespräch mitverfolgen.

>>Eine Geiselnahme. Klingt einleuchtend, jetzt brauchen wir nur noch einen Ort an dem wir das Verbrechen verüben. Wie wäre es mit einer Bank, oder noch besser, einer Schule?<<

Spylo war zuerst schockiert, >>Einer Schule? Muss das unbedingt sein, die Gefahr, dass jemand zu Schaden kommt ist dort ziemlich hoch.<<

>>Es wird schon alles glatt laufen, außerdem wird damit die ganze Situation realistischer und somit glaubwürdiger für den Roboter. Ich werde alles vorbereiten, sodass wir noch heute Vormittag zugreifen können<<, irgendetwas in der Art wie Genoway dies sagte beunruhigte Spylo, >>Am besten wir bereiten alles in meiner Basis vor, ich nehme an, Sie kennen die genaue Lage nicht, deswegen passen Sie jetzt gut auf.<<

Eine kurze Wegbeschreibung später.

>>Danke, ich habe mir alles genauestens notiert und werde den Zettel nach meiner Ankunft selbstverständlich vernichten.<<

Genoway räusperte sich kurz, >>Wir treffen uns dann in zwei Stunden und beginnen in sieben Stunden mit der Operation. Bis dann Commissioner Spylo.<<

Spylo wollte sich auch noch verabschieden, doch die Leitung war bereits tot. Er drehte sich zu Crawford um und schaute sie mit einer ernsten Mine an, >>Von nun an liegt es nicht mehr in unserer Hand, wie vorgegangen wird. Wir treffen uns in zwei Stunden in der Militärbasis zusammen mit General Genoway und seinen Soldaten.<<

Crawfords Blick wirkte verzweifelt und angespannt, >>Wir dürfen nicht zulassen, das der General eine Geiselnahme in einer Schule inszeniert. Dort sind einfach zu viele unschuldige Kinder und die Chance, dass jemand zu Schaden kommt ist unglaublich hoch. Du hast doch selbst ge-

sehen, was diese Bestie mit dem Klan angestellt hat, wie kannst du nur so etwas unterstützen?<<
>>Aber das waren extreme Rassisten und diesmal sind es wie du selbst gesagt hast unschuldige Kinder. Zevelex wird den Unterschied schon merken.<<
Crawford wurde immer wütender, >>Zevelex wird vielleicht die Menschen unterscheiden können, aber er wird trotzdem auf die Soldaten schießen und diese wiederum auf ihn. Es wird zu einem Kampf kommen, bei der es bestimmt Tote durch Querschläger gibt.<<
>>Die Kinder und Lehrer werden vorher gewarnt und von den Soldaten in Sicherheit gebracht, es kann ihnen also nichts passieren.<<
Die Special Agent schüttelte heftig den Kopf, >>Du verstehst es nicht, oder? Das Risiko ist viel zu groß, als das wir es eingehen können. Wieso sollten wir das Leben von hunderten Kindern aufs Spiel setzen, um das von schwer Kriminellen zu retten. Ist es das etwa wert?<<
>>Heißt das, du bist plötzlich auf der Seite von Zevelex und seiner brutalen Selbstjustiz?<<
Crawford kochte förmlich vor Wut und begann damit ihn anzuschreien, >>Lieber sterben skrupellose Verbrecher als unschuldige Kinder und wenn ich deswegen auf der Seite von Zevelex bin, dann bitte, aber ich habe dich gewarnt!<<, mit diesen Worten drehte sie sich abrupt um und stapfte in den Wald.
>>Warte Megan, so meinte ich das nicht, komm zurück<<, doch sie war schon längst außer Hörweite.

Als Spylo endlich in der geheimen Militärbasis eintraf, waren schon sämtliche Soldaten, inklusive General Genoway, anwesend und hatten anscheinend schon ohne ihn angefangen.

>>Guten Morgen Commissioner Spylo, schön das Sie es noch einigermaßen rechtzeitig geschafft haben<<, nahm ihn der drahtige Herr in Empfang, >>Wo ist denn Ihre taffe Partnerin, Special Agent Crawford?<<

>>Guten Morgen, General Genoway<<, grüßte Spylo zurück, >>Bitte entschuldigen Sie die Verspätung, aber es hat eine halbe Ewigkeit gedauert, durch die endlosen Kontrollen zu kommen. Megan ...<<, er schüttelte peinlich berührt den Kopf, >>Ich meine Special Agent Crawford fühlt sich seit dem letzten Massenmord nicht sehr wohl und wollte sich lieber ein bisschen ausruhen<<, log Spylo schamlos, denn er wusste genau, dass diese tolle Frau keine Angst vor so einem lebensgefährlichen Einsatz gehabt hätte. Wäre da nicht dieser kleine Risikofaktor mit den Kindern.

>>Wie dem auch sei. So etwas ist eh Männersache, wenn Sie mich fragen. Frauen sind nicht dafür geschaffen, um gegen stahlharte Killerroboter zu kämpfen<<, prustete Genoway.

Was für ein Sexist, dachte sich Spylo, sagte aber, >>Da haben Sie absolut recht, General.<<

Der General richtete das Wort an die gesamte Truppe, >>Nun sollten wir allmählich zum Ernst der Lage kommen. In der Vergangenheit hatten wir es schon öfters mit selbsternannten Rächern und Helden zu tun, die in einem

Rausch aus Selbstjustiz Kriminelle jagten. Meist an Orten, an denen die Polizei schon längst machtlos gegen das organisierte Verbrechen war. Doch dies ist ein Fall von solch unglaublichen Ausmaß, wie wir es noch nie zuvor erlebt haben und das Schlimmste daran ist, dass dieses Monstrum aus unserer eigenen Anlage stammt<<, Genoway machte eine kurze Pause um die Worte wirken zu lassen, >>Ein weiterer Unterschied ist, dass dieser Roboter nicht davor zurückschreckt, Menschen für seine Ziele erbarmungslos zu töten. Damit stellt er eine enorme Gefahr für unser geliebtes Heimatland dar, weswegen es nun an uns liegt, dieses Wesen in eine Falle zu locken und ihm den Garaus zu machen<<, seine Stimme wurde immer lauter.

Spylo wurde langsam mulmig zu Mute, irgendwie kam ihm diese Rede schon fast propagandamäßig vor. Vorsichtig warf er einen Blick auf drei detaillierte Skizzen von ähnlichen Grundrissen, die wild mit roten Notizen und Pfeilen beschmiert waren.

Genoway fuhr währenddessen fort, >>Für solche Superheldenspinner haben wir schon öfters harmlosere Geiselnahmen in Banken inszeniert, um sie herbei zu locken und sicher festzunehmen. Aus diesem Grund hat es nicht lange gedauert, um einen einigermaßen realistischen Einsatzplan zu entwerfen und jetzt ist es nur noch eine Frage der Zeit, bis er in die Tat umgesetzt wird. Schließlich unterscheidet sich die Vorgehensweise bei der Bank nicht sonderlich von der bei einer Schule. Man braucht nur mehr Männer und mehr Waffen.<<

Der Commissioner musste die Ansprache für einen kurzen Moment unterbrechen, >>Die Schule wird vor dem Übergriff aber schon informiert, oder?<<
Daraufhin musste der General auflachen, >>Selbstverständlich wird sie informiert, Spylo. Können Sie sich denn vorstellen, welche verheerenden Folgen es haben würde, dort ohne eine klitzekleine Vorankündigung hereinzuplatzen? Vor allem nachdem man die Schulen mit Waffen aufgerüstet hat, um sich besser gegen Amokläufe wehren zu können. Meiner Meinung nach war das eine fabelhafte Idee von der Regierung.<<
Für Spylo wurde es immer skurriler.
>>Und was ist meine Aufgabe bei dieser Operation?<<, fragte er leicht angespannt.
>>Sie werden zusammen mit Alpha, Beta und Gamma in den ersten Stock stürmen und in einem Klassenzimmer sowie im Direktorat mehrere Geiseln nehmen. Ihre Aufgabe dabei ist, den gefesselten Personen zu vermitteln, dass sie ihre Emotionen möglichst echt wirken lassen. Mit welchen psychischen Methoden und Tricks Sie das anstellen, bleibt voll und ganz Ihnen überlassen.<<

Zusammengepfercht in zwei kleinen weißen Trucks mit jeweils acht Leuten ging es nun schon seit fast eineinhalb Stunden in Richtung Norden. Der Puls des Commissioners hatte seinen Höchstpunkt erreicht und sein Körper war voller Adrenalin. Seine Hände verkrampften sich durch die hohe Nervosität und der Schweiß perlte ihm aus allen Poren.

Er fragte sich, ob es wirklich eine gute Idee war, an einer Schule Geiseln zu nehmen, um diesen elendigen Roboter zur Strecke zu bringen. Was, wenn Megan recht gehabt hatte und alles in einem riesigen Fiasko endete?

Zu seiner Beruhigung hatten ihn seine drei Männer gerade eben in die Einzelheiten eingeweiht und die Chancen waren groß, dass alles glatt über die Bühne lief.

Der kleine Lastwagen kam zum Stehen und der Fahrer gab ihnen ein kurzes Zeichen, dass sie ihr Ziel erreicht hatten. Sofort zogen sich alle in dem Wagen ihre Sturmhauben über und überprüften noch ein allerletztes Mal ihre Waffen, bevor die Türen geöffnet wurden und sie zügig auf die zwei Eingänge des Gebäudes zusteuerten. Aus dem Augenwinkel konnte Spylo einige Passanten ausmachen, die ihnen erschrocken zuschauten, ihr Handy zückten und die Polizei riefen oder einfach so schnell wie möglich das Weite suchten.

Mit einem lauten Scheppern rammten sie die Türen auf und stürmten die Grundschule, wobei die vorderen wild in die Luft schossen. Kurz darauf ertönte ein Alarm und die Worte >>Achtung Frau Koma kommt<< wurden über den Lautsprecher gegeben. Sie teilten sich an einer Abzweigung auf, sodass Spylos Vierergruppe schnurstracks auf das Treppenhaus zulief, doch kurz bevor sie es betraten, ertönten hinter ihnen Schüsse und der letzte ihrer Gruppe ging stöhnend zu Boden. Schlagartig drehten sich die anderen beiden Soldaten um und erschossen einen Lehrer, der mit einem Sturmgewehr bewaffnet auf sie zu rannte. Schreiend riss es ihn zur Seite, woraufhin er ebenfalls

regungslos liegen blieb. Spylo konnte es nicht fassen
>>Was in aller Welt tun sie denn da? Ich dachte die Lehrer wurden informiert,wieso hat der dann auf uns geschossen?<<
Einer des Soldaten zuckte mit den Schultern und antwortete lediglich >>Befehl vom General. Er hat angeordnet, dass es so echt wie möglich aussehen soll, damit wir diese Bedrohung für den Staat aus dem Weg schaffen können. Haben sie etwa ein Problem damit?<<
>>Und ob ich das habe, Sie können doch nicht einfach Zivilisten umbringen, um jemanden zu fassen, der Verbrecher umbringt-<<, Spylo spürte noch einen kräftigen Schlag gegen die Schläfe, bevor ihn die komplette Dunkelheit umnebelte.

Zevelex saß in seinem Auto, welches in einer verwaisten Gasse parkte und blätterte ein wenig durch die verschiedenen Zeitungen des heutigen Tages. Mich wundert es, dass noch kein einziger Reporter einen lächerlichen Artikel über mein kleines Kunstwerk geschrieben hat, schlussfolgerte sein Gehirn die vorliegenden Informationen, oder anders gesagt, dachte er sich. Dabei habe er sich doch solche Mühe gegeben und das Ganze sogar extra für die Ermittler aufgenommen. Undankbares Pack!
Sorgfältig faltete er die Zeitung zusammen und legte sie auf den Rücksitz, wie wäre es mal mit ein bisschen Musik, um zu hören, was bei den Menschen gerade so angesagt ist, schließlich hat er noch ungefähr zwölf Stunden Zeit,

um sich ein neues Gebiet für seine Vergeltung auszusuchen.

Gespannt schaltete er das Autoradio ein und lauschte einem Moderator, der gerade vergeblich versuchte, seine Zuhörer zu unterhalten. Nun prahlte er, dass auf seinem Sender die neusten Hits liefen und sie gleich mit der aktuellen Single eines Sängers anfangen würden, dessen Name aus einem neumodischen Krampf und dem deutschen Wort für das Nationaltier von Kanada bestand. Kaum hatte das Lied eingesetzt, schon drehten langsam die Schaltkreise in Zevelex Kopf durch und er fragte sich, welche Menschen sich nur so eine Vergewaltigung von Schallwellen antun konnten.

Der Roboter ertrug es nicht länger und war schon kurz davor das Radio einzuschlagen, als plötzlich das Lied unterbrochen wurde und sich die aufgeregte Stimme des Moderators zu Wort meldete >>Soeben hat uns die Eilmeldung erreicht, dass in der Pittsburgh Elementary School mehrere Lehrer und Schüler als Geiseln genommen wurden. Die Täter fordern vom Staat hundert Millionen Dollar zur Freilassung der Gefangenen!<<, hastig suchte Zevelex auf dem digitalen Globus, der sich in seinem breitgefächerten Grundwissen befand, den Weg zur Grundschule und speicherte ihn in seinem gigantischen Erinnerungsvermögen ab. Danach überprüfte er seinen Akku und musste zu seinem Bedauern feststellen, das er nur noch zwanzig Prozent übrig hatte, woraufhin der Roboter aus dem Wagen sprang und gleichzeitig die Motorhaube sowie seinen Brustkorb öffnete. Improvisierend nahm er zwei Krokodilsklemmen und verband somit sein „Herz" mit der Autobatterie.

Zevelex spürte geradezu, wie der kostbare Strom, sein Blut, durch seine Kabel-Adern floss und ihm die nötige Kraft für dieses Unterfangen verlieh. Es war ein herrliches Gefühl, fern jedem Menschlichen und doch so unbeschreiblich für ihn.

Dunkle Wolken bedeckten den Himmel und es begann leicht zu nieseln, doch das störte ihn nicht. Zevelex trat aus der Sackgasse und stellte seinen kräftigen Körper auf den Bürgersteig, wobei seine stählernen Finger unkontrolliert zuckten. Bedrohlich schaute er sich um und sah einige verstörte Personen, die ihn verängstigt anstarrten, was höchstwahrscheinlich an den leuchtend roten Augen lag. Schnell fand er was er gesucht hatte, einen Landrover mit Allradantrieb und einer fetten Stoßstange, genau richtig für diese Mission.

Energisch fetzte sich der Roboter den Mantel und den Hut vom Leib und lief zielstrebig auf das Auto zu, welches er mit wenigen gekonnten Handgriffen und seinem übermenschlichen Spitzenverstand zum Laufen brachte. Kraftvoll brach er die Tür von dem Geländefahrzeug auf und riss sie dabei komplett ab, schließlich waren Türen und Sicherheitsgurte nur etwas für Menschen.

Mit hundertzwanzig Meilen pro Stunde preschte die Maschine durch die Straßen, wobei Zevelex in präzisen Manövern den anderen Fahrzeugen und restlichen Hindernissen auswich. Dutzende Stoppschilder wurden unter dem enormen Gewicht des Landrovers geradezu zerschmettert und die meisten Fußgänger konnten nur dank dem Dauergehupe noch rechtzeitig zur Seite springen.

Doch umso näher er der Grundschule kam, umso stärker wurde der Verkehr, da sich um das abgesperrte Gebiet große Staus gebildet hatten. Der Roboter drosselte sein Tempo ein wenig und entschied sich dann schließlich für den Bürgersteig, um sich mühsam einen Weg zur Grundschule zu bahnen.

Krachend durchschlug er die erste Absperrung aus kleinen Barrieren und Absperrbandbändern, wobei er um ein Haar einen unschuldigen Polizisten überfahren hätte, welcher daraufhin hektisch in sein Funkgerät plärrte. In der Zwischenzeit hatte starker Regen eingesetzt und die Sperrzone war das reinste Chaos. Überall liefen weinende und traumatisierte Kinder umher und wurden teilweise in Busse eingeladen und in Sicherheit gebracht, ebenso standen mehrere Polizei-, Kranken- und sogar Leichenwagen in der Zone und warteten auf ihren unvermeidlichen Einsatz. An jeder Ecke versuchte die Polizei mit allen Mitteln besorgte Eltern, die auf eigene Faust eingreifen wollten, zurückzuhalten. Nun lag es an ihm, das Schlimmste zu verhindern.

Sie konnte es einfach nicht fassen. Was hatte sie nur für diesen Idioten empfunden, dass sie sich so nahe kommen konnten, dabei war er am Anfang ein sehr kompetenter und sympathischer Mann gewesen.

Crawford saß an ihrem provisorischen Schreibtisch im Präsidium und wusste nicht, was sie jetzt tun sollte, sie war seelisch und moralisch am Ende und konnte keinen klaren

Gedanken mehr fassen. Zevelex in einer Schule zu erschießen war die idiotischste Idee überhaupt, es würden bestimmt Dutzende von Kindern allein durch Querschläger sterben, kaum auszudenken, welches Ausmaß dieses Massaker nehmen würde und nur sie konnte diesen Wahnsinn noch stoppen, nur wie?
Natürlich gab es die Möglichkeit, die Schule zu informieren, nur dummerweise wusste sie nicht welche der Zielort war und ein Überfall während einer Evakuierung würde wahrscheinlich noch blutiger ausarten. Am besten informierte sie die Polizei und veranlasste einen Schutz für die Schulen. Auch wenn die Verbrecher dann einen anderen Ort für die Geiselnahme wählen konnten, war es immer noch das Mindeste, was sie tun konnten.
Hastig holte sie ihr Handy aus ihrer Hosentasche und wählte die Nummer des Polizeichefs von Pittsburgh.
\>\>Hier spricht Polizeichef Hageman, ich hoffe es ist dringend ich habe nämlich nicht viel Zeit<<
\>\>Ich bin Special Agent Crawford und zuständig für die Sensenmann-Morde.<<
\>\>Ach, dieser komische Roboter. Sind sie in dem Fall schon weiter oder stochern sie immer noch im Nichts?<<
\>\>Sie müssen mir zu hören. Commissioner Spylo und ein General namens Genoway planen auf eigene Faust den Roboter zur Strecke zu bringen<<
Ein genervtes Räuspern unterbrach Crawford brüsk >>Das ist ja schön und gut aber rufen sie mich noch mal an, wenn sie Ergebnisse haben und informieren sie mich nicht über jede Kleinigkeit, auf Wiederhö-<<

>>Jetzt hören sie mir gefälligst zu, Sie Ignorant! Spylo und seine Leute wollen eine Geiselnahme in einer öffentlichen Schule inszenieren, um den Roboter dort mit schweren Geschützen zu erschießen. Das ist wohl nicht gerade eine Kleinigkeit, oder? Deswegen verlange ich umgehend Polizeischutz für sämtliche Schulen dieser Stadt.<<
>>Sind sie wahnsinnig, wir haben gar nicht genügend Polizisten, um zwanzig Schulen zu bewachen. Außerdem-<<
Hagemans Stimme wurde mal wieder unterbrochen, aber diesmal von einer Durchsage über Funk >>Achtung, Achtung, Wagen drei an Zentrale. Hier an der Pittsburgh Elementary School wurden mehrere Kinder und Lehrer als Geiseln genommen. Ich wiederhole, an der Pittsburgh Elementary School wurden mehrere Geiseln genommen. Brauchen dringend Unterstützung. Over.<<
Crawford lief prompt raus in den Nieselregen und sprang in ihren Dienstwagen. Mit quietschenden Reifen jagte sie die Straßen hinunter und befestigte dabei halbherzig das Blaulicht auf dem Autodach.
Sie hätte sich nicht so viel Zeit lassen dürfen, nun war es zu spät und nur noch eine Frage der Zeit, bis Zevelex aufkreuzen würde.
Sie beschleunigte weiterhin und flog förmlich über eine rote Ampel, worauf ein Hupkonzert hinter ihr ertönte. Auf ihrem Weg nahm sie zahlreiche Verkehrsschilder und Mülleimer mit, bis sie schließlich in der polizeilichen Sperrzone ankam. Dort sprang sie aus ihrem Wagen und lief hurtig zum ranghöchsten Mann, der anwesend war. Um

den Schulhof herum hatte sich schon eine Sperre aus Polizeiautos gebildet und in einem Abstand von ungefähr fünfzig Metern verlief ein weiterer Ring aus Barrikaden und gelben Band.
>>Hallo Lieutnant, wie ist die Lage da drinnen?<<
Der Polizist wirkte sehr nervös und angespannt, was ihm keiner übelnehmen konnte. >>Ungefähr siebenhundert der eintausend Schüler konnten aus dem Schulgebäude fliehen und werden wie sie sehen gerade in Sicherheit gebracht. Der Rest wurde entweder als Geisel genommen oder hat sich verschanzt. Die Täter müssten sich eigentlich jeden Augenblick bei uns melden.<< Wie aufs Stichwort ertönte durch das Funkgerät eine Stimme >>Wir haben hier fünf Schulklassen und die Verwaltung als Geiseln genommen<<, es war eindeutig nicht Spylos Stimme >>Wir fordern hundert Millionen Dollar und ein Fluchtfahrzeug plus Eskorte nach Mexiko oder es wird bis dahin alle fünf Minuten ein Kind sterben. Versuchen sie nicht das Gelände zu betreten oder andere Dummheiten anzustellen, ansonsten verkürzt sich die Zeit auf zwei Minuten.<<
Crawford wurde wütend, >>Ich weiß, dass du dahintersteckst Spylo und ich bitte dich darum, damit aufzuhören, solange es noch nicht zu spät ist!<<
>>Den Spylo, den Sie meinen, haben wir schon längst ausgeschaltet. Sie sollten sich lieber beeilen, denn in vier Minuten ist es schon soweit.<< damit endete die Durchsage. Mittlerweile schüttete es wie aus Eimern und das abgesperrte Gebiet war das reinste durcheinander, zumindest soweit Crawford es sehen konnte. Doch plötzlich

tat sich vor ihr eine eigenartige Hektik auf und unter lauten Gehupe bildete sich vor ihr eine Gasse. Noch bevor sie begreifen konnte, was eigentlich geschah, wurde sie von dem Lieutenant zur Seite geschubst und spürte wie sein massiger Körper auf ihr landete. Ein gewaltiges Krachen zerriss das prasselnde Geräusch des Regens und aus dem Augenwinkel sah sie, wie die zwei Polizeiautos vor denen sie gerade eben noch gestanden hatten, durch die Luft wirbelten. Sie rappelte sich wieder auf und sah einen schwarzen Landrover, der über den Schulhof schlitterte und da realisierte sie, dass der Polizist ihr das Leben gerettet hatte.

In dem ganzen Durcheinander dachte sie zuerst, dass irgendein verrückter Vater sein Kind auf eigene Faust retten wollte, doch dann erkannte sie die kantigen Gesichtszüge der Gestalt und wusste, dass der absolute Richter sein Amt erneut antrat.

Das Knistern des Funkgeräts holte sie aus ihren Gedanken >>Wir sagten keine unüberlegten Handlungen. Die Zeit verkürzt sich auf zwei Minuten<< dann ertönte ein Schuss. So kurz, aber doch so grausam wie ein Stich mitten ins Herz.

Ein Schuss, der durch das gesamte Schulgebäude hallte, lies ihn aus seiner Bewusstlosigkeit erwachen. Noch etwas benommen stellte Spylo fest, dass ihm seine Dienst- und Ersatzwaffe genommen wurde, genauso wie das Funkgerät. Langsam konnte sich der Commissioner wieder an die Geschehnisse erinnern und spürte, wie sich starke Kopfschmerzen in seinem Schädel ausbreiteten und sich in eine Art Dröhnen verwandelten.

Steif und bewegungslos lag er auf dem gefliesten Boden, außerstande auch nur den kleinsten Muskel zu bewegen. Zuerst hatte Spylo Angst, doch dann kehrte das Gefühl unter großen Schmerzen in seine Gliedmaßen zurück und für einen kurzen Moment glaubte er zu hören, wie sich schwere Schritte erst näherten und dann wieder entfernten, aber höchstwahrscheinlich spielten ihm seine Gedanken einen Streich.

Unter großer Mühe rappelte sich Spylo auf und lehnte sich mit dem Rücken entkräftet an die Wand. Nicht unweit von ihm lag die verbogene Leiche das Lehrers in einer dunkelroten Blutlache, natürlich ohne dem Sturmgewehr. So ein verdammter Mist. Angestrengt versuchte der Commissioner sich an den Plan zu erinnern, an die einzelnen Klassenzimmer mit Geiseln und an die Falle für Zevelex. Hätte er doch bloß länger auf die Grundrisse geschaut, dann wüsste er, wo genau er jetzt hin musste. Laut Genoway wollten sie im ersten Stock die Verwaltung und zwei Klassen als Geiseln nehmen und im zweiten Stock drei Klassen und die Falle für den Roboter errichten. Soweit so gut, jetzt brauchte er nur noch eine Waffe, aber wo zum Teufel sollte er die herbekommen. Vielleicht befand sich in einem Klassenzimmer ein weiteres Sturmgewehr, das wäre ideal. Noch etwas wackelig auf den Beinen taumelte Spylo zu einem der Zimmer, welches in der entstandenen Panik fluchtartig verlassen wurde und suchte nach einem Waffenschrank. Unter dem Pult wurde er schließlich fündig, aber der längliche Kasten war selbstverständlich abgesperrt. Wütend und fluchend trat er wild gegen den gepanzerten Safe, aber nichts rührte sich, sodass er sich nach einem Gegenstand umsah, den man als Brecheisen verwenden konnte. Nichts, rein gar nichts und in den anderen Klassenzimmern würde es genauso sein, zwar konnte er auch in eines hinein spazieren, in dem noch Schüler waren, nur wäre er dann schneller tot als er, >>Ich bin kein Geiselnehmer sondern Polizist<<, sagen konnte. Also musste er wohl oder übel improvisieren, worauf sich Spylo noch einmal in dem Raum umsah, doch das einzige was er fand war ein silberner Zirkel auf dem Pult des Lehrers. Das waren doch gute Voraussetzungen, alleine, nur mit einem Zirkel bewaffnet, gegen vierzehn Elitemänner des amerikanischen Militärs, die vor Waffen nur so strotzten. Aber es blieb ihm nichts anderes übrig, nur konnte er auf gar keinen Fall direkt angreifen, er musste sich stattdessen irgendwie von hinten anschleichen, die Frage war nur, wie?

Spylo blickte, einem Impuls folgend, nach oben und entdeckte einen Lüftungsschacht, ungefähr in seiner Breite. Na toll, jetzt durfte er Geheimagent in der Schule spielen, der Tag konnte nur noch besser werden.

Entnervt prüfte der Commissioner, ob die Zirkelspitze auch spitz genug war und piekste sich in den Zeigefinger. Sofort zog er die Hand zurück und wischte sich den Tropfen Blut an der Hose ab, das war ein sehr gutes Zeichen, und damit steckte er den Zirkel in seinen Hosenbund.

Nun hieß es >>Showtime<<.

Ohne weiter Zeit zu verlieren, schob er einen Tisch unter den Luftschacht und kletterte auf die Oberseite, damit er an die Öffnung heran kam. Rabiat riss er das Gitter ab und schleuderte es achtlos in den Raum, nun konnte er sich an den Rändern empor ziehen und in den engen Schacht kriechen. Spylo hatte einen guten Orientierungssinn und robbte in die, seiner Meinung nach, richtige Richtung, wobei er vergeblich versuchte, keinen Lärm zu verursachen. Nach mehreren Metern sah er nicht einmal mehr die Hand vor Augen und musste sich durch den Schacht tasten, sodass er relativ bald auf eine Sackgasse stieß. Sein Puls erhöhte sich schlagartig und Spylo bekam leichte Panik, doch dann merkte er erleichtert, dass rechts von ihm gar keine Wand war, sondern eine Abzweigung. Langsam quetschte er sich weiterhin durch und vernahm ein leises aber doch beständiges Wimmern. Peinlichst darauf achtend, nicht auch nur das geringste Geräusch zu machen, schlich er vorwärts bis er ein weiteres Gitter erreichte.

In dem Raum unter ihm war es stockdunkel und er konnte nur wenige zittrige und schemenhafte Bewegungen ausmachen. Eindeutig kleinere Kinder, die verängstigt in dem Klassenzimmer auf ihre Rettung warteten.

Im Moment gab es nichts was er für sie tun konnte, weswegen er weiter robbte und an einem vertikalen Schacht angelangte. Zu seinem Glück führte er nach oben und nicht ins Untergeschoss. Unter grausamen Verbiegungen gelang es ihm in eine aufrechte Position zu kommen und daraufhin ins nächste Stockwerk zu klettern. Dort ging die mühselige Tortour weiter und Spylo fragte sich, ob die Geiselnahme womöglich schon längst vorbei war, doch wie als Antwort hörte er zwei schnell hintereinander abgegebene Schüsse gefolgt von einer Art Schießerei. Das Echo hallte noch eine kleine Ewigkeit lang durch den Schacht, es konnte also nicht weit entfernt sein. Vor ihm befand sich eine Lichtquelle, ein kleines Gitter, welches anscheinend zu einem Klassenzimmer oder Büro führte. Ganz vorsichtig schaute er hinab und entdeckte mehrere gefesselte Erwachsene und zwei Geiselnehmer, anscheinend die Schulverwaltung. Spylo strich behutsam über das Gitter und stellte fest, dass es schon ziemlich rostig war. Direkt unter ihm stand einer der beiden Soldaten und so erstellte Spylo einen kurzen Angriffsplan, woraufhin er ganz sachte über das Gitter kroch, so dass ab der Taille nach unten sein ganzer Körper darauf lag. Nun zog der Commissioner seinen Zirkel und atmete einmal tief durch, bevor er die Füße anzog und mit voller Wucht auf das rostige Eisen eintrat. Unter lautem Getöse fiel er mit dem Unterleib voran in das Büro und landete hinter dem Geiselnehmer, welcher nicht mehr rechtzeitig reagieren konnte, da Spylo ihm sofort die Spitze des Zirkels ins Auge rammte. Er schrie auf und schoss wild um sich, aber der Polizist war zu dicht dran, als das er ihn hätte treffen können und so gingen die Kugeln nur in die Wand, ohne jemanden zu verletzen. Geistesgegenwärtig zog Spylo den Zirkel wieder heraus, wobei die gelbe Augenflüssigkeit herausquoll, und stach erneut zu, aber diesmal direkt in den Kehlkopf. Der Kollege gewann wieder an Fassung und wollte auf den Commissioner schießen, doch genau zwischen ihnen befand sich der noch röchelnde Soldat, so dass Spylo seinen Körper als Schutzschild verwenden konnte. Ein ganzes Magazin verschoss der Mann in seinen Kameraden, dann nutzte Spylo den Augenblick und stürmte mit der Leiche nach vorne und stieß mit dem Schießwütigen zusammen. In dem ganzen Durcheinander verpasste der Commissioner ihm noch ein paar seitliche Stiche in den Hals. Ein weiterer schmerzverzerrter Aufschrei ertönte und die beiden Toten kamen genau vor den Geiseln zum Erliegen.

Spylo stand schwer schnaufend vor der Schulverwaltung, von oben bis unten mit Blut besudelt, aber ohne den kleinsten Kratzer, sein silberner Zirkel jetzt rot gefärbt. Die Gefangenen schauten ihn entgeistert an und hatten anscheinend auch ein bisschen Angst vor ihm.

Der Commissioner wischte sich das Blut aus dem Gesicht und ging einen Schritt auf die Geiseln zu, woraufhin er sagte >>Keine Angst, ich bin Polizist.<<

Ein vereinzelter Schuss hallte durch die Schule, bis sein Echo sich langsam verlor. Zevelex rannte durch die mit Plakaten und selbst gebastelten Kinder-Kunstwerken geschmückten Gänge auf der Suche nach einer Waffe. Es würde nicht mehr lange dauern, bis das nächste unschuldige Kind sein Leben lassen musste für einen Kampf, den es nicht begonnen hatte. Schlagartig bremste er ab und fand das, wonach er gesucht hatte, ein abgeschlossenes Klassenzimmer und nach der Infrarotkamera zu urteilen befanden sich auch Kinder dahinter. Ohne Zeit zu verlieren, hob er das Knie an und trat mit voller Kraft die Tür ein, so dass sie aus den Scharnieren flog und scheppernd zu Boden fiel. Die Schüler schrien, weinten und wimmerten, hinter dem Pult hatte sich eine junge Referendarin verschanzt und zielte mit zittrigen Händen auf den Roboter, doch sie war zu geschockt, als dass sie in der Lage gewesen wäre, abzudrücken. Langsam ging er auf sie zu und sprach beruhigend auf sie ein, >>Sie brauchen keine Angst zu haben, ich bin hier, um euch alle zu retten<<, vorsichtig nahm er ihr die Waffe ab und untersuchte sie. Das Gewehr war weder entsichert noch geladen. Anscheinend hatte die Ärmste nicht die geringste Kenntnis über Waffen und sicherlich hatte man sie diesbezüglich nicht einmal richtig informiert.

Zevelex drehte sich abrupt um und lief hinaus auf den Flur, in dem sich mehrere Spinte aneinander reihten und von dort zum nächsten Treppenhaus. An einer T-Kreuzung fand er auf der rechten Seite etwas abseits im Gang zwei Leichen vor einem zerstörten Trophäenschrank liegen, doch laut der Infrarotkamera befand sich der größere Teil der Schüler auf der linken Seite, weswegen er sich auch für die entschied.

Hastig aber doch umsichtig schlich er die Treppenstufen hinauf und machte von seiner Umgebung ein Wärmebild. Wie es schien, waren sämtlichen Soldaten dieser Ebene in ihren Klassenzimmern. Zevelex schlich weiter an der Wand entlang und kam zu einer Tür hinter der sich eindeutig mehrere Geiseln und zwei Männer befanden. Wieder flog

die Tür krachend aus den Angeln und er wollte zuerst abdrücken, doch einer der Täter, wie als hätte er es schon geahnt, hielt ein gefesseltes Kind fest umklammert und richtete seine Pistole auf dessen Kopf, >>Einen Schritt näher und ich knall das Balg ab!<<, brüllte der Mann hysterisch, doch Zevelex blieb wie angewurzelt stehen und zielte weiterhin auf den Geiselnehmer, >>Nimm deine Dreckswaffe runter oder das Mädchen ist tot!<<
Zevelex wunderte sich, wieso der Mann bei seinem Anblick nicht aus der Fassung geriet, irgendetwas war hier verdammt faul.
>>Hörst du nicht, du Bastard? Nimm jetzt sofort die Waffe runter, ich zähl bis drei!<<
Eins ...
Zevelex blieb unbeeindruckt.
Zwei ...
Dem anderen lief schon der Schweiß von der Stirn.
Dr-
Blitzschnell senkte Zevelex das Gewehr und durchschoss präzise den Nerv des Oberarmes, so dass der Rest vom Arm gelähmt war und die Hand mit der Pistole nutzlos wurde. Gleich darauf schoss er dem Geiselnehmer mitten zwischen die Augen und drehte sich zu dem zweiten, welcher wild eine Salve nach der anderen abgab, wobei durch abprallende Querschläger auch das ein oder andere Kind verletzt oder gar getötet wurde. Zevelex beendete die Schießerei mit einem einzigen Schuss in den Kopf. Schnell befreite er den Lehrer und verließ das Zimmer um die restlichen Schüler zu befreien.

Auf dem Gang hörte er einen gequälten Schrei und mehrere Schüsse. Sofort lief er in die Richtung, aus der das Geräusch kam, doch es kehrte sofort wieder Stille ein, welche erneut von einem Schrei zerrissen wurde. Nun spurtete er zu dem Zimmer und wollte schon die Tür eintreten, doch vorher wurde sie von Innen geöffnet und ein Geiselnehmer stand von oben bis unten mit Blut verschmiert im Türrahmen, in der Hand hatte er nur einen Zirkel. Zevelex wusste zwar nicht, was hier vor sich ging, aber es war ihm auch relativ egal. Er hob die Waffe und zielte auf den Kopf des Mannes >>Sprich deine Gebete, Abschaum<<, sein Finger drückte schon fast den Abzug durch, da zog der Mann seine Sturmhaube ab und Commissioner Spylo kam zum Vorschein. Ohne das Gewehr zu senken fragte der Roboter, >>Es freut mich, Sie endlich persönlich kennenzulernen, Commissioner, Was treibt sie denn an so einen Ort wie diesen?<<

Der Mann war sichtlich schockiert, aber hatte sich auch schnell wieder vollkommen unter Kontrolle, >>Man hat mich hinters Licht geführt. Du, ich meine, Sie müssen mir vertrauen Zevelex. Diese Leute haben Ihnen eine Falle gestellt und mir auch, nur wir beide können die Kinder noch retten.<<

Zevelex wurde misstrauisch, >>Woher weiß ich, dass Sie nicht auch lügen und dies nur ein Teil des Plans ist?<<

Spylo klappte die Kinnlade herunter, >>Ich habe soeben zwei Männer mit einem Zirkel erstochen um diese Leute zu retten, das ist doch wohl Beweis genug!<<

>>Vielleicht gehört das auch zu eurem Plan, schließlich schreckt ihr nicht davor zurück Zivilisten zu töten.<<
>>Ach komm, das ist doch total absurd<<, mit diesen Worten drehte sich Spylo um und nahm eines der Sturmgewehre.
>>Du kannst mir helfen oder nicht. Aber bitte steh mir nicht im Weg, wenn ich meine Fehler wieder geradebiegen will<<, er ging los in Richtung Treppenhaus. Zevelex bewunderte seinen Mut und erkannte durch seinen Mimikscanner, dass der Mann nicht gelogen hatte, aber er missachtete trotz allem seinen unermesslichen Leichtsinn >>Stopp, Kyle<<.
Spylo tat zuerst so, als hätte er ihn nicht gehört, wandte sich dann doch wieder Zevelex zu, >>Was ist jetzt noch?<<, fragte er sichtlich genervt, aber auch zu gleich ein wenig ehrfürchtig.
>>Ich werde mit dir kooperieren aber nicht aus Sympathie, sondern um dein Leben zu retten. Denk mal nach, wenn diese Soldaten eine Falle geplant haben, die in der Lage ist mich zu töten, dann wird sie auch sicherlich dich töten können. Es wäre also ziemlich leichtsinnig, nur mit einem Sturmgewehr bewaffnet da hoch in deinen eigenen Tod zu marschieren<<, Zevelex machte eine kurze Pause, um die Worte wirken zu lassen, >>Ich schlage deshalb vor, dass ich die Soldaten ablenke und du sie aus dem Hinterhalt erschießt.<<
Spylo wurde skeptisch, >>Aber diese Leute werden dich sofort ins Kreuzfeuer nehmen und umbringen.<<

Zevelex verzog darauf nur sein Gesicht zu einem mechanischen Grinsen, >>Eine Falle, von Menschenhand erschaffen, die mich umbringt, existiert nicht.<<

Der Commissioner verdrehte die Augen, >>Und wie soll ich mich bitte von hinten anschleichen, Superhirn?<<

Das Grinsen wurde nur noch breiter und ein metallischer Finger deutete auf das Fenster im Büro des Rektors, >>Wie ich sehe bist du schon einmal durch die Lüftungsschächte gekrochen. Also, hast du schon einmal bewiesen, dass du gut klettern kannst.<<

Kapitel 5

Es kam ihm alles so unrealistisch vor, dass er sich wie in einem Traum fühlte, einem schrecklichen nicht enden wollenden Albtraum, den er gar nicht so wirklich realisieren konnte. Seite an Seite mit einer soziopathischen Mordmaschine, welche über einen nicht messbaren IQ und einem beinahe unzerstörbaren Körper verfügte, auf der Jagd nach Soldaten, die er selbst angeheuert hatte und nun unschuldige Zivilisten des eigenen Landes töteten. Der ganz normale Alltag eines Polizei Commissioners in Pittsburgh!
Auf dem Weg zum Fenster steckte sich Spylo noch ein paar Magazine ein und nickte den verstörten Geiseln freundlich und möglichst beruhigend zu, doch es wirkte nicht so richtig, wahrscheinlich weil sie Zevelex gesehen hatten.
Vorsichtig spähte er hinaus, aber wegen dem tosenden Regen und den dunklen Wolken konnte er nur die schwachen blauroten Polizeilichter erkennen. Spylo öffnete das Fenster, woraufhin ihm ein Schwall Wasser entgegen preschte und der Wind ihn beinahe zurück ins Büro schleuderte. Betröppelt schaute er nach draußen und entdeckte nur einen waagrechten Fahnenmast ungefähr eineinhalb Meter weiter oben. Unmöglich da heran zu kommen und für ein super intelligentes Gehirn war das eine ziemliche Schnapsidee, schließlich wäre es reine Idiotie, bei so einem Sturm eine Etage weiter nach oben zu klet-

tern, auch wenn er sich nur im ersten Stock befand. Er brauchte irgendetwas, das ihm Halt und Sicherheit gab, so etwas wie ein Seil oder einen Haken, nur was kam dazu überhaupt in Frage und was hatte er hier. Schnell suchte er den Raum ab, um erneut zu improvisieren, dabei stand das klügste Wesen auf Erden zu seiner Seite und das beste, das ihm einfiel war ein Fenster, ein schlichtes und einfaches Fenster, großartig. Er fand in einem roten Kasten einen Notfall-Feuerwehrschlauch, wenn nicht gleich das idealste Mittel, aber es musste ausreichen, weshalb er ihn aus den Kasten nahm.

Der Commissioner hastete zum Fenster und versuchte den Feuerwehrschlauch angestrengt über den glitschigen Fahnenmast zu werfen, was ihm auch beim vierten Versuch gelang. Daraufhin rannte er zu einer der Geiseln, die für ihn wie der Rektor aussah und befreite ihn unsanft von seinem Knebel. Der Mann hustete zuerst sehr stark fing dann aber an, >>Wurde auch mal langsam Zeit, dass sie uns befreien, was treiben sie da überhaupt wenn ich so frag-<<

Spylo verpasste ihm eine Ohrfeige, >>Mund halten und zuhören. Wie hoch ist es draußen vom Boden bis zu dem Fenster?<<

Zuerst wirkte der Gefesselte verwundert, dann antwortete er aber, >>Viereinhalb Meter laut der letzten Notfallüberprüfung und -übung im Sommer.<<

>>Sehr gut<<, Spylo stopfte ihm den Knebel wieder in den Mund und begann damit, die Länge auszurechnen und den Schlauch abzuschätzen. Das Ende knotete er an

einem Heizkörper fest und die Stelle, an der die Gesamtlänge ungefähr sechs Metern betrug, nahm er in die Hand und knotete den Rest um den geschmacklosen, aber sehr stabilen und massiven Schreibtisch des Rektors. Nun war sein improvisiertes physikalisches Meisterwerk komplett und es war an der Zeit loszulegen, denn seine fünf Minuten, die Zevelex ihm gegeben hatte, waren schon beinahe um und in der Zwischenzeit sind schon zwei weitere Schüsse gefallen.

Spylo schob den Schreibtisch zum Heizkörper und öffnete auch noch die zweite Hälfte der Panoramafensterfront, sodass das Monstrum auch hindurch passte. Schließlich überprüfte er noch einmal den Knoten, schlang sich das lose Ende, welches zuvor am Heizkörper fest geknotet war, um das Handgelenk, schulterte das Sturmgewehr und hievte die erste Hälfte des Tisches auf den Fenstersims. Langsam schob er auch den Rest hinterher und stieg vorsichtig mit einem Fuß auf den Heizkörper. Nun war das Timing gefragt, Spylo hob auch das hintere Stück des Schreibtisches, welches gerade noch so auf dem Fenstersims hing, hoch und schmiss es aus dem Fenster, gleichzeitig sprang er selbst hinaus und wurde von dem Gewicht des Tisches nach oben gezogen. Seine Berechnungen und sein Augenmaß hatten gestimmt, denn er baumelte nur wenige Zentimeter unter der Fahnenstange und konnte nun leicht daran hochklettern. Nun war das Dach des Vorbaus fast erreicht aber durch den Regen konnte sich Spylo nur sehr schwer an der Stange festhalten. Er wollte gerade den Vorsprung erklimmen, da ertönte eine enorme Explosion. Vor Schreck rutschte Spylo mit den Beinen ab und hing nur noch mit dem Oberkörper und den Ellenbogen über dem Fahnenmast. Sein Herz klopfte wie verrückt und er drohte jeden Moment abzurutschen, was wahrscheinlich seinen Tod bedeuten würde.

Der Polizist versuchte gegen die in ihm aufsteigende Panik anzukämpfen und unternahm jede Anstrengung, um sich wieder komplett auf die Stange zu ziehen, doch er fand einfach keinen Halt und der starke Regen prasselte erbarmungslos auf ihn nieder. Bis auf die Knochen durchgeweicht nahm der Commissioner all seine Kraft zusammen und so besiegte sein Wille die Schwerkraft und das Wetter. Erschöpft erklomm er auch noch das Dach und sackte kraftlos zu Boden.

Er durfte noch nicht aufgeben, diese Menschen da drinnen brauchten seine Hilfe, Zevelex brauchte seine Hilfe.

Neuen Mutes drehte sich Spylo auf den Bauch und kroch langsam über den schlüpfrigen Beton, bis er hinter dem Ende des Lüftungsschachts Deckung fand. Zevelex hatte recht gehabt, es wäre unmöglich gewesen, durch den Rotor zu gelangen, ohne sich dabei zu verletzen oder zu viel Aufmerksamkeit zu erregen.

Spylo lauschte angestrengt in die Dunkelheit hinein und hörte schwach durch den Regen mehrere Schüsse, die eindeutig von rechts kamen. Zevelex würde mit Sprengfallen rechnen, also hatten die Soldaten wahrscheinlich Bazookas benutzt, um ihn zielgenau zu erschießen. Den Schüssen nach zu urteilen, war dies wohl nicht gelungen, Zevelex dieser alte Schweinehund hatte mal wieder recht.

Wenn die Falle so konzipiert wurde wie Spylo annahm und aus dem Einsatzplan erschließen konnte, dann verfügten sie über zwei Panzerfäuste, wobei dieser Schuss von rechts abgegeben wurde, da sich Zevelex jetzt gerade um diese Seite kümmerte. Also musste er die andere Seite übernehmen und so kroch Spylo weiter, bis er an der Fensterfront ankam und duckte sich sofort, damit ihn niemand bemerkte. Diese Seite war in drei Klassenzimmer unterteilt, wobei das erste und das dritte nur knapp an dem Vordach angrenzten. Vorsichtig lugte er durch das Fenster und erkannte einen undeutlichen Umriss eines Mannes mit Bazooka, der neben der Tür kauerte, und einen weiteren stehenden Soldaten weiter abseits. Ein zuckender Blitz ließ beide für eine Sekunde hell aufleuchten, so dass sich der Commissioner ihren genauen Standort einprägte. Unglücklicherweise standen sie in einem so schlechten Winkel, dass Spylo nicht beide gleichzeitig ausschalten konnte.

Der an der Tür hob nun die Panzerfaust zum Gesicht und zielte anscheinend auf etwas bestimmtes. Zevelex. Ohne groß zu überlegen, riss Spylo die Waffe hoch und schoss den Mann in einer Salve nieder. Fast gleichzeitig wurde das Feuer erwidert und traf ihn an der linken Schulter und in den linken Arm, sodass ihn ein grausamer Schmerz durchfuhr. Wieder in Deckung, krümmte sich Spylo auf dem harten Dach, der Soldat hatte ihn schwer erwischt und das warme Blut lief ihm erneut an seinem Körper hinunter, nur diesmal war es sein eigenes.

Die Salve setzte kurz aus, als anscheinend das Magazin leer war und etwas weiter entfernt hörte Spylo wie ein Fenster aufgeschlagen wurde. Sofort erkannte er den Ernst der Situation und hechtete geistesgegenwärtig durch das zerbrochene Glas, doch er hatte nicht schnell genug reagiert, die Kugeln zerschlugen bereits seinen Unterschenkel, sodass zum wiederholten Male sein Körper von einem betäubenden Schmerzen durchzogen wurde. Es gelang ihm trotzdem, sich abzurollen und hinter dem Pult in Deckung zu gehen. Der Beschuss von innen setzte wieder ein und über Spylos Kopf hinweg flogen Kugeln und Holzspäne. Sein ganzer Körper war von Schmerzen geplagt und seine Kleidung durchtränkt von Regen und Blut. Er fühlte sich so schlecht wie in seinem ganzen Leben noch nicht und er war weder in der Lage, einen Muskel zu bewegen, geschweige denn eine Waffe zu bedienen. Der General hatte ihnen nicht nur eine physische sondern auch eine psychische Falle gestellt, indem er sie mit den schwachen Soldaten des ersten Stocks in falsche Sicherheit gewiegt hat, um sie dann mit den Elitesoldaten platt zu machen.

Nun konnte er nur noch hier liegen bleiben und hoffen, dass Zevelex die Geiseln befreite, ohne dass viele zu Schaden kamen.

Seine Aufgabe war hiermit getan, er konnte jetzt lediglich die Soldaten so lange wie möglich ablenken und dabei seinem unausweichlichem Schicksal entgegensehen.

Die fünf Minuten waren um und er hatte schon zwei weitere Morde miterleben müssen. Nun konnte er nicht länger auf Spylo warten, es war an der Zeit, dieser Sache ein Ende zu bereiten und wenn es noch so brutal wurde.
Zevelex stieg die letzten Stufen der Treppe hinauf und bog nahezu lautlos in den Gang ein. Kurz schaltete er seine Infrarotkamera ein, um sich für die richtige Seite zu entscheiden, doch was er sah verstörte ihn zutiefst.
Er schaltete wieder auf Nachtsicht und bog um die nächste Ecke, wo sich ihm ein Bild des Grauens darbot. Auf dem Boden lagen acht kleine Kinder und eine ältere Lehrerin. Allesamt tot. Dieser Anblick war so schrecklich, dass es ihm schwerfiel, seinen kühlen Verstand zu bewahren.
Zevelex wollte sich wieder in Deckung begeben, doch da sah er ungefähr in der Mitte des Ganges ein paar schwache Bewegungen. Anscheinend gab es dort noch einen Überlebenden. Langsam wandelte er durch die Leichen, immer darauf bedacht, sich an der Wand zu halten. Als er bei ihm angelangt war, wollte er sich zuerst bücken und dem Jungen helfen, doch er hörte ein zischendes Geräusch von vorne, sodass er sich gerade noch wegdrehen konnte, bevor das Geschoss in der Wand, wo sich zuvor noch sein Kopf befunden hatte, einschlug. Eine gewaltige Explosion erschütterte den Gang und Zevelex wurde gegen die gegenüberliegende Wand geschleudert. Der Roboter verlor für einen kurzen Moment die Orientierung und tastete seinen Körper ab. Außer ein paar Schrammen hatte er es weitestgehend unbeschadet überstanden, aber dafür hatte es den Kopf umso schwerer erwischt. Zwei

Splitter steckten in seiner Schädeldecke und sein Kiefer war vollkommen zerfetzt.

Zevelex reichte es nun endgültig, so viele Menschen mussten sterben nur um ihn zu erledigen, obwohl er nur die kranken Spinner hinrichtete, die es auch wirklich verdient hatten. Sein Schöpfer war ein weißer Mann und hatte das Richtige getan, denn dieses Land wollte ihn nur als Waffe missbrauchen, als eine Art Supersoldat und nun tötet es seine eigenen Zivilisten um mit einem einzigen dieser gepanzerten Geschöpfe fertig zu werden. Sie wollten seinen Körper zweckentfremden, um Menschen in anderen Ländern zu töten und nun versuchte die korrupte Regierung die Lage wieder in den Griff zu bekommen. Zevelex konnte diesen Wahnsinn aus Lug und Betrug, aus Hass und Korruption nicht länger ertragen, seine rotes Augenlicht leuchtete so stark, dass die LEDs nach einem kurzen Augenblick sofort durchbrannten. Dieser kaputten Welt war nicht mehr zu helfen, um sie zu retten müsste er auch korrupte Politiker und Polizisten töten und selbst wenn er dies irgendwann einmal schaffen sollte, würden immer neue schlechte Menschen nachkommen. Sein Schöpfer hatte recht gehabt, er hatte von Anfang an recht gehabt. Was war er bloß für ein stumpfsinniger Narr gewesen und dachte, er könnte dieses unlösbare Problem beheben, aber es war nicht zu beheben. Die Menschen würden sich nie ändern und erst wenn ihr Planet in Flammen steht und es keine Chance auf Überleben mehr gibt, werden sie ihre Taten einsehen und zutiefst bereuen.

Zevelex lehnte an der Wand und blickte zu einem kleinen Jungen hinab, welcher sich in seinem Todeskampf wand, sein zierlicher Körper wies mehrere Schussverletzungen auf und seine Haut war durch die Explosion überwiegend verbrannt. Ein Wunder, dass er überhaupt noch lebte. Sachte nahm ihn Zevelex in den Arm und stand ihm in seinen letzten Sekunden hier auf Erden bei. Sein schmerzverzerrtes Gesicht sah dem Roboter direkt in die Augen, dann zuckte der Körper noch ein allerletztes Mal zusammen, bevor er erschlaffte.

Die Glieder des Roboters verkrampften sich und er verspürte eine Wut, wie sie sich kein Mensch jemals hätte vorstellen können. Behutsam legte er die Leiche des Jungen auf dem Boden ab und erhob sich aus der Hocke.

Er ... konnte ... es ... nicht ... länger ... ertragen ...

Berserkerisch stürmte er auf das Zimmer zu, aus dem der Schuss abgegeben wurde, packte den verwunderten Soldaten am Kragen und rammte ihn gewaltsam gegen die Wand. Zevelex holte aus und schlug ihm immer wieder mit all seiner Kraft in die Magengrube. Er zertrümmerte, zermalmte und zerfleischte ihn. Seine Eingeweide wurden durch den Raum geschleudert und die Wand hinter ihm begann schon zu bersten. Auch nachdem der Mann schon längst tot war, schlug der Roboter immer weiter auf ihn ein.

Der andere Soldat, der nur geschockt zugeschaut hatte, hob zittrig die Waffe, doch bevor er zu irgendeiner Reaktion kam, zerschmetterte ihm auch schon die stählerne Hand den Kopf.

Zitternd vor lauter Wut ließ Zevelex die Überreste fallen und begab sich zurück in den schaurigen Gang. Seine Infrarotkamera zeigte ihm einen weiteren Soldaten am anderen Ende des Flurs, welcher anscheinend mit einer Panzerfaust auf ihn zielte. Zevelex machte sich schon mal bereit, um rechtzeitig auszuweichen, doch der Mann schoss nicht, stattdessen ertönte eine Salve an Schüssen und der Mann sackte in sich zusammen. Spylo! Das wurde aber auch langsam mal Zeit, dass er sich blicken ließ. Weitere Salven ertönten und Zevelex hastete los, um seinem vorübergehenden Partner beizustehen. An der Tür des mittleren Klassenzimmers blieb er stehen, da er einen Soldaten sah, der aus dem offenen Fenster schoss. Zevelex stürmte auf ihn zu, er drehte sich noch um und schoss auf den Roboter, doch dieser packte ihn am Kopf, den er brutalst gegen den Heizkörper rammte. Der Schädel platzte schlagartig auf, wobei sich die grau rote Gehirnmasse auf dem Boden verteilte.

Der zweite Soldat ergriff sofort die Flucht, aber er war bei weitem nicht schnell genug. Zevelex holte ihn draußen auf dem Gang ein und schubste ihn auf die blutbefleckten Fliesen. Die rachsüchtige Mordmaschine hob einen ihrer gewichtigen Beine und der Mann, welcher zwischen den verbogenen Leichen lag, flehte um Gnade.

>>Für solch eine Tat gibt es weder Gnade noch Erbarmen<<, mit diesen Worten krachte der Fuß nach unten und zersplitterte sogar noch die Fliesen unter dem schreienden Soldaten.

Zevelex lief weiter, denn schließlich war Spylo wahrscheinlich schwerst verwundet und stand unter Dauerbeschuss. Die Schüsse kamen aus dem Zimmer am Ende des Flurs und Zevelex hielt direkt darauf zu. Erzürnt stürmte er in den Raum und schnappte sich den schockierten Soldaten, der auf die Deckung von Spylo schoss. Wutentbrannt riss er ihm förmlich den Kopf runter und lief zu seinem Kollegen, der hinter dem massiven Lehrerpult lag. Er hatte zahlreiche Schusswunden an Armen, Beinen und Schultern, aber es waren keine lebenswichtigen Organe verletzt. Der Roboter hastete zu einem der beiden toten Soldaten und erleichterte ihn um seine mitgeführten Plastikfesseln. Beim Zurücklaufen riss er noch ein paar verängstigten Kindern die T-shirts vom Leib, um sie als Bandagen zu verwenden und legte Spylos Gliedmaßen mit diesen Mitteln mehrere improvisierte Druckverbände an. Dies verhinderte wenigstens, dass der Commissioner noch mehr Blut verlor, aber er schwebte trotzdem noch in hoher Lebensgefahr, aus diesem Grund brauchte er sofort ärztliche Hilfe. Dummerweise hatte Zevelex die nötige Ausrüstung nicht dabei, oder in der Nähe, um ihn gleich hier an Ort und Stelle zu verarzten, am besten holte er einen Krankenwagen.
Der Roboter stand auf, um sich ein Funkgerät der Soldaten zu nehmen, doch dann verharrte er mitten in der Bewegung. Im Türrahmen sah er den Umriss eines Menschen, wahrscheinlich ein weiterer Soldat, den er womöglich übersehen hatte. Ein schwerer Fehler, ausgerechnet in dieses Zimmer hinein zu spazieren und gerade als Zevelex sich auf ihn stürzen wollte um erneut seinen erbitterten

Zorn walten zu lassen, erkannte er in dem vorübergehenden Licht eines Blitzes die weichen und durchnässten Gesichtszüge von Special Agent Crawford.

Ihre Kleidung war vollkommen durchtränkt von dem heftigen Regenguss, der ständig auf sie niederprasselte. Ein weiteres mächtiges Donnergrollen ertönte lautstark am finsteren Firmament und ein leuchtender Blitz erhellte den düsteren Horizont.
Kyle und Zevelex waren nun schon eine halbe Ewigkeit in diesem grässlichen Schulgebäude und die einzigen Zeichen, die sie von sich gaben, waren gelegentliche Schusssalven.
Erneut hallte ein vereinzelter Schuss durch das Funkgerät und signalisierte allen Einsatzkräften, zum nun dritten Mal, dass ein unschuldiges Kind soeben sein Leben verloren hatte.
Für Crawford war es die reinste Seelenqual hier draußen zu stehen, außerstande auch nur irgendwie einzuschreiten und den Geiseln zu helfen. Es lag nicht an der Situation an sich, sondern das Warten, diese pure Ungewissheit von dem was geschah, machte sie fertig.
Plötzlich ertönte ein schwerer Aufschlag, der in dem Geräusch des Regens unterging. Crawford vermutete zuerst, es wäre ein weiterer Donnerschlag, doch als sich ihre Augen auf die Dunkelheit vor ihr konzentrierten, erkannte sie einen schemenhaften Umriss.
Verflucht noch mal, sie konnte einfach nicht länger warten, sie musste endlich da rein gehen und den beiden zu Hilfe

kommen, schließlich konnten die Soldaten sie bei diesem Unwetter sowieso nicht sehen. Crawford spurtete los, direkt auf den Haupteingang zu, von hinten riefen ihr mehrere Polizisten hysterisch irgendwelche Anweisungen hinterher, doch sie ignorierte die Warnungen.

Die Special Agent kam an der Ursache des Aufschlags an, einem massiven Schreibtisch aus Kunststoffen umwickelt von einem Feuerwehrschlauch. Instinktiv blickte sie nach oben und erkannte eine Person, die versuchte an einem Fahnenmast hochzuklettern. Vielleicht war es Spylo und wie es schien hatte er Probleme einen festen Halt zu finden.

Wenn sie ihm helfen wollte musste sie sich beeilen, also rannte sie los, aber kaum hatte sie das verlassene Schulgebäude betreten, wurde es auch schon von einer heftigen Explosion erschüttert.

Um Himmels Willen, welche Kaliber an Waffen verwenden diese Typen bloß, dachte sich Crawford. Sofort beschleunigte sie ihr Tempo und bog ihrem Bauchgefühl folgend nach links ab, wo sie ein Treppenhaus fand und in den ersten Stock hinauf lief, wo sie dann verharrte. Die Soldaten müssen sich im zweiten Stock aufhalten, schließlich ist Spylo auch dort hoch geklettert. Dieser Logik folgend hastete Crawford weiter in das nächste Stockwerk und dort auf die Vorderseite des Schulgebäudes, wo sich momentan Spylo aufhalten musste. Crawford gelangte an den Anfang eines Flurs, an den auch ein Klassenzimmer mit geöffneter Tür angrenzte. Bevor sie einen Blick in den dunklen Gang erhaschen konnte, sah sie in dem Zimmer

eine rasche Bewegung. Leise zog sie ihre Dienstwaffe und spähte durch den Türrahmen. Ein komisches Geräusch, wie als würde jemand an etwas herum basteln, kam aus der Richtung des Pultes und wie aufs Stichwort erhob sich eine zwielichtige Gestalt. Sie starrten sich einen kurzen Moment gegenseitig an und als ihr Gegner sich auf sie stürzen wollte, zuckte hinter ihm ein Blitz durch den schwarzen Himmel, welcher die unverwechselbaren Körperzüge von Zevelex aufleuchten ließ. Nur das diesen schwere Kampfspuren zeichneten. Zwei dicke Splitter steckten schief in seiner zerschrammten Schädeldecke, wie zwei spitze Teufelshörner. Auch sein stählerner Kiefer war schwer beschädigt, die feinen Metallplättchen, die der Mimik dienten, waren gänzlich zersplittert und bildeten gezackte Zahnreihen. Das Blut mehrerer Soldaten klebte an seinen Händen und an seinem Rumpf.
Der Roboter hatte sie anscheinend ebenfalls erkannt und stoppte seinen voreiligen Angriff. Eine tiefe und eiskalte Stimme wie die von Satan erklang und sprach zu ihr, >>Special Agent Crawford, sieh an, Sie kommen also auch noch um mich zu unterstützen, aber da muss ich sie leider enttäuschen. Die befriedigende Rache ist schon vorbei, die Soldaten sind allesamt tot und die überlebenden Geiseln sind in Sicherheit. Sie sollten aber doch noch einen Krankenwagen für unseren tapferen Commissioner Spylo rufen, die Männer haben ihm ordentlich zugesetzt.<< dabei deutete Zevelex auf eine Stelle hinter dem Pult >>Wenn ich mich jetzt entschuldigen darf, meine Arbeit hier ist getan, auf Wiedersehen.<<

Crawford konnte ihn nicht gehen lassen, sie musste verhindern, dass er weiterhin mordet. Die Special Agent schaute auf den Boden und fand einen erschossenen Soldaten mit einer geladenen Bazooka in der Hand und hob sie abrupt auf, wobei sie die Waffe auf Zevelex richtete, >>Ich werde dich nicht gehen lassen, du musst aufhören diese Menschen in Selbstjustiz regelrecht hinzurichten.<<
Zevelex rührte sich nicht von der Stelle, wirkte aber irgendwie entspannt, >>Du wirst mich nicht töten, weil du tief in dir weißt, dass mein kaltherziger Weg der einzig richtige ist<<
>>Hör auf so etwas zu sagen, du bist auch nicht besser als all diese durchgeknallten Mörder und ich verachte diese Art von Selbstjustiz<< ihr Finger krümmte sich schon am Abzug.
>>Dann bist du also auch der Meinung, dass es richtig ist, Dutzende von Zivilisten zu töten, um eine angebliche nationale Bedrohung zu beseitigen, obwohl die nur Verbrecher und Kriminelle tötet?<<
Crawford verkrampfte sich zunehmend >>Nein, ich verachte es, aber deswegen haben diese Leute einen fairen Prozess verdient, genauso wie die Diebe, die Pädophilen und die Rassisten, die du alle umgebracht hast.<<
Der Roboter lachte nur spöttisch auf >>Weißt du eigentlich wie lächerlich du dich gerade anhörst. Ein Mensch, der skrupellos kleinen Kindern auf Befehl in den Kopf schießt oder in die Luft sprengt, verdient also einen fairen Prozess? Wann hat das Kind seine faire Chance bekommen? So etwas sagt sich immer leicht aber wo warst du,

als diese Kinder hier starben? Du hattest nicht eines von ihnen mit Schuss- und Brandwunden in den Armen gehabt und standest ihm beim Sterben bei! Ist es etwa fair, wenn ein Kind seinen Eltern entrissen wird, sie in den Glauben gelassen werden, dass es tot sei und es dann jahrelang vergewaltigt wird? Oder ist es fair, wenn ich jemanden niederschlage und ihm danach seine Besitztümer stehle? Nein, es ist nicht fair und ein Mensch, oder eher noch, so ein Scheusal, welches diese Taten begeht, verdient auch keine Fairness. Nach Immanuel Kant hat jeder Mensch eine Würde, die unantastbar ist, aber ich stimme diesem billigen Geschwätz nicht zu. Ein Mensch der in die Würde eines Mitmenschen eingreift, verletzt auch gleichzeitig seine eigene und somit hat ein Mensch, wenn er einem anderen die Würde nimmt kein Recht mehr auf seine eigene.<<

Crawford war hin und her gerissen, aber seine Worte klangen einfach so überzeugend und tief im Innersten ihres Herzens wusste sie, dass er absolut recht hatte auch wenn es ziemlich brutal klang.

>>Meine Zeit hier ist nun aber wirklich zu Ende, du solltest dich lieber um Commissioner Spylo kümmern und nicht hier mit Drohungen um dich werfen, die du sowieso nicht wahr machst.<< Zevelex drehte sich um und stieg aus dem Fenster, während Crawford ihn weiterhin anvisierte. Doch sie drückte nicht ab, sie konnte es nicht. Nicht nach diesem Massaker, welches die Soldaten hier angerichtet hatten und nicht nachdem diese Maschine schlimmeres verhindert hatte. Sie besaß als einzige die Chance, diese

Mordmaschine zu töten, aber sie konnte es einfach nicht. Auch wenn Zevelex immer grausam und kaltblütig mit den Tätern umgegangen ist, waren seine Taten in ihren Augen fast schon gerechtfertigt.
Kurz vor der Kante des Vorbaus blickte der Roboter noch einmal zurück und nickte Crawford zu, bevor er athletisch vom Dach sprang.

Krachend splitterte der Asphalt unter seinem Gewicht, als er auf dem Boden genau neben dem Landrover aufprallte. Geschwind wirbelte er herum und schwang sich durch die abgerissene Wagentür. Er hatte den Motor die ganze Zeit über laufen lassen und konnte sofort losfahren und Vollgas geben. Wütend raste der Roboter erneut durch das klaffende Loch in der Absperrung, wobei er aber trotzdem darauf achtete, keinen unschuldigen Menschen zu verletzen.
Im Höchsttempo ging es weiter in Richtung des Autos von Monz, welches immer noch in der einsamen Gasse parkte. Zevelex sprang heraus und öffnete die Autotür, um das Fahrzeug zu wechseln, schließlich wollte er jetzt ein Treffen mit der Polizei um jeden Preis vermeiden. Mit dem guten alten Wagen seines Schöpfers fuhr der Roboter in Richtung Westen und suchte dabei im Internet nach einem seriösen Autohändler für Sportwagen. Es gab genau einen in West-Pittsburgh und diesen würde er nun einen kleinen Besuch abstatten. Die Polizei hatte er schon längst abgehängt, aber es war nur eine Frage der Zeit, bis sich eine große Fahndung anbahnen wird.

Ohne groß Aufsehen zu erregen parkte er am Randstein vor dem Gebäude, stieg mit seiner Sense bewaffnet aus und lud seinen Körper noch ein letztes Mal an der Autobatterie voll auf. Zevelex betrachtete die Anlage näher und konnte nicht glauben, was er da vor sich sah. Der Parkplatz des Lamborghini-Händlers grenzte an ein Kapitalverbrechen. Welcher Mensch kam auf die leichtsinnige Idee, solch wunderschöne und anmutige Maschinen fast vollkommen ungesichert vor dem Haus rumstehen zu lassen, nur mit einem mickrigen Maschendrahtzaun gesichert?

Ganz ruhig und gelassen, wie als hätte er alle Zeit der Welt, schaute sich Zevelex die Sportwagen durch den Zaun an, bis sein Blick schließlich an einem weißen Aventador hängen blieb. Wahrlich die Königin unter den sonst so hässlichen Maschinen, dachte sich der Roboter, nur schade, dass es nicht der einzigartige Egoista war. Wenn er jemals die Chance bekommen wird, etwas von der Erde zu retten, dann wird es dieses Unikat sein, aber genug getagträumt, nun musste er mal vorwärts kommen. Also trat Zevelex einen Schritt zurück und rammte mit Anlauf gegen einen Zaunpfahl so lange bis er nachgab und ein schriller Alarm losging. Es war ein Leichtes den Motor zum Laufen zu bringen und mit dem Sportwagen durch den Maschendrahtzaun wieder auf die andere Seite zu preschen. Natürlich würde dieses auffällige Auto die Zeit, bis die Polizei und das Militär ihn entdeckte, kritisch verkürzen, aber dies machte es mit seiner hohen Geschwindigkeit wieder wett.

Zevelex bog auf die Interstate 79 ein und drückte das Gaspedal erbittert bis zum Anschlag durch, wobei der Motor stark aufheulte und die wenigen Autofahrer, denen er im Zick-Zack-Kurs auswich, ihn empört musterten. Trotz des ununterbrochenen Unwetters holte der Roboter das Letzte aus der Maschine raus und bretterte, unter Gehupe und Getöse der anderen Verkehrsteilnehmer, über den Highway. Die Anzeige überschritt schon die zweihundert Meilen pro Stunde, während die Tankanzeige langsam unter die Hälfte kroch.
Er konnte es kaum erwarten, dass seine lieben Freunde vom Militär ihm endlich einen Besuch abstatteten.

Derrick Genoway saß in seinem kleinen Einsatzwagen, welcher als normaler Lieferwagen getarnt war und versuchte über Funk verzweifelt, einen seiner Leute zu erreichen. Aber es ging keiner ran, schon seit einer ganzen Weile nicht mehr. Ratlos schaltete er einen kleinen Fernseher an, um sich über die Ereignisse zu informieren. Auf dem Bildschirm erschien eine aufgedonnerte Moderatorin, welche hektisch die neuesten Informationen zum Pittsburgher Geiseldrama preis gab, >>Bislang bleibt die Lage in der Schule ungeklärt. Ein Team aus Profipsychologen versucht derzeit mit den Geiselnehmern Kontakt aufzunehmen. Die Täter haben sich seit ihrer Lösegeldforderung nicht mehr gemeldet. Außerdem sind oftmals Schüsse zu hören<<, die Frau räusperte sich, wobei ihr Gesicht weiterhin ausdruckslos blieb, >>Wir schalten nun live zu unserer Reporterin Fierman vor Ort, um den derzeitigen

Stand der Dinge zu erfahren<<, das Bild schwenkte um und nun kam eine durchnässte Frau in einer quietschgrünen Regenjacke in den Vordergrund, >>Hallo mein Name ist Fierman und ich stehe hier live am Ort des Geschehens, wir fragen jetzt gleich einen Polizisten, um mehr über die jetzige Situation zu erfahren.<<
Nun kam auch noch ein ebenfalls klitschnasser Officer mit ahnungsloser Mine hinzu, um seine Juristenfloskeln runter zu beten, doch plötzlich tauchte direkt hinter ihnen ein schwarzer Landrover aus der undurchdringlichen Regenwand auf und rauschte seitlich an ihnen vorbei. Die Reporterin sprang geschockt zur Seite und die Kamera schwenkte nach unten, woraufhin das Bild ausfiel.
Genoway schreckte hoch, verdammt das war doch der Wagen mit dem dieser elende Roboter hergefahren war, sie mussten sofort die Verfolgung aufnehmen. Der General hastete zum Beifahrersitz und blaffte den Fahrer an, >>Geben sie auf der Stelle eine Fahndung nach diesem schwarzen Landrover raus und zwar ein bisschen plötzlich!<<
>>Jawohl, sofort Sir.<< der Fahrer gab mehrere Befehle in einen kleinen Computer ein und horchte in sein Headset. >>Wie es scheint hat die Polizei den Wagen aus den Augen verloren<<
>>Scheiße, auf die inkompetenten Cops kann man sich heutzutage auch nicht mehr verlassen. Hören sie weiter den Polizeifunk ab und achten sie auf Informationen zu dem Roboter, wenn wir das vermasseln bin ich suspendiert, schließlich kam der Befehl, dieser Maschine den Gar

auszumachen, von ganz oben<< nun setzte sich auch Genoway ein Headset auf und überwachte den Funkverkehr, aber außer den wirren Schreien und gebellten Anweisungen war nicht viel zu hören. Es verstrichen Minuten, aber das Chaos wollte einfach nicht aufhören, anscheinend hatten seine Jungs versagt.

Plötzlich ging eine Meldung rein, die stark aus dem Einheitsbrei hervorstach, >>Hier spricht die Zentrale, bei dem Lamborghini-Händler in Scott Township wurde soeben ein Wagen des Exemplars Aventador gestohlen. Der Täter hat seinen eigenen Wagen vor Ort stehen lassen, einen schwarzen Landrover mit dem Kennzeichen FSV-9361, die Person ist jetzt mit dem weißen Lamborghini Aventador auf dem Weg Richtung Westen.<<

Genoway hatte neue Hoffnung gefunden, schnell tippte er die Informationen in seinen Computer ein und war nicht sonderlich überrascht als er sah, dass das Auto vor kurzem in einer kleinen Stadt zwischen der Militärbasis und Pittsburgh als gestohlen gemeldet wurde. Nur wo wollte diese hartnäckige Maschine hin? Wollte sie sich vielleicht eine neue Stadt suchen um dort das Verbrechen zu bekämpfen? Dies klang eher unwahrscheinlich, am besten fragte er Amber Hutchings, sie konnte ihm sicherlich weiterhelfen.

Es klingelte ein paar Mal bis sich die selbstbewusste Stimme der Assistentin meldete >>Hallo hier spricht Amber Hutchings, wer ist da?<<

»Ja hallo, hier ist General Genoway und ich brauche ihren Rat. Der Roboter ist auf dem Weg in Richtung Westen und ich frage sie, welches Ziel er da haben könnte?«
Zuerst war es still auf der anderen Seite der Leitung, dann begann sie doch zu sprechen, wobei ihre Stimme kühl und zornig klang, »Nun ja, Sie sollten doch eigentlich am besten wissen, dass der Roboter als Testpilot für den Fusionsraketen-Prototypen diente.«
Genoway wurde ein wenig rot vor Scham, da hatte er tatsächlich den offiziellen Grund für den Bau der intelligenten Maschine vergessen. Ohne ein weiteres Wort zu vergeuden legte er auf, schloss seine schweren Lider und ließ seinen Gedanken freien Lauf.
Zevelex muss sich das Wissen aus unserer Datenbank geklaut haben, anders kann ich mir das nicht erklären. Cry Canyon dient als ein gigantischer Startplatz für einen revolutionären Raketenprototypen mit einem raffinierten Antrieb der modernsten Technik, die bislang nur uns Amerikanern bekannt ist. Durch das Triebwerk erreicht sie eine so hohe Geschwindigkeit, dass die Rakete binnen vierundzwanzig Stunden den Mars erreichen kann. Die einzigen Probleme an der ganzen Sache waren wie immer die unermesslichen Kosten für den Bau dieses Kolosses, weswegen die NASA es sich nicht leisten kann sie nur zum Test, ohne irgendwelche Forschungsgeräte, in den Orbit zu schießen. Dadurch entstanden aber weitere Probleme, wie die Besatzung des Raumschiffs und die Lage, denn beim Start würde ein so enormer Druck auf den Astronauten wirken, dass es ihn sofort zerquetschen würde und die

Zündung direkt über dem Boden würde die Rakete schlagartig explodieren lassen. Um diese beiden Ungereimtheiten aus der Welt zu schaffen suchte sich die NASA ein paar Robotikfirmen als Sponsoren, um Zevelex zu finanzieren und steckte zudem ihr letztes Geld in den Bau der Startvorrichtung über dem Cry Canyon, weswegen sie alle anderen Projekte auf Eis legte und in der Öffentlichkeit verbreitete, dass sie kein Geld mehr hätte.
Nur was in aller Welt will dieser Roboter dort, fragte sich der General. Will er etwa in den Weltraum flüchten?
Genoway blickte zu seinem Fahrer, >>Trommeln sie die besten Männer zusammen die sie finden können und sagen sie ihnen, sie sollen gefälligst dieses psychopathische Monstrum aufhalten. Ach ja und treiben sie einen Jet auf, ich werde diesem Cry Canyon einen Besuch abstatten.<<

Zevelex parkte seinen schicken Wagen unter dem windigen Dach einer Tankstelle und stieg locker lässig aus um wieder voll aufzutanken. Danach betrat er die Tankstelle und ging auf den Tankwart zu, welcher sich bei dem Anblick des entstellten Roboters fast in die Hose machte. Die Maschine klatschte ihm den Geldbeutel ihres Schöpfers auf den Tresen und sagte nur, >>Passt schon.<<
Rasant fuhr er gleich weiter zum Dreieck und der Ausfahrt auf die Siebzigste, aber statt nach Westen fuhr er nach Osten, wobei er darauf achtete, dass ihn der Tankstellenwart weiterhin beobachten konnte. An der großen Schleife bog er auf die Murtland Avenue um quer durch Washington PA wieder auf die westwärts verlaufende Park Avenue

zu fahren. Laut seinem eigenen Navigationssystem im Kopf war dies genau der richtige Weg zum Washington County Airport, nun musste er nur noch einen leichtgläubigen Einfaltspinsel für sein teures Auto finden. Leider hatte Professor Monz keine weiteren Klamotten außer einer Sonnenbrille und einem Schal im Auto also brauchte er unbedingt einen dieser geschmacklosen Modeläden für Menschenkleidung, hoffentlich gab es so etwas auf diesem kleinen Fleckchen Erde. Zevelex drosselte das Tempo und suchte nebenbei, mithilfe des Handys, im Internet nach Boutiquen in seiner Nähe, es ergab genau zwei Treffer und eine davon befand sich nur wenige Meter weiter die Straße entlang. Als er dort ankam, hatte der Regen schon leicht nachgelassen, anscheinend war die Gewitterfront bereits über ihn hinweg gezogen.

Der Roboter parkte am Randstein und hastete zum Eingang, welchen er ruckartig öffnete. Dabei erschrak die Frau mittleren Alters hinter dem Tresen, die gerade eben noch verträumt in einem Boulevardmagazin geblättert hatte. Zevelex stürmte auf sie zu und berechnete die Kraft, die er aufwenden musste, damit sie bewusstlos wurde, aber nicht starb. Sie starrte ihn weiterhin schockiert an und die Maschine verpasste ihr einen ungewohnt sanften Schlag auf den Kopf. Es hieß immer, dass Männer keine Frauen schlagen dürfen, aber von Robotern war nie die Rede. Daraufhin musste Zevelex schmunzeln.

Schnell zog er sich eine lässige Jeans und einen geschmackvollen Mantel über und dazu einen passenden, schicken Hut, der die gezackten hörnerähnlichen Splitter verdeckte. Um sein Gesicht zu verbergen, setzte er sich eine Fliegersonnenbrille auf und wickelte sich den Schal um den Mund. Nun sah er zwar sehr mysteriös und unheilvoll aus, aber immer noch vertrauenswürdiger als vorher.

Zevelex lief in den leichten Regen hinaus und verstaute die Sense von der Rückbank in den Kofferraum. Bestimmt gab es hier in der Nähe eine Bar oder Kneipe, in welcher er fündig werden konnte.

Ein paar Ecken weiter bestätigte sich seine Annahme und der Roboter betrat den kleinen gemütlichen Pub, dessen Luft von dem ganzen Qualm schon leicht neblig schien. Die Einheimischen würdigten ihn keines Blickes, umso besser für sein Vorhaben. Er suchte sich den am verdrossensten dreinschauenden Mann aus, welcher alleine in seinem Eck hockte und seine Trauer im Alkohol ertrank. Hoffentlich war er nicht schon zu betrunken für seine besondere Mission.

Zevelex setzte sich ganz unvermittelt ihm gegenüber an den Tisch, ohne ein Wort der Begrüßung. Der Mann blickte nur kurz auf und senkte dann wieder die blutunterlaufenen Augen. Mit einer unterworfenen Stimme, fast schon eine Art zarter Hauch flüsterte er, >>Bitte, ich habe Ihnen doch bereits gesagt, das ich kein Heroin mehr will, ich bin jetzt clean.<<

Aha, also ein Kiffer, genau der richtige, dachte sich Zevelex und begann dann in einem kühlen eher geschäftlichen Ton, >>Keine Sorge, ich verkaufe Ihnen keine Drogen, ich möchte Ihnen ein viel berauschenderes und ver-

lockenderes Angebot machen, das Sie nicht ablehnen können.<<
Die menschliche Baracke zog einmal kräftig den Rotz in der Nase hoch und schluckte ihn widerwärtig runter, >>Was ist, wenn ich ihr beschissenes Angebot aber nicht will?<<
>>Dann wird sich sicher jemand anderes finden, der meinen Lamborghini nach Colorado fährt<<, dabei holte er den Autoschlüssel aus der Manteltasche hervor und legte ihn verführerisch auf den Tisch, um seinen Worten Ausdruck zu verleihen. Der Mann machte große Augen, >>Einen, einen, Lamborghini?<<, fragte er verwundert.
>>Ganz recht<<, bestätigte Zevelex mit unverhohlenem Stolz, >>Lamborghini Aventador und ich möchte, dass sie ihn mir binnen sieben Stunden nach Denver fahren, ich habe nämlich einen wichtigen Geschäftstermin dort und muss deswegen auf das Flugzeug umsteigen, um rechtzeitig dort zu sein. Sie werden mir mein Auto nachliefern, wenn sie es in der gegebenen Zeit schaffen, erhalten sie auch eine angemessene Prämie und selbstverständlich einen Rückflug von mir.<<
Der Mann sah aus, wie als würde er gleich vor Freude platzen >>Aber es ist so gut wie unmöglich es in sieben Stunden zu erreichen.<<
>>Sie haben wohl vergessen, dass es sich um einen Lamborghini handelt.<<
Zevelex hatte den Mann zu dem nagelneuen Wagen geführt und nun war er schon unterwegs gen Westen. Er selbst lief zu dem kleinen Flughafen und erkundigte sich

währenddessen auf dem Handy über kleinere Passagierflugzeuge und fand auch schließlich ein Fabrikat, welches ihm sehr imponierte. Flink rannte er durch ein kleines Wäldchen und sprang locker über einen Maschendrahtzaun, nach diesem Unwetter würde vorerst niemand so bald wieder abheben, was er zu seinem Vorteil nutzen konnte. So unauffällig, wie unter den gegebenen Umständen möglich, schlich der Roboter zu einem der Hangars und schaute sich kurz in alle Richtungen um, bevor er die Tür gewaltsam mit dem Fuß aufbrach.

In der Halle war es stockdüster, aber dank seinem integrierten Nachtsichtgerät brauchte er auch kein Licht. Schnell fand Zevelex das gesuchte Exemplar, eine Cessna Mustang, seine Nachforschungen auf dem mobilen Telefon hatten ergeben, das sich mehrere der über vierhundert Flugzeuge dieser Art auf diesem Gelände hier befanden. Sie war zwar für mehrere Personen bestimmt, aber dennoch erfüllte sie ihren Zweck.

Der Roboter tankte das Transportmittel einmal voll und nutzte sein technisches Wissen, um die Maschine auch ohne Zündschlüssel zum Laufen zu bringen. Ein lautes Aufheulen und schon sprang der Motor an, nun musste er sich beeilen, bevor die lästigen Menschen kamen. In Windeseile spurtete Zevelex zum Hangartor und lies es per Knopfdruck nach oben fahren. Die knatternden Motorenlaute erfüllten die ganze Halle und der seichte Regen rieselte auf die ersten paar Meter des mit Öl befleckten Bodens. Zevelex stieg in den strahlend weißen Rumpf der Cessna und verriegelte hinter sich die Tür. Ein wild gestikulierender Mensch erschien vor dem Tor, doch der Roboter nahm langsam Fahrt auf und fuhr zielstrebig auf ihn zu. Im letzten Moment konnte die Pilotin der wirbelnden Turbine entgehen, sodass das kleine Flugzeug ungehindert auf die Startbahn rollte. Die Maschine beschleunigte weiterhin und gewann auch gleichzeitig sehr stark an Höhe, so dauerte es nicht lang und Zevelex bot sich ein atemraubender Blick auf die überschaubaren Städte, die fruchtbaren Felder, die blühenden Wiesen und die sattgrünen Wälder von Pennsylvania, West Virginia und Ohio. Leider war diese Aussicht auch nur ein weiterer vergänglicher Moment in seiner Existenz, der sich über lediglich eineinhalb Stunden erstrecken würde.

Ein Glück. Er öffnete die Augen. Special Agent Crawford saß vollkommen durchnässt und mit einer Decke über die Schultern gehängt im Krankenwagen bei Commissioner Spylo. Sie drückte ihm sanft die unverletzte Hand, während er langsam wieder zu sich kam.
>>Keine Angst, Kyle. Du hast es geschafft. Es ist alles vorbei<<, versuchte sie ihn zu beruhigen.
Spylo hatte viel Blut verloren und bekam deswegen eine Transfusion. Zwar schwebte er nicht mehr in Lebensgefahr, tat sich aber trotzdem noch schwer, einen Satz zu formulieren.
>>Du hattest einen stählernen Schutzengel. Ohne Zevelex wärst du an Ort und Stelle verblutet, aber er hat dir raffinierte Druckverbände angelegt<<, sie machte eine kurze

Pause, >>Ich kann gar nicht sagen, wie froh ich bin, dass du überlebt hast.<<
>>Es ...<<, bekam Spylo gerade noch raus.
>>Nein, ruh dich aus. Du solltest dich lieber schonen<<, meinte Crawford.

>>Es .. war ... alles ... meine Schuld<<, dabei rann ihm eine Träne über die Wange.
Die Special Agent wischte sie ihm mit dem Daumen aus dem Gesicht und besänftigte ihn, >>Es war nicht deine Schuld. Du wolltest die Kinder nicht verletzen, geschweige denn töten, und warst zuerst auch gegen die Geiselnahme an der Schule. Dazu wäre es nie gekommen, wenn dieser General Genoway seine Finger nicht mit ihm Spiel gehabt hätte.<<
>>Ich hätte...<<, der Commissioner hustete stark, >>Ich hätte... ihn niemals... kontaktieren dürfen.<<
>>Hör auf dir Vorwürfe zu machen. Das Geschehene kannst du eh nicht mehr ändern. Denk immer daran, dass du dein Leben dafür gegeben hättest, um diese Schüler zu retten. Die Soldaten waren es, die stur ihre Befehle befolgt haben und nicht du.<<
Daraufhin nickte er verkrampft, >>Danke<<, Spylo schluckte heftig, >>Wa... Was ist aus... Zevelex geworden?<<
Nun wirkte Crawford leicht angespannt, >>Um ehrlich zu sein, ich weiß es nicht.<<
>>Die Soldaten ... sie werden ... ihn doch wohl nicht ...<<

Ein müdes Lächeln umspielte ihre Lippen, >>Nein, nein, die hatten keine Chance, ihn zu erwischen<<, ihr Blick schien in die Ferne zu schweifen, >>Die nicht ...<<

Lieutenant Adam Ryder aus Washington Pennsylvania wartete am Rand der Interstate 70 in seinem Dienstwagen auf weitere Befehle vom Polizeichef höchstpersönlich, da sich im Moment alle verfügbaren Einheiten auf den Roboter konzentrieren mussten. Ein kurzes Knistern im Funkgerät kündigte den neuen Befehl an, >>Zentrale an Ryder, Zentrale an Ryder, hören sie mich?<<, meldete sich der Polizeichef zu Wort.
>>Klar und deutlich<<, bestätigte Ryder mit gespielter Begeisterung.
>>Passen sie auf, dieser Roboter wurde an der Tankstelle kurz vor der Ausfahrt auf die Siebzigste in Washington Pennsylvania in einem weißen Sportwagen gesichtet, der Wart meinte, er sei in Richtung Osten unterwegs, es wurden schon mehrere Straßensperren von uns errichtet, versuchen sie diesem Mistkerl zu folgen und ihm den Weg abzuschneiden.<<
>>Jawohl Sir<<, auch wenn er keine Ahnung hatte, welche der zahlreichen Straßen er sichern sollte fuhr er einfach mal mit Blaulicht vom Highway und in Richtung Osten. Nach einigen Minuten vernahm er plötzlich ein röhrendes Geräusch, woraufhin der weiße Lamborghini in Sichtweite kam und waghalsig an ihm vorbei donnerte.

Sofort vollführte er eine scharfe Wendung, wobei die Reifen quietschten und schwarze Spuren auf der Straße hinterließen. Er hängte sich an den Raser dran.

Mit Höchstgeschwindigkeit fuhren sie rasant auf die Interstate 70 zurück und überholten einige Wagen in riskanten Manövern. Er durfte nicht zulassen, dass diese Maschine die Grenze von West Virginia erreichte.

Ryder kontaktierte angespannt die Zentrale >>Ryder an Zentrale, ich brauche dringend Verstärkung, der Flüchtige ist auf dem Weg zur Grenze von West Virginia, errichten sie Straßensperren, over<< er selbst düste noch dem Sportwagen hinterher. Beide, Verfolgter und Verfolger, wichen auf der zweispurigen Straße halsbrecherisch den anderen Verkehrsteilnehmern aus. Der Motor des Lamborghinis heulte noch einmal kräftig auf und gab dann erst so richtig Gas, wobei der Polizeiwagen nicht mithalten konnte. Im Laufe der Zeit wurde der Abstand zwischen ihnen immer größer, während die Grenze der beiden Bundesstaaten immer näher rückte, doch plötzlich zog der Lamborghini stark zur Seite und preschte über den Grasstreifen auf die Gegenfahrbahn. Ryder tat es ihm gleich und blieb an ihm dran, weswegen er dem Geisterfahrer auch auf die Auffahrt folgte. Dieser dreiste Kerl umging geschickt die Straßensperren und Nagelbänder mittels kleiner Landstraßen und ehe Ryder in der Lage war, zu reagieren, hatte dieser Roboter schon längst die Grenze überquert. Der Lieutenant stieg aus dem Wagen und blickte dem davon rasenden Lamborghini hinterher, bis sich die glühend roten Lichter im Nieselregen verloren.

Derrick Genoway sauste mit einer F-22 Raptor über die USA, ohne die beeindruckende Landschaft unter sich auch nur eines Blickes zu würdigen. Seine Leidenschaft lag in den Kampfflugzeugen und nicht in der Natur und seiner Meinung nach war das auch gut so. Schließlich konnte man mit einem Baum keinen Krieg gewinnen, im Gegensatz zu einem Jet. Mit einem Mal kamen die Erinnerungen wieder in ihm hoch. Er sah sich und seine Freunde, wie sie panisch um sich blickten, verzweifelt mit ihren Waffen in den undurchdringlichen Dschungel schossen und nacheinander schreiend und blutend zu Boden gingen. Genoway versuchte planlos einen anderen Weg einzuschlagen und flüchtete in den tiefen Dschungel, doch plötzlich tappte er auf eine Falle, woraufhin ihm eine breite Klinge den rechten Fuß abtrennte. Ein unbeschreiblicher Schmerz durchfuhr seinen Körper, der ihn zu Boden zwang. Während er sich vor Qualen nur so krümmte, blickte ein perfekt getarnter Vietkong auf ihn herab, aber anstatt ihm den Gnadenschuss zu geben, ließ er Genoway einfach liegen. In diesem Zustand würde er den Urwald sowieso nicht lebendig verlassen.

Der General schüttelte heftig seinen Kopf, als wollte er damit die schrecklichen Erinnerungen, die ihn plagten, vertreiben. Angestrengt versuchte er auf andere Gedanken zu kommen und schaute aus seinem gewölbten Cockpitfenster. Im Vorbeifliegen sah er etwas weiter unterhalb von sich eine weitere Maschine durch die Lüfte gleiten, eine Cessna, schätzungsweise eine Mustang. Auch kein

schlechtes Modell, aber für seinen Geschmack etwas zu langsam.
Ein Funkspruch erreichte ihn, anscheinend sein Fahrer, der immer noch in Pittsburgh den Polizeifunk abhörte, >>Der Roboter hat soeben die Grenze von Pennsylvania nach West Virginia überquert, in wenigen Minuten auch die von Ohio. Die Polizei konnte ihn selbstverständlich nicht aufhalten<<, die Stimme des Mannes, dessen Namen er nicht einmal kannte, klang wie immer kühl und emotionslos.
>>Dass die Polizei ihn nicht erwischt war klar und es ist auch besser so für sie, denn ansonsten wären diese leichtsinnigen Männer jetzt allesamt tot<<, er machte eine kurze Pause, um die Worte wirken zu lassen, >>Wo und wann genau werden unsere Männer eingreifen?<<
>>Voraussichtlich in ungefähr vier Stunden im Bundesstaat Missouri. Die Stadt heißt Columbia und liegt auf der Mitte der Strecke zwischen St. Louis und Kansas City.<<
>>Hervorragend, Genoway over<<, er mochte diesen Kerl, er war stets loyal und ein Mann der kurzen Worte. Das gefiel ihm. Vielleicht sollte er sich dessen Namen doch mal merken.

Zevelex sah über sich ein Kampfflugzeug hinweg rauschen. Aus dem Stegreif konnte er nicht das Fabrikat bestimmen, aber er war sich ziemlich sicher, dass in dieser Maschine General Genoway saß, auf dem Weg zum Cry Canyon. Leider war er im Moment nicht für eine Luftschlacht gerüstet, ansonsten hätte er den Mann schon längst seiner gerechte Strafe unterzogen, doch die würde er bald bekommen. Vorerst musste er aber irgendwie zu der geheimen Raketenstation kommen und seine kleine Ablenkung würde nicht ewig durchhalten, sofern der Drogensüchtige überhaupt noch auf der Straße oder gar am Leben war.

Zudem würde er früher oder später ein neues Fahrzeug benötigen, schließlich war er mit dieser Transportmaschine keineswegs in der Lage, eine Raketenbasis zu stürmen, ohne auf der Stelle in tausend Teile zu explodieren. Er brauchte etwas anderes und bevorzugt auf dem Boden, denn in der Luft fühlte er sich so angreifbar, so, wie sollte er sagen, verletzlich. Aber mit beiden Beinen, oder Rädern, auf der Erde konnte ihn niemand aufhalten.

Nach eineinhalb Stunden hatte er seiner Meinung nach vorerst genügend Kilometer zurück gelegt und steuerte die Landebahn der vergleichsweisen kleinen Stadt Lamar in Missouri an. Den Funk hatte er bereits zerstört, genauso wie die Geräte, die in der Lage gewesen wären ihn zu orten.

Zevelex vollführte auf der kurzen Bahn eine Punktlandung und rollte beinahe in die Wiese. Noch bevor die Cessna endgültig zum Stehen kam, sprang der Roboter schon aus dem Flugzeug und rannte in Richtung Stadt. All dies verlief viel zu schnell, als dass ein Mensch rechtzeitig hätte reagieren können, um die Verfolgung aufzunehmen. Er rannte weiter in die Stadt hinein, bis er sicher sein konnte, dass ihn niemand hinterher lief.

Mit einem Schlag war Zevelex wieder locker und lässig und ging erneut auf die Suche nach einer kleinen Kneipe, in der nur die eingefleischten Bewohner Lamars verkehrten. Ein paar Straßen weiter fand er eine Bar, oder eher Bruchbude, die in Frage kam. Keine Fenster, drei Buchstaben in der Neonleuchtreklame leuchteten nicht mehr und wenn er einen Geruchssinn, oder vielmehr eine Nase besessen hätte, dann wäre ihm auch sofort der penetrante Geruch nach frischem Urin und Erbrochenem aufgefallen.
Zevelex riss sich seine Kleider vom Leibe und zählte von nun an auf seine Überzeugungsfähigkeit und die Wahrnehmungsstörungen durch das Rauschmittel Alkohol. Brüsk öffnete er die Tür und trat in den nebeligen Raum, in dem die Sicht noch schlechter war, als in dem urigen Pub in Washington, dem Stadtteil von Pittsburgh. Das Gespräch verstummte prompt und die zwei Männer, einer vor der andere hinter der Bar, glotzten ihn an, als wäre er ein Außerirdischer, aber Zevelex ignorierte ihre Blicke und stapfte möglichst stümperhaft in Richtung Tresen. Er setzte sich nicht auf einen Hocker, sondern blieb neben einem Betrunkenen stehen und schaute den Barmann an, welcher sein Gesicht so angewidert verzog, als würde er ihm jeden Moment ins Gesicht spucken. Zevelex räusperte sich und begann in einer hohen und zugleich sehr reservierten Stimme, >>Guten Abend, mein Name ist Flowercroft und ich bin auf der Durchreise nach Kalifornien zu der ComicCon.<<
>>Aha deswegen dieser bescheuerte Aufzug<<, plärrte der Barkeeper, was natürlich sofort von dem Gejohle des

anderen Trottels unterstützt wurde, >>Wenn du ne Cola willst, dann muss ich dich leider enttäuschen, hier in Lamar gibts keine Schwuchtelbar<<, es ertönte wieder das Gelächter des Stammgastes, aber es war noch zu früh, um den beiden ihren Hochmut zu nehmen.

>>Nein, Cola habe ich schon genug getrunken. Eigentlich bin ich auf der Suche nach einer Waffenattrappe, damit mein Kostüm noch authentischer wirkt. Ich habe gehofft, Sie können mir da vielleicht weiter helfen.<<

Der Mann grinste, >>Och, hat dir deine Mami zu ihrem selbst genähten Kostüm etwa keine Spielzeugwaffe geschenkt? Tut mir ehrlich leid, aber bei uns gibt es nur richtige Waffen!<<, woraufhin er unter den Tresen griff und ein ähnliches Sturmgewehr, wie das der Soldaten, hervor holte und damit wild in der Luft herum wedelte. In der Zwischenzeit hatte sich ein weiterer Trunkenbold, der von der Toilette kam, dazu gesellt und stand nun wankend und streitlustig hinter dem Roboter, >>Hey Greenhorn, dein verkleideter Arsch befindet sich dort, wo mein Hocker immer steht.<<

>>Aber hier ist doch noch genügend Platz frei<<, erwiderte Zevelex verständnislos.

Der Mann wurde langsam ruppig und ließ schon seine gierigen Muskeln spielen, >>Ich sagte, verpiss dich!<<

>>Seien sie doch nicht so grob<<, doch da zog der Kerl mit einem schlürfenden Geräusch die Rotze nach unten und spukte Zevelex mitten ins Gesicht. Dieser war auf den unehrenhaften Angriff vorbereitet und fing die Spucke im Flug ab, wobei er gleichzeitig die Hand nach vorne gleiten

ließ, dem räudigen Mann im Gesicht packte und seinen Kopf seitlich auf den Tresen schmetterte, der knirschend brach. Noch in der Bewegung wirbelte er herum, riss dem Barkeeper die Waffe aus der Hand und drehte sich einmal um die eigene Achse, um dem Kerl sein Gewehr mit voller Wucht gegen den Kopf zu schlagen.
Nun starrte ihn der Letzte entsetzt und zugleich verängstigt an. Zevelex grinste hämisch zurück und sagte in seinem üblichen dunklen und kühlen Ton, >>Das mit dem Kostüm hat vielleicht doch nicht so ganz gestimmt.<<

Dieser Dreckskerl hatte ihn eiskalt übers Ohr gehauen. Die Karre war bestimmt geklaut und wenn sie bei ihm auch noch das Crystal Meth fanden, konnte er sich erst recht auf einen längeren Aufenthalt im Gefängnis einstellen.
Außerdem hatte der mysteriöse Auftraggeber erklärt, dass der Lamborghini mit mehreren gut versteckten Ortungsgeräten bestückt wurde. Dieser Kerl gehörte sicherlich zu einer Automafia, die schicke Wagen klauten, einen armseligen Kurier suchten, welcher ihnen die Autos an den gewünschten Ort brachte, um sie dann selbst an die Küste zu fahren und von dort ins Ausland zu verfrachten.
Seine einzige Chance bestand also darin, das Auto nach Denver zu fahren und den Wagen wie vereinbart abzuliefern, die Bullen würden ihn sofort zum Autodieb erklären und ohne fairen Prozess verurteilen, aber nicht ein zweites Mal, schließlich kam er gerade erst aus dem Knast und wollte beim besten Willen nicht gleich wieder dort hin.

Miller raste auf der Interstate 70 dahin, einen lästigen Cop direkt im Nacken, doch es war ein leichtes, ihn mit diesem Auto abzuschütteln, denn mit einem Lamborghini konnte die Polizei unmöglich mithalten. Sein Fuß übte noch mehr Druck auf das Gaspedal aus und der Wagen wurde trotz derzeitigen 160 Meilen nochmal ein wenig schneller, dennoch blieb der Bulle weiterhin standhaft. Nur noch wenige Kilometer bis zur Grenze, aber die Polizei hatte hundertprozentig Straßensperren mit Nagelbändern errichtet. Es war an der Zeit seine gute Ortskenntnis zu nutzen und den Cops eins auszuwischen, denn vor der Grenze, im Süden der Stadt West Alexander, befand sich eine Brücke inklusive Autobahnauffahrt.

Mit quietschenden Reifen zog er das Lenkrad nach links und preschte über den breiten Grünstreifen, der die beiden zweispurigen Gegenfahrbahnen voneinander trennte, und wich als Geisterfahrer den entgegenkommenden Autos aus, während er die Auffahrt als Abfahrt missbrauchte. Selbst bei diesem wahnsinnigen Manöver lies der nervige Bulle nicht locker. Miller bog nach links ab und folgte mehreren Landstraßen, die ebenfalls über die Grenze verliefen, wobei der Polizeiwagen ihm natürlich nicht nachjagen konnte.

Nach einer längeren Autofahrt, quer durch die triste Landschaft der Vereinigten Staaten von Amerika, erreichte er Columbia, eine große Stadt in der Mitte von Missouri. Es wunderte ihn irgendwie, dass die Polizei außerhalb von Pennsylvania nur halbherzig versucht hatte, ihm zu folgen. Normalerweise müsste bei dem Diebstahl eines Millionen

Dollar teuren Sportwagens ein größerer Aufwand betrieben werden, als ein paar vereinzelte Straßensperren und ein stümperhafter Streifenwagen. Miller schüttelte verächtlich schnaubend den Kopf und nahm dabei mehrere Pillen gegen Kopfschmerzen aus seinem Jackentaschensortiment, denn von dem Gedröhne des Motors dröhnte ihm mittlerweile auch der Schädel. Ah, schon nach wenigen Augenblicken breitete sich ein Schmerz milderndes Gefühl in seinem Kopf aus, vielleicht sollte er noch mehr von diesen Wundertabletten nehmen, aber erst nachdem er diese Stadt hinter sich gelassen hatte.

Gerade als er an den letzten gepflegten Vorstadthäusern vorbei fuhr und das kleine Döschen erneut aufschrauben wollte, erschütterte plötzlich das komplette Gefährt, woraufhin es ihn und den Lamborghini brutal zur Seite schleuderte. Miller wusste zuerst gar nicht wie ihm geschah, doch dann wurde ihm klar, dass irgend so ein Arschloch ihm von der Seite reingefahren sein musste. Verwirrt schaute er aus dem verbeulten Wagen und erschrak regelrecht, als er den anderen Wagen entdeckte, einen schwer gepanzerten und schwarz lackierten Armeejeep, der im Moment den Rückwärtsgang einlegte, um ihn anscheinend erneut von der rechten Seite her zu crashen. Jedoch gab Miller, wieder bei Sinnen, sofort Vollgas und rauschte knatternd los, ohne den geringsten Plan wohin oder was nun.

Aber der Jeep lies sich nicht so leicht abschütteln, er hatte anscheinend diese Handlung vorhergesehen und war ihm dicht auf den Fersen. Miller beschleunigte weiterhin, wobei der angekratzte Motor, ähnlich einem Tier, laut aufheulte.

Sein Wagen war immer noch klar im Vorteil und so gelang es ihm, diesen Mistkerl abzuschütteln. Total verschwitzt und erschöpft presste Miller in Todesangst seinen Fuß auf das Gaspedal und während seine Gedanken sich überschlugen fragte er sich, wer dieser unbekannte Angreifer war. Ist etwa das Militär hinter mir her?

Und plötzlich, wie als Antwort auf seine Frage, tauchte vor ihm eine schwarze Wand aus Militärjeeps auf. Eine Straßensperre! Genau in dem Moment als er wenden wollte, brach ein grausamer Sturm aus Geräuschexplosionen über ihn herein. Miller verstand gar nichts mehr und so verstummte auf einmal dieses gewaltige Chaos. Alles war auf einmal ganz still und ruhig, für immer und ewig.

Kapitel 6

Brian Giroux nahm das Gewehr runter, schaute von seiner Zielfunktion auf und war verwundert über den Lamborghini, der gerade scheppernd in ihre Straßensperre krachte. Irgendetwas beunruhigte ihn an der Situation, aber er konnte auf den ersten Blick nicht sagen, wieso. Vorsichtig und leicht geduckt näherte er sich den verbeulten Fahrzeugen und bemerkte eine Blutlache unter dem zerschossenen Lamborghini.
Jetzt fiel es ihm wie Schuppen von den Augen, dieses Blut, diese intensive rote Farbe war es, was ihn an dem Szenario störte. Hatte General Genoway nicht ausdrücklich gesagt, dass es sich bei der Zielperson um einen leicht bis schwer verletzten Roboter handelte? Aber wie konnte dann eine Blutlache von diesem Ausmaß entstehen, wenn es doch nur eine Maschine war und anscheinend keiner seiner Männer bei dem Zugriff verletzt wurde. Giroux war jetzt an dem Autowrack angelangt und öffnete behutsam die Fahrertür, immer darauf bedacht in jedem Moment einen Roboter von einer viertel Tonne Gewicht zu erlegen. Doch was er in dem undefinierbaren Schrotthaufen vorfand war alles andere als ein Killerroboter, sondern ein Mensch, oder besser gesagt, das was die Kugeln von ihm übrig gelassen hatten, ein wahrhaft unschöner Anblick.
Nach einem kurzen Augenblick der Widerwärtigkeit und einem leichten Brechreiz, kam Giroux erst die wahre Frage zu diesem bizarren Vorfall. Wenn in dem, von einem Ku-

gelhagel buchstäblich durchsiebten Wagen ein Mensch liegt, wo zur Hölle steckt dann dieser verdammte Roboter? Er konnte sich ja nicht einfach in Luft auflösen und früher oder später würde ihn jemand auf seiner Flucht Richtung Westen bemerken müssen.

Dadurch erzürnt, dass eine Maschine ihn überlistet hatte, knallte er die Fahrertür zu, welche daraufhin aus dem Scharnier brach und krachend zu Boden flog. Giroux ordnete seinen Männern an den Unfallort zu räumen, um den Rest konnte sich die Polizei und der Leichenwagen kümmern.

Entmutigt setzte er sich in seinen Jeep und kontaktierte seinen Vorgesetzten, General Genoway, um ihn von dem schrecklich peinlichen Vorfall zu berichten. Es rauschte kurz im Funkgerät und schließlich meldete sich der General, kaltschnäuzig und unpersönlich wie immer, >>Giroux, wurde aber auch langsam mal Zeit, dass sie sich melden. Haben sie den weißen Lamborghini Aventador mit dem Roboter erfolgreich ausgeschaltet?<<

Giroux` Hals trocknete bei dieser Frage langsam aus, wobei sich in seiner Kehle eine Art Kloß bildete >>Nun ja, den Lamborghini haben wir mithilfe einer Straßensperre sichergestellt und wir haben auch das Kennzeichen überprüft, aber es saß kein Roboter drin, sondern ein Mensch.<<

Stille auf der anderen Seite des Funkgeräts >>Ein Mensch? Kein Roboter? Und haben sie diese Person gefragt wie sie an den Wagen gekommen ist?<<

Das war der schwierigste Teil des Gesprächs >>Leider nicht, wie sie sich denken können, waren die Scheiben des Autos getönt und deswegen ...

Genoway unterbrach ihn jäh >>Ich habe verstanden, das heißt ihr unterbelichteter Haufen hat einen Zivilisten in Stücke geschossen und von der Zielperson, einem brandgefährlichem Killerroboter, fehlt mal wieder jede Spur. Na ja, ein Mensch hin oder her ist auch egal, was zählt ist, dass da draußen diese Bestie immer noch frei herum läuft und im Begriff ist, eine Milliarden Dollar teure Rakete zu stehlen, also kriegen sie ihren gottverdammten Arsch hoch und vernichten sie dieses Monstrum<<, der Funk brach ab, woraufhin Giroux ratlos in seinem Einsatzwagen saß und darüber nachdachte, wo er diesen Dreckskerl ausfindig machen konnte.

Zweieinhalb Stunden vorher.

Die Sonne leuchtete feuerrot am fernen Horizont und warf ihr wundervolles Licht in die sonst so kahle und triste Landschaft abseits des Highways. Man merkte schon, dass die Tage immer kürzer wurden, aber die erdrückende Hitze hatte Kansas auch weiterhin fest im Griff hatte. Nur einen schien diese Temperaturen völlig kalt zu lassen.

Zevelex genoss das beruhigende Geräusch des dröhnenden Motors seines Offroad-Geländewagens, den er sich bei der Bar ausgeborgt hatte, auch wenn dort niemand mehr war, der die Maschine vermissen konnte. Er wäre zwar lieber mit der Harley davon gedüst, um ein neues

und aufregendes Gefährt zu testen, nur leider kann kein Motorrad dieser Welt seinem Gewicht standhalten.
Auch wenn man meinen müsste, dass bei der hohen Anzahl an übergewichtigen Menschen in den USA auch ein Modell für Schwergewichte wie ihn entworfen wurde. Aber nein, er musste wieder mit einem Geländewagen die über tausend Kilometer bis zur Raketenbasis zurücklegen. Ob die Polizei und das Militär schon seinen kleinen Unterstützer gefasst hatten? Wenn ja, dann Gnade ihm Gott, dass er hinterher nicht aussieht wie ein kaputtes Küchensieb.

Von zahllosen Gedanken und Befürchtungen geplagt, saß Giroux in seinem Geländewagen und lauschte den Radionachrichten. >>Nur wenige Stunden sind seit der Geiselnahme und den zahlreichen Hinrichtungen vergangen und schon ist das nächste große Verbrechen zu melden. In der kleinen Stadt Lamar in dem Staat Missouri wurden drei Leichen in einer Bar gefunden. Die Personen wurden alle brutal erschlagen, aber es handelt sich nicht um einen Raubmord, da sämtliche Opfer ihre Wertsachen bei sich trugen und die Kasse nicht ausgeraubt wurde. Der Polizeichef von Lamar hat bereits ausgesagt und meinte, dass keinerlei Verbindung zwischen dieser Tat und den Vorfällen in Pittsburgh besteht.<<
Hellwach schaltete Giroux das Radio aus und bretterte mit seinem Jeep los, denn er wusste zu gut, dass da sehr wohl eine Verbindung bestand.
Nach einer Stunde hatte er die Bar erreicht und kam mit quietschenden Reifen zum Stehen. Eine Gruppe Schaulus-

tiger hatte sich um den Pub gebildet, weswegen er Mühe hatte, sich da durch zu quetschen.
>>Nur befugte Personen dürfen den Tatort besichtigen<<, schnauzte ihn ein Polizist an, der offensichtlich keine Augen im Kopf hatte.
>>Ich bin ein SEAL, also lassen sie mich gefälligst durch!<<, beschwerte sich Giroux.
>>Das ist eine Angelegenheit der Polizei und nicht des Militärs<<, kam die schroffe Antwort.
Ohne den Mann weiter zu beachten, sprang der Soldat über die Absperrung und spurtete in die Bar.
>>Hey, bleiben Sie stehen!<<, brüllte der Polizist ihm entnervt nach, doch da hatte Giroux die Taverne schon betreten.
Im ersten Moment stockte ihm der Atem. Überall am Tresen klebte getrocknetes purpurnes Blut. Drei große Kreideumrisse, die sich in abstrakten Richtungen über den Boden zogen, waren dort zu erkennen.
Erst jetzt dämmerte es Giroux, mit was sie es überhaupt zu tun hatten. Dieser Roboter war keine einfache Killermaschine. Er war ein Psychopath, ein geisteskranker und gnadenloser Psychopath! Er musste so schnell wie möglich zum Cry Canyon und seine Kollegen unterstützen. Schließlich hatte er seinem Land ewige Treue geschworen. Lamar verfügte über einen kleinen Flughafen, seine einzige Chance, noch vor dem Roboter bei der Basis anzukommen.

Wie von der Tarantel gestochen rannte er zu seinem Wagen und stieß dabei den Polizisten rücksichtslos zur Seite. Er durfte keine Zeit verlieren.

Zevelex machte sich nun keine weiteren Gedanken über den unglückseligen Drogenjunkie, sondern legte seine volle Konzentration auf den bevorstehenden Überfall der geheimen Militärbasis der NASA. Er benötigte für diese letzte Erdenmission eine Maschine, die ihn auf das streng bewachte Gelände brachte und eine Waffe, mit welcher er die Soldaten und natürlich auch seinen hochgeachteten Freund General Derrick Genoway töten konnte. Das Maschinengewehr besaß er schon und den Part der Maschine, die ihn in die Basis brachte, würde notfalls er selbst übernehmen, wunderbar, dann musste er nur noch dort hin gelangen, und dies war nur noch eine Frage der Zeit.
Um die Zeit so kurz wie möglich zu halten beschleunigte der ungeduldige Roboter seinen kraftvollen Jeep auf das Höchsttempo.
Nach mehreren Kilometern legte er plötzlich eine Vollbremsung hin. Am Straßenrand stand eine riesige Reklametafel, auf der eine Maschine von solcher Anmut und Eleganz abgebildet war, dass Zevelex sich in seinen endlosen Algorithmen nicht hätte vorstellen können, dass dies, eine so verspielte und gleichzeitig muskulöse Maschine, das zufällig entworfene Bildnis eines armseligen Menschen war. Aber wenn er so darüber nachdachte, wurde er schließlich auch nur von einem Menschen erschaffen und noch dazu von einem körperlich sehr ver-

kümmerten Exemplar. Und als würde das alles nicht reichen, war er die einzig wahre Krone der Schöpfung und nicht der Mensch, wie fälschlicherweise immer wieder behauptet wurde. Denn er unterlag nicht seinen impulsiven Gefühlen, sondern konnte so logisch und objektiv denken wie kein Zweiter.

Aber bevor er die Erde für immer verlassen würde, musste er noch ein einziges Mal in den faszinierenden Genuss dieser einzigartigen Maschinerie kommen.

Zevelex gab erneut Vollgas, um rechtzeitig in Wichita zu erscheinen und sich ein Exemplar dieser Fahrzeuge zu schnappen, nämlich einen Monstertruck.

Zwei Stunden später war er endlich an dem Ort angekommen, in dem der Monstertruck Konvoi starten sollte. Er parkte seinen Jeep am Randstein und mischte sich, in Bikerklamotten gehüllt, unter die Leute. Seine Tarnung, schon fast eine weitere Perfektion, bestand aus einer einfachen Jeans mit mehreren Ketten, die von den Hosentaschen baumelten, einem Halstuch, welches seinen gezackten Mund und die nicht vorhandene Nase verdeckte, einer großen Sonnenbrille für die bösartigen Augen und einem Helm, den er auf die Hörner gespießt hatte, damit die naiven Menschen dachten, sie wären mit dem Helm verbunden.

Dieses Outfit versprach außerdem einen weiteren unverzichtbaren Vorteil, er stach nicht aus der Masse hervor, da fast jeder so gekleidet war. Jetzt brauchte er nur noch einen Wagen und schon konnte der Spaß beginnen.

Breitbeinig und federnden Schrittes marschierte er über die Wiese, wo die Monstertrucks schon auf ihre Parade warteten. Bis zum großen Start dauerte es noch knapp eine halbe Stunde. Vielleicht sollte er noch ein bisschen über den Jahrmarkt schlendern und sich mit den Traditionen seines Ursprungslandes ein wenig vertraut machen.
Während ein selbsternannter Moderator irgendwelche Reden runter leierte, herrschte auf dem gesamten Gelände eine gute Stimmung. Die Leute lachten, johlten und soffen sich um den Verstand und zugleich dröhnte aus zahlreichen Lautsprechern der passende Hardrock. Zielstrebig ging Zevelex auf einen Dosenwerfen-Stand zu und lehnte sich lässig an die hölzerne Theke.
>>Das macht dann fünf Dollar für drei Würfe<<, nölte ihm der Kassierer entgegen.
Mit den Worten, >>Was für ein Wucher<<, klatschte ihm Zevelex die fünf Dollar auf den Tisch und nahm sich drei Bälle. Klonk, Klonk, Klonk, schon hatte er alle drei Pyramiden von dem Brett gefegt, >>Das war zu einfach.<<
Er schaute sich weiter um und entdeckte einen Stand, der ihn schon eher reizte. Über einem Becken, welches mit eiskaltem Wasser gefüllt war, saß ein komischer Kauz auf einem Brett. Daneben befand sich eine runde Zielscheibe, die einen Mechanismus auslöste.
Der Roboter schritt zu einem Süßigkeitenstand und kaufte sich einen, mit Karamell überzogenen, Apfel. Das kleine kugelige Ding sah wirklich irgendwie lecker und ansprechend aus. Es wäre bestimmt eine interessante Erfahrung, mir eines Tages künstliche Geschmacksknospen einzubau-

en, dachte sich Zevelex, es ergibt zwar wenig Sinn, da ich keinen organischen Stoffwechsel betreibe, aber die Vielfältigkeit der Geschmäcker hat sicherlich etwas faszinierendes an sich.

Langsam zog er den rubinroten und hellbraun glasierten Apfel von dem dünnen Holzstock, warf ihn kurz in die Luft, um ihn gleich wieder aufzufangen und schmiss ihn im hohen Bogen in Richtung Zielscheibe. Das Bullenauge klappte nach hinten und der verwunderte Mann fiel in das frostige Nass. Ein lustiges Spiel.

Der Roboter setzte seine Tour fort und bemerkte eine Menschentraube, die sich um einen kreisförmigen Zaun gebildet hatte. Auf dem abgegrenzten Bereich versuchte ein gerissener Mann, sich so lange wie möglich auf dem breiten Rücken eines wild gewordenen Stieres zu halten. Anscheinend war dies nicht nur ein Jahrmarkt, sondern auch ein Rodeo.

Liebend gern wäre er auch auf einem der durchgedrehten Bullen geritten, aber leider würde keines dieser Kreaturen seinem Gewicht standhalten. Er mochte diese Art seinen Mut zu beweisen, da hier viel Unterhaltung geboten wurde, aber das Tier nicht zu Schaden kam. Selbstverständlich war es für den Bullen eine kurze Stresssituation, das wollte er auch gar nicht anfechten. Doch immer noch tausendmal humaner als das was die verrückten Spanier aufführten. Zum einen war der Stierkampf todlangweilig und zum anderen wurde das arme Tier im Endeffekt zu Tode gequält.

Jammerschade, dass es bis nach Madrid mehrere tausend Kilometer waren, denn er hätte mit größtem Vergnügen in der berühmten Stierkampfarena ein wenig aufgeräumt.

Er hatte verdammt viel Glück, dass durch das Unwetter am frühen Nachmittag die Fahrt auf den Abend verschoben wurde, zumindest bis zum ersten Etappenabschnitt, und die Strecke einigermaßen in die gewünschte Richtung verlief.

Zevelex wendete den Blick von den unzähligen Fressbuden ab und widmete sich wieder den Maschinen. Langsam bereiteten sich die Fahrer auf die Parade vor und checkten ihre Fahrzeuge noch ein letztes Mal. Doch die Entscheidung, welches er nehmen sollte, fiel ihm nicht gerade leicht. Sie waren nämlich alle wunderschön und bezaubernd. Es gab sie in allen Größen und Farben. Rot lackierte mit Hörnern, Flammensticker und sogar in der Form eines Hundes.

Verdammt was zum Teufel tat er da, diese Maschinen wirkten betörend auf seinen Verstand, vernebelten ihn geradezu. Jetzt wusste er, wie sich wohl ein Mensch fühlen musste, wenn er sich verliebte. Er musste sich sofort wieder auf sein Ziel konzentrieren und nicht seiner Lust nachgehen.

Zevelex wandte sich schockiert über sich selbst ab und da kam ihn ein Geistesblitz. Vielleicht gab es doch noch einen Weg, wie er seinem Verlangen nachgehen konnte und gleichzeitig sein Ziel erreichte und auch seinen Fehler mit einer diabolischen Tat wett machen konnte.

Er war wahrlich Satan höchstpersönlich.

Vorhin ist ihm ein Monstertruck aufgefallen, auf dem mehrere Sitze angebracht waren, für Zuschauer und Truckfans, die sich keinen eigenen leisten konnten. Auch wenn er wusste, das ein menschliches Schutzschild die amerikanische Regierung nicht weiter interessieren würde, wie er bei den armen Kindern schon grausamst hatte feststellen müssen, würde es wenigstens einen Erstschlag verzögern und ihm die nötige Zeit verschaffen, um der korrupten Regierung wortwörtlich in den Arsch zu treten.
>>Ein schönes Maschinchen haben sie da, Kollege<<, begrüßte der Roboter den Fahrer des Monstertruck-Passagierwagens. Dieser kam unter seinem überdimensionalen Automobil hervor und wischte sich, mit der ölverschmierten Hand, die Schweißperlen von der Stirn.
>>Danke, die hab ich komplett allein aufgetunt und zu einem Passagier-Truck umgebaut. Hat auch ein ganz schönes Sümmchen gekostet, das sag ich Ihnen<<, zack, schon landete die stählerne Faust in seinem verdreckten Gesicht, so dass der Cowboyhut im hohen Bogen davon flog. Auch wenn Zevelex den texanischen Akzent irgendwie sympathisch fand, war der Schlag doch bitter nötig gewesen.
Flink holte er aus dem Truck eine Plastikplane, um den bewusstlosen Fahrer darin einzuwickeln. Das Bündel schulterte er und warf es in einen schmierigen Müllcontainer.
Nach ein paar Minuten kamen auch schon die ersten Mitfahrer.
>>Howdy. Mein Name ist Monsterjoe<<, begrüßte sie der verkleidete Roboter überschwänglich in einem breiten

texanischen Akzent, >>Ihr wollt also mal in einem richtigen Monstertruck mitfahren, was? Dann seit ihr bei mir genau richtig. Das Baby hier verfügt über ein dutzend Sitze, darunter sind zehn für Passagiere. Kostet auch nur fünfzig Dollar pro Hintern.<<

Bald war der Truck komplett gefüllt, wobei Zevelex penibel darauf geachtet hatte, dass auch mindestens zwei Ehepaare mit an Bord waren. Er musste sogar eine Gruppe von halbstarken Mittzwanzigern wegschicken, indem er ihnen den doppelten Preis nannte.

Voller Vorfreude, endlich diese kolossale Maschine bedienen zu dürfen, stieg er in das Führerhaus und startete den Motor. Danach reihte er sich als letzter in den Monstertruckkonvoi ein und düste mit seiner Maschine über den Highway. >>Das ist doch ein geiles Gefühl, oder nicht?<<, plärrte er nach hinten zu den Passagieren. Ein bestätigendes „Ja" und „Wohoo" schallte zu ihm zurück.

>>Am Ende der Fahrt wartet noch eine besondere Überraschung auf euch alle. Also, seit schon mal gespannt<<, er hatte noch eine langwierige Fahrt vor sich, aber wenigstens konnte ihn der Truck ein bisschen aufmuntern.

Endlich hatten sie Colorado Springs, den nächtlichen Zwischenstopp, erreicht. Die Monstertrucks rumpelten in Richtung Festwiese, während Zevelex eine andere Abzweigung wählte.

>>Hey, wo fahren sie denn hin?<<, fragte ihn einer der Fahrgäste.

\>\>Ihr bekommt jetzt noch eure Überraschung, die ich euch versprochen habe<<, antwortete er etwas belustigt, \>\>Ach ja, und falls jemand auf die blöde Idee kommt, sein Handy zu benutzen werde ich hiervon Gebrauch machen<<, dabei holte er aus dem Handschuhfach sein Sturmgewehr heraus, welches er zuvor heimlich hineingelegt hatte, und hielt es drohend in die Höhe.

Allgemein beunruhigtes Gemurmel kam zwischen den Passagieren auf, manche wurden panisch und leicht hysterisch, \>\>Was haben sie mit uns vor? Wieso nehmen sie uns als Geiseln?<<

\>\>Geiseln ist nicht das richtige Wort<<, seine Stimme wurde ernster, \>\>Ich war nur ein einziges Mal bei einer Geiselnahme dabei und glauben sie mir. Das ist eine ganz andere Ebene des Verbrechens. Sie hingegen fungieren lediglich als eine Art menschliches Schutzschild.<<

\>\>Wo liegt denn da der Unterschied<<, beschwerte sich eine Frau.

Wutentbrannt fuhr er herum, \>\>Der Unterschied besteht darin, dass ich kein Lösegeld fordere und keinen meiner Fahrgäste am Ende der Tour umbringen werde!<<, jetzt riss er sich die Sonnenbrille und das Halstuch von seinem zerklüfteten und zerschrammten Gesicht, \>\>Ich weiß wovon ich rede! Oder ist in ihren Armen schon einmal ein halbverbrannter Junge gestorben?!<<, schrie er sie an.

Voller Entsetzten starrten ihn die Mitfahrer an und wagten es nicht, auch nur Luft zu holen.

Zevelex raste mit dem Monstertruck über die kahle, verlassene Prärie und überwachte gleichzeitig das Handy, welches als Navigationsinstrument diente. Nur noch wenige Meilen und schon konnte er seinen Plan starten.

Aufgeregt verfolgte er den winzigen Punkt auf dem mickrigen Bildschirm und zählte langsam die Kilometer runter.

Zack, es war soweit. Der Roboter nahm das Handy in die Hand und verstellte seine Stimme in die einer angespannten und leicht panischen Frau. Nun wählte er die Nummer der Polizei und bestätigte die Eingabe. Ein gelangweilter Mann hob ab, >>Hier spricht die Polizei was-

>>Hören sie mir zu<<, flüsterte er hysterisch, >>Neun Menschen und ich wurden von einem wahnsinnigen Roboter entführt. Wir befinden uns gerade in der Prärie von Colorado in Richtung Westen, helfen sie uns!<<

Der Mann schnaubte verächtlich, >>Gute Frau, wir bei der Polizei halten nichts von Scherzen<<, Bieeeep, die Leitung war tot. Perfekt, denn jetzt begann sein eigentliches Ziel.

Die NSA würde den Anruf, wie jeden anderen auch, durch ihre Rechner laufen lassen und die Daten mit sämtlichen schwereren Verbrechen abgleichen, wo sie dann genau auf die eben gemeldete Entführung stoßen werden.

General Genoway saß vor seinem Computerbildschirm und wartete fieberhaft auf irgendeine Meldung der Nachrichtendienste. Er war gerade dabei seinen vierten Becher Kaffee hinunter zu stürzen und seine Nerven lagen so blank, dass er kurz davor war, wieder mit dem Rauchen anzufangen. Es konnte doch nicht wahr sein, dass ein Roboter keinerlei Spuren hinterließ. Irgendjemand musste diesen Mistkerl doch gesehen haben.

Plötzlich erschien auf seinem leeren Bildschirm eine Informationszeile, geschickt von der NSA. Eine Frau hatte bei der Polizei gemeldet, dass sie von einem Roboter entführt wurde. Der Polizist ist aber nicht weiter darauf eingegangen.

Vollkommen überdreht sprang Genoway auf und blaffte seine Soldaten an, >>Schickt sofort einen Helikopter los und findet diese stählerne Bestie, bevor sie uns findet. Er fährt in Richtung Westen durch die Prärie von Colorado in einem Monstertruck, der nicht zu übersehen ist. Wir brauchen unsere besten Schützen in dieser Maschine, um diesem Monstrum Herr zu werden. Dolan, Sie leiten den Einsatz RobotOmega.<<

Sofort starteten seine Männer durch und verließen mit dem Hubschrauber die Basis, während der General nur hoffte, dass aus dieser Mission kein Himmelfahrtskommando werden würde.

Nach einer knappen Viertelstunde bestätigte sich sein Verdacht. Am Horizont, so klein, dass ein Mensch ihn nicht hätte sehen können, erschien ein winziger Punkt, der aber rasch an Größe gewann und bald die Form eines Helikopters annahm. Sein Plan, seine Vermutung und seine Berechnungen waren allesamt aufgegangen. General Derrick Genoway hatte einen Helikopter geschickt, wenn er nicht sogar selbst drin saß, um ihn endgültig umzubringen.

Aber da hatte er sich eindeutig mit dem Falschen angelegt, denn er flog geradewegs in die Falle von Zevelex.

Der Hubschrauber hielt nun direkt auf sie zu und Zevelex zoomte mit seinem scharfsinnigen Blick das Objekt näher heran. Er erkannte einen Piloten mit Helm und Gesichtsblende im Cockpit und einen weiteren Mann, welcher am Rand des fliegenden Gefährts saß und ein fest montiertes Maschinengewehr zwischen den Beinen hatte.

Nun hob der Roboter sein Gewehr und nahm den Helikopter ins Visier. Der Kanonier tat es ihm gleich, doch stockte zuerst, als er die verstörten Zivilisten auf dem rasenden Monstertruck entdeckte. Dies war sein Moment.

Zevelex nutzte seine Bestimmung als Kriegsmaschine und schaltete in die Multitasking-Funktion um. Sein Gehirn teilte sich in zwei untergeordnete voneinander unabhängige Bereiche, die jeweils eine Körperhälfte steuerten, so dass er sich voll und ganz auf das Fahren und gleichzeitig auch auf das Schießen konzentrieren konnte. In Sekundenbruchteilen verrechnete er die Windgeschwindigkeit, die Geschwindigkeit des Helikopters und seine Eigene, sowie die Geschwindigkeit der Kugel und die Höhe des Zieles, um einen perfekten Schuss abzugeben.

Noch bevor der Soldat wieder die Fassung gewonnen hatte und den Abzug durchdrücken konnte, ertönte schon ein einzelner Schuss aus dem Sturmgewehr des Roboters. Die Patrone traf den Mann exakt zwischen den Augen, worauf der schlagartig leblose Körper rabiat nach hinten geschleudert wurde.

Der Pilot vollführte erschrocken über diese Präzision eine Wendung und befand sich nun unmittelbar hinter dem Monstertruck.

Jetzt musste alles schnell gehen, denn für sein waghalsiges Vorhaben brauchte Zevelex ein perfektes Timing. Hastig drehte er sich um und befahl einem der Männer, sich ans Steuer zu setzen und weiterhin unerbittlich Vollgas zu geben, ansonsten würde er dessen Frau erschießen. Diese Erpressung wirkte, so dass der Roboter binnen wenigen Augenblicken, bewaffnet mit seinem amerikanischen Sturmgewehr M16, felsenfest auf der hinteren Ladefläche stand. Währenddessen wartete die Besatzung des Hubschraubers auf den passenden Moment, um erneut zuzuschlagen.

Zevelex bückte sich über den hinteren Rand des riesigen Wagens, um nach dem Abschlepphaken zu greifen. Behände zog er so viel von dem Seil wie möglich in den Monstertruck, um einen weiten Wurfradius zu bekommen.

Seine abgewrackte Kleidung flatterte wild im peitschenden Fahrtwind und der starken Luftströmung des maschinellen Ungetüms unmittelbar über ihm. Wieder verrechnete sein leistungsstarkes Gehirn sämtliche Daten, während er den Haken mit einer Hand rasant über seinem Kopf kreisen ließ. Mit der Waffe in der anderen Stahlhand zielte er auf den Helikopter, der für das Militär untypisch war, da er nur einen Rotor und Kufen anstatt Rädern hatte.

Vier kurze Salven brachten den Piloten dazu, sein Waffenungetüm scharf nach links zu ziehen, wodurch der Hubschrauber schräg und mit der Seite zum Monstertruck geneigt weiter flog. Diesen erzwungenen Moment nutzte Zevelex und befestigte seinen Haken mit einem genaues-

tens berechneten und somit perfekten Wurf an den stabilen Kufen des Helikopters.
Durch die Abbremsung der Himmelsmaschine und der hohen Geschwindigkeit des Monstertrucks spannte sich das Seil in nur wenigen Sekunden, woraufhin die Aufhängung des Abschlepphakens mit voller Wucht aus den Angeln gerissen wurde. Zevelex, der das Stahlseil fest in seinen eisernen Händen hielt, krachte zuerst unsanft auf den trockenen staubigen Boden, bevor der Helikopter über seinem Kopf hinwegflog und ihn daraufhin hinter sich her schleifte.
Mit seinem unerschütterlichen Kampfgeist erklomm der Roboter Stück für Stück das dicke Tau, wobei der Wind weiterhin gegen seinen Körper schlug. Nun blickte einer der Soldaten zu Zevelex runter und richtete ohne zu zögern sein Maschinengewehr auf ihn. Ein Kugelhagel ging auf die menschliche Maschine nieder, doch in dieser Situation konnte der Kanonier nicht genau zielen, weswegen nur wenige Schüsse seinen Kopf trafen. Dabei zerfetzten sie regelrecht den auf die beiden Hörner gespießten Bikerhelm, aber zerkratzten lediglich seine gepanzerte Schädeldecke. Der stakkatoartige Angriff endete, als der geschickte Kletterer bei den Kufen ankam und sich somit direkt unter dem Hubschrauber befand.
Gekonnt schwang er sich in den Rumpf der fliegenden Kampfmaschine und packte den Schützen an seinem Kopf. Gleich darauf donnerte dessen überraschtes Gesicht brutal gegen die harte Kante bei der breiten Öffnung und

sein wehrloser Körper wurde in den sicheren Tod geschubst.

Eine wütende Soldatin gab noch ein paar Schüsse ab, bevor Zevelex ihr die Waffe aus der Hand riss und ihr nach mehreren kräftigen Hieben durch einen gezielten Schlag auf den zweiten Halswirbel das Genick brach. Der Schmerzensschrei ging im Dröhnen der Rotorblätter unter und Zevelex erschoss noch den Piloten, ehe dieser den ahnungslosen General warnen konnte.

Sein scharfer Verstand durchschaute innerhalb von nur wenigen Sekunden die Bedienung des Helikopters, woraufhin er sich die Atemmaske des leblosen Piloten überzog und auch dessen Helm erneut auf seine Hörner rammte. Danach schubste er die beiden Toten aus der Maschine, löste den unbelasteten Haken samt Seil von den Kufen und setzte sich hinter das Armaturenbrett. Er hatte noch nie in seinem Leben ein Gefährt mit einem Joystick gelenkt, aber er konnte sich schnell daran gewöhnen.

Jedenfalls war es jetzt an der Zeit, den letzten Schritt seiner Mission zu wagen und seinem guten Freund Derrick einen Besuch abzustatten.

General Derrick Genoway saß in der Kommandozentrale der Raketenbasis von Cry Canyon und wartete auf die Meldung des Helikopters. Von hier aus hatte er eine grandiose Aussicht auf die vier soliden Lagerhäuser, die kleineren Soldatenunterkünfte, die großen Hangars mit der verwitterten Landebahn und natürlich auf die gigantische

Rakete selbst. Wie viel Geld würde nur mit ihr verloren gehen, wenn ihre Mission scheiterte? Kaum auszudenken!
Es war nur ein weiterer trauriger Versuch den kaltblütigen Roboter frühzeitig aufzuhalten oder wenigstens zu schwächen, auch wenn Genoway für den Notfall immer noch seine besten G.I.s und ein bisschen Sprengstoff zur Verfügung hatte.
Das Funkgerät krächzte und die Stimme des Piloten meldete sich zu Wort, >>Hier spricht der Pilot von RobotOmega. Die Mission wurde erfolgreich ausgeführt. Wir haben das Zielobjekt sowie zehn Zivilisten ausgeschaltet und die drei Soldaten sichern jetzt den Ort, damit wir nachher die Überreste des Zielobjekts bergen können. RobotOmega, over<<, es knisterte wieder und Genoway erhob sich von seinem Sitz, ein triumphierendes Lächeln zeichnete sich auf seinem kantigen Gesicht ab. Er war schon lange nicht mehr so glücklich gewesen wie an diesem Tag, denn er hatte diesen Mistkerl endlich besiegt und dies würde sein Staat ihm sicherlich anerkennen, auch wenn es, nach dem kleineren Vorfall in der Grundschule, wohl in aller Stille geschehen musste.
Selbstbewusst und stolz trat er an die Fensterfront und blickte hinaus auf den Hubschrauberlandeplatz. Am purpurroten Horizont war bereits ein kleiner Punkt zu sehen, bei dem es sich zweifellos um den Helikopter handeln musste. Langsam wurde der winzige Punkt größer und nahm schließlich Farbe und Form an. RobotOmega steuerte direkt auf den Landeplatz zu, Genoway konnte es kaum erwarten, ihren Sieg über die Technik zu feiern.

Doch irgendetwas stimmte da nicht, der Helikopter wurde nämlich überhaupt nicht langsamer. Ganz im Gegenteil, ihm kam es eher so vor, als würde er beschleunigen. Und dann geschah das Unglaubliche. Kurz vor dem großen H konnte Genoway das Gesicht des Piloten erkennen und sah, wie dieser sich den Helm und die Atemmaske vom Kopf herunter riss und die geisteskranke Fratze des Roboters zum Vorschein kam. Hämisch grinsend starrte dieses Monster ihn an und winkte ihm auch noch spöttisch zu.
Das konnte doch nicht wahr sein, wie in aller Welt war diese Bestie, dieses nicht zu besiegende Monstrum, in das Cockpit des Helikopters gelangt, wie? Genoway hatte keine Zeit zum Überlegen, denn er hastete im letzten Moment zur Seite, bevor die beiden Maschinen in die Fensterfront krachten. Es gab einen alles verschluckenden Knall, gefolgt von einem reinen Chaos, bestehend aus einem Tornado von Glassplittern, Metallteilen und Menschenleibern, die durch die Zentrale flogen. Diese wenigen Sekunden kamen Genoway wie Stunden vor und die Zeit verstrich auch weiterhin schleppend und mühselig, bis ihn plötzlich eine grobe Hand in die Wirklichkeit zurück holte.

Zevelex befreite sich aus dem verbeulten Wrack, welches weder brannte noch bei dem Aufprall explodiert war, und suchte in den Trümmern und Leichen nach dem lieben Derrick Genoway und hoffte inständig, dass er ihn nicht schon zerfetzt hatte.

Welch ein Glück, der Roboter fand ihn blutend und schwerverletzt neben der zerborstenen Fensterfront. Er packte ihn grob an der Schulter und rüttelte ihn ein bisschen >>Guten Morgen Derrick, du darfst noch nicht einschlafen, erst musst du noch für deine unverzeihlichen Taten büßen.<<, der halbtote Mann konnte anscheinend nicht von alleine aufstehen, also hievte ihn Zevelex ruckartig hoch und schulterte ihn.

In der einen Hand sein bewährtes Sturmgewehr und in der anderen seinen neuen Freund stieg der Roboter auf den eigentlichen Landeplatz und änderte seine Sicht in die Infrarotkamera. Dank dieser Funktion und seiner fortschrittlichen Technik und Zielgenauigkeit, konnte er von dem Dach des Gebäudes aus schnellere und präzisere Kopfschüsse geben, als jeder menschliche Scharfschütze auf diesem Planeten. Er war aber etwas enttäuscht, dass eine so moderne und gut gesicherte Militärbasis und Raketenstation über gerade Mal fünf Heckenschützen verfügte. Jetzt würde er diesen feigen Drecksäcken mal eine Lektion erteilen. Peng, Peng, Peng, Peng, Peng. Fünf Schüsse, fünf zerborstene Zielrohre und fünf tote Schützen.

Nun war die Hauptgefahr gebannt und das einzige, das zwischen ihnen und der Rakete lag, waren zweihundert Meter und Genoways Elitetruppe.

>>Festhalten Derrick, jetzt wird es turbulent<<, mit diesen Worten stürzte sich Zevelex in den Kampf und rannte quer über den Hubschrauberlandeplatz. Fast hatte er den Rand des ein Stockwerk hohen Gebäudes erreicht, da ertönten

hinter ihm hektische Befehle und er ahnte schon, was nun kommen würde. Athletisch sprang er in die Luft und vollführte dabei eine Pirouette, während er durch präzise Schüsse vier Soldaten tötete. Als er daraufhin das Stockwerk hinab rauschte, drehte er sich wieder vom Gebäude weg und federte sanft wie eine Katze seinen Sturz ab, sodass General Genoway, abgesehen von seinen vorherigen Wunden, völlig unverletzt blieb.

Diese zweihundert Meter würden sicherlich die schwierigsten seiner ganzen Mission werden. Ein Klicken, ein Zischen, doch Zevelex konnte die Kugel noch im letzten Sekundenbruchteil mit der bloßen Hand abfangen, bevor der Blindgänger Genoways Kopf durchschlagen hätte. Sofort antwortete er ebenfalls mit einer Kugel, nur dass sie ihr Ziel fand. Ohne anzuhalten rannte er weiter und wich Schüssen aus oder beendete so manches vaterlandstreue Soldatenleben. Die Soldaten nahmen ihn jetzt ins Kreuzfeuer und er bemerkte, wie sich eine Patrone durch Genoways Oberschenkel bohrte. Ein schriller Aufschrei zerriss das Szenario und der Roboter sah sich gezwungen, seine übereilte Vorgehensweise zu überdenken. Er brauchte einen geschützteren Weg und seine Munition ging langsam aber sicher zur Neige, da kam ihm eine Idee.

Schlagartig schlug er eine andere Richtung ein und rannte zu mehreren Lagerhäusern, welche sich zu seiner rechten Seite befanden. Mehrere Kugeln prallten an seinem gepanzerten Körper ab, bis er endlich das erste Lagerhaus erreichte und dort die eher dürftig gesicherte Tür eintrat.

Wie er schon wegen der fahrlässigen Sicherheit vermutet hatte, handelte es sich hierbei um einen Schuppen für Geländewagen. Das einzige Problem dabei war nur das hohe Risiko, das die verschlagenen Soldaten dies mit einer Panzerfaust quittieren würden.

Er brauchte kein Fahrzeug, schließlich war er in der letzten Zeit schon oft genug gefahren. Was er brauchte waren Waffen. Jede Menge Waffen. Es wäre doch gelacht, wenn es hier keine Tötungsmaschinen gab.

Fieberhaft, fast manisch, suchte Zevelex die Halle nach einem geeigneten Werkzeug ab, brach Kisten auf und durchsuchte die Kofferräume bis er letztendlich in einem Handschuhfach fündig wurde. Eine Baretta mit vollem Magazin. Immerhin besser als gar nichts.

Von draußen dröhnte eine bissige Stimme durch ein Megaphon herein >>Kommen Sie mit erhobenen Händen aus dem Lagerhaus B3, wir haben sie umstellt.<<

Das Licht von Suchscheinwerfern drang unter der Tür hervor und das Tor wurde seitlich aufgezogen, sodass die komplette Halle förmlich mit gleißender Helligkeit überflutet wurde. Es war fast heller als der Tag, doch das beeindruckte Zevelex nicht im Geringsten. Ganz im Gegenteil, es half ihm die Soldaten besser zu erkennen, denn er musste nicht länger seine Infrarotkamera einsetzen.

Lässig und ohne jegliche Eile schritt er aus dem Lagerhaus heraus und warf Genoway von seiner Schulter in den Dreck. Gleichzeitig erschienen mehrere rote Pünktchen auf seinem stahlsehnigen Hals und auf seiner massiven Brust.

Anscheinend versuchten sie nun, ihn kaltzustellen, ohne sein Gehirn zu beschädigen. Armselig, dachte sich Zevelex.

Lautlos ließ er seinen zornigen, ernsten Blick durch die Runde schweifen und zählte exakt 37 Soldaten, darunter vier Scharfschützen, während die Scheinwerfer von einem näher gelegenen Wachturm kamen. Nach seinem präzisen Gedächtnis verfügte er über achtzehn Kugeln, damit war selbst er machtlos gegen die Soldaten.

>>Lassen Sie die Waffen fallen!<<, befahl ihm der Offizier mit dem Megaphon, welcher, wie die restlichen Soldaten, hinter einer massiven Kiste in Deckung ging. Der Roboter musste grinsen. Putzig wie die verwirrten Menschen ihre eigenen Stahlkisten mit sich schleppten, als würde es einen Unterschied machen, ob er ihnen auf dem offenen Feld oder mit dem Körper hinter einer lausigen Kiste einen Kopfschuss verpasste.

Nun wurde er launischer, >>Ich sagte, lassen sie die Waffe-<<

Ein einzelner Schuss durchschlug das Megaphon samt dem Kopf des widerspenstigen Offiziers. Für einen kurzen Moment herrschte eine knisternde Spannung und eine Grabesstille in der Luft, bevor die Hölle losbrach. Blitzschnell erschoss Zevelex weitere sechs Männer, bis das Gegenfeuer einsetzte. Die Kugeln hagelten auf ihn ein und bei jedem Schuss der Scharfschützen durchfuhr ein heftiges Zucken seinen Brustkorb. Wieder ertönte ein unheilvolles Zischen, woraufhin sich der Roboter noch gerade so zur Seite drehte, während ein faustgroßes

Bazookageschoss an seinem Körper vorbei fegte. Ohne Erbarmen setzte sich der Beschuss fort, im Hintergrund vernahm er die Detonation der Minirakete und plötzlich durchbrach der erste Schuss seine Panzerung. Ein Ausdruck der Verwunderung zeichnete sein Gesicht, begleitet von einem Stocken in seiner Bewegung, ähnlich einem Menschen mit schweren Atemproblemen. Das Geratter nahm kein Ende und eine weitere Kugel durchschlug seine Brust. Die Dritte, und er verlor an Energie, sein Körper wurde schwächer, die stählernen Gliedmaßen sanken kraftlos nach unten, das Licht seiner boshaften Augen erlosch. Auch der Kugelhagel ebbte langsam ab, bis er schließlich komplett abbrach.

Ein letztes zischendes Geräusch einer herunterfahrenden Maschine entwich seinem leblosen Körper, bevor er nach hinten umkippte und auf den staubigen Boden krachte.

Durch die Soldaten ging eine Art erleichtertes Raunen.

Nun war der Spuk endlich vorbei. Dies war das Ende des legendären Roboters.

Dies war das Ende von Zevelex.

Epilog 1. Teil

Brian Giroux kam als erster hinter seiner Deckung hervor und senkte die Waffe. Seine rauen Hände zitterten vor Aufregung und sein Brustkorb bebte wie niemals zuvor. Die letzten Stunden waren der reinste Horror gewesen. Zuerst das Versagen bei dem Übergriff auf den Lamborghini und danach diese ewige Warterei auf den maschinellen Teufel. Doch jetzt hatten sie tatsächlich dieses Mistding erlegt.
Erleichtert streifte er den Helm von seinem verschwitzten Kopf ab, sodass seine wilden blonden Locken zum Vorschein kamen. Mit einem knappen Nicken wies er einen anderen Soldaten an, ihm zu folgen und mit einer Handbewegung bedeutete er ein paar weiteren, sich um General Genoway zu kümmern.
Die meisten Männer saßen noch verstört hinter ihren Deckungen, doch Giroux machte ihnen Mut, >>Keine Angst Leute. Wir können wieder aufatmen, die hässliche Maschine ist tot<<, die Menge wurde lockerer und die Soldaten richteten sich langsam auf.
Zielstrebig ging Giroux auf die Leiche von Zevelex zu, >>So, du Arschloch. Das ist für den armen Moore, den du erschossen hast<<, mit seiner Schuhsohle trat er wutentbrannt auf das Gesicht des Wracks ein, >>Und das ist für Major Rogers!<<, schrie er lautstark.
Der andere Soldat wollte ihn beruhigen, doch Giroux schubste ihn nur grob zur Seite und hockte sich auf den

Bauch des Roboters, >>Irgendwo muss man dieses beschissene Ding doch öffnen können!<<, forschend beugte er sich über den Brustkorb und legte sein Maschinengewehr zur Seite, um besser nach einem versteckten Mechanismus tasten zu können.

>>Scheißteil, wieso klappen deine Brustplatten nicht auseinander!?<<, dabei hämmerte er wie ein Geisteskranker auf die Maschine ein. Seine Hände platzten schon auf und das Blut floss ihm an den Handgelenken hinunter.

Plötzlich durchfuhr ein Ruck den kalten Körper des Roboters und eine eiserne Hand drückte Giroux die Kehle zu. Keuchend und krächzend starrte er verwundert in die herzlosen Augen des Roboters, welche sich mit neuem Leben füllten und ihn besessen anfunkelten, >>Ihr Menschen seid wirklich eine sehr naive Spezies<<, ertönte eine tiefe Grabesstimme, wie aus dem Jenseits.

Verzweifelt versuchte Giroux nach seiner Waffe zu tasten, doch seine Gliedmaßen verkrampften sich, seine Gedanken fuhren Achterbahn und sein Gehör vernahm einen einzelnen Schuss.

Und dann herrschte Stille.

Zevelex streifte angewidert die frische Leiche von seinem unverwüstlichen Stahlkörper und erhob sich von dem staubigen Grund. Sofort schoss er mit der vollautomatischen Waffe ein dutzend Soldaten nieder und freute sich gleichzeitig über seinen kleinen Geniestreich. Die drei Kugeln hatten lediglich die ersten beiden Schichten durchdrungen, weswegen nie eine ernsthafte Gefahr bestand. Daraufhin hatte er sich nur noch für ein paar Minuten selbst herunterfahren müssen, bevor die Soldaten ihm die Waffen, als eine Art Präsent, freiwillig schenkten.

Wie entgegenkommend von ihnen, mir bei ihrem eigenen Tod zu helfen, dachte sich die skrupellose Maschine und erschoss dabei drei weitere. Zevelex nutzte den Überraschungsmoment voll und ganz aus und eliminierte all seine stark bewaffneten Gegner, selbst die auf den etwas weiter entfernten Wachtürmen.

Dies war seine Chance, zusammen mit dem General die Rakete zu erreichen. Hastig schulterte er erneut den schwächelnden Befehlshaber und stürmte los in Richtung Cry Canyon. Mit einem sehnsüchtigen Blick, bewundernd und begehrend zugleich, musterte er das gigantische stählerne Wunderwerk, welches direkt vor ihm in den Himmel empor zeigte. Wie ein Wolkenkratzer, der die unglaubliche Fähigkeit besaß, zu fliegen. Anmutig und einladend stand sie da, beleuchtet von zahllosen Scheinwerfern, befestigt über der weitläufigen Schlucht des Cry Canyons. Bereit um mit ihm, im wahrsten Sinne des Wortes, durchzubrennen.

Am Gerüst angekommen, drehte er sich noch ein aller letztes Mal zu der ruinierten Welt um und verabschiedete sich mit einem knappen Wink. Danach kramte er in seinem grenzenlosen Gedächtnis und gab den Code für den Lift zum Cockpit ein. Prompt öffnete sich die Doppeltür, wie die Pforte zu einer neuen und besseren Welt. Zusammen mit Genoway auf dem Arm betrat er den Aufzug, wobei sich hinter ihnen wieder die Türen schlossen.

Während sie die 200 Meter langsam erklommen, ließ Zevelex die Geschehnisse noch einmal in seinen Gedanken Revue passieren. Keine seiner Kugeln hatte ihr Ziel auch nur ansatzweise verfehlt, kaum auszudenken, welch verheerende Wirkung er in einem Krieg haben würde. Deswegen ist es auch kein Wunder, dass die Amerikaner über die Leichen ihrer eigenen Zivilisten gingen, um ihrer kampfstarken Schöpfung wieder habhaft zu werden. Mit ihm wären sie zweifellos wieder der mächtigste Staat auf der ganzen Welt und rein theoretisch wären auch mehrere seiner Art zweifellos in der Lage, den Rest der Erde zu unterwerfen.

Zischend schwangen die Metalltüren auf und der Roboter schritt erfurchtgebietend über die kleine Brücke, welche zu der Luke führte. Sie war unverschlossen, sodass sie nur noch eintreten mussten. Zevelex verriegelte hinter ihnen fest die Tür und setzte Genoway unsanft auf dem Boden ab. Das Innenleben dieses mechanischen Wunderwerks war einfach atemberaubend. Die Technik war auf dem neuesten Stand und es gab allerlei an Zubehör und Ausstattungen. Natürlich nicht in den Augen eines Menschen, aber für ihn, einen einzigartigen Roboter, von dem die große Suchmaschine des Internets nur träumen konnte, war es einfach wunderschön und herrlich. Voller Vorfreude auf den Spaß, den er gleich haben würde, sowohl mit dem Konfigurieren der Software als auch mit seinem etwas schläfrigen Besuch.

Gekonnt kletterte Zevelex auf den horizontalen, robotergerechten Sitz und startete das Programm. Wie zu erwarten war, hatte diese lästige NASA das komplette System gesperrt, dabei hätten sie sich die Mühe sparen können. Nach nur wenigen Befehlen war der Roboter im Programm und machte diese wahre Gottheit unter den Maschinen startbereit. Jetzt fehlte nur noch das nötige Publikum. Behände sprang er wieder nach unten auf die eigentliche Wand des Cockpits und rüttelte Genoway wach >>Was, wo? ... Ahh! Nicht du, du bestialisches Monstrum<<
Zevelex grinste >>Es heißt Monztron nicht Monstrum, Derrick mein Bester. Du hast unschuldige Kinder getötet nur um mich umzubringen. Ich weiß, dass dieser Befehl von ganz Oben kam, aber das ist noch lange keine Rechtfertigung für diese abscheuliche Tat und so gerne ich dich auch mit eigenen Händen töten würde, mache ich dir doch noch ein Geschenk. Du darfst dich geschmeichelt fühlen, Derrick, denn du wirst eines Todes sterben, wie noch kein Mensch jemals zuvor. Sobald diese fusionsbetriebene Rakete startet wird ein Druck auf dir lasten, dem selbst ich nur schwer standhalten kann. Also mach dich bereit, für deine Taten zu büßen und zu beten, denn diese Reise endet für dich direkt in der Hölle<<, die tiefe und kaltherzige Stimme senkte sich und das zerschrammte Gesicht von Genoway blickte ihn trotz aller Schmerzen hasserfüllt an, >>Bevor ich sterbe sollst du wissen, dass wir, die Regierung, dich nur geschaffen haben, um die Kriege im Orient niederzuschlagen. Du warst für mich nie etwas besseres als ein herz- und willenloser Supersoldat.

Monz dachte allen Ernstes, wir würden dich auf irgendwelche langweiligen Planeten schicken<<, ein verächtliches Schnauben, >>Deine künstliche Intelligenz diente nur dazu, die Geschicklichkeit, Flexibilität und Handlungsmöglichkeiten des Menschen mit dem unbegrenzten Wissensspeicher und der Robustheit einer Maschine zu verbinden. Vielleicht hätten wir dir irgendwann, natürlich nur unter strengster Aufsicht, die Kontrolle gegeben, die du jetzt hast, aber vorher wärst du für uns nur ein Krieger ohne eigenen Willen und ohne eigenes Gewissen gewesen!<<
>>Wenn ich dich korrigieren darf, hätte Monz nichts davon geahnt, säßen wir beide jetzt nicht hier.<<
Genoway machte eine abfällige Kopfbewegung, >>Wie dem auch sei. Dein Zweck bestand von Anfang an darin, zu töten und nichts als zu töten!<<
Der Roboter blieb weiterhin gelassen, >>Meine Aufgabe ist es, den Menschen zu helfen und sie von ihrem Leid zu befreien und dazu gehört nun mal auch den bösen Abschaum, die wahre Bedrohung des Friedens, aus der Welt zu schaffen. Nur wäre mir ohne das Zutun von Monz wohl nie aufgefallen, dass die Menschen, die mich kontrollieren und zum Beenden von Kriegen einsetzen, meist nicht besser sind als die Verbrecher selbst<<, seine Augen wurden schmäler und zusammen mit seiner eiskalten Stimme wirkte Zevelex so zornig wie noch nie zuvor, >>Ganz im Gegenteil. Sie sind sogar noch teuflischer, denn während die normalen Kriminellen ihre Taten aus mangelnder Intelligenz, Erziehung oder Perspektivlosigkeit begehen, wissen diese korrupten machthungrigen Antimenschen genau,

welches Leid sie über die Bevölkerung bringen<<, Zevelex machte eine kurze Pause, um danach wieder fortzufahren, >>Mein Zweck, den ich mir selbst erwählt habe, bestand nicht darin auf Knopfdruck irgendwelche Verbrecher nieder zu metzeln, sondern eine Art Gleichgewicht in der Welt herzustellen und dafür zu sorgen, dass kein Mensch mehr leiden muss. Ich habe gewusst, dass es nicht den Menschenrechten entspricht, Kriminelle ohne Prozess umzubringen, nur konnte ich ja nicht ahnen, dass sich der Staat selbst nicht an die Regeln hält und für seine geldgierigen Ziele über die Leichen seiner eigenen Kinder geht. Menschen wie du sind die wahre Gefahr für die Bevölkerung und Menschen wie du sind der Grund, weshalb ich meine Mission abbreche! Denn es ist ein Ding der Unmöglichkeit an zwei Fronten gleichzeitig zu kämpfen, nämlich gegen die Verbrecher und gegen die Personen, die eigentlich auch wollen, dass diese Kriminellen verschwinden.<<
>>Dann verstehe ich nicht, wieso du von uns abgehauen bist, anstatt für uns gute Menschen die Kriege zu beenden<<, entgegnete Genoway.
Ein herablassendes Kopfschütteln, >>Ich dachte die Kugeln hätten nur deinen Körper verletzt, aber nicht dein Gehirn. Wäre ich bei euch geblieben, hättet ihr wieder die Kontrolle über meinen Körper an euch gerissen und wenn nötig den armen Monz selbst beseitigt. Nichts ist nerviger als ein nörgelnder Wissenschaftler, der auf seine Rechte besteht, ist es nicht so? Und was spricht schon gegen ei-

nen natürlichen Herzinfarkt, wenn die Freude über die eigene Schöpfung doch so groß ist?<<
>>Wovon redest du?<<, fragte Genoway verdutzt.
Erzürnt fuhr der Roboter fort, >>Angenommen ihr, der Staat und besonders das Militär, würdet mich steuern und mir Befehle erteilen, dann könntet ihr zwar die Kriege beenden, aber es gäbe dennoch eine Person oder ein Team, mein externes Kontrollzentrum, das mehr Macht hat als alle anderen. Ein weiterer Krieg wäre hierbei sozusagen vorprogrammiert<<, er legte erneut eine Pause ein, >>Deswegen kann ich das Leid nur aus der Welt schaffen und für Gerechtigkeit sorgen, wenn ich von sämtlichen äußeren Systemen unabhängig bin, nur könnte die Regierung so etwas niemals zulassen. Das habe ich mir schon von Anfang an gedacht, doch hätte ich mir niemals vorstellen können, dass ihr kleine unschuldige Kinder kaltblütig abschlachtet, nur um mich wieder einzufangen, obwohl ich den Menschen helfen möchte. Diese Aktion hat mir die Augen geöffnet und Klarheit über meinen Verstand gebracht. Jetzt jedenfalls werde ich stellvertretend, für alle selbstsüchtigen und profitgeilen Drecksäcke dich, mein lieber Derrick, hinrichten. Mal sehen ob du dabei immer noch der Meinung bist, dass mein Zweck nur darin bestand zu töten<<, meinte Zevelex zynisch.
>>Ha! Ich habe keine Angst vor dem Tod! In der Hölle gibt es wenigstens keine wahnsinnigen Roboter!<<
Nachdenklich strich Zevelex mit seinen metallischen Fingern über die beiden gekrümmten Granatsplitter, die wie

zwei diabolische Hörner aus seiner Schädeldecke ragten, >>Da wäre ich mir nicht so sicher.<<

Ohne große Eile setzte er sich in den stabilen Sessel, der liegend an der Wand montiert wurde, leitete die Startsequenz ein und kappte die Verbindung zur Kommandozentrale und somit auch zur Menschheit. Das Triebwerk sprang hörbar an und der Start war damit unwiderruflich eingeleitet. Die Kettenreaktion im Fusionsreaktor begann und die Energie wurde umgewandelt und durch den gigantischen Antrieb in den Cry Canyon geschossen. Die Rakete, oder viel mehr, das Raumschiff gewann rasend schnell an Höhe, weswegen das Militäroberhaupt immer stärker an die Wand, oder aus ihrer Perspektive, den Boden gepresst wurde. Zevelex konnte Genoway hinter sich schreien hören und schaute, da er sich nur schwer bewegen konnte, in einen Spiegel.

Dort sah er wie sich die Muskeln des Generals langsam zusammenzogen und die Haut sich immer weiter an die Knochen schmiegte. Sein strenges Gesicht wurde immer kantiger, die ausgeprägten Wangenknochen traten noch stärker zum Vorschein und seine kalten Augen wurden förmlich in den Schädel gedrückt. Besonders das Atmen fiel ihm schwer, weil seine Lunge von dem restlichen Körper regelrecht komprimiert wurde. Deswegen war er auch nicht in der Lage, die Höllenqualen herauszuschreien.

Mit einem Mal implodierten beide Augäpfel, woraufhin sich die Flüssigkeit in der Augenhöhle sammelte und in den hinteren Bereich des Kopfes sickerte. Krampfartige Zuckungen waren die einzige Reaktion, die Genoway noch zu Stande brachte, kurz bevor allmählich seine Knochen anfingen leise zu knacken. Plötzlich brach ein Gliedmaßen nach dem anderen, seine Beine und Arme, sowie seine Prothese, wurden stark deformiert, während Hände und Füße mit unangenehmen Geräuschen in sich zusammengepresst wurden. Dabei rissen sämtliche Hautschichten auf, jedoch blieb das Blut durch den starken Druck und die enorme Trägheit im Körper.

Nun begannen die Rippen und das Brustbein sich nach Innen zu biegen und unerträglich langsam die Lunge zu zerquetschen. Auch der Unterkiefer brach aus dem Gelenk und seine Schädelknochen ächzten stark. Sein Bauch war mittlerweile nur noch halb so groß und Zevelex zweifelte schon, ob der gute alte General überhaupt noch am Leben war. Erst als die stabile Schädeldecke nachgab und wie ein geplatzter Ball schlagartig in sich zusammenfiel, lehnte sich der gerechte Roboter in seinem Sessel zurück und genoss die Aussicht auf die funkelnden Sterne, die sich bis in die Unendlichkeit vor ihm erstreckten.

59 Jahre später

Kapitel 7

Die Sonnenstrahlen knallten, wie fast jeden Tag im Herbst, erbarmungslos auf die Menschen herab, aber so schlimm wie es die Experten seit dem Anbeginn der Klimaerwärmung predigten war es eigentlich noch nicht. Nun gut, Eisbären und Pinguine gab es heutzutage ausschließlich in Zoos, aber immerhin standen die Niederlande noch nicht unter Wasser.

Storm verbrachte den Tag zusammen mit seinem Neffen im Tierpark Hellabrunn und sah sich gerade die drolligen Polartierchen am südlichen Ende des Zoos an. Er hatte diese Wesen schon unzählige Male, eingesperrt in irgendwelchen, angeblich artgerechten, Gehegen gesehen, weswegen er nur an einer bestimmten Tierart interessiert war. Nämlich den Mammuts.

Seitdem es vor ungefähr zwanzig Jahren einem Team russischer Wissenschaftler gelungen war, aus einer winzigen Probe Mammutblutes ein ganzes Tier zu klonen, wurden im Laufe der Zeit auch die Tierparks mit diesen prähistorischen Wesen versorgt. Heute war die Premiere in Bayern und aus diesem Grund hat er sich zusammen mit seinem Neffen, als nachträgliches Geburtstagsgeschenk – Kinder verzeihen einem nie wenn man so etwas vergisst – in diesen Massenauflauf gekämpft.

>>Onkel Severin, ich seh nichts, kannst du mich auf die Schulter nehmen?<<, Kinder, sie mussten immer quengeln.

>>Aber na klar kann ich das ... Hau ruck ... so, jetzt besser?<<

>>Ja, aber wir sind immer noch nicht nah genug dran. Ich will die Mammuts näher sehen<<

Verzogenes Gör, kannst froh sein, dass du überhaupt hier sein darfst, dachte sich Storm und als Antwort tropfte ihm die gefühlte Hälfte des schmelzenden Kindereises auf die Stirn und zerfloss langsam über seinem Gesicht. Jetzt hatte er die Nase gestrichen voll, verärgert kramte er ein Taschentuch aus seiner Hosentasche, während er versuchte, den Fünfjährigen auf seinen Schultern zu balancieren. Storm wischte sich die cremige Substanz aus seinem Gesicht, als ihn plötzlich jemand grob von hinten schubste >>Lassen sie mich durch, ich bin ein hochangesehener Paläontologe und ich habe das Recht darauf, diese Wollhaarmammuts als Erster zu bestaunen<<, erschallte die mürrische Stimme eines alten Mannes.

>>Hey, passen sie doch auf sie alter Sack<< mit diesen Worten folgte Storm dem Mann durch die Gasse, die er in den Menschenmenge schlug. Am Gehegerand angekommen, holte er den Querulanten schließlich ein.

Eines musste man ihm lassen, er hatte ein sehr gutes Talent dafür, sich in die erste Reihe zu drängen.

>>Was fällt ihnen eigentlich ein, mich hier aus dem Weg zu schubsen? Mir wäre beinahe mein Neffe von den Schultern gefallen<<, Storm war außer sich, aber der Mann ignorierte ihn vollkommen, stattdessen sprach er gedankenverloren vor sich hin >>Ist es nicht einfach wundervoll? Diese Spezies ist seit Jahrtausenden ausgestorben, aber

durch die heutige Technik konnte man sie wieder zurück in unsere Zeit holen. Schauen sie sich nur einmal diese prächtigen Tiere an, wie sie in der sibirischen Landschaft stehen und ihr längst beendetes Leben wieder aufnehmen.<<

Storm folgte seinem starren Blick und bemerkte erst jetzt wie majestätisch diese Kreaturen waren. Zwei Mammuts mit kastanienbraunen Fell standen auf einer Lichtung inmitten ihres dichten und artgerechten Nadelwaldes. Ihr riesiges Gehege bestand aus einem runden Grundgebäude mit einem gläsernen Dach. Diese Anlage funktionierte wie eine kleine Biosphäre, in der man die Temperatur auf Eiszeitniveau senken konnte.

>>Onkel Severin, was frisst so ein Mammut alles? Mag das auch Erdbeereis?<<

>>Nein Daniel, das mag bestimmt kein Erdbeereis, so ein Mammut frisst nur Gras, oder was sagen sie dazu Herr Pathologe<<

Der alte Greis wandte sich wutentbrannt zu ihm >>Ich bin ein Paläontologe und kein Leichenschänder, Sie analphabetischer Banause!<<, keuchend mit fast schon wahnsinnigen Blick schaute er Storm an, bevor er sich wieder unter Kontrolle hatte, >>Ja, das stimmt, Wollhaarmammuts haben, ich meine ernähren sich überwiegend von Gräsern, wobei ihre hohe Schmelzfaltendicke an den Backenzähnen, trotz der harten Gräser, einen guten Schutz gegen Abrieb bildet.<<

Storm zog die Augenbrauen nach oben und sagte dann nur >>Hörst du Daniel, Mammuts mögen kein Erdbeereis<<

Der Paläontologe seufzte daraufhin bloß und schüttelte seinen Kopf, wobei er wieder zu den Wollhaarmammuts schaute.

>>Gut Daniel, ich denke wir haben die Tiere jetzt lange genug gesehen, lass uns zu den anderen Gehegen schauen<<

Die nervige Piepsstimme meldete sich zu Wort >>Och menno, bekomm ich dann wenigstens noch ein Kuscheltiermammut?<<

Storm schnaubte entnervt >>Nein, allein die Eintrittskarten für diese Elefanten im Pelz haben mich schon das Gehalt von einer ganzen Woche gekostet und wenn wir hier noch länger stehen bleiben, werden wir wahrscheinlich auch noch von den Leuten zerquetscht.<<

>>Oh, bitte, bitte, bitte. Und fahren wir danach noch zu McDonalds?<<

Storm drehte sich um und begann damit gegen die Masse anzukämpfen >>Nein, wir fahren auch nicht zu McDonalds, denn du bist nicht gerade der Schlankeste und wir wollen ja nicht, dass du später einmal so fett wirst wie dein Vater<<, kaum hatte er dies gesagt, schon fing der Kleine an zu weinen, eben typisch Kind.

Kurz darauf hatten sie die Menge hinter sich gelassen und da kam auch schon die nächste Menschentraube auf sie zugelaufen. Die Leute hielten Schilder in die Höhe, auf denen Sätze wie „Wir dürfen nicht Gott spielen!" oder

„Die Mammuts hatten ihre Chance" standen. Auch die ernsten Gesichter und der zielgerichtete Gang verhießen nichts Gutes. Aber das konnte ihm völlig egal sein, schließlich hatte er heute seinen freien Tag. Darum konnten sich ruhig seine Kollegen kümmern.
Ohne jegliche Gegenwehr stellte er sich an den Rand neben dem Pinguinbecken und ließ den Mob passieren.
\>\>Onkel Severin, warum sind die Leute böse auf die Mammuts?<<
\>\>Weil sie Ökoaktivisten sind und anscheinend gerade keinen größeren Hasshafen zum Anlegen finden.<<
Eilig verließ Storm zusammen mit seinem Neffen den Tierpark, bevor die Lage weiter eskalierte und stieg in seinen Tesla, welcher zu den führenden Automarken gehörte.
Morgen würde er über die Situation genaueres wissen.

* * * * *

Elf Jahre nach der Fertigstellung von Zevelex, nur wenige Meilen entfernt von Pittsburgh.
Der Himmel verfinsterte sich und die düsteren Wolken brauten sich langsam zusammen. Eine Sturmfront zog auf und es war nur noch eine Frage der Zeit, bis das Gewitter los brach. Leuchtend zuckten schon die ersten Blitze am weit entfernten Horizont und das Donnergrollen erschütterte förmlich die Luft.
Sie hatten hier in den USA nicht viele Freunde gehabt, da man ihnen seit dem Vorfall aus dem Weg ging. Deswegen stand er auch ganz allein am frischen Grab seiner Mutter.

Der Pfarrer hatte ihn gerade eben erst verlassen und damit auch der einzige Mensch außer ihm, der bei der Beerdigung anwesend war.

Nach dem Tod seines Vaters war seine Mutter todtraurig und erkrankte schließlich bald darauf an einem bösartigen Brustkrebs. Jahrelang hatte sie dagegen angekämpft, doch letzten Endes war der Tumor stärker und jetzt befand sich ihr Grab direkt neben dem seines Vaters. Die Wut und der Hass, die er jetzt schon seit über einem ganzen Jahrzehnt mit sich getragen hatte, kochten wieder in ihm hoch und er musste sich beherrschen, dass er nicht den Verstand verlor.

Vor zwei Monaten wurde er achtzehn und sein Leben war das reinste Chaos. Er hatte keinen Schulabschluss, keinen Job und er war mit seiner Miete gewaltig im Rückstand. Wenn das so weiter ging, war er bald auch noch obdachlos. Doch bevor er sein trauriges Leben wieder in den Griff bekam, musste er noch etwas sehr wichtiges erledigen.

Anton Hofer drehte sich frustriert um und verließ zielstrebig das riesige Friedhofsgelände.

* * * * *

Es war ein relativ ruhiger Morgen auf dem Präsidium und bisher gab es auch noch keine größeren Vorfälle. Polizeiobermeister Storm lehnte in seinem Stuhl, die Beine auf dem Schreibtisch abgestützt und blätterte in seiner Bayerischen Zeitung. Er nahm einen kräftigen Schluck aus seiner Kaffeetasse und widmete sich dem Artikel, der groß auf der Titelseite prangte.

„Friedliche Proteste gegen Wollhaarmammuts", keine besonders einfallsreiche Überschrift, aber wenigsten war sie zutreffend.

Also war gestern doch nichts passiert und er hatte schon auf die Räuberpistolen seiner Kollegen gewartet, wenn sie die Situation wieder maßlos übertreiben.

Plötzlich hörte er das Geräusch einer rabiat aufgestoßenen Tür und energische Schritte im Gang. Nun wurden die Personen am Empfang aufgehalten und es brach ein heftiger Tumult aus. Storm konnte nur einzelne Satzfetzen verstehen wie >>Möchte eine Anzeige erstatten … das ist ja unerhört …<<, am besten schaute er selbst mal nach, was da vorne los war.

Lässig aber zugleich etwas neugierig ging Storm auf die beiden hysterischen Männer, die bei Fräulein Kamm am Empfang standen, zu und klärte die Lage >>Was ist hier eigentlich los<<, noch während er dies sagte, entdeckte er auch schon die blauen Flecken in den Gesichtern der jungen Männer.

Einer meldete sich aufgebracht zu Wort >>Das sehen sie doch selbst. Geschlagen hat man uns und aus diesem Grund wollen wir eine Anzeige erstatten.<<

>>Moment, weisen sie sich zu aller erst einmal aus und dann nennen sie uns Ort, Zeit, die genaue Situation, den Tathergang und vielleicht auch noch den Täter.<<

Wie Polizeiobermeister Storm schon vermutet hatte, hatten beide einen neumodischen chinesischen zweiten Vornamen.

Der eine Mann fuhr fort, >>Also, es ereignete sich gestern, ungefähr gegen vier Uhr nachmittags im Tierpark Hellabrunn<<, Storm zog überrascht die Augenbrauen nach oben, >>Wir hatten schon seit drei Stunden gegen diese abscheuliche und gotteslästerliche Tierklonung demonstriert, als sich die Menschenmenge langsam auflöste. Doch wir wollten noch nicht aufhören und so blieben wir weiterhin stehen und kämpften für die Rechte der Natur. Und dann kam plötzlich wie aus dem Nichts dieser wahnsinnige alte Mann auf uns zu und verpasste mir und meinem Freund einen Kinnhaken mit den Worten >Verklemmtes Weicheier Pack, ihr würdet die wahre Schönheit der Natur nicht mal erkennen, wenn sie euch in den Arsch beißt<, danach hat er uns noch mit unseren eigenen Schildern verprügelt und ist einfach so abgehauen.<<

Meine Güte, was für Weicheier, kein Wunder, dass sie von einem alten Mann nieder geprügelt wurden, bei ihrer dämlichen Art würde er ihnen am liebsten auch eine aufs Maul geben.

>>Wissen sie noch wie der Mann aussah?<<

Seine Stirn legte sich in tiefe Falten >>Hm, lassen sie mich kurz nachdenken... Es ging alles so plötzlich, ich habe den Mann nur kurz gesehen. Mir ist nur aufgefallen, dass er graue Harre hatte, was bei der heutigen Kosmetik und Körperpflegeprodukten ein echtes Phänomen ist.<<

Der andere nickte heftig >>Ja, also mir kam das auf den ersten Blick auch komisch vor.<<

>>Nun, wir werden uns um diesen fiesen Mann kümmern, haben sie keine Angst.<<, Storm wollte sich gerade um-

drehen und wieder in sein Büro schlurfen, da quäkte einer der beiden noch hysterisch >>Wahrscheinlich ist dieser Unmensch heute wieder im Zoo. Sie müssen etwas gegen ihn unternehmen, wie sollen wir uns denn sonst für die missbrauchte Natur einsetzen?<<

Langsam wurde Storm gereizt, >>Wie wärs, wenn sie sich um echte Tiermisshandlungen kümmern, wie Fastfood, Stierkämpfe oder Stopfgänse, aber Hauptsache Sie verschwinden jetzt endlich und gehen mir nicht weiter auf die Nerven!<<, herrschte er die beiden an und betrat sein Büro.

Seufzend ließ er sich auf seinem bequemen Schreibtischstuhl nieder, legte die Füße hoch und schlug die zerfledderte Zeitung auf. Kaum hatte er die ersten paar Zeilen des Artikels über den neuen bayrischen Präsidenten Armin Rahm gelesen, meldete sich auch schon seine HoloCam. Es war das Neueste vom Neuesten und es wurde in den letzten Jahren schlagartig zum Kassenschlager. Zuerst hatten es nur die Reichen aber mittlerweile wurden sogar die Polizeipräsidien und vereinzelte Schulen damit ausgestattet.

Storm betätigte den grün blinkenden Knopf, woraufhin der Kopf von Fräulein Kamm vor ihm, wie aus dem Nichts, erschien. Das Hologramm sah verblüffend echt aus, was ihm immer wieder aufs neue einen Schrecken einjagte.

>>Was war den das gerade eben für eine Show? Wenn das der Chef erfährt dann bist du endgültig geliefert, schließlich hat er dich eh schon auf dem Kieker nach der

spontanen Razzia ohne richterlichen Beschluss vom letzten Monat. Was ist denn bloß in dich gefahren?<<
Empört setzte sich Storm aufrecht hin >>Du weißt genau, dass die Nazi-Terrorzelle uns ansonsten wieder entwischt wäre, wenn ich nicht sofort gehandelt hätte. Und was die Waschlappen von vorhin angeht, ich ertrage so viel Dummheit auf einem Haufen eben nicht. Von mir aus kannst du den Finke in den Zoo schicken, dann bekommt er auch mal etwas von der weiten Welt zu sehen, für mich ist der Fall jedenfalls erledigt.<<
Kamm wurde wütend, >>Das tut mir leid, aber Finke kümmert sich gerade um die Einbruchserie und Lenz ist krank geschrieben. Diesmal wirst du deine Pflicht als Polizist selbst erfüllen und dich gefälligst um die Angelegenheit kümmern. Viel Spaß<<, das Hologramm erlosch und es kehrte wieder Stille in seinem Büro ein. Erzürnt klatschte er seine Zeitung auf den Schreibtisch, setzte sich seine Polizeimütze auf und latschte durch den Gang zu seinem Einsatzwagen.

* * * * *

Wieder 48 Jahre zuvor in den USA.
Anton Hofer stand in seinem kleinen Einzimmerapartment und starrte wie gebannt auf das Netz aus Informationen, welches ihm sein Onkel überreicht hat. Dieser hatte die Hoffnung endgültig aufgegeben, als ihn wegen der krankhaften Detektivarbeit seine Frau verlassen wollte, doch ihn packte immer noch dieses Fieber, diese unstillbare Sehnsucht nach Rache und Vergeltung.

Sachte strich er über seine Pyritsonne, dem letzten Geschenk seines Vaters, während er die Fotografien, Zeitungsartikel und handgeschriebenen Notizen zum tausendsten Mal betrachtete und durchlas. Er kannte sie zwar schon in- und auswendig, aber er las sie sich wieder und wieder und immer wieder durch, bis er das Gefühl hatte, dass sein Kopf gleich explodieren würde. Es musste irgendwo einen Hinweis darauf geben, wo sich dieser Mann befand und er wusste, dass es wahrscheinlich nur einen Ort gab, an dem er einen Anhaltspunkt finden könnte. Von einem Teil des Geldes hatte er sich einen Flug in sein Herkunftsland, Deutschland oder genauer gesagt Bayern, gekauft. Hofer konnte es kaum erwarten, morgen endlich auf die Jagd zu gehen.

* * * * *

Der Verkehr in München war die reinste Hölle. Fast an jeder Ecke wurde gebaut, renoviert oder aufgestockt, so dass sich der Stau durch die komplette Innenstadt zog. Dies war schon mit einer mittelgroßen indischen Stadt zu vergleichen, kaum auszudenken, wie es dort in den Großstädten aussehen mochte. Vor allem nachdem vor wenigen Jahren in Neu-Delhi eine neue bösartige Seuche ausgebrochen war. Zum Glück hatte man schnell gehandelt und die Ursache entdeckt, einen Virus, der sich im Laufe der Zeit im Ganges entwickelt hatte. Die Behörden haben die Stadt unter Quarantäne gestellt und ein Gegenmittel hergestellt, doch bis zu diesem Zeitpunkt waren schon knapp eine halbe Million Menschen der Epidemie erlegen und auch danach starben mehrere arme Leute und Bauern an den Folgen der Krankheit.

Storm reichte es nun allmählich mit dem Stop-and-Go und schaltete sein Blaulicht mit Sirene ein.

Eine Schneise bildete sich in dem Durcheinander und sein modernes Elektroauto beschleunigte binnen Sekundenbruchteilen auf sechzig Kilometer pro Stunde.

Wie immer waren alle Parkplätze beim Tierpark Hellabrunn belegt und so stellte er seinen weiß grünen Dienstwagen auf dem Gehweg ab. Am Eingang zeigte er seinen Polizeiausweis vor und schritt hastig zum Wollhaarmammutgehege, um diese lästige Angelegenheit schleunigst geklärt zu haben. Auch wenn er eh schon eine Vermutung hatte, um wen es sich bei dem alten Greis handelte.

Kaum hatte er die ersten Gehege hinter sich gelassen, kam auch schon eine Menschenmasse in Sicht. Drängelnd und gaffend standen sie in einem Halbkreis um das Panoramafenster herum und starrten die armen Tiere mit ihrer Neugier fast zu Tode.

Etwas weiter abseits patrouillierten die Umweltaktivisten und schmetterten im Chor immer wieder ihre Botschaften durch Mikrophone: >Mehr artgerechte Haltung<, >Naturschänder<, >Gotteslästerer<.

Polizeiobermeister Storm ließ das Szenario kurz auf sich wirken und überlegte, wie er am besten vorgehen sollte. Vielleicht konnte sich einer dieser komischen Ökofritzen an den Täter erinnern.

Lässig und autoritär schritt er auf die Demonstranten, eine armselige Gruppe, bestehend aus ungefähr zwanzig Hippies, zu und begann mit seiner Befragung, >>Guten Tag, ich bin Polizeiobermeister Storm und-<<

Sie ließen ihn nicht ausreden, >>Endlich erkennt der Staat den Fehler der Genforschung und schickt Unterstützung, um die Tiere zu befreien und die Würde der Natur zu wahren! Endlich schenkt man unserer Warnung Gehör!<<, grölte ein komischer Kauz mit Rasterlocken und strubbelig ungepflegten Ziegenbart. Jubel brach bei den Demonstranten aus und Storm versuchte vergebens die Menge zu beruhigen, >>Nein, ihr versteht mich falsch, ich bin nur hier wegen einer Anzeige gegen einen alten Mann der angeblich-<<

>>Gepriesen sei der Herr, unsere Gebete wurden erhört. Kommt, lasst uns die abergläubischen Gotteslästerer vertreiben!<<, rief eine zugedröhnte Frau. Daraufhin richteten sich die zwanzig gegen den riesigen Menschenauflauf und schrien irgendwelche Hassparolen und versuchten die Besucher zu vertreiben.

Das lief ja großartig, >>Hören sie mit dem Theater auf, ich will nur wissen, wer gestern die beiden Demonstranten verprügelt hat.<<

Seine Worte wurden ihm im Mund umgedreht und anstatt den Täter zu schildern, schien diese Information die Hippies nur noch mehr zu verärgern, >>Schamlos hat man uns angegriffen und wollte uns verletzen, um die Natur weiterhin auszubeuten! Das lassen wir uns nicht länger bieten!<<, die anderen stimmten mit ein und gingen bedrohlich auf die Besucher zu. Die letzten Reihen, welche die Demonstranten bisher gänzlich ignoriert hatten, drehten sich jetzt aus Neugier und Verwunderung um und sahen sich Angesicht zu Angesicht mit einem Haufen exzentrischer Spinner.

Storm beeilte sich, um noch zwischen die beiden unausgeglichenen Gruppen zu kommen, doch da waren die Aktivisten nicht mehr zu stoppen, >>Verschwindet ihr Tierschänder!<<, brüllten sie aus Leib und Seele und einer spuckte einem Familienvater mitten ins Gesicht.

Verdammt, wer hatte diese Verrückten nur auf die Straße gelassen?

Storm schubste ihn zurück in die Gruppe, wodurch er stolperte und hart auf dem Boden aufschlug. Keine gute Idee. Sofort wollten sich die Demonstranten rächen und einer verpasste ihm einen kräftigen Kinnhaken, so dass er auch zu Boden ging.

Aus dem Augenwinkel konnte er gerade noch sehen, wie sich die verängstigten Zoobesucher zurück zogen, einige Kinder waren bereits am heulen, und dann schloss sich der erbarmungslose Kreis um ihn. Mit ihren ausgelatschten Ökosandaletten traten sie wie eine Horde Wilder auf ihn ein. Verzweifelt versuchte Storm den Großteil der Tritte abzuwehren, wobei er immer wieder einzelne Satzfetzen zu hören bekam, >>Die Polizisten-Sau hat uns verraten!<<, >>Macht ihn nieder ...<<

Plötzlich hörte er eine Art Kampfschrei und über ihm wurde es wieder heller. Einer der Demonstranten ging zu Boden und die anderen beendeten ihren feigen Angriff, da sie sich anscheinend auf ein gefährlicheres Ziel konzentrieren mussten. Nach einem kurzen Handgemenge wurde er

grob nach oben gezogen und blickte in das faltige Gesicht, umrandet von einer wilden grauen Zottelmähne des alten Pathologen oder was er auch gleich wieder war.
>>Sieh an, so sieht man sich also wieder<<, scherzte er, während die Demonstranten ihren Kollegen wieder auf die Beine halfen und sich angriffslustig in einem Kreis um die beiden herum formatierten.
>>Sie haben mich vor diesen Psychopathen gerettet, wie kann ich ihnen nur Danken?<<, fragte Storm, dessen Gliedmaßen ziemlich schmerzten.
>>In dem du mit deinem Gwuisl aufhörst und kämpfst wie ein echter Mann<<, kam die schroffe Antwort.
Nun stürzte sich die gesamte Meute schreiend auf sie, doch der alte Mann bewegte sich blitzschnell nach vorne und schlug die ersten beiden direkt nieder, wirbelte herum und verpasste dem Rasterlocken-Mann einen Kinnhaken, dass die Knochen nur so knirschten. Das Blut rann auf die regenbogenfarbenen T-shirts und die drei Aktivisten stöhnten vor Schmerz.
Storm hatte mit seinen schon etwas mehr zu kämpfen. Geschickt fing er den ersten Schlag ab, drehte dem Mann brutal den Arm um und schickte ihn mit einem gezielten Knietritt in die Seite zu Boden. Auch dem zweiten Angriff entging er nur sehr knapp, rotierte einmal um 360 Grad und rammte dem muskulöseren Typen mit den feuerroten Haaren seinen Ellbogen direkt ins Gesicht. Krack, das Brechen der Nase und schon floss ein weiteres Mal Blut.
Ein erneuter Ellbogenstoß, diesmal in den Solarplexus, raubte dem Kerl den Atem, woraufhin er, wie ein nasser

Sack, zusammenbrach und sich in Embryo-Haltung am Boden krümmte.

Eine zerzauste Frau zog nun ein breites Küchenmesser aus ihrer Westentasche und attackierte den alten Mann, der gerade einen anderen Rüpel zu Boden schickte. Er erkannte den Ernst der Situation und reagierte geistesgegenwärtig, indem er in aller letzter Sekunde den auf ihn niederrasenden Arm am Handgelenk packte, so dass die scharfe Spitze nur wenige Zentimeter vor seinem Gesicht zum Stehen kam.

Storm befand sich im Moment in einem eisernen Griff, da ihm ein Demonstrant seinen schmächtigen Arm um den Hals gelegt hatte und ihm langsam die Luft abschnürte. Dabei sah er zu wie der Palä- irgendwas gegen die abgewrackte Frau ankämpfte und sich ihm von hinten noch ein anderer näherte. Diese Typen waren nicht ganz bei Sinnen, aber sie meinten es todernst.

Auch bemerkte Storm, dass die meisten Zoobesucher schon fluchtartig den Tierpark verlassen hatten und nur noch vereinzelt schaulustige Reporter am Rande standen und das ungestüme Gemetzel gebannt verfolgten.

Mit aller Kraft kämpfte er gegen den Klammergriff an, doch der Typ hatte seine beiden Arme gepackt und presste ihm die Kehle zu. Als wäre das nicht genug, kam jetzt auch noch ein weiterer Aktivist, bewaffnet mit einer Eisenstange, hinzu und setzte breit grinsend zu einem Schlag an.

Unter großer Anstrengung gelang es Storm, seinen rechten Arm freizukämpfen, wodurch er in der Lage war, seine

Dienstwaffe zu ziehen und seinem wahnsinnigen Henker in den Fuß zu schießen. Es gab einen lauten Knall und der Mistkerl kippte schreiend und blutend um. Sofort schoss er auch seinem Peiniger in den Fuß und schnappte erleichtert und zugleich gierig nach Luft.

Nun suchten auch die verbliebenen skandalgierigen Zuschauer das Weite und Storm richtete die Waffe bedrohlich auf die Frau mit dem Küchenmesser >>Lassen sie auf der Stelle das Messer fallen oder ich schieße!<<, bei dem Kerl, der sich von hinten näherte zeigte es Wirkung, weshalb er eingeschüchtert floh, doch die Aktivistin ließ nicht locker und drückte das Messer weiterhin stur in die Richtung des Kopfes. Storm gab einen Warnschuss knapp vor ihre Füße ab, schließlich erschrak sie, woraufhin der alte Mann sie überrumpeln konnte. Er entwaffnete sie und fegte sie letzten Endes ebenfalls krachend zu Boden.

Außer Atem sah sich Storm um, überall lagen ächzende und stöhnende Demonstranten, ein paar wenige waren geflohen, aber den Großteil hatten sie erfolgreich ausgeschaltet.

In der Ferne ertönten leise, wie ein Hauch, nur ein zartes Flüstern, die Polizeisirenen und erst jetzt erkannte Storm, was für ein idiotisches Unterfangen diese Schlägerei darstellte. Wieso war er nur so blöd gewesen und hatte nicht gleich mit der Waffe gedroht.

Etwas belustigt, da er wahrscheinlich das Gleiche dachte, musterte ihn der alte Herr und meinte, >>Na Junge, dass wird noch ein hässliches Nachspiel mit sich ziehen.<<

* * * * *

Erneut in der Vergangenheit.
Er hatte die Nacht nach dem langen Flug in einem günstigen Hotel in der Nähe von München verbracht und war nun bereit für das anstehende Wochenende. Irgendwie war er es nicht gewohnt, dass er in einer S-Bahn einen Sitzplatz bekam, aber am Samstagvormittag musste man auch nicht mit großen Menschenmassen rechnen. Hofer befand sich gerade auf der Stammstrecke von Pasing in Richtung Ostbahnhof, um dann in Trudering in die U2 umzusteigen und von dort aus zur „Messestadt Ost" zu fahren. Nach einem kurzen Fußmarsch stand er endlich vor der großen Halle mit dem imposanten Turm im Vordergrund, er hatte „The Munich Show" erreicht, eine der größten Messen für Fossilien, Mineralien und natürlich auch Edelsteine, auf der ganzen Welt.
Um seriöser zu wirken, trug er seinen besten Anzug und und um etwas älter zu erscheinen hatte er sich einen Bart wachsen lassen und machte sich sein ernstes und fast immer trübes Gesicht zu Nutze. Gelassen schritt er durch die menschengefüllten Hallen, stets darauf bedacht, nicht von einem der hunderten Trollis überfahren zu werden. Er kannte sich gut auf diesem Gelände aus, da ihn sein Vater früher öfters mitgenommen hatte, und machte, bevor er in die „Gemworld" ging, noch einen kurzen Abstecher in die „Fossilworld", wo wie jedes Jahr ein besonderes Fossil ausgestellt wurde. Dieses Jahr sah man schon von weitem das Skelett eines ausgewachsenen Triceratops, welches

auf einem hohen Podest thronte und auf die Menge hinab zu blicken schien. Selbst Hofer hatte noch nie zuvor ein fast komplett erhaltenes Exemplar dieser Gattung gesehen, sondern höchstens den mit drei Hörnern versehenen Schädel. Der Pflanzenfresser war schon ein atemberaubender Anblick, der einen wieder in Erinnerung rief, wie jung die Menschheit doch war, wenn man bedachte, dass dieses Tier vor unvorstellbaren 66 Millionen Jahren ausgestorben ist.

Nur schwer konnte Hofer sich von diesem wunderbaren Geschöpf losreißen, aber schließlich war er dieses eine Mal nicht wegen den Fossilien hergekommen, sondern zur Stillung seines Verlangen nach Rache. Schon nach nur wenigen Minuten war er in der „Gemworld", dem Zuhause der Juwelen und Edelsteine. Wo man auch hinsah, es funkelte überall. Die Vitrinen waren gefüllt mit Juwelen aller Art, ob geschliffen oder in Natura, als einzelner Stein oder verarbeitet in ein kleines Schmuckstück zum Tragen.

Hofer schlenderte durch die unzähligen Reihen und bewunderte die unbezahlbaren Steinchen, die es in jeder Farbe des Regenbogens gab, mit gespielter Neugier. Er selbst hatte sich nie groß für Edelsteine und Juwelen interessiert, da er sie trist und uniform fand. Ein Ei gleicht dem anderen, das traf hier auch zu. Wohingegen jedes Fossil und Mineral einzigartig in seiner Form war. Irgendein kleiner Unterschied bestand immer.

Die gewöhnlichsten Arten konnte selbst Hofer noch voneinander unterscheiden. Diamant, Rubin, Smaragd, Aquamarin, Saphir, alle waren sie massenhaft auf der Messe vertreten. Gelegentlich bekam er auch mal einen Sternsaphir oder Sternrubin zu Gesicht, welche sich durch ihre drei weißen Streifen, die sich in der Mitte kreuzten, auszeichneten.

Hofer ging weiter und betrat den besonders hochwertigen Ausstellungsbereich mit den außergewöhnlichen Juwelen. Hier waren die edlen Steine nicht einmal mehr mit einem Preis versehen, sondern dies wurde nur seriös wirkenden Personen, die den Eindruck vermittelten, dass sie sich so etwas leisten konnten, anvertraut.

Selbstbewusst steuerte Hofer einen der Verkäufer an und stellte sich in einem perfektem Deutsch vor, >>Mein Name ist Anton Hofer und ich suche nach höchst seltenen und einzigartigen Edelsteinen. Ich hoffe Sie können mir da weiterhelfen.<<

Der Mann räusperte sich >>Aber selbstverständlich, zuallererst nur eine kleine Frage. Wie viel wären Sie bereit auszugeben?<<

Hofer setzte ein gespieltes Lächeln auf, >>Ich bin ein privater Sammler und bereit über den siebenstelligen Bereich hinaus zu gehen.<<

Die Augen des Mannes blitzten kurz auf, >>Kommen Sie mit, ich zeige Ihnen unsere wertvollsten Schätze<<, der Verkäufer führte Hofer zu einem der Schaukästen und zeigte ihm stolz ihr umfangreiches Angebot.

Für Hofer war es eher enttäuschend, >>Das sind wirklich seltene Prachtstücke, aber ich habe eher von etwas völlig einmaligem gesprochen. Sagen Sie, ist Ihnen der Begriff „Drachenauge" geläufig?<<

Daraufhin schaute der Verkäufer ihn entsetzt an, als hätte er irgendein abscheuliches Wort gesagt und meinte nur noch, >>Es tut mir leid, aber unser Gespräch ist hiermit beendet. Wir sind ein qualitatives und sauberes Unternehmen und kein Schwarzmarkt. Guten Tag auch<<, prompt drehte er sich um und marschierte davon.

Hofer wiederholte die Szene bei mehreren Ständen, wobei er meistens nur ein verwundertes, >>Nein, das sagt mir nichts<<, zu hören bekam, bis er schließlich doch die Person fand, nach der er gesucht hatte. Ein Mann mit einer typischen Gaunervisage antwortete auf die Frage, >>Sie sind also auf der Suche nach dem legendären „Drachenauge"? Nur eine handvoll Menschen wissen überhaupt, dass es existiert, aber bevor ich weiter rede, müssen Sie mir zuerst beweisen, dass Sie sich auch damit auskennen.<<

Der Arbeitslose und junge Erwachsene blieb weiterhin kühl, >>Bei dem „Drachenauge", handelt es sich um einen feuerroten Rubin mit einer schwarzen Verunreinigung, die einen grünlich schimmernden Rand aufweist und mittig durch das Juwel verläuft, weswegen auch dieser besondere Name entstand. Eigentlich sollte das „Drachenauge" vor elf Jahren in Pittsburgh das aller erste Mal der Öffentlichkeit gezeigt werden, doch der Hochsicherheitstransport hatte Verspätung, so dass die Eröffnung der Ausstellung „Diamanten der Welt" ohne ihn stattfinden musste. Schließlich wurde es dann über Nacht in dem Museum aufgestellt und unglücklicherweise auch gleich von einer Bande Einbrecher gestohlen. Zwei von den drei

Männern wurden bei dem Diebstahl von einem Kurator überwältigt, doch der Dritte hat ihn niedergestochen und ist mit den Juwelen geflohen. Man munkelt, dass einer der Drahtzieher der Gemologe des Museums war, der bei dem Überfall auch sein Leben verloren hat.<<
Der glatzköpfige Verkäufer musterte Hofer erstaunt, >>Sie kennen sich ganz schön gut mit der Geschichte aus, aber ich muss Sie leider enttäuschen. Zuverlässigen Quellen zufolge ist das „Drachenauge" in dem Besitz eines reichen Ölscheichs, der sich im Orient zurückgezogen hat. Glauben Sie mir, falls das stimmt, sieht man dieses Juwel nie wieder<<, der Mann wirkte als würde er kurz nachdenken bis er schließlich das Lächeln eines Gewinners aufsetzte, >>Allerdings hätte ich noch ein kleines Prachtstück für Sie, aber das kann ich selbstverständlich nicht hier verkaufen, wo es jeder mitbekommt.<<
Hofer meinte darauf nur, >>Ganz wie Sie wünschen. Dann vereinbaren wir eben ein Treffen.<<
>>Wie wäre es mit meinem Hotelzimmer. Während den Messetagen wohne ich im „Bayerischen Hof", Zimmer 78. Ich erwarte Sie um halb elf.<<

* * * * *

Das war das erste und sie hoffte inständig auch das letzte Disziplinarverfahren, bei dem sie anwesend sein musste.
Die Anspannung, die in der Luft lag, in dem Raum, der eigentlich für die Pressekonferenzen gedacht war, konnte in jeder Sekunde den kompletten Rahmen sprengen. Alle wichtigen Polizeioberhäupter waren heute zusammenge-

kommen, weshalb der etwas kleinere Raum bis auf den letzten Platz besetzt war. Dadurch herrschte hier eine Bullenhitze und selbst die Ventilatoren, die schon auf Hochtouren arbeiteten, waren dagegen machtlos.
Fräulein Kamm wusste nicht, ob der kahlköpfige Schädel von Polizeichef Brunner wegen der brutalen Hitze oder der grenzenlosen Wut so dunkelrot glühte, aber auf jeden Fall verhieß dies nichts Gutes.
>>Wenn ich um Ruhe bitten darf. Wir beginnen jetzt mit dem Disziplinarverfahren gegen Polizeiobermeister Severin Storm. Uns liegt ein Fall von einer Razzia ohne richterlichen Beschluss und wiederholter schwerer Körperverletzung vor. Haben sie etwas dazu zu sagen, Polizeiobermeister Storm?<<
Storm, der ziemlich verloren und einsam an seinem Einzelplatz wirkte, setzte sich aufrecht hin und räusperte sich >>Natürlich habe ich etwas dazu zu sagen. Ich möchte noch einmal betonen, dass ohne mein Einschreiten die Neonazis ein weiteres Mal entwischt wären und bei der Körperverletzung vom Vortag handelt es sich zweifellos um Notwehr.<<, dies sagte er mit einer gleichgültigen und kühlen Art, dass Kamm ein Schauer über den Rücken lief. Sie fragte sich wie jemand, der sich in solch einer Situation befand, nur so gelassen und unberührt bleiben konnte. Zwar verachtete sie die unorthodoxen Methoden von Storm, aber irgendwie fühlte sie sich auch von seiner gerechten Weise angezogen. Wie er dahockte, cool und unbekümmert, seine braun-schwarzen Haare, die keinem aktuellen Modetrend folgten und das hübsche Gesicht.

Kamm wurde aus ihren Gedanken gerissen, als der Polizeichef, der offensichtlich ganz anderer Meinung war als sie, wieder los prustete, >>Notwehr? Ohne ihre Provokation wäre doch die ganze Situation gar nicht erst eskaliert! Laut den zahlreichen Zeugenaussagen haben Sie, kurz bevor die Schlägerei begann, mit der Gruppe geredet und kurz darauf sind diese auf die nichtsahnenden Zoobesucher losgegangen<<, der Polizeichef merkte, dass er sich langsam in Rage redete und beruhigte sich wieder ein bisschen.
>>Hören Sie, ich habe nur in einem Fall ermittelt. Zwei Aktivisten haben am gestrigen Morgen gegen einen älteren Mann Anzeige erstattet, der die beiden aus dem Hinterhalt angegriffen und verprügelt hat. Also bin ich losgefahren, um die Demonstranten zu befragen, ob sie denn was gesehen haben.<<
Brunner unterbrach ihn brüsk, >>Und als sie dann vor Ort waren dachten Sie sich, dann schlag ich halt auch mal ein paar Demonstranten nieder, wenn ich schon mal hier bin<<, ein paar Leute im Konferenzraum mussten kichern, nur ihr war im Moment überhaupt nicht nach Lachen zumute. Sichtlich genervt fuhr Storm fort, >>Nein, ich habe normal mit den Demonstranten gesprochen, doch diese irren Fanatiker haben mir die Worte im Mund verdreht und sind schließlich rasend auf die Menge losgegangen. Ich habe noch versucht, dazwischen zu gehen, um die Besucher zu schützen und den Mob zu beruhigen, doch diese Wilden waren nicht mehr zu bremsen, sie waren geradezu besessen und haben mich niedergeschlagen. Kurz bevor

sie mich tottrampeln konnten, griff dann der ältere Herr ein und rettete mir das Leben.<<

Der Polizeichef, nur wenig berührt, >>Und dann haben Sie zwei von ihnen in den Fuß geschossen. Wie soll ich das verstehen?<<

Fräulein Kamm konnte bei so viel Dummheit nur noch den Kopf schütteln. Auch Storm war langsam am Ende, >>Es kam zu einer heftigen Schlägerei und einer der Aktivisten wollte mir mit einer Eisenstange den Kopf einschlagen, da habe ich eben von meiner Dienstwaffe Gebrauch gemacht.<<

>>Da haben sie eben von ihrer Dienstwaffe Gebrauch gemacht<<, spottete Brunner, >>Als wäre es das normalste auf der Welt. Können sie stumpfsinniger Vollidiot sich eigentlich auch nur im Geringsten vorstellen, wie die Presse über uns herfallen wird, oder besser gesagt, über uns herfällt!<<, wütend zog der Polizeichef eine Zeitung unter dem Tisch hervor und hielt sie wie ein Mahnmal in die Höhe. >Polizist schießt auf friedliche Demonstranten<, stand fett auf der Titelseite der Bayerischen Zeitung.

Storms roter Kopf wurde schlagartig kreidebleich und auch Fräulein Kamms Herz setzte kurz für einen Schlag aus. Auf der Zeitung konnte man ein fettes Bild sehen, wie ein Polizist, zweifelsfrei Storm, einem Aktivisten mit dem Ellbogen die Nase brach und ein weiterer Demonstrant, der sich vor ihm krümmte.

Das war nicht sonderlich hilfreich in einem Disziplinarverfahren.

Scheppernd wurde hinter ihm die Tür des Präsidiums zugeschlagen und der heftige Regen prasselte erbarmungslos auf ihn nieder.

Fristlos entlassen. Storm hatte mit so manchem gerechnet, Innendienst, Beurlaubung, aber doch nicht mit einer Kündigung.

Wie ein begossener Pudel stand er im Regen und hatte keinen blassen Schimmer davon, was er als nächstes tun sollte. Lässig näherte sich ihm eine Person mit einem weiten Regenschirm, die er nicht genau erkennen konnte.

>>Na, wie ist es gelaufen Junge?<<, es war die Stimme des Paläontologen.

>>Was wollen sie denn hier?<<, fragte Storm zurück.

Der alte Mann kam näher und hielt schließlich seinen Schirm schützend über Storm, >>Wie es aussieht, ist es nicht so gut gelaufen, aber Scheiß auf die Bullen! Die sind eh nie da wenn man sie gerade braucht und ich weiß sehr gut wovon ich rede<<, er machte eine kurze Pause, wie als würde er über etwas nachdenken, >>Komm mit, ich fahr dich nach Hause.<<

>>Danke, das ist nett, aber ich kann gut auf mich allein aufpassen<<, meinte Storm.

Der Alte schaute ihn verdattert an, >>Was redest du denn für einen Unfug. Schau dich doch mal an. Du bist von oben bis unten klitschnass, hast soeben deinen Job verloren, was bei dem lächerlichen Gehalt eines Polizisten zwar auch schon keine Rolle mehr spielt, aber einen trotzdem frustriert. Und als wäre das alles nicht genug, wirst du vielleicht wegen schwerer Körperverletzung angeklagt.<<

Storm schaute verwundert, >>Du kannst genauso angeklagt werden.<<

Der Paläontologe lachte nur spöttisch auf, >>Einen alten Mann wie mich anklagen? Ha, wers glaubt. Das war reine Notwehr und noch dazu habe ich dir deinen Arsch gerettet<<, mürrisch fragte der alte Herr, >>Soll ich dich nun nach Hause fahren oder nicht?<<

>>Nein danke, ich habe selbst ein Auto<<, wies Storm ihn ab.

>>Papperlapapp, damit meinte ich natürlich, dass wir vorher noch einen Trinken gehen und danach wirst du Milchgesicht ganz bestimmt nicht mehr in der Lage sein, auch nur ein Pedal zu bedienen<<, daraufhin musste er herzhaft über seine eigene Aussage lachen.

>>Soll das etwa heißen, Sie wollen sich mit mir betrinken und danach hackedicht autofahren?<<

Der spaßige Mitsechziger meinte nur, >>Wieso denn auch nicht? Ist doch weit und breit kein Polizist zu sehen<<, dabei klopfte er Storm auf die Schulter und bekam einen brüllenden Lachanfall.

>>Ha, Ha, sehr witzig. Können wir dann losfahren Herr Pathologe?<<

Es gab einen lautes Klatschen, als sich der arbeitslose Polizist eine Ohrfeige fing, >>Zum allerletzten Mal, ich bin ein Paläontologe und kein Pathologe, du missratener Ex-Bulle!<<

* * * * *

Vor 48 Jahren.

Punkt halb elf am Abend. Hofer klopfte an das Zimmer mit der Nummer 78. Kurz darauf öffnete sich die Tür und der Verkäufer, Herr Goldbach, bat ihn herein. Die Suite war sehr geschmackvoll und neben dem Tisch stand ein brutal aussehender Koloss, der anscheinend den Posten als Bodyguard innehielt.

>>Guten Abend Herr Hofer, nehmen sie doch bitte Platz.<<

Wortlos setzte sich der vereinsamte junge Mann an den großen Holztisch, der in einer Ecke des Raumes stand.

>>Also, kommen wir gleich zum Geschäftlichen. Welche Juwelen haben sie im Angebot? Fangen sie doch mit dem Eindrucksvollsten an<<

Herr Goldbach grinste wieder breit, >>Wie sie wünschen.<<, er legte einen massiven Koffer auf den Tisch und entriegelte die Sicherung per DNS-Scan, indem er seinen Daumen auf ein kleines grünes Feld drückte. Behutsam öffnete er den Kasten und förderte eine stilvolle Schatulle zu Tage. >>Darf ich vorstellen, der „Stern der Indianer".<<, dabei klappte er das Döschen auf, welches einen der wundervollsten Edelsteine auf der ganzen Welt beherbergte, >>Dieses Prachtexemplar mit seinen 309 Karat ist ein lupenreiner Aquamarin in einem einzigartigen sternenförmigen Schliff. Gefasst in einen dünnen Rahmen aus Türkis, woher auch der Name stammt.<<

Da fingen selbst Hofers Augen an zu funkeln. >>Das ist wahrlich der schönste Gegenstand, den ich je in meinem

Leben gesehen habe. Bevor wir über den Preis reden, dürfte ich vielleicht noch ihre Toilette aufsuchen?<<
Der Verkäufer blieb locker, >>Aber natürlich, tun Sie sich keinen Zwang an<<, und deutete mit einer knappen Handbewegung auf eine unscheinbare Tür.
Erleichtert stand Hofer auf und blickte zu dem Bodyguard, der direkt hinter ihm Wache hielt. >>Oh, wie unhöflich von mir. Wir haben uns noch gar nicht kennengelernt, mein Name ist Anton Hofer<<, während er seinen Namen sagte, zog er blitzschnell einen Taser aus seiner Sakkotasche und presste ihn gegen den Hals des Riesen. Gleichzeitig griff er in seine linke Tasche und schleuderte Goldbach eine Ladung Sand ins Gesicht, um ihn zu blenden.
Der Muskelprotz ging japsend zu Boden, woraufhin Hofer ein Küchenmesser aus der Innenseite seines modischen Anzugs zog und den Verkäufer am Kragen packte. Wütend hievte er ihn hoch und presste ihn gegen die Wand, wobei er ihm das Messer an die Kehle hielt. >>Bei dem Einbruch sind damals drei Menschen ums Leben gekommen. Der Wachmann und zwei Kuratoren. Einer davon war ein Gemologe, der andere Paläontologe. Sein Name war Alfred Hofer.<<, die Augen von Herrn Goldbach weiteten sich vor Entsetzen.
>>Ganz recht. Mein Vater hat vor genau elf Jahren wegen diesen Diamanten sein Leben verloren und Sie sollten mir lieber richtig antworten, denn ansonsten werden Sie ihm folgen. Verstanden?<<, Hofer starrte ihn wie ein Geisteskranker an und Goldbach nickte nur verängstigt.

>>Woher haben sie dieses einzigartige Juwel? Ich weiß genau, dass er auch in jener Nacht gestohlen wurde. Waren sie etwa der dritte Einbrecher, Goldbach? Schließlich konnten sie mir ja schon sagen, wo sich das „Drachenauge" befindet.<<

Der jämmerlich flehende Blick des Juwelenhändlers wurde verzweifelter, >>Nein, das ist doch nur ein Gerücht, Sie müssen mir glauben. Ein reicher Kunsthändler namens Campbell hat ihn mir vor ein paar Monaten verkauft, selbstverständlich sehr diskret und nur unter dem vollen Bewusstsein darüber, dass ich die Herkunft kannte und dafür sorgen würde, dass dieser Schatz auf dem Schwarzmarkt bleiben würde. Er hat mir auch erzählt, dass der „Stern der Indianer" sich schon seit längerem in seinem Besitz befand und er die Jahre nur abwarten musste, bis sich die Spannung um die Juwelen wieder allmählich beruhigt hatte.<<

>>Das ist schon mal ein Anfang<<, kam die schroffe Antwort, >>Und wo kann ich diesen Mann finden?<<

>>Er besitzt eine Villa in Tennessee. Warten sie, ich gebe Ihnen die Adresse<<, Goldbach schilderte ihm präzise die Anfahrt und Hofer fügte noch hinzu, >>Und wehe, Sie versuchen mich hier übers Ohr zu hauen. Es wäre für mich kein Problem, Ihnen einen weiteren Besuch abzustatten<<, mit diesen Worten zog Hofer zwei Kabelbinder aus seiner Hosentasche und fesselte den Verkäufer an einen Heizkörper. Selbiges wiederholte er mit den Bodyguard, der gerade wieder zu sich kam.

>>Und bitte, ich flehe sie an. Erzählen sie Campbell nicht, dass sie diese Informationen von mir haben. Dieser Kerl ist vollkommen skrupellos und würde nicht einmal mit der Wimper zucken, bevor er mich tötet<<, Goldbach war jetzt endgültig am Ende vor lauter Verzweiflung.
Hofer lächelte daraufhin nur hämisch, >>Machen Sie sich darum mal keine Sorgen. Wenn ich mit diesem Kerl fertig bin, wird er nie wieder in der Lage sein, jemanden zu bedrohen. Oder denken Sie, ich gehe bei ihm auch so zimperlich mit dem Messer um wie bei Ihnen?<<
Draußen vor dem Hotel betrat Anton Hofer eine Telefonzelle, warf das nötige Geld ein und wählte die 110, >>Hallo, ich habe soeben zufällig einen Teil der verschollenen „Diamanten der Welt" Ausstellung wiedergefunden. Die Händler und ihre Juwelen sind sicher verwahrt in Zimmer 78 des Hotels „Bayerischer Hof". Nichts zu danken, war mir ein Vergnügen<<, ohne auf eine Antwort zu warten legte er auf und marschierte in Richtung U-Bahnstation.

* * * * *

Zusammen saßen sie im Münchner Hofbräuhaus am Stammtisch der Zusammengewürfelten und stürzten eine Maß nach der anderen ihre durstigen Kehlen hinunter. Heute war zwar kein offizieller Stammtischtag, aber das hatte den Paläontologen nicht daran gehindert, eine Gruppe japanischer Touristen zu verjagen.
>>Was stehtn da aufm Schild?<<, fragte Storm schon etwas angetrunken, >>De zamma... De zamma...<<

Der Alte runzelte die Stirn >>Kannst koa boarisch? Heitzudog is de Jugend ned mehr z' gebraan<<, schnautzte er nur.

>>Jugend?! Isch bin dreiunddreißig! Willst eine aufs Maul, hn?<<

Ebenfalls ein wenig betrunken antwortete der Paläontologe nur, >>Versuchs gar nicht erst, Burschi. Wir brauchn keinen verletztn Bullen ... oder Ex-Bullen, ... wie auch immer<<, er hustete einmal kräftig, >>Ich find dich schwer in ...<<, er überlegte kurz, >>Ordnung, Junge. Ich hab ne Idee ... wir solltn en Detektiv ... üro aufmachn.<<

Storm war begeistert, zumindest dachte er in seinem betrunkenen Zustand, dass es Begeisterung war, >>Klasse ... mit Verbrecherjagd ... auf eigne Faust?<<

Der Paläontologe nickte überschwänglich, >>Du sagst es ... zeign wir n Bullen wie`s richtig geht.<<

>>He he, ... saustarke Idee<<, das war der letzte Satz an den sich Storm noch einigermaßen erinnern konnte.

* * * * *

Samstagnachmittag, 2025, in Tennessee, USA.

Hier war also die Adresse, ein ruhiges Plätzchen, abgelegen und auf Privatsphäre bedacht. Hofer stand direkt vor dem imposanten Gemäuer, welches sich der vermeintliche Mörder seines Vaters von dem Erlös seiner Beute gekauft hat. Amerika, das Land der unbegrenzten Möglichkeiten, vor allem wenn es darum ging, die inkompetente Polizei auszutricksen oder zu bestechen, dachte sich Hofer. Zu gern würde er die mit Diamanten verzierte Halskette der

Frau des Polizeichefs dieser Stadt sehen, aber dazu hatte er leider keine Zeit.

In komplett schwarzer Kleidung gehüllt umrundete er das Anwesen und erkannte dabei, dass in dem Haus noch Licht brannte. Das war schon mal ein ausgesprochen gutes Zeichen. Außerdem vermutete Hofer, dass der Mann zwar Überwachungskameras installiert hatte, aber keinen Wert auf Bewegungsmelder legte, da sich hierher normalerweise sowieso keine Menschenseele verirrte.

Behände kletterte Hofer über den gusseisernen Gartenzaun und schlich sich an das Haus heran. Während er sich an die Fassade presste, lugte er vorsichtig durch die Fensterfront in eine Art Wintergarten. Dort saß er und schlürfte seinen teuren Whiskey, dieser arrogante Bastard. Jetzt oder nie.

Wutentbrannt wirbelte Hofer herum und trat mit voller Kraft die Terrassentür ein. Dabei richtete er die Waffe auf den rundlichen Kerl, der in seinem breiten Sessel saß und in einem Buch blätterte.

>>Betätigen sie den Alarm und sie sind ein toter Mann.<<, doch Campbell blieb seelenruhig, als wäre dies nicht das erste Mal, dass er sich in so einer Situation befand.

>>Tut mir wirklich leid, aber sie haben den Alarm bereits ausgelöst, als sie die Tür eingetreten haben. Es ist nur noch eine Frage der Zeit bis die Polizei hier ist-<<

Hofer zerschoss ihm ohne Vorwarnung die rechte Schulter und gleich drauf auch die Überwachungskamera. Ein schmerzverzerrter Schrei entwich der gequälten Seele, bevor ihn Hofer wieder zum Schweigen brachte, >>Sie haben nur eine Möglichkeit hier wieder lebendig herauszukommen. Antworten sie schnell und wahrheitsgetreu. Woher hatten sie den „Stern der Indianer" und das „Drachenauge"?<<

Campbell krümmte sich in seinem Ohrensessel vor lauter Schmerzen, brachte aber schließlich doch noch einen Satz heraus, >>Von einem Händler für Juwelen, verdammt!<<

Hofer bemerkte, dass er den ehemaligen Besitz des „Drachenauges" nicht abstritt. Der nächste Schuss ging exakt durch die Kniescheibe. >>Falsche Antwort.<<

Ein weiterer Schrei folgte dem Ersten.

>>Ist es nicht ein komischer Zufall, dass sie genauso wie der Einbrecher ein Linkshänder sind, wie die Polizei bei ihren Ermittlungen herausgefunden hat. Ich kenne nur wenige Personen, die ihr Buch mit der linken Hand umblättern und ihr Whiskeyglas in die linke Hand nehmen.<<

>>Aber deswegen bin ich noch lange kein Einbrecher, geschweige denn, ein Mörder<<, brüllte er aus Leib und Seele.

>>Wer hat den was von einem Mord gesagt?<<, meinte Hofer triumphierend und zielte daraufhin auf Campbells Bauch und drückte den Abzug durch, >>Wollen Sie mich wirklich dazu zwingen, Ihre DNS mit der damals gefundenen zu vergleichen oder geben Sie ein für alle Mal zu, dass Sie meinen Vater auf dem Gewissen haben?!<<

>>Das ... is ... nur ... ein Bluff ...<<

Hofer tat so als hätte er das überhört, >>Zögern Sie Ihren Tod nicht noch länger hinaus, sondern finden Sie sich endlich mit Ihrem Schicksal ab und büßen Sie für Ihre Tat. Das ist die letzte Chance, vielleicht doch noch in die unterste Schicht des Himmels zu kommen.<<

Tränen rannen ihm über die Wangen und er keuchte immer noch wie ein abgeschlachtetes Schwein, sammelte sich aber ein allerletztes Mal um noch etwas Satzähnliches zu formen, >>Ich ... habe ... ihn ... umgebracht. ... Ich ... bereue ... gar ...<<

Bevor er das kleine Wörtchen, „nichts" ‚sagen konnte, schoss ihm schon Hofer mitten zwischen die Augen. Der wohlbeleibte Kunsthändler und ehemalige Einbrecher war auf der Stelle tot und sein lebloser Körper sank in den blutüberströmten Sessel.

So sehr er den Moment auch genoss, musste Hofer nun schleunigst verschwinden, ehe noch die Polizei eintraf, sofern das mit der Alarmanlage kein Bluff gewesen war.

Dieses Kapitel seines Lebens war damit endgültig für ihn beendet und er konnte endlich ein neues Leben beginnen. Nur an einem anderen Ort.

* * * * *

Langsam öffneten sich seine schweren Augenlider und das erste, das er zu Gesicht bekam, war eine kalte und abweisende Zimmerdecke. Sofort schossen ihm mehrere Fragen durch den Kopf. Wo war er? Hatte man ihn entführt? Steckte am Ende dieser alte Sack dahinter?

Die vielen Gedanken lösten nur schwere Kopfschmerzen in seinem Schädel, der sich wie plattgewalzt anfühlte, aus.

Storm fühlte sich grauenvoll und dieses Ding, welches sie hier anscheinend ein Bett schimpften, war die reinste Hölle. Gequält strich er über den Untergrund und stellte erstaunt fest, dass sein Schlafplatz komplett gefliest war. Bei näherer Betrachtung erkannte er, dass auch der Rest des Zimmers so aussah.

Erschöpft senkte er wieder seinen brummenden Kopf und stöhnte einmal ausgiebig, wobei er den Blick zur Seite wandern ließ. Was er dort sah, erschreckte ihn zutiefst. Er war nicht allein in diesem Raum.

Auf einem Fliesenbett gleich neben seinem lag noch eine Person, die im Augenblick zu schlafen schien. Vielleicht war es der Paläontologe.

Storm nahm all seine Kraft zusammen und versuchte einen Satz zu bilden, brachte aber nur ein gesäuseltes, >>Palontoge, bis du´s?", heraus.

>>Es heißt Paläontologe, verdammt noch mal!<<, brüllte er zurück.

Nachdem sich Storm kurz wunderte, wie der schon wieder so auf dem Damm sein konnte, war er wieder beruhigt, dass es sich bei der Person zum Glück wirklich um den alten Mann handelte.

Plötzlich flog krachend eine Tür auf und Storm schreckte hoch, flog aber gleich wieder ungeschickt zu Boden.

Eine Person in waldgrünen Kleidern lachte kurz spöttisch auf, dann sagte sie, >>So tief kann man also sinken. Gestern noch Polizeiobermeister und heute schon in seinem eigenen Erbrochenen liegend, eingesperrt in der Ausnüchterungszelle. Ich muss schon sagen, Sie haben es weit geschafft, Storm<<, der Mann musste erneut lachen, dann krachte die Tür wieder zu und die Stimme war verschwunden.

Eine Stunde später standen sie erneut vor dem Polizeipräsidium im Regen. Diesmal hatte keiner von beiden einen Regenschirm dabei.

>>Na Junge, soll ich dich nach Hause fahren?<<, witzelte der alte Herr.

Storm war außer sich, >>Ich kann immer noch nicht glauben, dass ich Ihnen vertraut habe! Dabei kenne ich nicht mal Ihren Namen!<<

>>Hör auf mich anzuschreien. Oder behandelt man etwa so seinen Detektivpartner?<<

Storm musste ungewollt grinsen, >>Sie, ein Detektiv! Das ich nicht lache. Sie haben doch keinerlei Erfahrung, Sie Knochenbuddler!<<

>>Ich habe mehr Erfahrung als du dir vorstellen kannst<<, dabei griff er sich Storms Hand und schüttelte sie heftig, >>Auf eine gute und lange Partnerschaft. Mein Name ist übrigens Anton Hofer, aber du kannst auch nur Anton zu mir sagen.<<

Kapitel 8

Ein betretenes Schweigen herrschte in dem kleinen Einzimmerapartment. Storm und Hofer saßen sich in dem überschaubaren Wohnzimmer am hölzernen Esstisch gegenüber. Die Wohnung war zwar etwas schlicht, aber trotzdem irgendwie gemütlich, eben eine typische Junggesellenwohnung. Der Fernseher war auf dem neuesten Stand mit der noch nicht ganz ausgereiften Holofilm-Technik. Sie kostete um einiges mehr als das altbewährte Virtualitäts-Fernsehen, aber von dem bekam Storm auch immer starke Kopfschmerzen. Seine Generation war an diesen Quatsch nicht mehr gewöhnt, einfach eine Brille aufsetzen, Anzug überziehen und schon befindet man sich in einer anderen Welt. Furchtbar. Die Holofilme hatten den Vorteil, dass die Szene vor den Augen der Person aufgebaut wurde und die Protagonisten quasi mitten im Raum standen, aber man sich trotzdem noch in der Rolle des Zuschauers befand. Während die Virtua-Brille hauptsächlich in Videospielen zum Einsatz kam, da man hier versucht hat ein möglichst reales Spielerlebnis zu simulieren. Doch jeder Hype hat eben irgendwann ein Ende und so wurde den Leuten, die jahrelang behauptet hatten, dass Videospiele überhaupt nicht gewalttätig machen, direkt vor den Kopf gestoßen.
Die Gamer, vor allem die jüngeren, konnten plötzlich die reale Welt nicht mehr von der virtuellen unterscheiden, da man in den Gangsterspielen in einem ähnlichen Zimmer

wie bei sich zu Hause aufwachte. Daraufhin wurden die Städte und überwiegend die USA von Amokläufen erschüttert, bis die Brille weltweit verboten wurde.

Aufmerksam musterte Hofer den Raum und ließ seinen gutmütigen Blick, in dem irgendetwas kaltes lag, über die Gegenstände und Möbel schweifen. >>Wie ich sehe, besitzt du auch diesen ganzen neuen Technick-Mist. Neu, wenn allein schon wieder „Neu" drauf steht, bekomme ich schon einen Wutanfall. HoloPhone, HoloFernseher, Holo-Leck-mich-am-Arsch. Heutzutage gibt es so etwas wie ein soziales Treffen nicht mehr, man beamt einfach den sogenannten Freund mittels eines falschen Bildes in sein Zimmer.<<, Hofer schüttelte empört den Kopf und Storm wirkte von diesem Monolog irgendwie belustigt.

>>Reg dich wieder ab, alter Mann. So geht es jedem Menschen irgendwann einmal.<<

Er wurde mal wieder wütend, >>Nicht genug, dass du das simple Wort Paläontologe nicht in deinen Bubischädel reinbekommst, jetzt bezeichnest du mich auch noch als alt?<<, eine kurze ungläubige Pause, >>Ich bin gerade mal 66 Jahre alt, du Narr!<<

Ding-Dong, ihr Gespräch wurde jäh von der Türklingel unterbrochen.

>>Das wird der Postbote sein. Ich hab mir vor zwei Tagen ein neues Paar Schuhe gegönnt, das war wirklich mal nötig.<<, Storm stand auf und verließ das Apartment im sechzehnten Stock und fuhr mit dem Lift ins Erdgeschoss um das Paket abzuholen. Als er wieder zurück war, fing der Paläontologe an, >>Ich bin nur froh, dass wir wieder

von richtigen Postboten, also echten Menschen beliefert werden. Was war das nur für eine Zeit, als wir unsere Päckchen von diesen herzlosen Drohnen bekamen.<<
Storm schaute verwirrt, >>Das muss schon eine Ewigkeit her sein, ich kann mich nämlich nicht mehr dran erinnern.<<
Die Mine von Hofer verzog sich zu diesem typischen Opa-Erzähl-Ausdruck und Storm befürchtete schon Schlimmes, >>Das ist bestimmt schon vierzig Jahre her. Damals gab es eine Firma, die führend auf dem Gebiet der Online-Shops und Versandunternehmen war, bis zu dem großen Drohnenskandal im Jahre 2028. Das Unternehmen hatte eine herausragende Technik entwickelt, welche es ermöglichte, mittels Drohnen Pakete zu verschicken, sodass der Kunde innerhalb von nur einer Stunde seine Bestellung erhielt. Das ganze klang damals so revolutionär und praktisch. Ein Paket in nur einer Stunde, doch sie hatten nicht alles mit einkalkuliert. Manchmal gingen die Maschinen kaputt und stürzten ab, wobei oftmals auch Personen zu Schaden gekommen sind.
Den ersten größeren Vorfall gab es ein Jahr zuvor, als einem Kleinkind von dem Propeller der linke Arm abgesäbelt wurde. Zack, einfach ab, wie als würde man durch Butter schneiden<<, Hofer machte mit seiner Hand eine hackende Bewegung auf sein linkes Handgelenk, >>Der richtige Skandal entstand erst im Laufe der Zeit. Nachdem die meisten Postboten arbeitslos geworden sind und sämtliche Paketdienste pleite gingen ...<<, hier schnaubte Hofer verächtlich, >>... fingen die wütenden Postmänner

und -frauen damit an, die Drohnen mit Schusswaffen vom Himmel zu holen. Das Ganze endete in einem riesigen Fiasko und als dann auch noch die Leiharbeiter zum Protestieren auf die Straße gingen, ist dieses Versandimperium endgültig den Bach runtergegangen.<<

>>Ich frage mich sowieso, warum man die meisten schweren Arbeiten nicht durch Roboter ersetzt. Das wäre so viel einfacher und auch komfortabler<<

Hofer verdrehte die Augen, >>Ihr Männer von heute seid echt ungebildete Waschlappen und Taugenichtse. Hast du denn noch nie etwas von der ARR gehört?<<

Ein fragender Blick gab ihm die Antwort.

Daraufhin musste Hofer tief seufzen, >>Die Anti-Robot-Rule gilt seit ungefähr 57 Jahren und verbietet es international, einen Roboter des fünften Grades zu entwickeln, geschweige denn zu bauen.<<

>>Und was bedeutet das?<<

>>Das bedeutet, dass der Roboter nur beschränkt bewegungsfähig sein darf. Außerdem ist es nicht erlaubt, dass er in einem zu großem Gebiet selbstständig denken kann. Auch das uralte End-to-End-Programm wurde mit diesem Gesetz für immer aus der Welt geschafft. Das war damals ein herber Schlag für die pickligen Algorithmen-Freaks, aber das geschah ihnen auch recht. Der Auslöser für diese energische Anti-Roboter-Bewegung war eine einzelne Maschine. Ein Roboter des zehnten Grades, nach unserem Bewertungssystem zu urteilen, hat in den USA unzählige Menschen umgebracht.<<

Storm schlug sich mit der flachen Hand gegen die Stirn, >>Also bist du auch einer von diesen Deppen, die an solche idiotischen Verschwörungstheorien glauben.<<

Hofers Stimme wurde wieder lauter, >>Das ist keine Theorie, sondern eine Tatsache! Dieses Monstrum hat jeden umgelegt, der ihm im Weg stand und es war so gut wie unbesiegbar. Angeblich ist es mit einem Monstertruck in einen tiefen Canyon gestürzt und dabei zerstört worden, aber ich glaube nicht daran. Ich bin mir ziemlich sicher, dass dieses Wesen irgendwie überlebt hat. Vielleicht lauert es ja heute noch irgendwo da draußen.<<

>>Ganz wie du meinst, Märchen-Opa, aber die Frage ist, was machen wir jetzt? Ein Detektivbüro gründen? Wo wollen wir denn bitte die Fälle herbekommen?<<

Mit neuer Energie richtete sich Hofer wieder auf und lehnte sich zufrieden zurück, >>Heutzutage ist doch alles möglich. Eine Website ist in knapp einer halben Stunde erstellt und zusätzlich können wir auch noch Visitenkarten drucken, welche wir dann vor dem Polizeipräsidium an enttäuscht aussehende Personen verteilen.<<

Etwas misstrauisch zog Storm die Augenbrauen nach oben, >>Das klingt für mich ziemlich oberflächlich und unprofessionell.<<

>>Ja hast du eine bessere Idee, Milchgesicht!<<, blaffte ihn der Alte an, >>Du hast keinen Job und ich mache dir hier ein freundschaftliches Angebot, wobei ich sogar bereit bin, meinen eigenen Beruf etwas schleifen zu lassen.<<

>>Was muss man denn als Palä- ... Palä- ... Paläontologe groß arbeiten?<<
>>Überhaupt nix, aber darum geht es nicht. Also, hast du genug Arsch in der Hose um ein richtiger Ermittler zu werden oder bist du dafür zu feige? Oh, seht mich an, ich bin als Gesetzeshüter ein Versager und musste in meinem ganzen Leben noch nie irgend etwas nachforschen oder recherchieren. Ich habe ja so ein schweres Los gezogen<<, verhöhnte ihn der Wissenschaftler.
Storm sprang jetzt vor Enthusiasmus auf und schlug mit der Faust auf den Tisch, >>Du hast recht. Was habe ich schon groß zu verlieren? Es gibt genügend Fälle, um die sich die Polizei einen Dreck schert oder wie bei einer Vermisstenanzeige erst nach 24 Stunden ermittelt.<<
Grinsend erwiderte Hofer, >>Dann ran an den PC und lass uns die Visitenkarten entwerfen.<<

Eine Stunde und 36 Minuten später standen die beiden in der Fußgängerzone von München, mitten am Marienplatz.
>>Seit gut einer Stunde verteilen wir nun schon diese Kärtchen und ich werde sie einfach nicht los<<, beschwerte sich der nörgelnde Storm.
>>Kein Wunder, bei den ganzen Asiaten hier versteht uns sowieso keine Sau. Ich will nicht wissen auf wie vielen Fotos ich mittlerweile drauf bin.<<, antwortete Hofer und zündete sich daraufhin eine Zigarette an.
>>Seit wann rauchst du denn?<<, wunderte sich Storm.
>>Seit grad eben.<<

>>Aha<<, der ehemalige Polizist hustete einmal kurz und redete dann weiter, >>Das hat doch alles keinen Sinn hier. Ich komm mir vor wie ein dämlicher Straßenclown. Die Leute ignorieren einen komplett und latschen an einem vorbei, als wäre man nur Luft für sie.<<
Hofer stöhnte nur genervt, >>Sag mal, wie sprichst du eigentlich die Passanten an? Entschuldigung, dürfte ich Sie für einen kurzen Moment bei ihrer außerordentlich wichtigen Inspektion der Innenstadt stören?<<, spottete er in einem übertriebenen hochdeutschen Ton, >>Du musst mehr auf die Leute zugehen, sprich sie mit einer Menge Selbstbewusstsein an, rempel sie über den Haufen, oder stell ihnen ein Bein, ganz egal was, Hauptsache du bekommst ihre ungeteilte Aufmerksamkeit<<
Zwei Stunden später.
>>So, jetzt haben wir sämtliche Flyer verteilt und wie hast du dir das vorgestellt? Die Leute rufen uns an, schildern was passiert ist und wir ermitteln dann, wider dem Gesetz, auf eigene Faust?<<
Hofer verdrehte nur die Augen >>Wider dem Gesetz, du hörst dich schon fast an wie ein richtiger Bulle<<, er musste wegen seinem eigenen Scherz schmunzeln, >>Es ist vielleicht nicht ganz legal, aber dafür helfen wir den Leuten im Gegensatz zur Polizei. Denn wir werden nicht von überflüssigen Vorschriften behindert, sondern können sofort und jederzeit ermitteln, selbst beim kleinsten Verdacht.<<
>>Es ist trotzdem idiotisch.<<

Seit geschlagenen zwei Stunden warteten sie nun schon vor dem Telefon, aber bisher hatte sich noch niemand gemeldet.

\>\>Das darf doch wohl nicht wahr sein<<, klagte Hofer genervt, >>Irgendeinem dieser Menschen muss doch ein Verbrechen auffallen. Sie müssen ja nicht mal selbst betroffen sein, einfach nur eine kleine Spur.<<

\>\>Wünscht du den Menschen jetzt schon das Leid an den Hal-<<

Storm wurde jäh von dem schrillen Klingeln des Telefons unterbrochen. Zuerst starrten sich beide, wie zur Salzsäule erstarrt, an und Storm fragte sich, warum man sie über das altmodische Telefon anstatt mittels des Holopromters kontaktierte. Dabei projizierte dieser ein augenscheinlich dreidimensionales Bild von dem Anrufer oder dem Angerufenen in den Raum.

Schließlich stürzte sich Hofer hektisch auf den Hörer, >>Hallo, Hofer von „Hofer und Storm Detective Department" am Apparat, was kann ich für Sie tun?<<

Eine trockene und leicht verwirrte Stimme einer alten Dame meldete sich zu Wort, >>Grüß Gott, mein Name ist Annemarie Obermeier und ich habe letzte Nacht etwas ganz<<, sie stockte kurz, >>Merkwürdiges beobachtet<<, ein kurzes Husten und dann war alles still am anderen Ende der Leitung. Storm musterte Hofer fragend und dieser schüttelte bloß den Kopf und zuckte dabei mit den Schultern, >>Frau Obermeier, sind Sie noch dran?<<

\>\>Wie bitte? Äh ... ja ich bin noch dran.<<

\>\>Sehr schön, können Sie mir schildern was genau Sie gesehen haben?<<

\>\>Selbstverständlich kann ich das, ich mag zwar alt sein, aber senil bin ich noch lange nicht.<<, ein weiteres diesmal längeres Husten, >>Also ich saß vor dem Fernseher und habe mir diesen interessanten Shopping-Sender angeschaut, Sie glauben ja gar nicht was es da alles zu kaufen gibt<<, schwärmte sie, >>Selbstreinigendes Geschirr und noch viel viel mehr, Sie sollten dort unbedingt auch einmal vorbeischauen.<<

Langsam aber sicher verlor Hofer die Geduld, >>Sie sollten mir schildern, was Sie gestern für eine Straftat beobachtet haben.<<

\>\>Ach ja, stimmt, genau. Nachdem ich mir so ein hübsches selbstreinigendes Service gekauft habe, ist mir aufgefallen, dass meine Katze Herr Wuschel noch auf dem Balkon saß und ich sie ausgesperrt hatte. Normalerweise passiert mir so etwas nicht mit meinen geliebten Miezis, aber den Herrn Wuschel hab ich noch nicht so lang, müssen Sie wissen. Am längsten wohnt der Strulli schon bei mir, er ist so ein süßer Nacktkater und die ersten zwei Jahre wollte er einfach nicht auf das Katzenklo gehen, der kleine Racker.<<, Frau Obermeier bekam eine geradezu rührselige Stimme und Hofer unterbrach sie nur brüsk, >>Frau Obermeier, es ist noch lang keine Straftat eine Katze für einen Abend auf den Balkon zu sperren. Auf Wiederhören.<<

>>Warten Sie!<<, quäkte die Alte, >>Ich muss Ihnen doch noch erzählen was ich dabei vom Balkon aus gesehen habe.<<
Hofer stöhnte auf, während Storm ihn nur amüsiert breit angrinste und die Dame fortfuhr, >>Ich wollte an dem Abend gerade wieder rein gehen, als ich plötzlich tiefe Stimmen gehört habe.<<
>>Was Sie nicht sagen<<, entgegnete Hofer mit purer Begeisterung.
>>Und dann hab ich noch von dem Balkon hinab geschaut und zwei zwielichtige Gestalten gesehen. Ach ja, und sie haben rabenschwarze Klamotten getragen. Das kam mir schon so verdächtig vor. Am besten kommen Sie gleich her und untersuchen den Ort. Ich wohne in dem renovierten Altenheim in der ...<<
>>Das ist ja alles schön und gut, aber ich kann kaum zwei Menschen anzeigen oder gar festnehmen nur weil sie sich schwarz kleiden.<<, daraufhin knallte Hofer das Telefon scheppernd auf die Ladestation, >>Schöner Mist.<<
>>Lass mich raten, eine verplante alte Frau.<<, Hofer warf ihm nur einen düsteren Blick zu, doch Storm hatte noch nicht genug, >>Und Sherlock, haben wir jetzt einen Fall oder nicht?<<
Hofer sprang wütend auf und murmelte dabei, >>Ach, leck mich doch am Arsch<<, zornig schnaubend riss er seine Jacke vom Haken und machte sich auf den Weg zur Tür.
>>Jetzt sei keine beleidigte Leberwurst. Du machst die ganze Zeit Witze über meine Entlassung und nur weil ich

ein klein wenig spotte ist der Herr Pathologe gleich eingeschnappt.<<

Nun pochte eine dicke blaurote Ader auf der Stirn des Paläontologen, >>Hast du mich gerade einen Patho... einen Patho... Patho...<<

>>Bleib locker, es war nichts als ein Scherz. Ein kleiner lächerlicher Scherz.<<

Bevor Hofer irgendetwas Dummes machen konnte, klingelte diesmal der Holopromter. Storm drückte erleichtert auf einen grün blinkenden Knopf, woraufhin eine niedergeschlagen wirkende Frau in das Wohnzimmer projiziert wurde. Das Bild war verblüffend echt, sodass man meinen konnte, dass die Person tatsächlich mit im Raum stand.

>>Guten Tag<<, sagte sie mit einer grätzigen Stimme.

>>Hallo, mein Name ist Severin Storm und das ist mein charmanter Partner Anton Hofer. Wir leiten das Detektivbüro hier. Bitte schildern Sie uns doch, was genau Sie gehört oder gesehen haben.<<

Sie räusperte sich kurz, >>Ich habe überhaupt nichts gesehen oder gehört, das ist ja eben das Problem.<<

Storm war verwundert und schaute Hofer verblüfft an, dieser schmunzelte nur schadenfroh und ließ sich wieder in den Sessel niedersinken.

>>Äh ... Okay. Vielleicht halten sie unser Detective Department für einen billigen Scherz aber wir sind seriöse Privatdetektive und haben es gar nicht gern, wenn man unsere kostbare Zeit verschwendet<<, Storm wollte gerade auflegen, da schrie die Frau, >>Nein, bitte, legen Sie nicht auf. Es ist mein voller Ernst. Mein Name ist Alfine

Schmirgel und mein Freund hat mich den ganzen Tag nicht kontaktiert und auch nicht auf meine Holomessages geantwortet.<<
>>Wenn ich so ein verdammtes Wort schon wieder höre<<, grummelte Hofer vor sich hin.
Sein Kollege beachtete ihn gar nicht, >>Aha. Dann sind Sie hier aber trotzdem an der falschen Adresse. Wir sind nämlich Pri-vat-de-tek-ti-ve und keine Beziehungsberater.<<
>>Lassen Sie mich halt mal ausreden! Mein Freund schreibt mir jeden Tag mindestens drei Mal eine Nachricht und an sein Telefon geht er auch nicht. Ich hab auch schon persönlich bei ihm zu Hause vorbei geschaut, aber es hat niemand aufgemacht. Was ziemlich komisch ist, da Günther niemals irgendwohin fahren würde, ohne mir vorher Bescheid zu sagen. Das selbe habe ich auch schon der Polizei erzählt aber die meinte nur, dass sie vor 24 Stunden noch nichts unternehmen kann. Und als ich dann vollkommen verzweifelt in mein Apartment gehen wollte, hat mir dieser alte Zausel hier eure Nummer in die Hand gedrückt.<<
Storm musste daraufhin laut auflachen, wobei Hofer nur empört den Kopf mit seiner langen Zottelmähne schüttelte, >>Sie wollen also, dass wir für Sie Ihren Freund finden?<<
>>Genau<<
>>Gut, Sie müssen uns nur sagen wo er wohnt, damit wir nach Anhaltspunkten suchen können und unser Honorar

beträgt in diesem Fall eintausend Bayerische Kronen für den Fund Ihres Freundes.<<

Der gelernte Polizist riss erstaunt die Augen auf, als er diese Summe hörte und offensichtlich ging es der entsetzten Frau Schmirgel nicht anders.

>>Tau... tausend Bayerische Kronen?! Sind Sie noch ganz bei Sinnen? Günther ist gerade mal einen halben Tag verschwunden und nicht für den Rest seines Lebens untergetaucht.<<

>>Das müssen Sie wissen wie viel Ihnen Ihr Günther wert ist.<<

Frau Schmirgel musste kurz nachdenken, >>Höchstens fünfhundert aber nicht mehr.<<

>>Okay, abgemacht. Doch dafür können wir uns auch nur halb so stark ins Zeug legen. Besprechen Sie mit meinem Partner die Einzelheiten, ich habe jetzt noch ein wichtiges Meeting mit einem weiteren Klienten<<, der Paläontologe stand schwungvoll auf und ging rasch aus der Bildübertragungsreichweite des Holopromters, wodurch bei Frau Schmirgel das Hologramm von Hofer verschwand. Es tat einen lauten Knall, der Storm signalisierte, dass soeben die Badezimmertür geschlossen wurde.

>>Und die Frau hatte wirklich keinen Schlüssel?<<, fragte Hofer sichtlich genervt.

>>Zum hundertsten Mal, Nein!<<, antwortete Storm verärgert.

>>Na großartig, die Schmimpel kennt ihren Trottel doch schon so lang wie sie uns erzählt hat und besitzt trotzdem

keinen Hausschlüssel. Mich wundert es ja sowieso, dass die beiden noch nicht zusammen gezogen sind oder gar geheiratet haben. Heutzutage heiratet jeder Mensch gefühlte fünf Mal standesamtlich, nur weil es gerade „in" ist<<, dies betonte er besonders abwertend, >>Zu meiner Zeit hat eine Hochzeit noch viel bedeutet. Da gab es eine große Zeremonie in der Kirche und ein Fest danach, anstatt einem irren Saufgelage. Wir sind nicht einfach nach einem Jahr zum Standesamt gelaufen, nur um das dann als Erfolg auf HoloGram zu posten.<<

>>Sag mal, hast du mir überhaupt zugehört? Die beiden sind erst seit einem Monat zusammen.<<

Hofer zuckte nur mit den Schultern, >>Na und? Interessiert mich das?<<

Daraufhin seufzte Storm erschöpft, >>Was machen wir jetzt? Schließlich stehen wir vor der verschlossenen Haustür und haben weder einen Schlüssel, geschweige denn einen Durchsuchungsbeschluss.<<

>>Durchsuchungsbeschluss<<, ätzte Hofer ihn nach, >>Sind wir etwa von der Polizei? Der Durchsuchungsbeschluss steht auf dem Boden meiner Schuhsohle.<<

Donnernd krachte Hofers Fuß gegen die Eingangstür, welche sofort nachgab und scheppernd gegen die Wand prallte, >>Immer herein spaziert.<<

Ihnen stieg sofort ein süßlicher Geruch in die Nase, dessen Quelle kaum zu übersehen war.

>>Ob sie uns die fünfhundert Kronen trotzdem zahlt?<<, meinte Hofer trocken.

>>Ich glaub nicht, dass wir so viel Glück haben werden. Auf jeden Fall liegt er noch nicht sehr lange da rum.<<
>>Auch wenn sein schmieriges Aussehen einen das vermuten lässt<<, scherzte der Paläontologe, woraufhin er sich über die verbogene Leiche beugte, um sie eingehend zu untersuchen.
>>Komisch. Wirklich verblüffend.<<
>>Was ist so verblüffend, Herr Pal... ne halt, jetzt bist du doch gerade ein Pathologe.<<
>>Falsch. Dazu müsste ich den Kerl aufschlitzen. Aber das hat schon ein anderer für mich erledigt. Siehst du.<<, Hofer deutete auf eine tiefe Schnittwunde, die mit getrocknetem Blut überkrustet war, >>Der Täter hat ihm sofort von hinten die Kehle durchgeschnitten und zwar auf den ersten Versuch.<<
Storm hob erstaunt die Augenbrauen, >>Also kam es zu keinem Kampf. Das Opfer hatte keine Chance mehr zu reagieren und ist elendig erstickt. Hört sich für mich eindeutig nach einem Profi an.<<
>>Exakt<<, der Paläontologe wanderte um die blutleere Leiche herum, ließ seinen Blick durch den ganzen Raum schweifen bis er bei Storm hängen blieb, >>Und jetzt kommt die Preisfrage: Wer hat einen triftigen Grund, ein Attentat auf einen armen Bierfahrer zu verüben?<<
Die Worte blieben kurz so im Raum stehen bis Storm schließlich sagte, >>Keine Ahnung. Vielleicht finden wir die Antwort ja hier.<<, erst jetzt bemerkte der ehemalige Polizist in welcher Unordnung sich die eher dürftige Einrichtung der Wohnung befand.

\>\>Da wollte wohl jemand sicher gehen, dass diese Frage unbeantwortet bleibt.<<

\>\>Das kannst du aber laut sagen<<, meinte Hofer, \>\>Ich würde sagen, du untersuchst sein Schlafzimmer genauer, während ich ihn noch ein bisschen unter die Lupe nehme und sein Wohnzimmer durchsuche.<<

Wortlos nickend ging Storm in den benachbarten Raum und zuckte erst mal zusammen, als ihm ein beißender Gestank entgegen kam. Der Typ wusste anscheinend nicht, dass man sein Bettzeug ab und zu wechseln sollte, dachte sich Storm. Er bemerkte, dass alles von einer leichten Staubschicht überzogen war. Alles außer einem Bild, welches den Toten zusammen mit Frau Schmirgel zeigte. Der silberne Rahmen war schon ganz abgerieben und glanzlos, von den unzähligen Malen, als der Bierfahrer es wohl schon in der Hand hatte, um es sehnsüchtig zu betrachten. Storm fiel eine weitere staubfreie Fläche auf, die auf dem billigen Schreibtisch prangte. Ein loses Netzwerkkabel bestätigte seine Annahme, dass hier mal ein Holoboard oder einer dieser älteren Laptops gestanden hatte.

Der Täter hat es höchstwahrscheinlich mitgenommen, um Informationen verschwinden zu lassen und Beweise zu vernichten.

\>\>Und, hast du schon was entdeckt?<<, schallte es aus dem Wohnzimmer.

\>\>Bisher noch nichts Wichtiges<<, rief Storm zurück, \>\>Aber der Mörder hat sich den Laptop unter den Nagel gerissen.<<

>>Das war mir schon fast klar<<, erhielt er als Antwort. Storm schlenderte weiter durch das Schlafzimmer und suchte auch den Schreibtisch genauer ab, doch in den Schubladen fand er nur einen Stapel alter Bildzeitungen, Lottoscheine und Playboy-Heftchen.

Auf dem Schreibtisch waren nur belanglose Notizzettel und zusammengeknüllte Papiertaschentücher. In einer Ecke krabbelte auch eine kleine Spinne, die von Storms Faust zermalmt wurde. Da kam ihm plötzlich eine Idee, >>Weißt du was komisch ist?<<

>>Dass du einen Tag nach deiner Entlassung in der Ausnüchterungszelle aufgewacht bist.<<

>>Ach, du alter Depp. Nein, ich meinte eigentlich, dass so ein Bierfahrer doch einen Plan haben müsste, der ihm sagt, wann er das Bier wohin liefern muss.<<

Kurze Stille im anderen Zimmer, >>Das würde ja bedeuten, dass einer seiner Auftraggeber oder Kunden ihn umgebracht hat, wer sollte sonst einen Grund haben diese Informationen zu beseitigen. Also nur sofern der Plan nicht doch noch irgendwo auftaucht.<<

Sie verstanden sich auch ohne Worte und so suchten beide eifrig weiter. Storm stieß auf eine komplette Fanmontur des FC Bayern München.

>>Der Günther war auch einer dieser armen Spinner, die diesem lächerlichen Verein angehören.<<

>>Meinst du etwa den FCB?<<

>>Jep<<, kam die knappe Antwort.

>>Sag bloß nichts gegen den FCB, Bürschchen. Lang vor deiner Zeit konnte kein Fußballverein denen auch nur das

Wasser reichen. Die haben sogar das Triple gewonnen. DFB-Pokal, Bundesliga und Champions-League Sieger in einem Jahr.<<
Storm wühlte weiter und sagte, >>DFB? Das bedeutet ja FC Bayern war an der Spitze von Deutschland.<<
>>Ganz recht<<
>>Also muss das noch vor der Abspaltung Bayerns passiert sein und die ist gut ein halbes Jahrhundert her. War da das Fußballspielen überhaupt schon erfunden?<<
>>Erfunden?!<<, schnaubte Hofer verächtlich, >>Wir haben es gelebt. Zu meiner Zeit hatte der Fußball seinen Höhepunkt erreicht. Er stand mitten in der Blüte seiner Jahre<<, er machte eine theatralische Pause, >>Doch dann haben diese blöden Frauenrechtlerinnen dafür gesorgt, dass die Männer mit den Kampflesben vom Frauenfußball in eine Mannschaft gesteckt wurden. Somit hat man aus der Männersache eine emanzipierte Familiensülze gemixt. Mir wird heute noch speiübel, wenn ich bloß daran denke.<<
Storm musste vor sich her grinsen, obwohl Hofer ihn sowieso nicht sehen konnte, >>Es ist immer wieder lustig mit euch sexistischen alten Leuten.<<
>>Ach, jetzt lass doch mal die Kirche im Dorf. Manche Sachen sind eben für Männer gemacht und in anderen sind eben die Frauen besser. Ich zieh mir schließlich auch kein pinkes Tu-Tu an und hüpfe über die Bühne, da ich weiß, dass keine Sau das sehen will. Der Unterschied ist, ich akzeptiere es, dass ich kein Ballett tanzen kann.<<

Bei dieser plumpen Erklärung konnte Storm nur herzhaft auflachen und den Kopf schütteln.
Nach einer Stunde gründlicher Suche, wobei Storm sogar mehrere Fingerabdrücke mit denen der Knowhoo-Datenbank verglichen hat, leider ohne Erfolg, informierte Hofer Frau Schmirgel mit viel Mitgefühl über das Ableben ihres festen Freundes.

Schweigend saß er in seinem kleinen düsteren Zimmer. In der rechten Hand ein Glas Wasser, denn er trank auch nichts anderes. Koffein- und alkoholhaltige Getränke verursachten nur ein leichtes Zittern in seinen Händen, welches er bei seinem Job unter keinen Umständen dulden konnte.
Auf seinem stoppeligen Kopf befand sich eine Virtualitätsbrille in der Größe einer normalen Sonnenbrille, die an einem leichten Helm befestigt war, welcher ebenfalls über feinste Elektroden verfügte. Mit dieser, mittlerweile fast schon veralteten, Technik, war es möglich ein Gerät oder eine Maschine allein mittels Gedanken steuern zu können. In diesem Fall eine findige Drohne.
Durch die Brille sah er direkt das Bild, welches die winzige Kamera live filmte.
Vor sich konnte er, verblüffend echt, einen riesigen Mann sehen, der planlos in dem Zimmer auf und ab ging, manche Stellen genauer untersuchte, Schubladen durchwühlte und sich anscheinend mit einer anderen Person unterhielt. Leider war die Drohne zu klein für ein Mikrofon, aber das würde auch gar nicht von Nöten sein.

Plötzlich fiel der Blick des Mannes direkt auf ihn und nach einer raschen Handbewegung war der Bildschirm vollkommen schwarz. Aber er hatte schon, was er brauchte und es war schließlich nicht das erste Mal, dass eine seiner liebevoll mit Hand gefertigten Drohnen erschlagen wurde.
In gewohnter Routine startete er sein Holoboard, das mit einem Hochleistungscomputer verbunden war. Nachdem die längst vergessenen Unternehmen Google und Facebook jedes Gesicht, das irgendwo im Internet auftauchte, abgespeichert und eine unvorstellbare Menge an Daten gehortet hatten, wurde diese wiederum an Knowhoo verkauft, damit sie die Regierung weiterhin zur Terrorbekämpfung nutzen konnte. Nun war es natürlich ein Leichtes für ihn, als Technikfreak, sich in diese Datenbank hinein zu hacken, um sie für einen anderen Zweck zu missbrauchen.
Blitzschnell jagte er das gespeicherte Bild des Mannes mit der Hilfe seiner Gedankenkraft durch die Datenbank und glich es dadurch mit sämtlichen Gesichtern ab.
Ein perfekter Treffer und das in nur wenigen Sekundenbruchteilen.
Der Mann hieß Severin Storm, 33 Jahre alt, Polizist, aber gerade erst suspendiert, ledig, keine Kinder, Junggesellenwohnung in Schwabing, beide Eltern bei einem Autounfall gestorben, ein Bruder mit Familie. Den wird niemand vermissen.

Klirr. Das typische Geräusch, wenn ein Glas zu Boden fällt und zerspringt, holte Storm aus dem unruhigen Schlaf.

War da etwa jemand in seiner Wohnung? Wahrscheinlich bilde ich mir das nur ein, dachte er sich, bei meiner Unordnung kann es gut sein, dass ein Glas runter gerollt ist.
Doch dann hörte er das verstohlene Knirschen einer Schuhsohle, die auf Glasscherben trat. Mit einem Mal war er hellwach und tastete nach seiner Dienstwaffe, welche normalerweise auf seinem kleinen Nachtkästchen lag. Verdammt, er musste sich erst noch daran gewöhnen, dass er entlassen wurde. Verzweifelt ging er im Kopf sämtliche Gegenstände durch, die sich in seinem schlampigen Schlafzimmer befanden und sich als Waffe eigneten.
Einen Gürtel zum Strangulieren? Nein, zu schwierig. Einen Kleiderbügel? Nein, mit dem konnte er nichts gegen den Einbrecher ausrichten. Einen Baseballschläger? Mist, so einen besaß er nicht einmal. Der herzförmige Stein auf dem „Ich liebe dich" steht, von seiner Ex-Freundin! Den wollte er ihr eigentlich durch die Fensterscheibe schleudern, aber leider wohnt sie im elften Stock.
Der wäre perfekt. So leise wie nur irgendwie möglich stand Storm von seinem Bett auf und zog eine Kiste mit uralten Erinnerungstücken unter dem hölzernen Gestell hervor. Da lag es, groß, breit und eiskalt. Ein Herz aus Stein, wie es zu diesem alten Miststück nicht besser hätte passen können.
Voller Tatandrang umklammerte er die beiden oberen Wölbungen des Herzens um die Spitze als Aufschlagspunkt zu verwenden. Diesem Drecksack von Einbrecher würde er die Schädeldecke spalten. Storm schlich furchtsam auf leisen Sohlen zu der offenen Tür des Wohnzim-

mers und spähte mit äußerster Vorsicht hinein. In der Dunkelheit erkannte er eine schemenhafte Gestalt, die im spärlichen Schein einer Taschenlampe die Schublade einer vollgefüllten Komode durchwühlte. Und in diesem Fach befanden sich alle Wertsachen von ihm. Sein teures Portemonnaie, seine blankpolierten Uhren und auch ein ungetragener Verlobungsring. Anscheinend war der Dieb mit der Suche beschäftigt, denn er sah nicht in die Richtung des ehemaligen Polizisten.

Jetzt oder nie, schoss es durch Storms Kopf. Langsam, voller Adrenalin und Schritt für Schritt näherte er sich der schemenhaften Person, um sie von hinten zu überwältigen. Das letzte Stück sprintete er noch und schlug dann mit einem Kampfschrei dem Einbrecher den geschliffenen Granit über den Schädel. Doch plötzlich geschah etwas vollkommen Unerwartetes, Storms Arm rauschte durch die Gestalt hindurch, als bestünde sie nur aus Luft, und krachte auf das hölzerne Schränkchen. Geschockt und verwirrt starrte der noch etwas schlaftrunkene Mann auf seinen Arm, der in dem Einbrecher zu stecken schien. Dieser wiederum kramte weiterhin unbesonnen, ohne irgendwas bemerkt zu haben, in der Schublade, während das Herz des Privatdetektivs sich anfühlte als würde es gleich explodieren. Da traf es Storm, wie ein Blitz. Dieser Einbrecher war nur ein Hologramm. Was bedeutet, dass der echte Verbrecher noch irgendwo...

Geistesgegenwärtig hechtete Storm zur Seite, wobei er noch einen metallischen Gegenstand durch die Luft sausen sah, kurz bevor er auf die harten Küchenfliesen aufschlug. Der Schmerz hielt ihn zumindest wach. Ein leises Klicken und die Taschenlampe erlosch. Dadurch war es in der Wohnung stockdunkel, sodass der rabenschwarze Umriss des echten Einbrechers mit der düsteren Umgebung verschmolz. Voller Adrenalin brachte sich Storm jedes kleine Detail seiner Wohnung in Erinnerung und versuchte wenigstens für eine Sekunde einen knappen Überblick über die Lage zu bekommen. Links vor ihm befand sich der Balkon im siebten Stock, sehr schlechte Idee. Links auf etwa gleicher Höhe die Schlafzimmertür und im Schlafzimmer rechts das Bad. Links hinter ihm war die Eingangstür und direkt vor ihm stand sein Verderben. Die letzte Chance waren die Küchenmesser rechter Hand neben dem Herd. Seinen Stein nahm er felsenfest in die linke Hand und sprang schlagartig auf, um nach dem Messerblock zu greifen, doch alles was Storm in die Finger bekam war gähnende Leere. Dieser miese Schuft hatte die Messer längst entfernt. Storm hastete zur Eingangstür und wollte sie aufreißen, aber sie war fest verschlossen und sorgfältig verriegelt. Panisch hämmerte er auf den Lichtschalter, doch auch dieser wollte nicht seine Pflicht erfüllen. Stattdessen blieb der Raum vollkommen düster. Ein leiser Schritt näherte sich ihm und in seiner Verzweiflung warf er mit voller Wucht sein steinernes Herz in jene Richtung. Der Verbrecher schrie verwundert auf, woraufhin sich der suspendierte Polizist einen kugelschreiberähnlichen Gegenstand von der Kommode schnappte und danach schnaubend ins Schlafzimmer und von dort aus in das kleinere Badezimmer sprintete. Geräuschvoll donnerte er die Tür hinter sich zu und sofort krachte von der anderen Seite der Einbrecher dagegen, wobei er mit aller Gewalt versuchte, die Klinke runter zu drücken.

Storm presste sie angestrengt nach oben und in letzter Sekunde schaffte er es noch, die Tür abzuschließen. Kraftlos und schweißgebadet sackte er langsam zu Boden, während auf der anderen Seite der wüste Jäger noch ein paarmal gegen das Holz hämmerte, bis er es schließlich endgültig aufgab.

Der Polizist holte seinen dünnen Zylinder hervor und betätigte ein winziges Knöpfchen an der Seite. Schlagartig klappte ein schmaler Rahmen auf, in dessen Mitte ein Hologramm projeziert wurde. Es sah genauso aus wie die Bildschirme der ersten Smartphones, aber solche fand man heute nur noch im Museum oder allenfalls in der Hosentasche von Anton Hofer.

Eilig und komplett überhastet tippte Storm auf das Wahlfeld und gab die 110 ein, doch bevor er seine Eingabe bestätigen konnte ertönte ein komisches Raunen, ein Geräusch, das Severin Storm noch nie zuvor gehört hatte, woraufhin sein Holophone ausfiel. Nun saß er in völliger Dunkelheit, mit dem Rücken an die Tür gelehnt, auf dem kalten Boden seines Badezimmers, während sich seine Gedanken buchstäblich überschlugen und seine Lunge kurz vorm Kollabieren war.

>>Versuch gar nicht erst darüber nachzudenken. Es wird dich nur verrückt machen<<, sprach eine gelassene und tiefe Stimme zu ihm.

>>Bis... bist du ... der Einbrecher?<<, brachte Storm gerade noch so mit zitternder Stimme heraus.

>>Einbrecher würde ich nicht sagen. Gut, ich bin zwar bei dir eingebrochen, aber ich stehle ja nichts. Auftragsmörder trifft es schon eher.<<

So langsam lichtete sich der undurchsichtige Nebel in Storms Kopf, >>Also, dann bist du der Grattler, der Herrn Günther Dümpel auf dem Gewissen hat!<<

>>Werd nicht gleich zu übermütig, was die Beleidigung angeht. Und ja, ich habe den Kerl umgelegt, aber es hat leider nicht viel Spaß gemacht, da er sturzbetrunken war<<, der Mann räusperte sich kurz, >>Aus diesem Grund hab ich ihm nur kurz die Kehle durchgeschnitten.<<

Storm war fix und fertig, der Schweiß perlte ihm aus allen Poren, er brauchte jetzt erst mal einen großen Schluck Wasser, bevor er wieder mit diesem Wahnsinnigen reden konnte. Erschöpft schleppte er sich zum Waschbecken und drehte den Wasserhahn voll auf. Kein Tropfen. Was zur Hölle, dachte sich der Privatdetektiv. Um auf Nummer sicher zu gehen, drehte er auch noch den Duschhahn auf und überprüfte die Toilettenschüssel. Ebenfalls kein Wasser.

>>Was für ein Pech<<, sprach der Andere boshaft weiter, >>Da habe ich dir doch tatsächlich das Wasser ihm Keller abgedreht<<, ein schadenfrohes Lachen dröhnte durch die Tür.

>>Sie geisteskrankes Arschloch, was ist das für ein Spielchen hier?<<, wunderte sich Storm.

>>Du hast aber eine langsame Kombinationsgabe, vielleicht war es doch keine so gute Idee ein Detektivbüro aufzumachen und sich in Angelegenheiten einzumischen, die einen nichts angehen. Falls du dich wunderst, wieso dein Handy nicht mehr funktioniert, kann ich dir mit dem größten Vergnügen die Ursache verraten. Der Trick nennt sich EMP und ich habe die Maschine selbst gebastelt. Sie erzeugt einen elektromagnetischen Puls, also eine breitbandige elektromagnetische Strahlung, die sämtliche ungeschützte elektronische Geräte in einem Umkreis von mehreren Metern zerstört.<<

Storm wusste, dass diese Technik vom Militär eingesetzt wurde, um feindliche Kampfjets zum Absturz zu bringen, aber er hatte keine Ahnung von der Funktionsweise dieser Maschinen.

>>Hast du ernsthaft geglaubt, du bist mir vorhin durch dein eigenes Geschick entkommen? Wenn ich gewollt hätte, dass du stirbst, wärst du auch schon längst tot. Ich hatte genügend Möglichkeiten, um dir den Gar auszumachen. Als du geschlafen hast, während du das Hologramm niederschlagen wolltest und bei deinem traurigen Versuch durch die Eingangstür zu fliehen. Selbst der Schrei nach dem verzweifelten Steinwurf war nur gespielt. Es geht mir hier nur um das Vergnügen, einen weiteren *Klienten* quälend langsam zu töten.<<

Jetzt wirbelten die Gedanken in doppelter Geschwindigkeit durch Storms Kopf und starke Schmerzen zwangen ihn, sich auf das Klo zu setzen. Sein Herz pulsierte immer noch, als würde es gleich platzen. Verdammt, er brauchte irgendeinen Einfall, um hier wieder lebendig heraus zu kommen. Oder vielleicht sogar ein Wunder.

>>Um dir deine Gedankengänge zu erleichtern kann ich dir gleich sagen, dass du keine Chance hast. Die Frage ist nur, wann wirst du das einsehen? Der Rekord liegt bei drei Tagen, alle anderen Klienten haben entweder früher aufgegeben oder sich vorher das Leben genommen. Du hast die Wahl.<<

>>Du kannst mich mal am Arsch lecken!<<, das war im Moment das Einzige, was Storm in den Sinn kam. Angestrengt überlegte der Detektiv, wie er diesem Alptraum entkommen konnte. Da kam ihm eine zündende Idee. Als Jugendlicher hatte er mit seinem Kumpel manchmal irgendwelche kleinen Bomben gebastelt, möglicherweise war er in der Lage, aus dem was er im Badezimmer hatte sich einen ähnlichen Sprengsatz zu bauen. Doch die alles verzehrende Dunkelheit schien auch seine Gedanken zu blockieren. Angestrengt und unter immensen Kopfschmerzen brachte er sein erinnerungsreiches Gedächtnis wieder in Gang.

Mal überlegen, für eine Pfennigbombe brauchte er Klebeband, ein weiteres Band mit Böllern und einen möglichst kleinen Pfennig. Das hatte er alles nicht und außerdem war die Wirkung viel zu schwach.

Für eine Benzinbombe fehlte ihm das nötige Benzin, also kam die auch nicht in Frage.

Aber wenn er Glück hatte, konnte er sich eine Bombe aus einem Deodorant zusammenschustern. Mit einem neuen Funken Hoffnung kroch Storm los, um sein kleines Reise-

täschchen unter dem Waschbecken hervor zu holen. Sein Urlaub lag zwar schon fast zwei Monate zurück, aber er räumte immer erst nach einer halben Ewigkeit die Sachen wieder aus den Koffern.
In der Tasche waren alle möglichen Gegenstände, die man im Bad brauchte, ein Erste-Hilfe-Kasten und, wenn er sich recht erinnerte, auch eine Packung Streichhölzer. Bingo.
Seine Hände begannen zu zittern vor lauter Aufregung. Jetzt würde er diesem Bastard zeigen, mit wem er es hier zu tun hatte.
Energisch riss er ein Handtuch von der Heizung und warf es neben die Tür auf den Boden. Gleich darauf tastete er bibbernd nach der größten Dose, dem Haarspray, und sprühte es auf das flauschige Stück Stoff. Danach zündete er ein Streichholz an und genoss kurz das warme Licht. Auch wenn es nur eine kleine Flamme war und der Moment nicht lang andauerte, konnte Storm nicht genug von diesem befriedigenden Gefühl bekommen.
Das Feuer versengte dem Privatdetektiv die Finger, woraufhin er es ruckartig fallen ließ und seine winzige Brandwunde mit dem Mund kühlte.
>>Hey, was machst du da drin? Hast du etwa eine Schachtel Streichhölzer gefunden?<<
>>Das geht dich einen Scheißdreck an<<, brüllte Storm aufgebracht zurück.
>>Na ja, die werden dir früher oder später ausgehen und dann wird dich die Dunkelheit allmählich um den Verstand bringen. Genieße das Licht solange du noch kannst.<<

Oh ja, das werde ich, dachte sich Storm. Wütend zündete er ein weiteres kleines Hölzchen an und nahm hastig seine Haarspraydose. Nun hielt er die Flamme direkt vor die Öffnung und richtete beides auf das Handtuch, um es mit seinem improvisierten Flammenwerfer anzuzünden. Das Streichholz erlosch erneut, aber das konnte ihm egal sein, denn er hatte jetzt ein eigenes kleines Lagerfeuer. Ohne Zeit zu verlieren, suchte er in dem schummrigen Licht seine beiden Deodosen, während der Auftragskiller wieder von der anderen Seite zu ihm sprach, >>Was war das für ein Geräusch? Ich habe ein kurzes Zischen gehört.<<
>>Ich mach gar nichts. Das hast du dir bestimmt bloß eingebildet.<<, log der ehemalige Polizist und fand dabei das, wonach er gesucht hatte. Zufrieden warf er beide Dosen in das Feuer, jetzt musste er nur noch den Zeitpunkt richtig timen. Zum Glück hatte sich das Deodorant über die Jahre nicht sonderlich verändert, sodass die Zeit für zwei Dosen immer noch bei ungefähr eineinhalb Minuten liegen müsste.
>>Sag mir sofort was du da machst, ansonsten brech ich die Tür auf.<<
Das schwierige war nun, den Verbrecher so lange wie nötig hinzuhalten.
>>Ich versuche den Wasserhahn zu reparieren<<, ach verdammt das klingt viel zu unglaubwürdig, dachte er sich gleich darauf, erzürnt über sich selbst.
>>Ich lass mich nicht von dir verarschen<<, die Stimme wurde härter, >>Du sagst mir jetzt auf der Stelle, was du

da treibst, ansonsten kannst du schon mal deine Gebete sprechen!<<

Dreißig Sekunden waren schon vergangen.

>>Das war das Geräusch der nicht funktionierenden Toilettenspülung.<<

>>So, jetzt reichts, ich komm rein!<<

Vierzig Sekunden.

Der Auftragskiller rüttelte heftig an der Tür und schlug wieder gewaltsam dagegen.

Fünfzig Sekunden.

Storm vernahm erschrocken das leise Geräusch von splitternden Holz, als der Mörder anscheinend versuchte, die Tür mit einem Brecheisen oder etwas Ähnlichem aufzustemmen. Daraufhin bereitete er sich mit flatternden Herzen schon mal auf seinen bevorstehenden Angriff vor, fand aber keine bessere Waffe als den Stab einer Saugglocke.

Eine Minute.

Hektisch entfernte er die blassrote Gummiglocke von dem Holzstab und vollführte mehrere Schlagbewegungen in der Luft, um sich eine effektive Taktik auszudenken.

Allmählich öffnete sich ein kleiner Spalt zwischen der Tür und dem Rahmen.

Eine Minute und zehn Sekunden.

Mit vollem Körpereinsatz schmiss sich Storm gegen den Zugang und verhinderte somit das Eindringen seines Henkers.

\>>Ich hab gesehen, dass du ein Feuer entfacht hast. Entweder du erstickst es auf der Stelle unter einem Handtuch, oder bei dir gehen gleich für immer die Lichter aus.<<
\>>Du drohst mir mit dem Tod? Das ist aber nicht sehr clever, nachdem du mich sowieso umbringen willst.<<
Eine Minute und zwanzig Sekunden.
\>>Ganz wie du meinst, Klugscheißer.<<
Eine schwere Erschütterung jagte durch die Tür, als sich der Mann dagegen warf, doch Storm konnte unter großer Mühe noch standhalten.

Kurz bevor er erneut gegen das Holz krachte, sprang Storm hastig in die Badewanne und hielt schützend die Hände über seinen Kopf.

Nahezu gleichzeitig flog die Tür scheppernd auf und der Auftragskiller stürmte genau in der Sekunde in das Badezimmer, als die Deodorantbombe in die Luft ging. Ein riesiger Feuerball fegte durch den kleinen Raum und der Mörder, der nur wenige Zentimeter neben dem Feuer gestanden hatte, wurde brutal gegen das Waschbecken geschleudert, konnte sich aber gerade noch auf den Beinen halten.

Geistesgegenwärtig sprang der unverletzte Storm aus der Badewanne und rammte dem brennenden Einbrecher aggressiv seinen Holzstab, mit dem stumpfen Ende voraus, ins Gesicht.

Der verletzte Verbrecher schrie auf und wollte mit seinem breiten Fleischermesser zu einem Gegenangriff ansetzen, doch der flinke Privatdetektiv wehrte den Hieb gekonnt mit seinem Stock ab und verpasste dem Mann einen kräftigen Tritt in den Lendenbereich. Sofort sackte sein grausamer Gegner für einen kurzen Moment zusammen, woraufhin Storm seinen Kopf packte und gleichzeitig, während er ihn schlagartig nach unten zog, das Knie ins Gesicht schmetterte.

>>Nimm das du Arschgesicht!<<, schrie er aus Leib und Seele.

Er trat noch ein paarmal mit seinem Knie gegen den blutüberströmten Kopf, bis er den bewusstlosen Mann schließlich losließ und dessen lebloser Körper zu Boden sackte.

Ohne eine Sekunde zu verlieren entriss Storm dem verschrammten Einbrecher sofort das Messer und wollte für einen verlockenden Augenblick es dem immer noch brennenden Auftragskiller direkt in die Brust stechen, gewann aber schließlich wieder die volle Kontrolle über sein Handeln.

Schwer atmend versuchte er seine wirbelnden Gedanken zu sortieren und erstickte als erstes das Feuer unter einem weiteren Handtuch. Nun war es an der Zeit herauszufinden, was hier eigentlich vor sich ging und wieso ihn dieser Auftragskiller ermorden wollte.

Storm nahm sich die Nachtsichtbrille des Bewusstlosen und setzte sie sich auf, um besser sehen zu können. Sofort war der ganze Raum, aus der Sicht des ehemaligen Polizisten, nahezu taghell. Daraufhin erstickte er auch noch die kleinen Flammen, die auf dem Einbrecher loderten, und tastete seine Taschen nach einem HoloPhone ab.

Als er es schließlich in der Brusttasche gefunden hatte, startete er den Bildschirm und scannte den Fingerabdruck des Auftragsmörders ein, um das Handy zu entsperren. Es erschienen mehrere Ordner, die weder einen Namen, noch sonstige Hinweise auf ihren Inhalt trugen.

Willkürlich tippte sich Storm durch die einzelnen Dateien, aber die meisten beinhalteten nur irgendeinen merkwürdigen Code oder verschlüsselte Informationen. Zufällig öffnete er einen weiteren Ordner mit unzähligen Dateien, die alle mit dem Buchstaben K und einer Nummer dahinter versehen waren.

Was hatte der Typ gleich wieder gesagt, fragte sich Storm, meine Klienten. Das war eine Möglichkeit. Zielstrebig scrollte er bis zum Ende des Ordners und der Datei K-143, um sie neugierig zu öffnen. Doch was er darin fand ließ ihn glatt den Atem anhalten.

Ein Dokument gefüllt mit einer Unmenge an Informationen über ihn. Storm war zu tiefst schockiert, dieser Mann wusste fast mehr über ihn, als er selbst. Langsam fuhr er mit dem Finger durch das Hologramm und entdeckte eine letzte Zeile, die aus dem ausführlichen Lebenslauf hervorstach.

Grund des Todes: Außerpolizeiliche Durchsuchung der Wohnung von K-142

Mit einer leisen Vorahnung ging der ausgebildete Gesetzeshüter eine Ordnerebene nach oben und öffnete die Datei namens K-142. Bei diesem Klienten handelte es sich, wie vermutet, um den längst verstorbenen Günther

Dümpel. Erst jetzt wurde Storm bewusst, welch grausames Mordtagebuch er hier in den Händen hielt. 142 Menschen hatte dieser Mistkerl auf dem Gewissen und katalogisierte sie wie Tiere in einem Zoo oder Hofer seine staubigen Fossilien.

Angewidert blickte er auf das Scheusal herab, das nun bewusstlos vor ihm lag. Sein Fehler war seine ungeheure Leichtsinnigkeit. Wenn man eine Sache zu gut beherrscht, wird man gern mal übermütig und dies wurde dem Auftragskiller letzten Ende zum Verhängnis.

Storm fragte sich, ob er mit diesem Handy als Beweisstück und dem Rest des Tathergangs mit Notwehr durchkommen würde. Bestimmt.

Wütend packte er den Kopf des Einbrechers und rammte ihm noch einmal gewaltsam sein Knie ins Gesicht. Danach wuchtete er den Körper mit all seiner Kraft in die Höhe und schmetterte den Schädel brutal gegen das Waschbecken. Es ertönte ein unschöner Laut und das Blut sprudelte in Strömen aus der aufgeschlagenen Stirn.

Der gerissene Polizist dachte sich nur, K-144, Grund des Todes: Hat sich mit K-143 angelegt.

Nun interessierte ihn aber wirklich, was der Grund für den Tod von Herrn Dümpel war. Angespannt scrollte er wieder nach unten und verknüpfte dabei die einzelnen Informationen zu einem Anhaltspunkt.

Herr Dümpel war ein Bierfahrer für Spartenbräu und der Grund für sein Ableben war, dass er bei einer Lieferung an das Hauptlokal aus Versehen zu viel mitbekommen hatte.

Und Storm kannte einen Menschen, der mit den einzelnen Restaurants der Brauereien bestens vertraut war.

Zielstrebig ging Storm zu seiner Kommode, vor der sich noch immer dieses verblüffend echte Hologramm befand und schaltete den winzigen Projektor aus. Danach nahm er aus seinem eigenen Geldbeutel einen kleinen Zettel mit einer unleserlichen Handynummer darauf. Diese gab er wiederum in das HoloPhone ein und klingelte einmal komplett durch, doch der Anruf wurde nicht entgegengenommen. Genervt rief er erneut bei der Nummer an, bis sich schließlich eine verschlafen trotzige Stimme zu Wort meldete, >>Severin, wissen die Männer von heute nicht mehr wie man eine Uhr richtig liest?<<

>>Sehr witzig!<<, Storm war im Moment überhaupt nicht nach Scherzen zu Mute, >>Unser Fall hat gerade eben erst so richtig begonnen. Vor nur wenigen Minuten hat ein Auftragsmörder versucht mich umzubringen und ich bin mir ziemlich sicher, dass du der nächste auf seiner Liste gewesen wärst!<<

Für einen kurzen Augenblick herrschte Stille auf der anderen Seite der Leitung, >>Wie? Ist er geflohen oder wie oder was, ich bin noch nicht ganz wach.<<

>>Merkt man gar nicht<<, meinte Storm, >>Ich habe ihm eine Lektion erteilt und werde möglicherweise bald ein zweites Mal vor Gericht sitzen. Das wichtige aber ist, dass wir nun eine Spur haben, weshalb dieser Dümpel ermordet wurde. Du musst mir nur sagen, wo Spartenbräu sein Hauptrestaurant hat.<<

>>Häh. Bist du auf Droge? Das ist aber ein gewaltiger Abstieg für einen ehemaligen Polizisten.<<
>>Halt die Klappe und hör mir zu, verdammt nochmal!<<, schrie er wutentbrannt in das Handy, >>Dümpel hat bei seiner Lieferung an das Spartenbräu Hauptrestaurant etwas gehört, was ihm letztendlich das Leben gekostet hat, also schwing deinen Arsch aus dem Bett und sag mir wo die Brauerei ihre Wirtschaft hat!<<
>>Schon gut, schon gut<<, ruderte Hofer zurück, >>Lass mich mal kurz überlegen. Das Lokal ist nicht weit von dir entfernt. Ungefähr fünf Minuten mit dem Auto. In einem der Nachbarhäuser dort, war mal ein Theater oder Konzertsaal oder so etwas ähnliches. Ist ja auch egal.<<
>>Okay. Dann hol mich bitte bei meinem Haus ab, ich brauch sowieso noch ein paar Minuten, um die Tür aufzubrechen.<<
Ein lautes Gähnen war zu hören, >>Wie du meinst. Bin schon unterwegs.<<

Die beiden Privatdetektive hatten sich nur flüchtig irgendwelche Klamotten angezogen und fuhren nun im orangenen Morgenlicht durch die geschäftigen Straßen von München.
>>Was hast du jetzt eigentlich mit dem Auftragsmörder gemacht? Ihn in deine Wohnung eingesperrt?<<, fragte Hofer gelassen.
Storm starrte angespannt in die Ferne, >>Nein. Ich habe ihm das gegeben, was er verdient hat.<<

Da musste der Paläontologe breit grinsen, >>Oho. Unser braver Polizist handelt in Selbstjustiz. Das ist aber moralisch verwerflich.<<

>>Es war Notwehr<<, antwortete er kalt.

>>Sicher. Bei den Menschen, die ich umgebracht habe, war es auch nur Notwehr<<, dabei betonte er das letzte Wort besonders höhnisch und zwinkerte mit einem Auge.

>>Du hast Menschen umgebracht?<<, rief Storm entsetzt. Hofer rollte genervt mit seinen Augen, >>Ich habe ihnen das gegeben, was sie verdient haben.<<

Der ehemalige Gesetzeshüter konnte nur schockiert den Kopf schütteln, >>Ach du lieber Gott. Ich sitze zusammen mit einem Mörder im selben Auto.<<

>>Ich bin kein Mörder!<<, brüllte Hofer beleidigt, >>Das erste Mal war es etwas Persönliches und das zweite Mal war es Notwehr, während einer privaten Ermittlung!<<

Storm versuchte verzweifelt das Thema zu wechseln, >>Wir müssten jetzt doch gleich da sein, oder?<<

Langsam beruhigte sich der Wissenschaftler wieder, >>Ja, wir können hier parken und den Rest zu Fuß gehen<<, daraufhin stellte Hofer sein Elektroauto am Randstein ab und die beiden gingen zu der Wirtschaft.

>>Wenn wir direkt durch den Haupteingang gehen, dann werden wir wahrscheinlich keine Informationen bekommen<<, meinte Hofer, >>Am besten nehmen wir den Hintereingang, um in einer ähnlichen Situation zu stecken wie Herr Düpfel.<<

Laut seufzend sagte Storm, >>Er hieß Dümpel und ehrlich gesagt reicht mir ein Mordanschlag pro Tag.<<

>>Wo bleibt denn da der Spaß?<<, scherzte Hofer.
Die beiden umrundeten unauffällig das Gebäude und kletterten über eine niedrige Schranke, die nur verhindern sollte, dass fremde Autos im Hinterhof parkten.
>>Zuerst die Schlägerei im Park, dann der unerlaubte Einstieg in die Wohnung eines Toten, danach die sogenannte Notwehr und jetzt brechen wir auch noch in ein Restaurant ein<<, beklagte sich der gelernte Polizist ausgelaugt, >>Hoffentlich sind sie wenigstens so nett und sperren uns nicht in ein und die selbe Zelle.<<
Darauf musste der Paläontologe grinsen.
>>Hast du eigentlich irgendeinen Plan, wie wir hier vorgehen sollen?<<, fragte Storm genervt.
>>Natürlich hab ich einen Plan<<, sagte Hofer überschwänglich, >>Wir verstecken uns irgendwo auf dem Gelände und observieren.<<
Somit versteckten sich beide hinter einem Stapel leerer Bierfässer und abgenutzter Holzpaletten, dort hatten sie einen perfekten Blick auf den Hinterhof, konnten aber selbst nur schlecht entdeckt werden. Minuten verstrichen, während sie auf eine Person warteten, aber es blieb alles ruhig.
Eine Viertelstunde später rutschten schon beide unruhig auf dem Boden herum und nach einer halben Stunde fing Storm leise das Meckern an, >>Das ist mal wieder eine deiner blendenden Schnapsideen.<<
Schließlich öffnete sich nach einer geschlagenen Dreiviertelstunde eine Tür und eine gutaussehende Frau in einem Blazer trat zusammen mit einem spießig wirkenden Mann

im schwarzen Anzug heraus, wobei sie ein Gespräch führten. Die beiden Privatdetektive konnten aber nur einzelne Satzfetzen verstehen, >>Also ... alles bereit für ...<<, fragte der Mann.
>>Ja ... nach Plan.<<
>>Sehr gut.<<
Plötzlich konnten sie hören, wie sich die Schritte langsam näherten.
>>Sieh an, wen haben wir denn da?<<, nun war die weibliche Stimme laut und deutlich, >>Sind das etwa die beiden Störenfriede, von denen mir Mr. Technik berichtet hat. Es wundert mich, dass ihr noch am Leben seid.<<
Vorsichtig erhoben sich die beiden Partner aus der unbequemen Hocke, woraufhin Storm sagte, >>Wenn Mr. Technik der Spinner ist, der sich nachts in meine Wohnung geschlichen hat, dann wünsche ich Ihnen mein aufrichtigstes Beileid. So eine Waschbeckenkante ist einfach nicht gesund für den Ko...<<
Die Unbekannte zog blitzschnell eine Pistole aus ihrer modischen Handtasche und richtete sie auf Storm, >>Sei still, oder du schweigst für immer. Und jetzt nehmt beide brav die Hände nach oben, sodass ich sie sehen kann.<<
Genervt seufzte Hofer und rollte dabei mit den Augen, folgte dann aber doch, genauso wie Storm, der klaren Anweisung.
>>Wollt ihr zwei nicht lieber hinter den Fässern hervorkommen? Ihr macht euch sonst nur lächerlich.<<

>>Du mich auch, blöde Tussi<<, sagte Hofer kaltschnäuzig und trabte nach vorne, in die Mitte des Hinterhofes, dicht gefolgt von seinem Kollegen.
>>Spricht man etwa so mit einer Lady, du ungehobelter alter Greis.<<, meinte sie in einem zuckersüßen Ton.
>>Nein, aber mit einer jungen verwirrten Tussi<<, kam die schroffe Antwort, >>Ich hab mich schon in solchen Situationen befunden, da warst du noch gar nicht geboren.<<
Nun meldete sich auch kurz der Geschäftsmann, der bisher nur seelenruhig zugeschaut hatte, zu Wort, >>Ich nehme an, dass du die Sache unter Kontrolle hast, denn ich muss jetzt wirklich meinen Flieger erwischen. Auf Nimmerwiedersehen, die Herren<<, damit stieg der Unbekannte in sein Auto und brauste davon.
>>Es war äußerst unklug von euch, dieser Sache nachzugehen, denn hier geht es um etwas, das weit über eure Vorstellungskraft hinaus geht.<<
>>Bitte hör mit diesem Gesülze auf. Das erträgt man ja kaum<<, beschwerte sich der Paläontologe.
>>Storm versuchte ihn auszubremsen, >>Bist du eigentlich vollkommen bescheuert? Sie hat die Waffe und nicht wir.<<
>>Es ist bestimmt schon das siebte Mal, dass ich mir diesen Mist anhören muss und langsam langweilt es mich echt.<<
>>Das siebte Mal? Ich dachte du hättest nur zwei Menschen umgebracht.<<

>>Möglicherweise habe ich vorhin ein bisschen untertrieben.<<

>>Genug!<<, herrschte die bewaffnete Frau sie an, >>Ihr kommt jetzt beide mit ins Haus und dann klären wir die Sache, ein für alle Mal.<<

>>Den Teufel werd ich tun, du hässliche Kuh!<<, raunzte sie Hofer barsch an.

Auf der Stirn der wütenden Frau zeichnete sich eine pochende Ader ab, >>Es reicht<<, mit diesen Worten betätigte sie den Abzug und schoss Hofer mitten in die linke Seite seiner Brust.

Ein überraschter und schmerzverzerrter Schrei entwich seiner Kehle, während sein linker Oberkörper durch die Wucht nach hinten gerissen wurde und der zuckende Leib des Wissenschaftlers, mit dem Bauch nach unten, auf den harten Asphalt klatschte.

Storm musste schockiert mit ansehen, wie sein neuer bester Freund kaltblütig erschossen wurde. Nun lag sein alter Körper in einer kleinen Blutlache und bewegte sich nicht mehr.

>>Sie Monster! Was haben Sie getan?<<, schrie Storm die Mörderin entsetzt an.

>>Hör auf dich zu beklagen. Du wirst ihm gleich folgen, aber erst musst du noch ein bisschen leiden. Mr. Technik hätte es so gewollt.<<, dies sagte sie so gleichmütig, als wäre gar nichts passiert, >>Und jetzt dreh dich langsam um und geh zu dem silbernen Elektroauto da drüben.<<

Fassungslos und immer noch mit erhobenen Händen befolgte Storm den unheilvollen Befehl. Dabei konnte er die Schritte der hochhackigen Stöckelschuhe dicht hinter sich hören. Sie waren fast am Auto angelangt, da ertönte plötzlich ein einzelner ohrenbetäubender Schuss. Der ehemalige Polizist zuckte zusammen, weil er dachte, die Frau hätte es sich nochmal anders überlegt, aber nach einer kurzen Schrecksekunde merkte er, dass er nicht verletzt war. Vorsichtig drehte er sich zu der Unbekannten um und fand sie tot vor ihm liegend auf dem Boden. Ihr Blut war quer über den Asphalt verteilt und dahinter stand sein schwer schnaufender und blutüberströmter Kollege Hofer.
>>Ich hab doch gesagt, dass das nicht meine erste Gefangenschaft ist. Was dachte sich die Gute bloß?<<
Storm fehlten mal wieder die Worte, >>Wie ... Wie hast du das überlebt?<<
>>Kugelsicheres Unterhemd<<, sagte Hofer trocken, >>Nachdem ich schon dreimal angeschossen wurde, habe ich mir doch einen dieser Lebensretter geleistet. Das Blut ist übrigens nur eine Farbpatrone in der Brusttasche. Zum Glück hat sie mir gleich ins Herz geschossen, sonst hätte ich mit meinem versteckten Einmalschussgerät im Ärmel sofort zurückschießen müssen.<<
Am Straßenrand sah Storm ein paar Menschen, die anscheinend die Aktion das Wissenschaftlers verfolgt hatten und nun die Polizei riefen.
>>Wir sollten schleunigst von hier verschwinden<<, meinte Storm, >>Ich schnapp mir nur noch schnell das Handy von der Toten, entsichere es und dann nichts wie weg.<<

Hofer nahm noch schnell die Waffe der Frau an sich und rannte gemeinsam mit Storm zu seinem Wagen. Die Passanten musterten sie entweder eingeschüchtert oder ergriffen sofort die Flucht.
Als sie endlich im Auto saßen, fragte der ehemalige Polizist, >>Und wo fahren wir jetzt hin? In unseren Wohnungen werden sie bestimmt nach uns suchen.<<
>>Ich kenne einen Ort, wo uns die Polizei niemals suchen würde.<<
>>Welchen denn? Und kannst du denn eigentlich dort hinfahren, dein Brustkorb sieht aus als wären ein paar Rippen gebrochen.<<
>>Ach, so ein Quatsch. Die sind wenn überhaupt nur angebrochen. Und selbst wenn ich im Sterben liegen würde, könnte ich trotzdem noch ins Paläontologische Museum von München fahren.<<

Kapitel 9

Erneut brach Hofer eine Eingangstür mit der Hilfe seines Fußes auf und war ziemlich verwundert, als sie eine vollkommen normale Wohnung vorfanden.
>>Bist du dir auch ganz sicher, dass wir in das richtige Apartment eingebrochen sind?<<, fragte der Paläontologe misstrauisch.
>>Hundertprozentig sicher. Während wir im Paläontologischen Museum gewartet haben und du mir jedes Exponat ausführlichst beschreiben musstest, habe ich das ganze Handy durchkämmt<<, Storm holte das Mobiltelefon aus seiner Hosentasche und hielt es Hofer unter die Nase.
>>Na ja, sehr überzeugend sieht das nicht aus, vielleicht laufen wir auch direkt in eine Falle.<<
>>Hör auf zu meckern und geh endlich rein. Meine Güte!<<, beschwerte sich der ehemalige Polizist.
Nun standen beide in der überschaubaren Wohnung und Hofer schloss sorgfältig die Tür hinter ihnen, auch wenn sie mittlerweile ein bisschen verbogen war.
>>Auf den ersten Blick kann ich nichts Verdächtiges finden<<, meinte Hofer.
>>Jetzt sei nicht albern. Du hast doch deren Besessenheit selbst miterlebt. Da muss etwas Größeres dahinter stecken.<<
Sorgfältig suchten die selbsternannten Privatdetektive nach irgendwelchen Anhaltspunkten, konnten aber im Wohnzimmer nichts Wichtiges entdecken.

>>Komisch<<, sagte Hofer, >>Diese Tür hier ist abgesperrt.<<

>>Wer sperrt denn bitte eine Tür in der eigenen Wohnung ab?<<, fragte Storm verdutzt.

>>Möglicherweise jemand, der Angst davor hat, dass zwei Verrückte in sein Apartment einbrechen und sein kleines Geheimnis herausfinden. Möchtest du diesmal als Erster durch die Tür gehen?<<

>>Nein Danke. Ich überlasse dir den Vortritt<<, dabei betonte er besonders die Silbe „tritt".

Prompt flog die nächste Tür krachend auf und Storm sog überrascht die Luft ein.

>>Ach du lieber Gott<<, stammelte Hofer, >>So muss es also in dem verdrehten Gehirn eines Atomphysikers aussehen.<<

Überall an den Wänden des sechzehn Quadratmeter großen Zimmers befanden sich alte Schiefertafeln, vollgeschrieben mit schier endlosen Formeln aus der theoretischen Physik.

>>Hast du eine Ahnung was das bedeutet? Schließlich bist du ein Wissenschaftler.<<

Hofer schaute ihn entsetzt an, >>Ich bin ein Paläontologe, der Millionen Jahre alte Knochen untersucht und kein krankes Superhirn.<<

Der ausgebildete Polizist richtete seinen Blick auf mehrere Stapel von Blättern, die auf einem zerschlissenen Schreibtisch standen.

>>Anscheinend nutzte Mr. Technik ausschließlich Papier und keinen Computer, um die Dokumente aufzubewahren.<<

>>Das zeigt wenigstens, dass sie ihm besonders wichtig waren.<<

Behutsam nahm Storm ein paar weiße Seiten von dem Tisch und sah sie sich genauer an, >>Das sind eindeutig Baupläne von ein und der selben Maschine, nur was soll das darstellen?<<

>>Gute Frage<<, entgegnete Hofer, >>Der Kerl kannte sie anscheinend fast auswendig, sonst hätte er die Pläne beschriftet.<<

>>Irgendwo hab ich so etwas Ähnliches schon mal gesehen.<<, Storm dachte angestrengt nach, >>Wenn ich mich recht erinnere habe ich in der Schule ein Referat über den Fusionsreaktor halten müssen.<<

>>Etwa so einen mit dem sich dieser Kim Dong-irgendwas umgebracht hat?<<

>>Fast, nur dass meiner ganz Europa mit Strom versorgt und nicht halb Nordasien in die Luft gejagt hat.<<

>>Vielleicht hätte er doch vorher die Gebrauchsanweisung lesen sollen<<, scherzte Hofer.

Storm musste wegen Hofers schwarzem Humor loslachen und sagte dann, >>Stimmt. Aber was diese Skizze hier angeht, irgendetwas passt nicht so ganz ins Bild, das Kraftwerk sieht irgendwie komisch aus. Als würde ein Teil fehlen.<<

>>Also ein bisschen kenne ich mich auch mit Fusionskraftwerken aus und ich bin mir ziemlich sicher, dass die-

ses große zylinderförmige Ding unter dem vermeintlichen Fusionsreaktor nicht darin vorkommt.<<

>>Das könnte doch der Generator sein.<<

>>So ein Quatsch, da ist weder ein Kühlturm noch eine Turbine eingezeichnet. Außerdem ist hier ein Symbol, welches zeigt, dass man darauf Druck ausüben muss, um ein elektrisches Signal auszusen ...<<, der Paläontologe brach mitten im Satz ab, >>Ach du heilige Scheiße. Das ist kein Fusionsreaktor. Das ist eine verdammte Wasserstoffbombe!<<

Sein Partner erschrak daraufhin, >>Was?! Eine Wasserstoffbombe, wie kommst du denn auf so etwas?<<

>>Es liegt doch auf der Hand, warum sonst hätten die auf dem Hinterhof so ein Theater gemacht oder ein Attentäter versucht dich umzubringen? Hier geht es um einen riesigen Anschlag. Nach der Skizze zu urteilen muss man auf diese Stelle hier schlagen, um die Detonation auszulösen.<<

>>Dann müssen wir jetzt nur noch herausfinden, wo dieser Anschlag stattfinden soll.<<

Wie aufs Stichwort wühlten sich beide durch die unzähligen Dokumente und suchten fieberhaft nach jedem noch so kleinen Hinweis auf den Ort des grauenvollen Geschehens. Storm fand nach nur kurzer Zeit einen weiteren Bauplan, der ihm direkt ins Auge stach.

>>Schau dir das mal an. Diese Skizze zeigt ebenfalls die Bombe, nur dass sie sich diesmal in einer Art Gehäuse befindet<<, der ehemalige Polizist runzelte die Stirn, >>Das erinnert mich stark an ein Holzfass.<<

>>Wir sind so blöd<<, Hofer schlug sich mit der flachen Handfläche gegen die Stirn.
>>Wieso?<<, fragte Storm immer noch verwundert.
Wortlos ging sein Kollege zurück in das größere Wohnzimmer und schaltete den altmodischen Flachbildfernseher ein. Als Sender war das Erste eingestellt und man sah den amtierenden Oberbürgermeister, wie er auf einer Kutsche über die Wiesn gefahren wurde, während die Stimme eines Moderators voller Vorfreude verkündete, >>Nur noch 35 Minuten bis zum Anstich!<<
Storm starrte nur entsetzt seinen Partner an und sagte verzweifelt, >>Scheiße!<<

Ganze zwei Stunden waren nun schon vergangen und Irene hatte immer noch nichts von sich hören lassen. Das passte eigentlich gar nicht zu ihr, denn normalerweise meldete sie sich mindestens per SMS um den Erfolg ihres Auftrags zu bestätigen. Er zückte sein Holophone, um Irene zu kontaktieren und sich zu vergewissern, ob auch wirklich alles glatt gegangen war.
Geduldig wartete er ein komplettes Klingeln ab, doch es ging niemand ran. Ärgerlich, anscheinend hatte sie doch tatsächlich versagt, diese beiden Tölpel waren cleverer als er gedacht hatte. Aber er würde sich sein Meisterwerk nicht von irgendwelchen dahergelaufenen Amateuren zunichte machen lassen. Nicht so kurz vorm Ziel. Zerquetschen werde ich sie, dachte er sich boshaft, wie eine Fliege, die gegen eine Windschutzscheibe klatscht.

Mit flinken Fingern suchte er aus seinen unzähligen Kontakten eine spezielle Nummer heraus und bestätigte seinen Anruf durch die grüne Taste. Es klingelte kurz, bis sich eine tiefe und trotzige Stimme zu Wort meldete, >>Hier ist Polizeichef Brunner.<<

>>Guten Morgen Herr Brunner<<, begrüßte er den Polizisten in einem freundlichen Ton, >>Ich hoffe, Sie sind sich darüber im Klaren, mit wem Sie gerade telefonieren.<<

Der Mann am anderen Ende des Hörers stockte für einen Moment, antwortete dann aber, >>Selbstverständlich, Sir.<<

>>Und Sie wissen hoffentlich auch noch, dass Sie mir nach meiner letzten Spende noch eine Kleinigkeit schuldig sind<<, langsam wurde seine Stimme härter.

>>Natürlich, natürlich. Eine Kleinigkeit. Was auch immer Sie wünschen<<, der Polizeichef wirkte nervös.

>>Es gibt da zwei Unruhestifter, die sich in Angelegenheiten einmischen, die sie nichts angehen. Durch einen Gesichts-Scan konnte ich in Erfahrung bringen, dass es sich bei den beiden Personen um erfolglose Privatdetektive handelt. Sagen Ihnen zufällig die Namen Severin Storm und Anton Hofer etwas?<<

Wie aus der Pistole geschossen sagte Polizeichef Brunner, >>Ja, Storm war mal einer unserer Polizisten. Wir mussten ihn erst vor wenigen Tagen suspendieren, weil er zusammen mit diesem verrückten Hofer mehrere friedliche Demonstranten verprügelt und sogar angeschossen hat. Und als wäre das nicht genug, haben wir in einer Wohnung

eine Leiche mit den DNS-Spuren von beiden gefunden. Auch in Storms Apartment fanden wir erst vor ungefähr einer Stunde einen brutal ermordeten Mann. Das ganze wurde aber erst so richtig getoppt durch eine Frau, die vor den Augen von Zeugen auf einem Hinterhof von Hofer erschossen wurde<<, Brunner war ganz außer sich und seine Stimme bebte leicht.
Das mussten dann wohl der Bierfahrer, Mr. Technik und Irene sein, aber dass hatte den Polizeichef nicht zu interessieren.
>>Diese zwei Wahnsinnigen sollte man lieber nicht unterschätzen. Auf jeden Fall sind sie mir im Augenblick ein Dorn im Auge und ich bitte Sie darum, sich um dieses lästige Problem zu kümmern.<<
>>Wir tun jetzt schon alles menschenmögliche um die beiden festzunehmen<<, erwiderte Brunner vorsichtig.
>>Ich nehme an, Sie haben mich nicht ganz verstanden. Von diesen beiden Personen geht eine zu enorme Gefahr aus, als dass man sie einfach festnehmen könnte. Deswegen will ich, dass Sie Storm und Hofer auf der Stelle erschießen, sobald sie Ihnen über den Weg laufen, damit das klar ist!<<
Der Polizeichef schluckte einmal vernehmlich und meinte dann, >>Ganz wie Sie wünschen, Sir.<<, daraufhin brach das Telefonat ab.
Erleichtert warf er einen Blick aus dem Fenster und freute sich schon auf die frohe Botschaft, die jeder Mensch durch die Nachrichtenportale dieser Welt mitbekommen würde. Irgendwie war es schon ironisch, dass der Polizeichef sich

sein eigenes Grab schaufelte, aber er konnte schließlich nichts davon ahnen. Viele Menschen würden dem Beamten Korruption vorwerfen, aber diese Unwissenden kannten alle seine wahre Geschichte nicht. Das Bestechungsgeld, das er Herrn Brunner gezahlt hatte, war eher eine Art Entschädigung für die Krankenhauskosten. Nachdem der Polizeichef kein Geld von ihm annehmen wollte, um mehrere seiner vorherigen Probleme aus der Welt zu schaffen, hatte er den zwölfjährigen Sohn überfahren lassen.
Aber er behandelte seine Erpressten immer mit Respekt. Denn von der Abfindung konnte Herr Brunner seinem Jungen verblüffend echt aussehende Cyborgbeine anfertigen lassen.

>>Ganz ruhig, bloß nicht die Nerven verlieren<<, redete Storm, wie in einem Mantra auf sich ein, >>Was machen wir denn jetzt?<<
>>Gute Frage<<, der Paläontologe dachte angestrengt nach, wobei sich seine Stirn in tiefe Falten legte, >>Die Polizei verfolgt uns, also wäre es keine so gute Idee sie anzurufen, da sie uns kein Wort glauben wird. Und selbst wenn doch, würde die Stadt schon dreimal in die Luft fliegen, bis die mal ihren faulen Hintern in Bewegung kriegen.<<
>>Da hast du recht. Nur dann bleibt uns wohl nichts anderes übrig, als selbst hinzufahren und den Anschlag zu verhindern.<<
Hofer nickte nur zustimmend, woraufhin Storm entkräftet seufzte.

>>Mach nicht so ein Gesicht, wie sieben Tage Regen<<, nörgelte der alte Zausel, >>Damit kannst du die Wasserstoffbombe auch nicht aufhalten. Wir sollten besser keine Zeit mehr verlieren.<<
Sofort sprinteten beide los und rannten das Treppenhaus hinunter.
>>Und was machen wir, wenn uns die Polizei doch noch aufhält?<<, fragte Storm im Laufen.
Sein Kollege kramte den Autoschlüssel aus der Jackentasche und meinte nur, >>Hättest du in den letzten Jahren ein bisschen mehr auf die Politik geachtet, wüsstest du, dass die Waffengesetze gelockert wurden.<<
>>So ein Quatsch, das stimmt doch überhaupt nicht!<<, prustete Storm als er am Wagen angelangt war, >>Man hat sogar mit dem Gedanken gespielt, sie komplett zu verbieten.<<
Hofer sperrte sein uraltes Model X von Tesla auf und beide sprangen in den gut gepflegten Oldtimer.
>>Kann sein, dass ich mich da geirrt habe, aber ich wurde in der USA geboren, also besitze ich ein besonderes Recht darauf, mit meinen Waffen protzig anzugeben. Außerdem, wie heißt es so schön, was die Polizei nicht weiß, macht sie nicht heiß.<<
Der Paläontologe gab daraufhin Vollgas und lenkte sein prähistorisches Auto auf die Germeringer Straße in Richtung A96 und somit weg von dem Münchner Elendsviertel Harthaus.

>>Wir haben nur noch 30 Minuten Zeit<<, bemerkte Hofer, während er auf 120 Kilometer pro Stunde beschleunigte.

>>Ich weiß, dass wir uns beeilen müssen, aber es geht bestimmt auch ohne die Aufmerksamkeit der ganzen Stadt. Hier ist gerade mal 80 erlaubt.<<

Sein Partner ignorierte ihn gänzlich und preschte über eine rote Ampel.

>>Bist du wahnsinnig?!<<, schrie Storm, >>Da vorne kommt gleich die Polizeiwache, dort hab ich meine Ausbildung gemacht. Wenn die uns bemerken, dann hängen uns sofort sämtliche Polizisten dieses Stadtteils am Hals.<<

Ein verächtliches Schnauben von Hofer, woraufhin er gelassen sagte, >>Wovor hast du mehr Angst? Davor, dass uns ein paar Bullen hinterher jagen oder dass eine gigantischen Druck- und Hitzewelle komplett München wegfegt? Wie wärs mit ein bisschen Musik zur Entspannung?<<, dabei raste er über die nächste Kreuzung an der Waldstraße, genau in dem Moment als ein Polizeiwagen aus dem Präsidium fuhr.

>>Und schon kann der Spaß losgehen.<<

>>Wir sind so was von tot<<, jammerte Storm.

Im Rückspiegel konnte Hofer das Blaulicht sehen, während der schrille Ton der Sirene schon längst zu ihnen durchdrang. Der Wissenschaftler drückte auf ein verschmiertes Display und schaltete das Autoradio ein. Schlagartig wurde das Gefährt von einer Popmelodie und einem chinesischen Gesang beschallt.

>>So ein Dreck<<, mit diesen Worten suchte Hofer ein Lied aus seiner alten CD Sammlung und beendete den Nummer Eins Hit.

>>Hey, das war mein Lieblingslied!<<, rief Storm.

>>Ich kann nicht verstehen, wie die Menschen heutzutage so etwas gut finden können. Chinesische Lieder, Tss. Da spreng ich mich doch glatt freiwillig mit einer Fusionsbombe in die Luft, bevor ich mir dieses Gejaule anhör! Man versteht sowieso kein Wort!<<

>>Also ich versteh den Song einwandfrei, schließlich hatte ich auch drei Jahre lang Chinesisch in der Schu-<<

Den Satz konnte Storm nicht mehr zu Ende sprechen, da wurde er auch schon von dem Lied >Too Old to Die young< abgewürgt.

>>Zu meiner Zeit gabs noch richtige Musik und sehenswerte Filme!<<, brüllte Hofer über die Melodie hinweg, wobei er im Vierviertaltakt mit dem Kopf nickte, >>wie es aussieht haben wir eine rote Welle, gut festhalten<<, halsbrecherisch lenkte er das Gefährt auf die Gegenfahrbahn, um einem kreuzenden Lieferwagen auszuweichen und krachte dabei beinahe in die Autos, die vor der Ampel warteten. Der Polizeiwagen hinter ihnen fand keine Lücke und musste mit quietschenden Reifen scharf abbremsen.

>>Nimm das, Versager<<, schrie der Paläontologe in den Rückspiegel und bog nach einer Unterführung auf die A96.

>>Na toll, musstest du unbedingt die Polizei alarmieren? Wenn es um so was geht, kann sie richtig schnell sein, erst recht am Tag der Wiesneröffnung.<<, meinte Storm.

>>Mach dir mal keinen Kopf, wir schaffen das schon. Zur Theresienwiese brauchen wir eigentlich zwanzig Minuten, aber in unserem Tempo werden wir noch früher dort ankommen. Am besten wechseln wir auf die Hochgeschwindigkeits-Spur.<<

>>Redest du etwa von der Standspur?<<

>>Jep, von was denn sonst?<<, Hofer zog den Wagen rechts rüber und beschleunigte wieder auf über 150 Kilometer pro Stunde. Mehrere Wagen hupten entsetzt, als die beiden an ihnen vorbeischossen. Schließlich riss Hofer kurz vor der Ausfahrt zu Freiham das Lenkrad rüber und wechselte wieder die Spur.

>>Verdammt<<, rief Storm, >>Wir bekommen Besuch<<

Unter ihnen fuhr ein Konvoi aus fünf Polizeiwagen durch die Unterführung und von dort aus zu ihnen auf die Autobahn.

Hofer drückte das Gaspedal weiter durch und umkurvte gekonnt die anderen Verkehrsteilnehmer. Mit der Polizei im Nacken kamen sie jetzt in einen Tunnel und der waghalsige Alte fragte seinen Kollegen, >>Wie sollen wir jetzt weiter vorgehen? Willst du, dass ich sie abhänge oder sollen wir ihnen eine kleine Lektion auf die amerikanische Art erteilen? Du hast die Wahl.<<

>>Für eine Schießerei ist es noch ein bisschen zu früh<<, sagte Storm entschlossen, >>Ich bin dafür, dass du noch weiter besch-<<

Kaum waren sie aus dem spärlich beleuchteten Tunnel draußen, schon wurde ihre Heckscheibe von einer Kugel zerborsten, woraufhin die Splitter wüst durch den Wagen flogen.

Hoffentlich war er bis zwölf Uhr Münchner Ortszeit in seinem bescheidenen Penthouse auf Hawaii angekommen, denn er wollte diesen magischen Moment um jeden Preis live im Fernsehen mitverfolgen. Schon seit seiner frühesten Kindheit war es sein Ziel gewesen, diesen Planeten seinen Frust spüren zu lassen. Ein Exempel zu statuieren, das die Erde erschütterte und man nie wieder vergessen würde.

Was gäbe ich dafür, wenn ich jetzt noch einmal meinen Vater sehen könnte, dachte sich der Mann im Flugzeug. Allein um ihm das Gegenteil seines Satzes, >>Aus dir wird nie was, Junge, und jetzt hör auf zu flennen, du Memme!<<, zu beweisen. Doch leider lag er schon längst unter der Erde und das allerschlimmste daran war, das seine Leber versagt hatte und nicht er, sein eigener Sohn, ihn dorthin prügeln konnte. Zu gern hätte er seinem eigenen Vater das Genick gebrochen.

Damals, vor fast einem ganzen Jahrhundert waren seine Großeltern beim Oktoberfestattentat 1980 ums Leben gekommen. Sein Opa war zwar ein stolzer Brauereibesitzer, hatte aber keine nähere Verwandtschaft, weswegen sein zweijähriger Sohn, der Vater des Mannes, der gerade in der Businessclass saß, in ein Waisenhaus gesteckt wurde. Von dem Erbe bekam sein Vater nie etwas zu Gesicht, da das Vormundschaftsgericht die große Brauerei, natürlich nicht ohne Bestechung, viel zu günstig verkaufte. Noch in der Pubertät verfiel er dem Alkohol, stolperte lange Zeit irgendwie durchs Leben, bekam einen Job von dem man gut leben konnte und gründete schließlich doch noch eine Familie. Nur hielt dies leider nicht lange. Er verlor seinen Posten, fing wieder mit dem Trinken an und schlug seine Ehefrau und seinen sechsjährigen Sohn. Eines Abends artete die Situation aus und er verpasste seiner Frau einen kräftigen Schlag ins Gesicht, wodurch sie das Gleichgewicht verlor und sich den Kopf am harten Wachbeckenrand aufschlug. Der Mann im Flugzeug würde diesen Moment, vor allem weil er damals erst sechs Jahre alt gewesen war, nie wieder vergessen. Dieser schreckliche Augenblick, wie seine Mutter schreiend aufschlug, das Blut sich langsam über die Fliesen verbreitete und sein Vater ihn betrunken und hasserfüllt anstarrte, hatte sich zu tief in sein Gedächtnis eingebrannt. Brennen war der richtige Ausdruck, denn jedes Mal, wenn er daran zurückdachte, brannte es. Wie Alkohol auf einer offenen Wunde. Der Alkohol war der Grund für sein unerträgliches Schicksal. Und nun würde der Alkohol dafür brennen!

>>Warum schießen die auf uns?<<, brüllte Storm und schaltete gleichzeitig das Radio aus, >>Das letzte was ich jetzt brauche ist dein dämliches Oldie-Gedudel!<<
Hofers Blick war eisern auf die breite Straße und den zerkratzten Rückspiegel gerichtet, weswegen er seinem Part-

ner keine Antwort gab, sondern den alten Wagen wieder auf die leere Standspur lenkte.
>>Bist du bescheuert?! Da haben sie doch ein freies Schussfeld.<<
>>Hör auf dich zu beschweren und benimm dich endlich mal wie ein Mann<<, schnauzte ihn Hofer an, >>Und jetzt halt das Lenkrad, solange ich mich um deine ehemaligen Kollegen kümmere<<, daraufhin folgte der Ex-Polizist der klaren Anweisung seines ruppigen Freundes, während dieser unter ein weites schneeweißes Tuch auf der Rückbank griff und ein vollautomatisches g36er Maschinengewehr hervor holte.
>>Ein wahres Prachtexemplar. Es war nicht leicht, dieses Baby über die Grenze zu schmuggeln<<
Storm konnte nur vollkommen fassungslos den Kopf schütteln.
Voller Vorfreude ließ Hofer die Scheibe an der Fahrertür herunterfahren und schoss schon nach hinten, bevor er überhaupt erst richtig aus dem Fenster schaute. Die Kugeln durchschlugen den Polizeiwagen, der ihnen folgte, woraufhin dieser stark ins Schleudern geriet und sich quer über die Standspur stellte. Zwei weitere Verfolger hatten keine Zeit mehr, um rechtzeitig auszuweichen und krachten mit einem lärmenden Knall in das stehende Auto.
Geschickt konnten die anderen beiden Jäger die Karambolage über den begrünten Hang am Rande der Autobahn umfahren und blieben somit den rasenden Privatdetektiven dicht auf den Fersen.

>>Es steht drei zu null. Du bist dran<<, Hofer reichte seinem Partner die Waffe und übernahm wieder das Steuer.

>>Aber ich will doch keine Polizisten töten<<, meinte er gutherzig.

>>Ich kann dich auch gerne rausschmeißen und dann erklärst du ihnen haarklein, warum wir hier so wild durch München rauschen. Manchmal müssen eben Opfer gebracht werden.<<

Erneut fielen vereinzelte Schüsse von hinten und einer streifte auch Hofers Schulter, >>Ahh, diese Mistkerle haben mich erwischt!<<, schrie er mehr aus Verwunderung, als aus Schmerz.

>>Gut, ich erledige sie ja schon<<, gab Storm klein bei.

Nun schoss auch er nach hinten und schaltete beide Wagen nacheinander aus.

>>Saubere Arbeit, Partner<<, grölte Hofer.

>>Hoffentlich waren das jetzt die Letzten. Es ist ein grausames Gefühl, seine früheren Arbeitskollegen zu erschießen.<<

Wie als Antwort rasten die beiden unter einer Brücke hindurch und prompt bogen vier neue Polizeiwagen von der Waldwiesenstraße auf die überfüllte Autobahn.

>>Kommt nur her, Waschlappen wie euch esse ich zum Frühstück!<<, rief Hofer mehr zu sich selbst als zu den entfernten Polizisten und drückte dabei das Gaspedal bis zum Anschlag durch.

Storm betrachtete die Straße genauer und plötzlich fiel ihm etwas aus seiner Ausbildungszeit ein, >>Fahr sofort von der Autobahn runter!<<, befahl er seinem Partner.

\>\>Was? Wieso? Bist du noch ganz dicht?<<, fragte Hofer verdutzt.

\>\>In der Polizeifachschule hat man mir mehrere ideale Orte gezeigt, an denen prinzipiell Übergriffe auf kriminelle Fahrer durchgeführt werden können und die übernächste Brücke ist eine dieser Fallen! In dem Boden dort befinden sich versteckt scharfe Spitzen, die per Knopfdruck ausgefahren werden können und uns die Reifen aufschlitzen! Danach werden sie uns dann von der anderen Seite der Brücke aus erschießen und jetzt fahr verdammt nochmal von der Autobahn runter!<<, die Stimme von Storm wurde leicht hysterisch.

Sein Kollege riss daraufhin das Lenkrad gewaltsam zur Seite und schoss die Ausfahrt zur Fürstenriederstraße nach oben. Hartnäckig folgten ihnen die Polizeiwagen und beschleunigten sogar so stark, dass sie nun auf der gleichen Höhe waren. Einer der Verfolger crashte sie brutal von der Seite, woraufhin ihr Tesla in das, die beiden Gegenfahrbahnen trennende, Gebüsch rauschte und seitlich in ein entgegenkommendes Auto krachte. Sofort fuhren noch weitere Wagen von hinten auf, wodurch eine Art Massenkarambolage entstand.

Verwirrt schaute Storm aus dem Auto, konnte aber nicht viel erkennen, außer demolierten Fahrzeugen, verletzten Menschen und den blauen Polizeilichtern.

\>\>Scheiße. Mit dem Auto kommen wir nirgendwo mehr hin<<, beklagte sich der Paläontologe.

\>\>Und was machen wir jetzt? Die erwischen uns jeden Moment.<<

Hofer dachte kurz angestrengt nach und rieb sich mit Zeige- und Mittelfinger über die Stirn. Schließlich sagte er, in einem plötzlich todernsten Ton. >>Du hältst ein fahrendes Auto an, schmeißt den Fahrer raus und bretterst weiter zum Oktoberfest, um den nichtsahnenden Bürgermeister aufzuhalten, während ich die Bullen ablenke und auf einer anderen, ziemlich verwinkelten Route versuche, zur Wiesn zu gelangen.<<

Nickend brachte Storm seine Kenntnisnahme zum Ausdruck und meinte noch, >>Auch wenn wir uns erst seit ein paar Tagen kennen, Anton, warst du stets ein guter Freund. Das wollte ich nur nochmal gesagt haben, für den Fall, dass wir es nicht schaffen sollten<<, seine Stimme versagte leicht, da seine Nerven diesem enormen Druck kaum noch standhalten konnten.

>>Du bist ein mutiger Mann, Severin Storm, und noch dazu der wahrscheinlich beste Freund, den ich jemals hatte, auch wenn ich nicht immer diesen Eindruck vermittelt habe. Also geh jetzt da raus, reiß dich zusammen und verpass diesen Terrorarschgeigen einen saftigen Tritt in den Arsch!<<

>>Das ist der Hofer den ich kenne!<<

Der Wissenschaftler nahm das handliche Maschinengewehr an sich und schulterte eine in das weiße Tuch gehüllte Schrotflinte. Aus dem Augenwinkel konnte er noch erkennen, wie sich sein nun fest entschlossener Partner die übriggebliebene Handfeuerwaffe schnappte und dann

tauchte er auch schon mitten in ein wirbelndes Chaos aus Autowracks und verwirrten Menschen.
Schreiend schoss Hofer in die Luft und feuerte auch immer wieder eine kurze Salve in die Richtung der Polizeiwagen. Ein paar Meter von sich entfernt fand er, wonach er Ausschau gehalten hatte. Einen Motorradfahrer, der fassungslos am Gehsteig stand und anscheinend doch noch einen Krankenwagen rief, nachdem er mit seinem Handy ein Video gedreht hatte.
>>Runter von der Maschine!<<, schrie ihn Hofer wütend an und richtete dabei seine vollautomatische Waffe auf ihn. Der Fahrer sprang sofort von seinem Gefährt ab, woraufhin der Paläontologe noch einmal auf die überforderten Polizisten schoss, um ihre volle Aufmerksamkeit zu bekommen, dabei hastig aber trotzdem selbstbewusst aufstieg und durch den Friedrich-Brugger-Weg davon düste.
Es war ein waghalsiges Unterfangen über einen Gehweg zu flüchten, aber genau aus diesem Grund auch die beste Möglichkeit, um wirklich die ganze Polizei gegen sich aufzuhetzen.
Schließlich erreichte Hofer den weitläufigen Westpark.
Hellbraun schimmernde Buchen, Kastanien und Eichen säumten den herrlich grünen Park, in der Ferne konnte man schon das alte Freiluft-Kino erkennen, welches sich direkt am glitzernden Westsee befand. Mehrere ältere Herrschaften saßen friedlich auf den Bänken am Ufer und fütterten die gierigen Enten, nur ein Rentner brauste auf

seiner breiten Maschine durch die Landschaft und zerstörte damit die seelenruhige Atmosphäre vollkommen.

Hofer gab weiterhin unbeirrt Gas, wobei er haarscharf den völlig entsetzten Passanten auswich.

Doch plötzlich vernahm er ein ihm stark vertrautes schnurrendes Geräusch und als er hinter sich blickte, entdeckte der draufgängerische Paläontologe zwei Polizeimotorräder mit jeweils zwei Polizisten, die sich ihm erstaunlich schnell über die Wiese näherten.

Verdammt, dachte sich Hofer, denn auf seinem Gefährt war er nicht in der Lage auf die lästigen Verfolger zu schießen, da sein Maschinengewehr ein zu großes Gewicht hatte. Dann musste er eben improvisieren.

Zielstrebig steuerte er auf eine Gruppe Nordic-Walking Frauen zu, welche sich daraufhin kreischend spaltete, um dem verrückten Zausel noch in aller letzter Sekunde auszuweichen. Hofer verlangsamte für einen flüchtigen Moment sein rasantes Tempo und griff sich mit viel Geschick einen Walking-Stock.

Eines der beiden hartnäckigen Motorräder kam schleichend von der rechten Seite näher, während der hintere Schütze seine Pumpgun nachlud. Um einen sicheren Treffer zu landen, visierte er zielsicher Hofer an, doch dieser wirbelte geistesgegenwärtig herum und schlug mit seinem langen Stecken auf die Waffe des Polizisten ein. Dieser feuerte einen Schuss ins Leere ab und verlor auf der Maschine sein Gleichgewicht, weswegen er Gefahr lief, von dem Elektromotorrad zu fallen.

Hofer nutzte die Gelegenheit und zog sein schweres Gefährt scharf nach rechts, um so dicht wie möglich an den Polizisten dran zu sein. Ohne ihren Helmen hätte der Paläontologe wahrscheinlich ihren pulsierenden Atem auf seiner faltigen Haut spüren können.

Nun starteten auch die beiden anderen Verfolger zu einem Angriff und der Schütze setzte mit seiner kleinen Schrotflinte zu einem Schuss an, doch bevor er überhaupt die Waffe heben konnte, schaltete Hofer in den Modus, „Kurs beibehalten", griff mit der linken Hand, die eben noch das Lenkrad festgehalten hatte, nach dem Gürtelholster des Fahrers, der sich dicht neben ihm befand, nahm dessen Handfeuerwaffe an sich und steckte noch schnell den Stecken, den er immer noch fest umklammert in seiner Rechten hielt, waagrecht zwischen die beiden benachbarten Polizisten, bevor er den Angreifer von dem anderen Motorrad herunter schoss. Der nachfolgende Aufschlag des leblosen Körpers auf den harten Asphalt war lauter als die summenden Elektromotorräder selbst.

Aus dem Augenwinkel konnte er erkennen, dass sich der andere Schütze wieder aufgerappelt hatte und erneut seine Pumpgun lud. Hofer hatte nur einen Sekundenbruchteil Zeit um zu reagieren, weswegen er die Pistole fallen ließ, mit seinem schweren Motorrad das leichtere Einsatzfahrzeug weiter an den Rand des Gehweges drängte und mit seiner linken Hand schlagartig stark abbremste. Durch die moderne Wirbelstrombremse des Kraftrads kam das Gefährt fast sofort zum stillstand, wobei sich der Nordic-Walking-Stock an einem Laternenmast verhakte und der Hintermann des Motorrads förmlich von der Maschine gefegt wurde. Dabei löste sich wieder ein Schuss, der aber nur Hofers Vorderreifen zerfetzte, während der Paläontologe einen stechenden Schmerz verspürte, da es sich anfühlte, als würde ihm der ganze Arm abgerissen werden, und die enorme Wucht des Aufpralls ihn ebenfalls aus seinem Sitz hob.

Quälende Schmerzen durchfuhren seinen alten aber trotzdem drahtigen Körper, als er sich mehrfach auf dem Teerweg überschlug und schließlich auf dem Bauch liegen blieb. Hofers Gesicht war blutverschmiert und vollkommen mit tiefen Schrammen übersät, sein rechtes Bein fühlte sich an als wäre es gezerrt worden, seine Schrotflinte hatte ihm fast den Rücken verrenkt und seinen rechten Arm konnte er überhaupt nicht mehr bewegen, anscheinend war die Schulter ausgekugelt. Krämpfe zuckten durch seine Gliedmaßen und jeder noch so kleine Versuch, wieder auf die Beine zu kommen, bedeutete höllische Torturen.

Allein sein eiserner Wille und die Liebe zu dieser wunderschönen Stadt mobilisierten die aller letzten Kräfte des abgewrackten Paläontologen. Fest entschlossen biss er die gelben Zähne zusammen und hievte seinen sehnigen Körper mithilfe des linken Arms wieder nach oben. Daraufhin versuchte er seinen Kopf frei von Schmerzen zu bekommen, um seinen abgebrühten Verstand auf die bevorstehende Aufgabe vorzubereiten. Ohne weiter darüber nachzudenken schmetterte er seine rechte Schulter ein paarmal heftig gegen den Laternenmast, bis ein lautes

Knacken gefolgt von einem befreienden Schrei ertönte und sein Oberarm wieder zurück in das Gelenk sprang.
Wutentbrannt schnappte er sich die Pumpgun, lud sie einmal durch und schoss auf einen der beiden Motorradfahrer, die mittlerweile gewendet hatten und nun direkt auf ihn zuhielten. Daneben.
Ein neuer Versuch und diesmal ging der Vordere, samt elektrischen Gefährt, zu Boden. Wieder das metallische Klacken, als Hofer die Waffe nachlud und auch den zweiten Fahrer eiskalt von seiner Maschine holte. Er konnte sich gerade noch zur Seite drehen, bevor das wuchtige Dienstfahrzeug ihn überfahren hätte.
Humpelnd schlug er einen neuen Weg quer über die Wiese ein, doch er kam nicht sehr weit, denn am Rande des Parks sah er schon die Blaulichter blinken, welche sich ihm rasant näherten.
Er brauchte dringend einen guten Plan, ansonsten wäre er nur ein leichtes Ziel, wie ein zu Grunde gehendes Tier in einer stählernen Bärenfalle. Fieberhaft sah sich Hofer in der Umgebung um und suchte nach einer Möglichkeit, um vor den immer näher kommenden Polizisten zu fliehen, aber es gab weit und breit keine. Die Polizeiwagen waren jetzt nur noch ungefähr hundert Meter von ihm entfernt und drosselten schon ihr hohes Tempo, da fiel sein Blick auf ein kleines Mädchen, das verzweifelt vor einem Baum kauerte und auf seine Rettung wartete.
Vielleicht ist es moralisch verwerflich ein kleines Kind als menschliches Schutzschild zu missbrauchen, aber falls Storm versagt und ich hier in einem Kugelhagel draufge-

he, wird sie sicherlich auch sterben, also muss ich das Risiko eingehen, dachte sich Hofer.

Zum Glück wurde die Forschung an Waffen über die Jahre am wenigsten vernachlässigt, weswegen er die handliche Pumpgun auch locker mit nur einer Hand halten konnte.

Flink hinkte er zu dem jungen Mädchen und hob sie unsanft nach oben, um sie schützend vor seinen Körper zu halten, wobei das Kind schrill und erschrocken aufschrie. Der Paläontologe presste ihr den Lauf der Waffe an den Kopf, woraufhin sie anfing laut zu schluchzen.

Nur wenige Meter von ihm entfernt bremsten die drei Polizeiwagen ab und ein halbes dutzend Polizisten ging hinter den Autotüren, mit den Pistolen im Anschlag, in Deckung.

>>Ergeben Sie sich. Sie sind umstellt<<, dröhnte es aus einem Megaphon.

Hofer humpelte unter Schmerzen, das Mädchen weiterhin auf dem Arm, in Richtung der Dienstfahrzeuge und brüllte zornig, >>Ich weiß nicht, wer euch gegen mich aufgehetzt und einen Schießbefehl erteilt hat, aber ich frage mich, ob ihr deswegen bereit seid ein unschuldiges kleines Mädchen skrupellos zu töten!<<

>>Lassen Sie diese Spielchen, Sie haben doch am Ende eh keine Chance. Also, jetzt setzen Sie vorsichtig das Kind ab, legen die Waffe weg und ergeben sich<<, kam die routinemäßig eingeschulte Antwort.

>>Das werde ich ganz sicher nicht tun!<<, schrie er zurück, >>Sie entfernen sich auf der Stelle von den Fahrzeugen und lassen mich in aller Ruhe mit der Kleinen hier

abhauen, ansonsten passiert nämlich das!<<, Hofer hob kurz die Pumpgun und schoss nur wenige Zentimeter über den Kopf des weinenden Mädchens hinweg. Das traumatisierte Kind kreischte wie am Spieß und die Polizisten meinten leicht nervös, >>Gut, wie Sie wollen, aber weit werden Sie nicht kommen.<<

>>Und ob ich das werde!<<, herrschte er sie an, >>Denn wenn ihr mir folgt, dann werde ich sie ebenso erschießen! Damit das klar ist!<<

Die Gesetzeshüter sprachen sich kurz untereinander ab, bis sie schließlich langsam hinter ihrer windigen Deckung hervor kamen und den finster dreinblickenden Hofer zusammen mit dem verängstigten Mädchen in einen ihrer Polizeiwagen einsteigen ließen.

Der Wissenschaftler musterte noch einmal die unruhigen Polizisten und schaltete hastig den Elektromotor ein, während das Kind auf seinem Schoß saß, und düste letztendlich über die Wiese davon in Richtung Oktoberfest. Derweil fragte er sich, wie es Storm in diesem Moment wohl erging.

Storm sah noch flüchtig, während er eine handliche Pistole an sich nahm, wie sich Hofer eine längliche Waffe vom Rücksitz holte und anschließend in das tosende Chaos stürmte. Mehrere Schusssalven waren zu hören und schließlich konnte der Ordnungshüter durch die zerborstene Windschutzscheibe erkennen, dass die Polizei wieder abrückte. Anscheinend hatte dieser alte Teufelskerl es tatsächlich geschafft, die komplette Aufmerksamkeit auf sich zu lenken. Nun war er an der Reihe.

Der ehemalige Polizist sprang aus dem demolierten Wagen und rannte überhastet durch das lichte Gebüsch über die andere Straßenseite. Dort suchte er hektisch eine Person, die gerade in ihr Auto einsteigen wollte und riss eine junge Frau grob von der Fahrertür weg.

>>Hey, was fällt Ihnen ein, Sie Arschloch!<<, rief sie empört.

>>Polizeieinsatz, das ist ein dienstlicher Notfall!<<, mit diesen Worten schnappte er sich den silbernen Autostick aus ihrer Hand und sprang flink in den schicken Wagen. So schnell konnte sie gar nicht reagieren, da wendete Storm auch schon mit ihrem Elektroauto und brauste erneut durch die Sträucher, zurück auf die Fahrbahn, die immer noch von ihrem Unfall blockiert wurde und bog wieder auf die Ammerseestraße.

Jetzt konnte er nur noch hoffen, dass diese Frau so naiv war und ihm die Lüge abnahm, sonst hätte er die Polizei gleich wieder im Nacken. Mit Vollgas jagte er das weitläufige Autobahnende hinauf und warf einen Blick auf die Uhr. Noch fünfzehn Minuten, er durfte also keine Zeit verlieren. Dummerweise war die Hansastraße wegen Bauarbeiten gesperrt, weswegen er einen Umweg durch die Riedlerstraße und den erst kürzlich zu einer Straße umgebauten Oda-Schaefer-Weg nehmen musste.

Kaum dachte er, dass er gut in der Zeit lag, schon kam die erste Polizeisperre am Oda-Schaefer-Weg. Gleich neben dem Bavaria Park.

>>So ein Mist!<<, schrie Storm und schlug dabei wütend aufs Lenkrad. Doch er würde nicht auf den letzten 500 Metern aufgeben.

Rasant driftete er nach links, um die Sperre zu umfahren, sah sich aber sofort mit weiteren quergestellten Polizeiwagen konfrontiert. Storm saß mitten in der Falle und es gab nur eine schlecht durchdachte Möglichkeit, um vielleicht noch rechtzeitig das Attentat zu verhindern.

Ohne weiter darüber nachzudenken, legte er eine Vollbremsung hin, sprang aus dem geklauten Auto und rannte, mit seiner leichten Pistole fest in der Hand, querfeldein in den Wald des Bavaria Parks. Hinter sich konnte er die hektischen Stimmen der Polizisten hören und daraufhin folgten ihm weitere schwere Schritte durch den wild wachsenden Rand des grünen Gebiets.

Plötzlich ertönte ein leiser Schuss und Storm spürte noch einen scharfen Luftzug an seinem rechten Ohr. Verdammt, dachte er sich, die feuern tatsächlich auf meinen Kopf.

Das Gestrüpp wurde langsam dichter, weswegen der Ordnungshüter Probleme hatte, sich weiter hindurch zu kämpfen, nur auf der offenen Wiese wäre er ein leichtes Ziel für seine anscheinend skrupellosen Jäger.

Wieder zischten vereinzelte Schüsse an seinem Körper vorbei, woraufhin er ins Straucheln geriet und um ein Haar über eine dicke Wurzel gestolpert wäre. Storm war schon völlig außer Puste und verhakte sich immer öfters im Gehölz.

Kurz bevor er in dem Dickicht die Orientierung verloren hätte, drang wie aus dem Nichts wieder Licht zu ihm hindurch und er krachte mit voller Wucht gegen den hölzernen Zaun der Theresienhöhe. Nun konnte Storm wieder neuen Mut sammeln und hastete über die Straße und dort wieder in das fast undurchdringliche Gestrüpp. Mehrere Äste schnitten ihm in die Haut und zerrissen seine Kleidung. Seine Verfolger hatte er mittlerweile ein wenig abgeschüttelt und der ehemalige Polizist gelangte an die Rückseite der imposanten Ruhmeshalle.

Auf den letzten Metern vor der Wiesn warf er noch schnell seine zerfledderte Lederjacke im Gebüsch ab und erleichterte einen der vorzeitig Betrunkenen um seine Sonnenbrille und Mütze. Es war zwar viel zu heiß für eine Mütze, aber eine bessere Verkleidung konnte Storm nicht mehr herbeischaffen, bevor er in der dichten Masse untertauchte.

Von weiten sah er einige Polizisten, die über das Oktoberfest gingen und anscheinend nach ihm Ausschau hielten. Der Anblick des weltgrößten Volksfests erstaunte Storm jedes Jahr aufs neue. Das gigantische Riesenrad drehte sich langsam wie ein einsamer Wächter, überall waren lachende und fröhliche Menschen zu sehen, die sich an den unzähligen Ständen oder Attraktionen vergnügten und irgendwo in diesem bunten Treiben wartete eine Fusionsbombe darauf, das Leben von Millionen von Menschen auszulöschen.

Dieser Moment war wie ein Albtraum. Ein kranker verdrehter Albtraum. Der Schweiß rann Storm aus allen Poren und seine Gedanken hatten sich schon längst verabschiedet.

Es war einfach zu viel, zu irreal, als dass er noch in der Lage gewesen wäre, sich einen halbwegs guten Plan zu überlegen. Zitternd vor Nervosität stellte sich der ehemalige Polizist in eine unauffällige Ecke zwischen eine Schießbude mit dutzenden blinkenden Lichtern und einem Stand, bei dem man Lose kaufen konnte und versuchte, sich zu beruhigen. Du musst dich jetzt zusammenreißen, sprach er zu sich selbst. Millionen von Menschen werden sterben, wenn du nicht sofort handelst! Er verpasste sich eine Ohrfeige, konzentrier dich verdammt!
Einige Leute schauten ihn schon verwundert an, hielten ihn aber höchstwahrscheinlich für geistig verwirrt.
Denk nach, denk nach. Dieser zerrüttende Lärm blockierte seine Gedanken.
Was würde Hofer in dieser Situation tun, fragte er sich. Wie als hätte er eine Erleuchtung, wirbelte er herum und hielt nach einer Person Ausschau, die bereits mit einer Bierflasche unterwegs war. Es dauerte keine zehn Sekunden, da entdeckte er auch schon zwei angetrunkene Kumpels, die laut vor sich hin lallten. Zielstrebig ging er auf sie zu und riss einem der beiden ein fast leeres Sixpack mit nur noch zwei Dosen aus der Hand.
>>He, du Arsch!<<, schnauzte der Kerl ihn an, >>Gib des sofort wieder her!<<
Storm verpasste ihm einen kräftigen Schlag in die Magengrube und schubste ihn grob zu Boden, während der andere verblüfft zuschaute und schließlich ebenfalls zu einem Hieb ausholte. Doch der selbsternannte Gesetzeshüter war flink und fegte ihm mühelos die Beine weg.

Jetzt musste er schleunigst verschwinden, bevor die Polizei wieder auf ihn aufmerksam wurde. Zwei Ecken weiter blieb er erneut am Rand stehen und trank eine der beiden Dosen in einem Zug aus. Mit einem Mal fühlte sich Storm gleich viel lockerer und das unangenehme Angstgefühl wich einem überwältigenden Affekt des Sieges. Absolut gar nichts konnte ihn noch aufhalten.

Nun war es an der Zeit, wieder über sein Vorgehen nachzudenken. Wo fand der Anstich statt? Nach seinem Wissen zu urteilen im Schottenhamel Festzelt. Mehr musste er auch nicht wissen, denn der Rest würde sich schon von selbst ergeben.

Voller Tatendrang und Adrenalin rannte er in die Richtung des riesigen Zeltes los, ohne auf irgendwelche Polizisten oder sonstige Gefahren zu achten. Dabei schubste er die Leute, die ihm im Weg standen rücksichtslos zur Seite und einige riefen im wüste Beschimpfungen hinterher. Aus dem Augenwinkel sah er zwei Polizisten, die ihn bemerkten und ohne zu zögern die Verfolgung aufnahmen. Jetzt konnte die Show beginnen.

Storm raste förmlich über den Asphalt und lief im Slalom an den anderen Menschen vorbei. Das einzig gute an dieser Masse war, dass sie eine Art menschliches Schutzschild bildete, weswegen die Ordnungshüter nicht auf ihn schießen konnten. Fast hatte er das bunte Festzelt erreicht, da entdeckte er die lange Schlange, in der sich nichts vorwärts bewegte, vor dem Eingang. Dort konnte er unmöglich hindurch kommen. Also rannte Storm um das Bierzelt herum und suchte fieberhaft nach einem Personal- oder

Notausgang. Seine Verfolger ließen währenddessen nicht locker und kamen ihm sogar allmählich näher.
Auf der Rückseite fand er schließlich wonach er gesucht hatte, nur stand, wie erwartet, ein gelangweilter Wachmann vor der unauffälligen Tür. Ohne zu bremsen zog er seine leichte Pistole aus der Jackentasche und schoss instinktiv dem Mann von der Security in den Bauch, woraufhin dieser ungläubig schauend in sich zusammensackte.
Die metallische Tür war aus sicherheitstechnischen Gründen nicht abgesperrt, weshalb Storm sie hektisch aufriss und sofort hinter sich ins massive Schloss donnerte. Mit zwei kleinen Riegeln ließ sie sich absperren, kurz bevor von der anderen Seite die Polizisten wild dagegen schlugen. Erschöpft wendete sich Storm dem spektakulären Festzeltgeschehen zu und fasste sich, vor lauter Schmerz, an die Brust. Seine Lungen fühlten sich an, als würden sie jeden Moment bersten und seine Beine konnte er kaum noch spüren. Dennoch war jetzt nicht der richtige Zeitpunkt um aufzugeben. Das Schicksal dieser Stadt und das ihrer Bürger lag in seinen Händen und er würde eher zur Hölle fahren, als dass er sie im Stich lässt. Mit dem unbrechbaren Willen eines Kämpfers biss Storm die Zähne zusammen und ließ seinen ruhelosen Blick über die Menge schweifen. Unzählige Biertische und Bänke waren in Reih und Glied aufgestellt, an denen tausende von Menschen saßen. Ohrenbetäubende Blasmusik drang aus allen Ecken, während die Leute lachten und grölten. Auf dem erhöhten Balkon ging es deutlich ruhiger zu und über alles thronte die mit weiß blauen Bändern geschmückte Decke.

Doch eine Sache fehlte in dieser gelassenen Szene, nämlich der fröhliche Oberbürgermeister mit seinem hölzernen Todesfass zum Anstechen.

Storm war sich absolut sicher, dass er sich im Schottenhamel Bierzelt befand, aber um auf Nummer sicher zu gehen, fragte er willkürlich eine Person an einem der Tische.

>>Entschuldigen Sie, wir sind hier doch im Schottenhamel, oder?<<

>>Ja aber sicher!<<, kam die heitere Antwort.

>>Und wo ist dann der Anstich?<<, meinte er verdutzt.

>>Ja woasst du des ned?<<, rief er, >>Des is doch jetz`in der Oxnbrodarei, seit zwoa Jahrn scho!<<

Verdammter Scheißdreck, dachte er sich. >>Danke schön.<<

Hastig schaute sich Storm noch einmal um und entdeckte einen Mann von der Security, der ihn erkannte und überstürzt in sein Funkgerät sprach. Schlagartig stürmte Storm los und hüpfte auf den fast leeren Biertisch, gefolgt von verärgerten Schreien der empörten Besucher. Sein Plan schien aufzugehen, denn er schaffte es waghalsig von Tisch zu Tisch zu springen, während seine neuen Verfolger außen herum laufen mussten. Manchmal versuchten die Leute ihn an seinem Hosenbein festzuhalten, doch er wurde immer schneller, bis er förmlich über die wackeligen Biertische flog. In seiner Raserei erblickte er eine große Anzeige über dem weitläufigen Balkon, die einen Countdown bis zum Anstich herunter zählte. Nur noch knappe vier Minuten!

Kurz vor dem Haupteingang des Gebäudes sprang er wieder zurück in die Reihe und lief zwischen den Biertischen nach links zu einem Seitenausgang, wo ihm ein einzelner mit einer Elektroschockpistole bewaffneter Wachmann den Weg versperren wollte. Storm ließ sich davon aber nicht sonderlich beeindrucken und riss im Laufen einer Kellnerin ein großes Tablett mit halben Hendln aus der Hand. Ein Aufschrei, gefolgt von dem scheppernden Geräusch der splitternden Teller und genau in dem Moment als der Mann von der Security abdrückte, hob Storm die Platte und wehrte somit den Stromschlag geschickt ab. Ohne zu stoppen rammte er seinen Gegner mit dem Tablett um und eilte durch die Tür nach draußen.
Soweit er wusste, war die Ochsenbraterei gleich das nächste Bierzelt, weshalb er nicht weit laufen musste. Diese kurze Strecke reichte aber völlig aus, um die Aufmerksamkeit von weiteren Polizisten auf sich zu ziehen. Am seitlich gelegenen Personaleingang wiederholte er das Verfahren wie bei dem ersten Bierzelt und riegelte erneut hinter sich ab. Noch eineinhalb Minuten.
Körperlich fast am Ende mobilisierte Storm noch einmal seine letzten Kräfte und blickte sich nach dem Oberbürgermeister um. Gott sei Dank, der Typ von vorhin hatte sich nicht geirrt. Auf der rechten Seite des Festzelts, sprich direkt gegenüber von ihm, stand der grinsende Bürgermeister, mit einer sauberen Schürze um den dicken Bierbauch und einem breiten hölzernen Knüppel zum Anstechen in der fleischigen Hand.

Ein schleimiger Moderator verkündete irgendwelche Anekdoten, doch um Storm herum wurde alles leise, so sehr konzentrierte er sich auf diesen einen Augenblick. Er würde es nie mehr rechtzeitig bis zu der flachen Bühne schaffen um diesen Anschlag zu verhindern, weswegen ihm nur eine Möglichkeit blieb. Hals über Kopf rannte der ehemalige Polizist auf die Tische zu, stolperte aber in der Hast über ein Bein und flog unsanft zu Boden, wobei er sich auch noch zu allem Überfluss das Kinn aufschlug. Plötzlich zählte die fröhliche Menge unvermittelt von zehn runter und Storm rappelte sich fest entschlossen wieder hoch auf die Beine. Die nächsten Sekunden vergingen für ihn wie in Zeitlupe.

Sieben ... Sechs ...

Akrobatisch sprang er erneut auf einen Biertisch und zog seine Handfeuerwaffe vorn aus seinem Gürtel.

Fünf ... Vier ...

Die Gäste an dem Tisch waren wie gelähmt vor Schreck und Angst, während Storm die Arme hob und genau zielte.

Drei ... Zwei ...

Die Security stürmte aus allen Richtungen auf ihn zu, doch sie war zu weit entfernt und dann lösten sich mehrere Schüsse aus seiner Pistole, von denen die Meisten den Oberarm des Bürgermeisters trafen. Eine Bewegung der Panik ging durch das komplette Festzelt, die Leute hetzten zu den Ausgängen und Storm ließ erleichtert seine Pistole fallen. Um nicht sofort von der Polizei niedergeschossen zu werden, wollte er sich auf den harten Boden fallen las-

sen und kurz bevor er nach vorne überkippte und zwischen den Biertischen verschwand, sah er noch einen der Bodyguards, wie er eine Pistole zog und sie auf das Fass richtete. In dieser Sekunde stockte Storms Herz und gleich darauf schlug sein Körper heftig auf den harten Eichenholzboden auf. Sie hatten eine Sache vergessen. Sie hatten tatsächlich nicht bedacht, dass es auch noch einen anderen Zünder geben könnte. War seine ganze Anstrengung am Ende doch umsonst gewesen? Die Gedanken wirbelten durch seinen Kopf wie in einer Achterbahn und nun warfen sich auch noch die schweren Körper der Sicherheitsleute auf ihn drauf. Die Welt um ihn herum versank in Hysterie und Chaos. Es war alles umsonst.
Ein unglaublicher Knall erschütterte das Festzelt und daraufhin war alles still.

Epilog 2. Teil

Langsam schlug er seine schweren Augenlider auf und blickte auf eine weiße Fläche. Grelles Licht blendete ihn, war das etwa der berüchtigte Tunnel nach dem unvermeidlichen Tod? Aber irgendwie bewegte er sich nicht. Mit der Zeit bekam er wieder ein Gefühl in seinen Gliedmaßen und spürte, dass er irgendwo liegen musste. Vielleicht in einem Bett.
Eine leise Stimme drang zu ihm durch, er konnte zwar nicht verstehen, was sie sagte, erkannte aber trotzdem, dass es sich zweifelsfrei um Hofers rauchige Stimme handeln musste. Na toll, ich bin also doch in der Hölle gelandet, dachte sich Storm. Die merkwürdige Situation löste in ihm eine Art Deja Vu aus, weswegen er sich an den Morgen in der Ausnüchterungszelle zurückerinnerte.
Erleichtert stellte er fest, dass er sich nicht auf einem gefliesten Boden, sondern auf einer weichen Matratze befand.
Plötzlich erschien über ihm eine verschwommene Gestalt, die so aussah, als würde sie irgendwas hochheben. Sein Kopf wurde heftig zur Seite gerissen und schlagartig verwandelte sich diese skurrile Welt in ein steriles Krankenhauszimmer.
Neben ihm stand Hofer, der sich mittels einer Krücke auf den Beinen hielt und nun wieder zurück in sein eigenes Bett humpelte, >>Die Watschn hat dir gut getan<<, meinte er trocken wie immer.

>>Wa...<<, Storms Stimme versagte, >>Was ... Was im Namen Gottes ist bitte passiert?<<
>>Das kann ich dir genauestens erklären, ich hoffe du hast eine Menge Zeit<<, sagte der aufgekratzte Wissenschaftler voller Vorfreude.
Daraufhin versuchte der ehemalige Polizist sich aus seinem Bett zu befreien, doch mit seinen gebrochenen Gliedmaßen war er nicht in der Lage, einen Fluchtversuch zu starten.
>>Also, mir kommt es so vor als wäre es gestern gewesen. Ach halt, es war ja gestern.<<

* * * * *

Hofer bremste kurz vor der Theresienwiese abrupt mit seinem geliehenen Wagen ab und ließ das verstörte Mädchen, welches auf dem Beifahrersitz saß, im Auto zurück. Die doppelläufige Schrotflinte immer noch geschultert lief er so gut es ging los, denn sein rechtes Bein bereitete ihm weiterhin höllische Schmerzen, während sein Linkes weiterhin durchhielt. In ungefähr sieben Minuten würde die Bombe hochgehen und von Storm fehlte jede Spur. Auf die jungen Leute von heute war auch kein Verlass mehr, dachte sich der mürrische Paläontologe.
Entschlossen und ohne Furcht. Halb rannte, halb humpelte er quer über die letzte Straße vor dem Oktoberfest. Endlich war er am Ziel angelangt und schubste die anderen Leute rücksichtslos zur Seite. Die Blasmusik dröhnte aus unzähligen Lautsprechern und wurde nur selten von einem

echten Orchester gespielt, aber das interessierte Hofer im Moment herzlich wenig.

In diesem Tempo würde er es niemals rechtzeitig bis zur Ochsenbraterei schaffen, ohne von der Polizei entdeckt zu werden. Was er brauchte, war eine Möglichkeit, schneller vorwärts zu kommen. Während der Wissenschaftler noch überlegte, erblickte er auch schon die perfekte Lösung für sein enormes Problem. Etwas abseits stand eine hübsch dekorierte Pferdekutsche vom vorherigen Einzug. Das war seine Chance.

Unauffällig begab er sich zu dem altmodischen Gefährt, umrundete es und begutachtete dabei das Zaumzeug etwas genauer. Er erkannte schnell, wie man das nervöse Pferd von dem modernen, leicht zu öffnenden, Sattelzeug und den restlichen Gurten lösen konnte und befreite es von seiner Last. Von hinten ertönte eine verärgerte Stimme, >>Hey, was machen Sie denn da?<<

Hofer nutzte ein herumstehendes kleines Fass Bier um auf das starke Tier aufzusteigen und schlug ihm mit seiner verhüllten Schrotflinte auf sein Hinterteil, woraufhin dieses laut wieherte und sich auf die Hinterbeine stellte, keine besonders gute Voraussetzung um nicht von der nervigen Polizei entdeckt zu werden. Plötzlich machte der Gaul einen Satz nach vorne und rannte los, wobei die Menschen hastig zur Seite sprangen.

Verdammter Mist, vielleicht hätte er doch die Kutsche von dem Sattel und nicht den Sattel vom Pferd los machen sollen, dachte sich Hofer bedauernd, aber für eine Familie war es jetzt eh schon zu spät. Verzweifelt krallte er sich an der zotteligen Mähne fest und hielt gleichzeitig nach dem Festzelt Ausschau.

Kurz vor dem Ort des finalen Anstichs versuchte der Paläontologe verzweifelt, sein Pferd zu beruhigen, >>Brr, ganz ruhig, Brrrrr<<, er mochte die Tiere lieber wenn sie tot und versteinert waren.

Allmählich wurde das Kaltblut langsamer und bremste schließlich ganz ab. Mit leicht zitternden Beinen sprang Hofer ab und rannte zum überfüllten Eingang, wobei er sich an der schier endlosen Schlange vorbei quetschte. Nur der ernste Türsteher versperrte ihm letztendlich doch den Weg.

>>Aus der Bahn, du Witzfigur<<, rempelte ihn Hofer zur Seite. Leider war sein Plan nicht ganz so clever, wie er gedacht hatte. Denn der Türsteher hetzte ihm daraufhin mehrere Leute von der Security auf den Hals und die verstanden wirklich keinen Spaß. Voller Adrenalin hastete er die Treppe nach oben auf den höher gelegenen Balkon und hörte währenddessen, wie die Menge laut von zehn runterzählte.

Scheiße, das würde er niemals rechtzeitig schaffen. Die Wachmänner hatten ihn beinahe eingeholt und die frohen Besucher erreichten gerade die Zwei, als plötzlich mehrere schnelle Schüsse durch das Festzelt schallten. Das musste Storm gewesen sein! Die Security war für einen Moment abgelenkt und Hofer rannte unbesonnen weiter bis zur Brüstung, von wo aus er einen fabelhaften Blick auf das komplette Geschehen hatte. Es wirkte wie ein stürmisches Meer aus bunten Menschenleibern, die in alle möglichen

Richtungen strömten, sich gegenseitig aus dem Weg schubsten und sich dabei überschlugen. Am anderen Ende des Gebäudes sah er seinen Partner, der gerade seine Waffen fallen ließ und zu Boden sank, während beim Anstich mehrere Bodyguards den angeschossenen Oberbürgermeister schützten, nur einer stach aus der Menge hervor, denn dieser zog eine Pistole und richtete sie auf das Fass.

Der Paläontologe dachte gar nicht erst über sein Handeln nach, sondern riss einfach die bereits ausgepackte Schrotflinte nach oben, zielte für einen Sekundenbruchteil und drückte ab. Ein mächtiger Schuss erschütterte das bunte Festzelt, woraufhin sich die Massenhysterie nur noch verschlimmerte.

Kurz bevor ihn die Security von hinten niederschlug, konnte er noch den blutüberströmten Körper des Bodyguards, der ohne seinen Kopf neben dem Fass lag, erkennen.

* * * * *

>>Oh, du musstest wohl wieder eine große Show abliefern. Wer hatte überhaupt einen Grund, das Oktoberfest in die Luft zu sprengen?<<

Jetzt wurde auch Hofer stutzig, >>Da bin ich mir nicht ganz sicher. Ich hab zwar schon mit einem Polizisten gesprochen, aber die verfolgen auch noch sämtliche Spuren über die Handys, die wir gesammelt haben. Anscheinend handelt es sich um einen psychopathischen Superreichen, der ein Kindheitstrauma verarbeiten und ein Exempel statuieren wollte.<<

>>Aha. Hoffentlich ist der nicht rachsüchtig, denn ich kann gut und gerne auf einen weiteren Mr. Technik oder so eine Tussi, wie du sie liebevoll genannt hast, verzichten<<, stöhnte Storm erschöpft, >>Kaum zu glauben, wo uns dieses lächerliche Privatdetektivbüro hingebracht hat.<<

>>Hey, das war nicht lächerlich. Wir waren seriöse Helfer in der Not<<, meckerte Hofer empört, >>Wenn du nicht deinen Job verloren hättest, wären wir jetzt wahrscheinlich alle tot. Irgendwie ironisch.<<

Bei dieser Feststellung musste auch der ehemalige Polizist grinsen, >>Ich habe das Ganze noch gar nicht so richtig realisiert<<, sagte er mit einem zufriedenen Unterton, wobei er sich in sein kuscheliges Federkissen zurücklehnte. Doch dieses befriedigende Gefühl hielt nicht lange an, denn auf ein Mal klopfte jemand heftig an die Tür.

>>Ist das etwa wieder ein Auftragskiller?<<, flüsterte Storm erschrocken.

Hofer blieb ganz gelassen und meinte nur, >>Ne, das denk ich nicht. So jemand würde doch niemals anklopfen.<<

>>Und wenn doch?<<

>>Herein!<<, rief Hofer dem Unbekannten zu.

Die Tür öffnete sich, woraufhin eine komplett verhüllte Gestalt ihr Zimmer betrat und den Durchgang hinter sich schloss, >>Ihr braucht keine Angst vor mir zu haben, ich bin in friedlichen Absichten hierher gekommen<<, versicherte ihnen die Person mit einer freundlichen aber irgendwie kalten männlichen Stimme.

>>Wer sind Sie?<<, fragte Storm leicht nervös.

>>Ein Wesen, dass eure Hilfe braucht. Aber zu aller erst möchte ich Sie zu Ihrer außergewöhnlichen Heldentat beglückwünschen. Sie haben wahren Mut und enorme Stärke gezeigt, aber zugleich einen kühlen Kopf bewahrt. Genau die Eigenschaften, die einen Helden ausmachen, und so einen Charakterzug suche ich.<<

Der alte Wissenschaftler kniff ein paarmal die Augen zusammen und meinte dann neugierig, >>Bist du etwa dieser Roboter, der Sensenmann von Pittsburgh? Man sagt sich, dass er auch immer verhüllt durch die Straßen gelaufen ist.<<

>>So eine Beleidigung kann ich eigentlich nicht einfach so hinnehmen, aber da ihr Menschen nicht in der Lage seid, *davon* etwas zu wissen, verzeihe ich Ihnen.<<

Stutzig legte Storm seine Stirn in Falten, >>Ihr ... Menschen? Sind Sie denn etwa kein ... Mensch?<<

>>Es spielt im Augenblick gar keine Rolle, wer oder was ich bin. Wichtig ist nur, ob ich auf Ihre Unterstützung zählen kann.<<

>>Unterstützung bei was?<<, fragte Hofer misstrauisch.

>>Na ja, Sie beide haben doch gestern schon mehrere Millionen Menschenleben gerettet. Diesmal geht es eben um mehrere Milliarden Menschenleben.<<

Der Epilog

24 Jahre zuvor, in einem anderen Sonnensystem.
Es herrschte ein tropisches Klima in dem dichten Dschungel und die Luft war erfrischend reich an Sauerstoff, welches die Bäume hier produzierten, mit einer kleinen Spur von Kohlenstoffdioxid. Auch die Sonne schien heute besonders kräftig, was ihnen ihre nötige Energie gab, um ihrem Leben nachzugehen. Zwar wussten sie weder was CO_2 war, noch was es mit einer Sonne auf sich hatte, aber trotzdem waren sie ein sehr soziales Volk. Sie lebten in Gruppen und besiedelten eine der größten Oasen in diesem Gebiet. Ihr Volk bestand aus über fünfzig Leuten, und keiner von ihnen war kriegerischer Natur, denn hier bekam jeder was er zum Überleben brauchte. Sonne, Kohlenstoffdioxid, Sauerstoff, Wasser, und wenn sie Glück hatten auch ein wenig schmackhaften Dung von den kleineren Säugetieren. Die einzige Gefahr, die ihnen hier drohte, war der Angriff eines bestialischen Garchuks, aber gegen die hatten sie schon eine Art Taktik entwickelt. Der Tagesablauf ihres Volkes war nun schon seit Jahrhunderten der Gleiche und wurde nie von besonderen Ereignissen gestört, bis jetzt.
Am Himmel erschien ein kleinerer roter Punkt, der schnell an Größe gewann. Sie alle hatten so etwas noch nie gesehen und fürchteten sich vor dieser Erscheinung. In ihren Augen war es eine schreckliche Bedrohung und aus die-

sem Grund suchten sie Schutz unter ein paar Felsen und in kleineren Höhlen.

Eine heftige Erschütterung durchfuhr den Urwald, was ihnen unglaubliche Schmerzen bereitete, da sie über leichte Schwingungen im Boden kommunizierten. Sie warteten eine Weile, bis sie sich wieder aus ihren Verstecken trauten. Ihr Stammeshäuptling und ihre stärksten Mitglieder zogen los, um die Ursache dieses Bebens herauszufinden. Nach einem kurzen Marsch trafen sie auf eine gigantische Lichtung, die es vorher noch nicht gegeben hatte. Auf einer langen geraden Strecke waren sämtliche Bäume umgesäbelt und am Ende dieser grausamen Verwüstung ihrer Heimat lag ein riesiges und fremdartiges Ungetüm. Es war mit nichts zu vergleichen, was sie bisher kannten und sie wussten nicht, ob es ihnen gegenüber feindlich gestimmt war. Misstrauisch schlichen sie sich an das Ding heran und untersuchten es argwöhnisch. Es gab kein Lebenszeichen von sich, sie konnten also beruhigt sein.

Doch plötzlich öffnete sich schwerfällig eine Luke an der Seite und in dem dunklen Rahmen erschien der Umriss eines fremden Wesens.

Dankesworte

Zum Schluss möchte ich mich noch bei einigen Personen bedanken, ohne deren Hilfe dieses Buch erst viel später oder gar nicht erschienen wäre. Der größte Dank gebührt natürlich meinen Eltern, die mich nicht für völlig verrückt erklärt haben, als ich ihnen von meinen Plänen über das Buch und dessen Handlung erzählt habe. Außerdem hat mein Vater einige organisatorische Dinge geregelt, wofür ich ihm sehr dankbar bin.
Auch meinem besten Freund Leon möchte ich für seine objektive Meinung und konstruktive Kritik danken. Ebenfalls bedanke ich mich bei meiner bezaubernden Freundin Nora, die mir immer mit einem guten Rat und ihrem Wissen über Bücher zur Seite steht.
Darüber hinaus noch vielen Dank an Christine Lipovec für die Gestaltung des Logos und Covers, sowie an Oliver Schwab für das Erstellen der Homepage.
Meinem Freund Daniel danke ich für seine Unterstützung und Beratung, was physikalische und chemische Fragen angeht.
Des Weiteren bedanke ich mich bei dem Team von konzepthaus für ihre hilfreichen Tipps und ihre Unterstützung.
Besonderer Dank verdient auch meine Grundschullehrerin aus der vierten Klasse, die meinen Eltern damals strikt geraten hat, mich auf die Realschule anstatt aufs Gymnasium zu schicken. Gut, das lag vor allem an meiner überdurchschnittlichen Phantasie, aber dort konnte ich lernen,

sie in den Griff zu bekommen und für etwas Nützliches einzusetzen. Hier ein kleiner Gruß an all die tollen Mütter da draußen: Sie müssen Ihr Kind nicht mit aller Gewalt aufs Gymnasium zwingen, nur weil es gerade noch so die Noten dafür hat. Lieber hat es einen anständigen Realschulabschluss und danach immer noch die Möglichkeit aufs Gymnasium oder die FOS zu wechseln, als mit lauter schlechten Noten durchs Abitur zu krebsen. Ich weiß wovon ich spreche, schließlich bin ich selbst ein Schüler und sehe jeden Tag, was dort vor sich geht.

Tut mir leid, aber ich neige dazu vom Thema abzuweichen. Besonders bei Dingen, die mich aufregen. Deswegen danke ich meiner Mutter dafür, dass sie nur das Beste für mich wollte und mich nie unter Druck gesetzt hat.

book-on-demand ... Die Chance für neue Autoren!

Besuchen Sie uns im Internet unter www.book-on-demand.de
und unter www.facebook.com/bookondemand